Charles Dickens

Londoner Skizzen

Verone

Charles Dickens

Londoner Skizzen

1st Edition | ISBN: 978-9-92500-190-3

Place of Publication: Nikosia, Cyprus

Erscheinungsjahr: 2016

TP Verone Publishing House Ltd.

Charles Dickens

Londoner Skizzen

Originaltitel: Sketches by Boz

Unser Kirchspiel

Der Kirchspieldiener – Die Feuerspritze – Der Schulmeister

Wie viel sagen die kurzen Worte: »Das Kirchspiel!«, und an wie viel Kummer und Elend, entschwundenes Glück und vereitelte Hoffnungen, nur zu oft ungemilderte Leiden, nur zu oft erfolgreiche Büberei erinnern sie! Ein armer Mann bringt es, bei geringem Verdienst und einer großen Familie, gerade so weit, aus der Hand in den Mund und aus einem Tage in den andern zu leben; nur mit Mühe gelingt es ihm, den Bedürfnissen des Augenblicks zuvorzukommen – an die Zukunft kann er nicht denken.

Er bleibt mit seinen Steuern ein, zwei, drei Vierteljahre im Rückstand; er wird vor das Kirchspiel geladen. Seine Habseligkeiten werden verkauft, seine Kinder weinen vor Hunger und Kälte, selbst das Bett wird ihm genommen, in dem sein krankes Weib liegt. Was kann er anfangen? Wohin soll er sich um Hilfe wenden? An die Wohltätigkeit der Privaten? An menschenfreundliche Individuen? Beileibe nicht – wofür wäre sein Kirchspiel?

Da sind der Kirchspielvorstand, das Kirchspielkrankenhaus, der Kirchspielarzt, die Kirchspielbeamten, der Kirchspielbote. Treffliche Einrichtungen und edle, gutherzige Leute! Die Frau stirbt – sie wird auf Kosten des Kirchspiels begraben. Die Kinder sind ohne Versorger – das Kirchspiel übernimmt die Fürsorge für sie. Der Vater vernachlässigt zuerst sein Geschäft und kann späterhin keine Arbeit mehr bekommen – das Kirchspiel unterstützt ihn; und ist er endlich durch Elend und Trunkenheit gänzlich zugrunde gegangen, so nimmt ihn das Kirchspielirrenhaus als einen harmlosen, unglücklichen Blödsinnigen auf.

Der Kirchspieldiener oder Bote ist eins der wichtigsten, vielleicht überhaupt das allerwichtigste Mitglied der Gemeindeverwaltung. Er steht sich freilich weder so gut wie der Kirchenvorsteher noch ist er so gelehrt wie der Kirchspielschreiber; besitzt auch nicht so viel Macht und eigenen Willen als jene beiden: allein, seine Gewalt ist demungeachtet sehr bedeutend, und der Würde seines Amtes geschieht niemals Abbruch durch Mangel an Bemühungen von seiner Seite, sie aufrechtzuerhalten. Der Bote unseres Kirchspiels ist ein unvergleichlicher Mensch. Es ist ein wahrer Genuss, ihn reden zu hören, wenn er an Sitzungsabenden im Vorsaal des Sitzungshauses den tauben alten Frauen die gegenwärtig bestehenden Armengesetze erklärt; von ihm zu hören, was er zu dem Kirchenältesten, und was der Kirchenälteste zu ihm sagte, und was »wir« (der Kirchspielbote und die anderen Herren) zuletzt beschlossen. Ein zerlumptes, verhungertes Weib wird in das Sitzungszimmer gerufen und stellt ihre gänzliche Armut und große Hilfsbedürftigkeit vor. Sie ist eine Witwe mit sechs kleinen Kindern.

»Wo wohnt Ihr?«, fragt einer der Armenpfleger.

»Ich habe mich in einem Hinterstübchen in der kleinen König-Wilhelms-Gasse Nr. 3 bei Mrs. Brown eingemietet, die dort seit fünfzehn Jahren wohnt und mich sehr genau kennt als eine stets fleißige Frau. Und als mein seliger Mann noch lebte, meine Herren, der im Hospital starb –«

»Schon gut, schon gut«, unterbricht sie der Armenpfleger, der sich ihre Hausnummer aufgeschrieben hat, »ich werde morgen früh Simmons, den Kirchspieldiener, schicken. Er soll nachsehen, ob Eure Angaben begründet sind, und wenn es der Fall ist, so werden wir Euch wohl in das Armenhaus aufnehmen müssen. Simmons, gehen Sie morgen so früh wie möglich zu dieser Frau.«

Simmons verbeugt sich und führt die Frau hinaus. Ihre Ehrfurcht vor dem Armen-Kollegium (dessen Mitglieder mit den Hüten auf dem Kopf hinter großen Büchern dasitzen) verschwindet gänzlich in ihrer Unterwürfigkeit vor ihrem Führer im Amtsrock; und ihre Erzählung von dem, was sich im Sitzungszimmer zugetragen hat, erhöht womöglich noch den tiefen Respekt, den die versammelte Menge der Armen dem gestrengen Herrn Kirchspielboten erweist.

Wer richtet einen Auftrag im Namen des Kirchspiels wie Simmons aus? Er weiß sämtliche Titel des Bürgermeisters aus dem Kopf und trägt die Sache vor, ohne auch nur ein einziges Mal anzustoßen; ja, es geht ein Gerücht, dass er dabei einst einen Scherz gemacht habe, der fast einem der Späße Mr. Hoblers gleichgekommen sei, wie der erste Bediente des Bürgermeisters, der zufällig gegenwärtig gewesen, nachher einem Freund im Vertrauen gesagt hat.

Oder man sehe ihn sonntags in seinem Staatskleid mit seinem dreieckigen Hut auf dem Kopf, einem Stab mit mächtigem Knauf zur Schau in der Linken und einem dünnen Rohr zum Gebrauch in der Rechten. Mit welcher Würde weist er die Kinder an ihre Plätze, und mit welch heiliger Scheu schielen ihn die kleinen Buben von der Seite an, wenn er die Schar, sobald alle sitzen, mit einem den Kirchspieldienern eigentümlichen Starr- und Autoritätsblick überschaut. Befinden sich die Kirchenvorsteher und Armenpfleger in ihren mit Gardinen versehenen Kirchstühlen, so nimmt er auf einem ganz oben im Kirchgang ausdrücklich für ihn bestimmten Mahagonisitz Platz und teilt seine Aufmerksamkeit zwischen dem Gebetbuch und den Knaben. Plötzlich – und gerade beim Anfang der Abendmahlsliturgie, wenn die ganze Gemeinde das tiefste Stillschweigen bewahrt, das nur durch die Stimme des Geistlichen unterbrochen wird –, plötzlich hört man mit erstaunlicher Vernehmlichkeit, da, wo die Kinder sitzen, einen Penny auf das steinerne Pflaster im Kirchgang fallen. Beachtet jetzt wohl Simmons' Schlauheit und Geistesgegenwart!

Seine unwillkürliche Miene des Schauders weicht augenblicklich dem Ausdruck vollkommenster Gleichgültigkeit, als ob er ganz allein das Geräusch nicht gehört hätte. Die Kriegslist gelingt. Der Ärmste, der das Geldstück hat fallen lassen, fühlt mit dem rechten und linken Fuß und bückt sich ein paar Mal danach; der Kirchspieldiener hat sich inzwischen leise in seine Nähe geschlichen und begrüßt seinen Kopf, wenn er wieder emportaucht, mehrmals sehr unsanft mit seinem oben erwähnten Rohr, zum großen Vergnügen einiger junger Leute im nächsten Kirchstuhl, die noch lange ihre Heiterkeit durch Husten zu unterdrücken suchen.

Dies sind einige Züge der Würde und Wichtigkeit eines Kirchspieldieners – einer Würde, die wir ihn nie aufgeben sahen, den einzigen Fall ausgenommen, wenn eine Feuerspritze nötig wurde, dann ist freilich alles rührig, geschäftig, beflissen. Ein paar kleine Knaben laufen, so schnell sie's vermögen, zum Kirchspieldiener und melden ihm, dass sie einen Rauchfang hätten brennen sehen. In größter Eile wird die Feuerspritze herausgebracht; zwanzig Buben sind versammelt; sie spannen sich vor; fort rasselt die Spritze über das Pflaster, und der Kirchspieldiener rennt atemlos nebenher, bis man vor einem stark nach Ruß riechenden Hause anlangt.

Der Kirchspieldiener klopft eine halbe Stunde mit Macht, allein die Hausbewohner nehmen keine Notiz davon, die Spritze wird nach dem Werkhaus zurückgebracht, und der Kirchspieldiener fordert am andern Tag von dem Unglücklichen, dem er zu Hilfe geeilt war, die ihm gesetzlich zukommende Belohnung. Wir haben nur ein einziges Mal eine Kirchspielfeuerspritze bei einer wirklichen Feuersbrunst gesehen. Sie rasselte mit der Schnelligkeit von drei und einer halben Meile in der Stunde heran. Wasser in genügender Menge war schon früher angekommen. Die Pumpen wurden in Bewegung gesetzt – das Volk schrie – der Kirchspieldiener schwitzte entsetzlich; allein, als man das Feuer zu löschen gedachte, wurde zum großen Unglück die Entdeckung gemacht, dass sich niemand auf das Füllen verstand und dass achtzehn Knaben und ein Mann zwanzig Minuten gepumpt und sich fast tot gepumpt hatten, ohne auch nur die mindeste Wirkung zu erzielen.

Die wichtigsten Personen nach dem Kirchspieldiener sind der Werkhausmeister und der Kirchspiellehrer. Der Küster, wie jedermann weiß, ist ein kleines, gedrücktes Männchen in Schwarz, mit einer dicken, sehr langen Uhrkette, an der zwei große Petschafte und ein Uhrschlüssel baumeln. Er ist stets geschäftig, doch niemals mehr, als wenn er, mit den zusammengeknüllten Handschuhen in der einen Hand und einem großen roten Buch unter dem anderen Arm, in eine Kirchspielversammlung eilt. Von den Kirchenvorstehern und Aufsehern reden wir nicht weiter; denn wir alle wissen von ihnen, dass sie achtbare Gewerbsleute sind, Hüte mit flachen Rändern tragen, und bisweilen, den wichtigen Umstand, dass sie eine Emporkirche vergrößert oder ausgeschmückt oder eine Orgel neu gebaut haben, durch goldene Buchstaben auf blauem Grund an solchen Stellen in der Kirche verewigen, wo die Inschriften am meisten in das Auge fallen.

Der Werkhausmeister in unserm Kirchspiel – wie in den meisten andern – gehört nicht zu der Klasse von Menschen, die bessere Tage gesehen haben und sich in ihrer späteren niedrigeren Stellung gedemütigt und unzufrieden fühlen. Wir wissen nicht, was er früher gewesen ist, sollten aber meinen, ein Advokatenschreiber geringerer Sorte oder ein Unterlehrer. Doch gleichviel, es ist klar, dass sich seine Lage verbessert hat. Freilich ist sein Einkommen gering, wie sein schwarz gewesener Rock mit abgetragenem Samtkragen bezeugt; allein, er hat doch freie Wohnung, Heizung und Licht und eine

fast unbeschränkte Autorität in seinem winzigen König-
reich.

Er ist ein großer, hagerer, knochiger Mann, trägt immer
einen Überrock, Schuhe und schwarze wollene Strümpfe
und blickt die vor seinem Fenster Vorübergehenden an,
als ob er wünschte, dass sie Kirchspielarme sein möchten, nur um sie ein Pröbchen seiner Gewalt fühlen zu
lassen. Er ist das wahre Muster eines kleinen Tyrannen;
mürrisch, brutal und übellaunig, bramarbasierend gegen
die unter ihm Stehenden, kriechend gegen seine Vorgesetzten und eifersüchtig auf den Einfluss und die Autorität des Kirchspieldieners.

Unser Schulmeister ist der wahre Gegensatz dieses liebenswürdigen Beamten. Er gehört zu den Menschen, die
vom Missgeschick wahrhaft verfolgt zu werden scheinen; nie ist ihm etwas geglückt. Ein reicher alter Anverwandter von ihm, der ihn erzog, versprach und ver-
machte ihm in seinem Testament 10 000 Pfund und wi-
derrief die Verfügung in einem Zusatz. Auf seine persönlichen Hilfsmittel beschränkt, verschaffte er sich eine
Stelle in einem Büro. Die jüngeren Schreiber, die er hinter sich hatte, starben wie die Fliegen, als wenn die Pest
unter ihnen gewütet hätte, die älteren vor ihm, auf deren
Tod er so sehnsüchtig hoffte, lebten fort, als wenn sie
unsterblich wären. Er ließ sich in eine Spekulation ein
und kam um sein Geld. Er spekulierte zum zweiten Mal,
machte einen bedeutenden Gewinn und – gelangte nie
zu seinem Geld.

Er besaß bedeutende Anlagen, war gefällig, großmütig
und freigebig. Seine Freunde benutzten die ersteren und
trieben Missbrauch mit seiner Dienstfertigkeit und Frei-

gebigkeit. Ein Verlust folgte dem andern, ein Unglück dem andern, jeder Tag brachte ihn dem Abgrund hoffnungsloser Verarmung näher, und gerade seine wärmsten Freunde wurden am kältesten und gleichgültigsten. Er hatte Kinder, die er liebte, und eine Gattin, die er anbetete. Jene wendeten ihm den Rücken, diese starb gebrochenen Herzens. Er ließ sich von dem Strom fortstrudeln – dies war von jeher seine Schwäche gewesen, und er besaß nie Kraft und Mut genug, sich bei so vielen Schicksalsschlägen aufrecht zu halten –, er hatte nie für sich selber gesorgt, und die einzige, die in seinem Elend für ihn gesorgt hatte, war ihm entrissen.

Er kam um die Unterstützung des Kirchspiels ein. Zufällig war ein gutherziger Mann, der ihn in besseren Zeiten gekannt hatte, in dem Jahr Kirchenvorsteher und verschaffte ihm durch seinen Einfluss die Lehrerstelle, die er gegenwärtig innehat. Er ist ein alter Mann geworden. Von seinen vielen Maulfreunden aus besseren Tagen sind einige gestorben, einige, wie er selbst, vom Unglück, andere vom Glück heimgesucht – vergessen haben ihn alle. Zeit und Leid haben sein Gedächtnis wohltätig geschwächt, und Gewohnheit hat ihm seine Lage erträglich gemacht. Weil er so sanftmütig ist, niemals klagt und stets so eifrig seines Amtes waltet, hat man ihm das letztere lange über die gewöhnliche Zeit hinaus gelassen, und er wird es ohne Zweifel behalten, bis das Alter ihn vollkommen unfähig macht, es weiterhin zu versehen, oder der Tod ihn davon erlöst. Wenn der grauhaarige alte Mann zwischen den Schulstunden an der Sonnenseite seines kleinen Hofraums mit wankenden Schritten auf und nieder geht, dann würde es seinen

vormaligen Freunden, selbst den vertrautesten, schwer
werden, in dem armen Kirchspielschulmeister den einst
so munteren Gefährten bei ihren Lustbarkeiten wieder-
zuerkennen.

Der Pfarrer – Die alte Dame – Der Kapitän

Unser Pfarrer ist ein junger Mann von so einnehmen-
dem Äußern und so gewinnendem, bezauberndem Wesen, dass noch kein Monat nach seinem Erscheinen im
Kirchspiel vergangen war, als auch schon die Hälfte unserer jungen Damenwelt vor Frömmigkeit melancholisch wurde und die andere Hälfte vor Liebe in Tiefsinn
oder Verzweiflung verfiel. Zu keiner anderen Zeit hatte
man in unserer Kirche sonntags so viele junge Frauen
gesehen, und nie hatten die kleinen runden Engelsge-
sichter auf Mr. Tomkins Grabmal im Seitengang eine so
inbrünstige Andacht geschaut, wie die jungen Kirch-
gängerinnen jetzt an den Tag legten.

Der Pfarrer war etwa fünfundzwanzig Jahre alt, als er
im Kirchspiel erschien, um es in Bewunderung und Erstaunen zu versetzen. Er trug das Haar gescheitelt, einen
kostbaren Brillantring am Zeigefinger der linken Hand
(die er stets an die linke Wange hielt, wenn er die Gebete
las) und hatte eine tiefe, außerordentlich feierliche Gra-
besstimme. Kluge Mütter machten unzählbare Versuche
beim neuen Pfarrer, der mit zahllosen Einladungen bestürmt wurde, die er auch bereitwillig annahm. Hatte
sein Wesen auf der Kanzel schon einen günstigen Eindruck gemacht, so wurde dieser durch sein Erscheinen
in der Gesellschaft noch zehnfach verstärkt. Die Kir-
chenstühle in der Nähe der Kanzel und des Altars stie-

gen im Preis, noch teurer wurden die Sitze im Mittelgang, und kein Zollbreit Raum auf den vordersten Bänken der Emporkirche war weder für Geld noch für gute Worte mehr zu haben. Einige gingen selbst so weit, zu versichern, dass sie die drei Miss Browns, die einen dunklen Kirchenstuhl dicht hinter dem der Kirchenvorsteher innehatten, eines Sonntags auf den freien Plätzen am Abendmahlstisch entdeckt hätten, offenbar um den Pfarrer in die Sakristei vorübergehen zu sehen!

Der Pfarrer fing an, freie Vorträge zu halten, und die Ansteckung ergriff selbst die bedächtigen Väter. Einst stand er in einer Winternacht um halb ein Uhr auf, um das Kind einer Wäscherin zu taufen, und die Dankbarkeit des Kirchspiels kannte keine Grenzen – sogar die Kirchenältesten wurden freigebig gesinnt und setzten es durch, dass das Kirchspiel die Kosten für das Schilderhaus auf Rädern übernahm, das sich der neue Pfarrer hatte bauen lassen, um darin bei nassem Wetter die Begräbnisgebete zu lesen. Er schickte einer armen Frau, die mit vier Kindern niedergekommen war, drei Maß Hafergrütze und ein Viertelpfund Tee – das Kirchspiel war entzückt. Er veranstaltete eine Sammlung für die Wöchnerin – ihr Glück war gemacht. Er redete eine Stunde und fünfundzwanzig Minuten in einer Anti-Sklavereiversammlung – der Enthusiasmus hatte seinen Gipfel erreicht.

Es wurde vorgeschlagen, dem neuen Pfarrer ein Zeichen der Achtung und Dankbarkeit für seine dem Kirchspiel geleisteten unschätzbaren Dienste zu widmen – im Nu war der Beitragsbogen gefüllt, und es wurde gestritten, und Kunstgriffe wurden angewendet, nicht, wie

man sich der Beisteuer entziehen könne, sondern wer
zuerst unterschreiben solle. Man ließ ein kostbares sil-
bernes Schreibzeug mit einer passenden Inschrift anfertigen; der Pfarrer wurde zu einem öffentlichen Frühstück eingeladen; das Schreibzeug wurde ihm über-
reicht, und Mr. Gubbins, der Ex-Kirchenvorsteher, hielt
eine treffliche Rede dabei, die der Pfarrer in Ausdrücken
beantwortete, die allen Anwesenden Tränen entlockten –
sogar die Kellner wollten zerschmelzen.

Man hätte meinen sollen, dass der Gegenstand der allgemeinen Bewunderung nunmehr den höchsten Gipfel
der Beliebtheit erreicht gehabt hätte. Keineswegs! Der
Pfarrer fing an zu husten – eines Morgens vier Husten-
anfälle zwischen Litanei und Epistel und fünf beim
Nachmittagsgottesdienst. Man machte die Entdeckung,
dass er schwindsüchtig war. Welch eine interessante
Melancholie!

Die Sympathie und Bekümmernis überstiegen alle
Grenzen. Dass ein Mann wie der Pfarrer – solch ein lieber, vortrefflicher Mann – schwindsüchtig sein musste!
Es war zu viel. Geschenke von unbekannten Gebern, be-
stehend aus eingemachten Früchten und Gebacknem,
elastischen Westen, »Seelenwärmern« und Tri-
kotstrümpfen, strömten gleichsam in das Haus des Pfarrers, bis er mit Winterhüllen so vollständig ausgerüstet
war, als wenn er im Begriff stände, eine Reise nach dem
Nordpol zu unternehmen. Sechsmal an jedem Tag liefen
mündliche Bulletins über seinen Gesundheitszustand im
Kirchspiel um, und der Pfarrer befand sich im Zenit seiner Popularität.

Doch gerade um diese Zeit ging eine Veränderung in den Gesinnungen des Kirchspiels vor. Durch den Tod eines achtbaren, stillen, alten Mannes wurde die Predigerstelle bei der Kapelle frei. Der Nachfolger war ein blasser, schmächtiger, leichenhaft aussehender Mann mit großen schwarzen Augen und langem, straffem, schwarzem Haar. Er kleidete sich äußerst nachlässig, sein ganzes Wesen war abweisend, und noch abweisender war das, was er predigte. Mit einem Wort, er war in jeder Beziehung das Gegenstück des Pfarrers. Unsere Frauen und Mädchen strömten haufenweise hin, um ihn zu hören, zuerst, weil er so ausnehmend sonderbar aussah, dann, weil sein Gesicht höchst ausdrucksvoll war, hierauf, weil er so vortrefflich predigte, und endlich, weil sie wirklich glaubten, dass in seinem Wesen etwas ganz Unbeschreibliches läge.

Der Pfarrer war ohne Zweifel gerade so, wie er immer gewesen; allein es ließ sich nicht leugnen, dass – dass – kurzum, er war nichts Neues mehr wie der andere Geistliche. Die Unbeständigkeit der Volksgunst ist sprichwörtlich; seine Zuhörer verließen ihn einer nach dem andern. Er hustete, bis er schwarz im Gesicht wurde – es war vergeblich, Teilnahme für ihn zu erwecken. Man kann in unserer Pfarrkirche wieder überall Plätze haben, und die Kapelle soll erweitert werden, denn sie ist jeden Sonntag bis zum Erdrücken gefüllt.

Im ganzen Kirchspiel ist niemand bekannter und geachteter als eine alte Dame, die schon im Kirchspiel gewohnt hat, ehe unser – des Autors – Name in das Taufregister eingetragen wurde. Unser Kirchspiel liegt in einer Vorstadt, und die alte Dame bewohnt ein Haus in

einer hübschen, aber noch auf der einen Seite freistehenden Häuserreihe, in der freiesten und angenehmsten
Gegend des Kirchspiels. Das Haus ist ihr eigenes und
inwendig und auswendig – nur die alte Dame sieht ein
wenig älter als vor zehn Jahren aus – vollkommen in
dem Zustand, in dem es bei Lebzeiten des alten Herrn
war. Das kleine Wohnzimmer ist ein wahres Muster von
Stille und Sauberkeit, der Teppich ist mit grauer Leinwand bedeckt, der Spiegel und die Bilderrahmen sind
sorgfältig in gelben Musselin eingehüllt, die Tischdecken
werden niemals abgehoben, ausgenommen, wenn die
Tische gewachst werden, was regelmäßig einen über
den andern Morgen nach neun Uhr geschieht, und alles
und jedes, vom größten bis zum kleinsten, hat seinen bestimmten Platz, was denn auch natürlich von den Geschenken gilt, die der alten Dame von kleinen Mädchen,
deren Eltern in derselben Häuserreihe wohnen, gemacht
werden und seit vielen Jahren in ihrem Besitz sind, wie
zum Beispiel die beiden altmodischen Uhren (von denen
die eine stets eine Viertelstunde zurückbleibt und die
andere eine Viertelstunde vorgeht), das kleine Bild der
Prinzessin Charlotte und des Prinzen Leopold, wie sie
sich in der königlichen Loge des Drury-Lane-Theaters
zeigten, usw.

Hier sitzt nun die alte Dame emsig mit Nähereiarbeit
beschäftigt – zur Sommerzeit am Fenster und sieht sie
dich die Treppenstufen heraufkommen und gehörst du
zu ihren Günstlingen, so eilt sie hinaus, um dir, ehe du
klopfst, die Haustür zu öffnen, und nötigt dir, da du
vom Gehen in der Hitze ermüdet sein musst, ein paar
Glas Xeres auf, bevor du dich durch Sprechen noch

mehr anstrengen darfst. Kommst du abends, so wirst du sie froh und heiter, aber doch ein wenig ernster finden als gewöhnlich. Sie hat auf dem Tisch vor sich die aufgeschlagene Bibel liegen, aus der Sarah, die ebenso sauber gekleidet und ebenso methodisch wie ihre Herrschaft ist, regelmäßig zwei oder drei Kapitel laut vorliest.

Die alte Dame sieht fast gar keine Gesellschaft, mit Ausnahme der bereits erwähnten kleinen Mädchen, von denen jedes seinen bestimmten Tag zum Teetrinken bei ihr hat, den das betreffende Kind als sein größtes Fest erwartet. Sie macht selten weitere Besuche als im zweiten Hause rechts und links, und wenn es der Fall ist, so läuft Sarah voran und klopft mit Macht, damit ihre »Frau« ja nicht vor der Tür zu warten braucht und sich einen Schnupfen holt. Sie ist höchst gewissenhaft darin, jede Einladung pünktlich zu erwidern, und gibt sie eine kleine Teegesellschaft, so putzt sie mit Sarah die Teemaschine, das Porzellanservice und die Päpstin-Johanna-Tafel auf das Sorgfältigste, und die Damen werden im höchsten Staat im Besuchszimmer empfangen.

Sie hat nur wenig Verwandte, die in weiter Entfernung, der eine hier, der andere dort im Lande, wohnen und die sie daher selten sieht. Sie hat einen Sohn in Ostindien, den sie jedermann als einen herrlichen, bildschönen jungen Mann schildert – als sprechend ähnlich dem Bild seines geliebten seligen Vaters; doch fügt sie mit traurigem Kopfschütteln hinzu, dass sein Lebenswandel ihr das schwerste Leid im Leben zugefügt und ihr in der Tat das Herz fast gebrochen hätte, dass es jedoch Gott gefallen habe, ihr Kraft zu verleihen, auch das zu tragen, und man möge den Sohn in ihrer Anwesenheit doch ja nicht wieder erwähnen.

Sie hat eine große Menge Hausarme und kehrt sie sonnabends vom Markt zurück, so findet auf dem Hausflur eine Versammlung von alten Männern und Frauen statt, die auf ihre Wochengabe warten. Ihr Name steht auf allen Beitragslisten für wohltätige Zwecke stets obenan, und ihre Beisteuer für die Winterfeuerungs- und Suppenverteilungsgesellschaft ist immer die reichlichste. Sie unterschrieb zwanzig Pfund für den Bau der Orgel in unserer Pfarrkirche und war am ersten Sonntag, als die Kinder dazu sangen, so überwältigt von ihren Gefühlen, dass sie sich von der Kirchenstuhlschließerin hinausführen lassen musste.

Ihr Erscheinen in der Kirche ist jeden Sonntag das Signal zu einigem Geräusch im Seitengang, denn sämtliche armen Leute erheben sich und verbeugen sich und knicksen, bis die alte Dame von der Schließerin in ihren Kirchstuhl ehrfurchtsvoll hineingeknickst und die Tür hinter ihr wieder verschlossen ist. Ebenso geht es zu, wenn sie aus der Kirche mit einer Nachbarfamilie nach Hause geht und auf dem ganzen Weg von der Predigt spricht, nachdem sie die Unterredung ohne Ausnahme damit begonnen hat, dass sie den jüngsten Knaben nach dem Texte gefragt.

So verläuft das Leben der alten Dame, nur dass sie alljährlich einen kleinen Ausflug an die Seeküste macht und dort einige Zeit ein stilles Häuschen bewohnt. Ihr Leben ist schon viele Jahre so hingegangen, und sein Lauf muss bald das Ende erreichen, dem sie mit furchtloser Ruhe entgegensieht. Sie hat alles zu hoffen und nichts zu fürchten.

Ganz anders ist einer der nächsten Nachbarn der alten Dame, der sich in unserm Kirchspiel sehr hervorgetan hat. Er ist ein alter Seeoffizier auf Halbsold, und sein ungestümes und rücksichtsloses Benehmen stört die Hausordnung der alten Dame nicht wenig. Er lässt sich's nicht abgewöhnen, Zigarren auf dem Hof vor dem Hause zu rauchen, und hebt, wenn er etwas dazu trinken will – was keineswegs selten der Fall ist – mit seinem Spazierstock den Türklopfer der alten Dame auf und bittet, ihm ein Glas Bier herauszureichen. Weiter ist er ein Tausendkünstler, oder wie er selbst sagt, »ein echter Robinson Crusoe«, und nichts bereitet ihm größeres Vergnügen, als Experimente mit Dingen zu machen, die der alten Dame gehören.

Eines Morgens stand er beizeiten auf und pflanzte zu ihrem grenzenlosen Erstaunen auf alle Beete ihres Gartens vor dem Hause Ringelblumen in voller Blüte. Sie meinte wirklich, als sie aufgestanden war und aus dem Fenster schaute, die Blumen seien über Nacht wunderbarerweise aus der Erde hervorgeschossen. Ein anderes Mal nahm er ihre acht Tage gehende Uhr, unter dem Vorwand, sie reinigen zu wollen, ganz auseinander und setzte dann das Werk auf eine bis dahin unbekannte Weise so wundervoll wieder zusammen, dass der große Zeiger seitdem nichts getan hat, als um den kleinen in verkehrter Richtung herumzulaufen.

Hierauf kam es ihm in den Sinn, Seidenwürmer zu ziehen, und er brachte sie in kleinen Papiertüten täglich mehrere Male zu der alten Dame, um sie ihr zu zeigen, und verlor fast bei jedem Besuch ein paar von den Tierchen. Die Folge war, dass eines Morgens ein recht tüchtiger Seidenwurm auf der Treppe gefunden wurde. Er kroch hinauf, wahrscheinlich in der Absicht, sieh nach seinen guten Freunden zu erkundigen; denn bei weiterem Nachsuchen wurde die Entdeckung gemacht, dass sich fast in allen Räumen des Hauses bereits einige seiner Geschlechtsgenossen eingebürgert hatten. Die alte Dame reiste in Verzweiflung an die Seeküste, und während ihrer Abwesenheit machte der Kapitän an ihrer messingnen Haustürplatte so erfolgreiche Polierversuche mit ätzenden Sachen, dass er den eingegrabenen Namen fast gänzlich austilgte.

Dies alles ist jedoch noch nichts gegen sein rebellisches, hitzköpfiges Benehmen in öffentlichen Angelegenheiten. Er besucht jede Kirchspielversammlung, tritt beständig gegen die bestehenden Autoritäten und als Ankläger der Ruchlosigkeit der Kirchenvorsteher auf, beginnt Streitigkeiten über gesetzliche Bestimmungen mit dem Kirchspielschreiber, lässt den Steuerboten so oft unverrichtetersache wieder umkehren, bis der Mann erklärt, nicht wieder zu ihm gehen zu wollen, und schickt dann das Geld durch die Post, tadelt jeden Sonntag die Predigt, erklärt laut, dass sich der Organist seines Spiels schämen müsse, und erbietet sich zu jeder Wette, die Psalmen besser singen zu wollen als sämtliche Kinder zusammengenommen – kurzum, er verursacht soviel Unruhe und Aufruhr, wie nur möglich ist. Das Schlimmste aber ist, dass er sich fortwährend bemüht, die alte Dame, weil er eine so große Achtung vor ihr hat, für seine Ansichten zu gewinnen, und deshalb mit seinem Zeitungsblatt in der Hand täglich ihr Wohnzimmer belagert und stundenlang heftig politisiert. Im Grunde seines Herzens ist er allerdings ein menschenfreundlicher, biederer alter Kauz und harmoniert auch mit der alten Dame im ganzen sehr gut, obgleich er sie oft genug ein wenig ärgert, und ist ihr Ärger verraucht, so lacht sie wie alle anderen Leute über seine Extravaganzen.

Die vier Schwestern

In der Reihe, in der die Häuser der alten Dame und ihres unruhigen Nachbars stehen, wohnt eine größere Anzahl von Originalen als im ganzen übrigen Kirchspiel. Wir wählen davon noch einige zur Betrachtung aus.

Die vier Miss Willis siedelten sich vor dreizehn Jahren bei uns an. Es ist höchst betrüblich, dass das alte Sprichwort: »Zeit und Ebbe und Flut warten auf niemand« gleiche Anwendung auf den schöneren Teil der Schöpfung findet, und gern würden wir es verschweigen, dass die vier Miss Willis sogar vor dreizehn Jahren keineswegs jung genannt werden konnten. Allein, unsere Pflicht als getreuer Kirchspielchronist überwiegt jede andere Rücksicht, und wir können nicht umhin, zu sagen, dass die Autoritäten in Heiratsangelegenheiten vor dreizehn Jahren meinten, dass sich die jüngste Miss Willis in einer sehr prekären Lebensperiode befände, während sie die älteste Schwester als über alle menschliche Hoffnung hinaus gänzlich aufgaben. – Die vier Miss Willis mieteten ein Haus. Es wurde von oben bis unten neu bemalt und tapeziert und überall verziert. Die bei der neuen Ausstattung beschäftigten Handwerker teilten den Dienstmägden in der Reihe vertraulich mit, wie

prachtvoll die Miss Willis alles und jedes einrichten ließen; die Dienstmägde teilten alles ihren »Missises« mit,
die es ihren Freundinnen wieder erzählten, und im ganzen Kirchspiel ging das unbestimmte Gerücht, dass vier
unverheiratete, unermesslich reiche Damen Nummer 25
auf dem Gardonplatz gemietet hätten.

Endlich zogen die vier Miss Willis ein, und das Be-
suchmachen nahm seinen Anfang. Das Haus war ein
wahres Muster von Sauberkeit und Nettigkeit; die vier
Miss Willis waren es gleichfalls. Alles war förmlich, steif
und kalt; und förmlich, steif und kalt waren auch die
vier Miss Willis. Zu jeder Zeit stand jeder Stuhl an seinem bestimmten Platz; und zu jeder Zeit saß jede Miss
Willis auf dem Ihrigen. Auch taten alle vier jederzeit
pünktlich dasselbe, zu ein und derselben Stunde. Die älteste Miss Willis strickte fast immer, die zweite zeichne-
te, die beiden jüngsten spielten vierhändige Sonaten auf
dem Piano. Sie schienen kein individuelles Dasein zu
haben, sondern entschlossen zu sein, vereint das Leben
zu überwintern. Sie waren drei hochgewachsene Gra-
zien nebst einer vierten, die drei Schicksalsschwestern
mit einer vierten Schwester, die siamesischen Zwillinge
mit zwei multipliziert. Die älteste Miss Willis wurde gal-
lenkrank – augenblicklich wurden es auch die andern
drei. Die älteste Miss Willis wurde übellaunig und andächtig – sogleich waren auch die drei jüngeren Miss
Willis andächtig und übellaunig. Was die älteste tat, taten ihr die jüngeren nach, und was irgend sonst jemand
tat, wurde von allen getadelt. So vegetierten sie, in vollkommener Harmonie untereinander lebend und biswei-

len, wenn sie in Gesellschaft gingen oder einige Gesellschaft bei sich sahen, die Nachbarn durchhechelnd.

So waren drei Jahre vergangen, als man ein unerwartetes und außerordentliches Phänomen beobachtete. Die Miss Willis zeigten Sommersymptome; das Eis ging allmählich auf, vollkommenes Tauwetter trat ein. War es möglich? – Eine der vier Miss Willis war im Begriff, sich zu verheiraten.

Woher in aller Welt der Zukünftige gekommen war, welche Gefühle und Beweggründe er gehabt haben konnte, oder durch welche Vernunftschlüsse oder Erwägungen die vier Miss Willis sich überzeugt hatten, dass es einem Manne möglich sei, eine von ihnen zu ehelichen, ohne sie alle vier zu heiraten? – Dies sind Fragen, die wir zu beantworten außerstande sind; gewiss aber ist es, dass die Besuche Mr. Robinsons (eines Gentlemans, der eine Anstellung im Staatsdienst mit einem guten Gehalt hatte und außerdem einiges Vermögen besaß) angenommen wurden – dass der besagte Mr. Robinson den vier Miss Willis in gehöriger Form den Hof machte – dass die Nachbarn rasend vor Begierde waren, zu erforschen, welche der vier Miss Willis die Beglückte sei, und dass die Schwierigkeit der Lösung dieses Problems nicht im Mindesten dadurch verringert wurde, dass die älteste Miss Willis erklärte: » *Wir* werden Mr. Robinson heiraten.«

Nichts konnte auffallender und wunderbarer sein. Sie waren so gänzlich eins, dass die Neugierde der ganzen Reihe, und sogar der alten Dame selbst, bis zur Unerträglichkeit stieg. Die Sache wurde in jeder Teegesellschaft und an jedem Spieltisch erörtert. Der alte Herr,

die Seidenwurmberühmtheit, sprach entschieden seine
Meinung aus, dass Mr. Robinson von orientalischer
Herkunft sei und sämtliche Schwestern zu heiraten gedenke, und die ganze Reihe schüttelte ernsthaft und bedenklich die Köpfe und erklärte, dass die Sache äußerst
geheimnisvoll sei. Sie hoffte, dass alles einen guten Ausgang nehmen möge, und sagte, wie absonderlich auch
der Anschein sei, es sei lieblos, eine Meinung auszuspre-
chen, ehe man hinreichende Gründe dafür hätte; auch
seien die Miss Willis vollkommen alt genug, um selbst
beraten zu können; jedermann müsse selbst am besten
wissen, was er zu tun habe, und was dergleichen mehr
war.

Endlich fuhren eines schönen Morgens eine Viertelstunde vor acht Uhr zwei Glaskutschen bei den Miss
Willis vor, in deren Wohnung Mr. Robinson zehn Minuten früher in einem Cab (einspännige Droschke) angelangt war. Er trug einen hellblauen Rock und
Kerseypantalons, ein weißes Halstuch, Tanzschuhe und
Glacéhandschuhe und war äußerst erregt, was man von
dem Hausmädchen von Nummer 23 wusste, das bei seiner Ankunft gerade die Treppenstufen gefegt hatte. Aus
derselben Quelle floss das rasch umlaufende Gerücht,
dass die Köchin, die ihm die Haustür geöffnet hatte, eine
ungewöhnlich große und prachtvolle weiße Schleife trage und überhaupt weit geputzter sei, als es die vier Miss
Willis ihrer Dienerschaft sonst zu gestatten pflegten. Die
Kunde verbreitete sich rasch aus einem Hause in das
andere. Es unterlag keinem Zweifel, dass der große Tag
endlich gekommen war; die ganze Reihe stellte sich im
ersten und zweiten Stockwerk hinter die Jalousien oder

Rouleaus an die Fenster und wartete in atemloser Spannung auf die Auflösung des Rätsels.

Endlich tat sich die Haustür auf, und zugleich wurde der Schlag der vordersten Glaskutsche geöffnet. Zwei Herren und zwei Damen – ohne Zweifel Anverwandte – stiegen ein, die erste Kutsche fuhr ab und die zweite vor.

Abermals tat sich die Haustür auf; die Spannung erreichte ihren höchsten Gipfel. Mr. Robinson und die älteste Miss Willis traten aus dem Hause. »Ich dachte es wohl«, sagte die Dame in Nummer 19; »ich hab' es ja immer gesagt.« – »Hat man jemals so etwas erlebt!« rief die junge Dame in Nummer 18 der jungen Dame in Nummer 17 zu, die durch einen ähnlichen Ausruf antwortete. »Es ist zu lächerlich!«, rief eine Jungfer von ungewissem Alter in Nummer 16 dazwischen. Doch wer beschreibt das Erstaunen der Reihe, als Mr. Robinson sämtlichen Miss Willis, einer nach der andern, in die Kutsche half und sich darauf selbst in einen Winkel hineindrückte, worauf die zweite Glaskutsche rasch der ersten nacheilte, und zwar der Pfarrkirche zu. Wer beschreibt die Verlegenheit und den Schrecken des Geistlichen, als sämtliche Miss Willis am Altar niederknieten und mit hörbaren Stimmen die bei der Hochzeitsliturgie üblichen Antworten aussprachen – oder wer schildert die Verwirrung, als sämtliche vier Miss Willis am Schluss der heiligen Handlung Krämpfe bekamen, und die Kirche von ihrem vereinten Weinen und Wehklagen widerhallte.

Da die vier Schwestern und Mr. Robinson nach diesem denkwürdigen Tag dasselbe Haus bewohnten und da sich die verheiratete Schwester, welche von ihnen es auch sein mochte, niemals ohne die anderen drei außerhalb des Hauses sehen ließ, ist es zweifelhaft genug, ob die Nachbarschaft jemals erfahren haben würde, welche von den Miss Willis Mrs. Robinson sei, wenn nicht ein sehr befriedigender, aber besonderer Umstand der Art eingetreten wäre, wie sie auch in den bestgeregelten Familien vorzukommen pflegen. Drei Quartaltage waren verflossen, und der Reihe ging plötzlich das erwünschte Licht über die wahre Mrs. Robinson, die jüngste Miss Willis, auf. Man sah jeden Morgen zwischen neun und zehn Uhr die Mägde der Reihe in die Wohnung der Misses eilen. Sie brachten die Empfehlung der Herrschaft, die sich erkundigen ließe, wie sich Mrs. Robinson heute befände? Die Antwort lautete stets: »Mrs. Robinson lässt sich gleichfalls empfehlen, befindet sich sehr wohl und durchaus nicht schlimmer als gestern.«

Man hörte das Piano nicht mehr – das Strickzeug war beiseitegelegt – das Zeichnen aufgegeben – und Kleider- und Mützenmachen nach dem denkbar kleinsten Maßstab schien die Lieblingsbeschäftigung der ganzen Familie geworden zu sein. Im Wohnzimmer herrschte nicht mehr die ehemalige unabänderliche strenge Ordnung; der Arzt an der Ecke der Reihe, der eine große Lampe in seinem Fenster mit buntfarbigen Glasscheiben stehen hat, wurde öfters als gewöhnlich nachts herausgeklopft, und einst wurden wir um halb drei Uhr morgens nicht wenig durch eine Kutsche beunruhigt, aus der eine wohlbeleibte alte Frau in Mantel und Nachtmütze herausstieg: eine Frau, die ganz aussah, als wenn sie sehr plötzlich zu einem ganz besonderen Zweck im Schlaf gestört worden sei. Als wir aufstanden, sahen wir, dass der Türklopfer der Miss Willis mit Tuch umwickelt war, und dachten in unserer Unschuld – denn wir sind unverheiratet – »was in aller Welt mag das alles bedeuten?«, bis wir endlich die älteste Miss Willis in eigener Person mit großer Würde auf die nächste Erkundigung antworten hörten: »Meine Empfehlung, und Mrs. Robinson befindet sich so wohl, als sich erwarten lasst, und das kleine Mädchen gedeiht vortrefflich.«

Jetzt war unsere und der ganzen Reihe Neugier befriedigt, und wir wunderten uns, dass es uns bis dahin gar nicht eingefallen war, »was das alles bedeutet hatte«.

Szenen

Die Straßen am Morgen

Das Aussehen der Londoner Straßen vor Sonnenaufgang an einem Sommermorgen fällt sogar den wenigen in hohem Maße auf, die, weil sie bei ihren Vergnügungen oder ihren Geschäftsunternehmungen unglücklich waren, sehr wohl damit bekannt sind. Es macht einen ganz besonderen Eindruck, die geräuschlosen Straßen, von denen wir gewohnt sind, dass sie zu anderen Zeiten von einer geschäftigen, wogenden Menschenmenge erfüllt sind, so nüchtern, einsam und verödet und die Häuser so still und dicht verschlossen zu sehen, die bei Tag einen äußerst belebten Anblick darbieten.

Der letzte Zechbruder, der noch im Dunkel seinen Weg nach Hause fand, ist soeben mit schweren Gliedern, von Zeit zu Zeit den Refrain eines Trinkliedes der durchschwärmten Nacht grölend, entlanggetaumelt; der letzte

obdachlose Herumstreicher, den Armut und die Polizei
in den Straßen gelassen, hat sich erstarrt in einen ge-
pflasterten Winkel gedrückt, um von Speise und Trank
und einem wärmenden Kamin oder Bett zu träumen.
Die Trunkenbolde, Wüstlinge und Heimatlosen sind
verschwunden, die nüchternen und ordentlichen Leute
zu ihren Tagesgeschäften noch nicht erwacht, und in
den Straßen herrscht die Stille des Todes, der ihnen sogar seine Farbe mitgeteilt zu haben scheint: So kalt und
leblos sehen sie in der bleichen grauen Morgendämme-
rung aus. Die Kutschenstände in den größeren Straßen
sind verlassen, die »Nachthäuser« geschlossen, die
Tummelplätze der Ausschweifung und des Elends leer.
Hier und da sieht man einen Polizeidiener an einer Straßenecke stehen und gedankenlos die verödete Straße
hinunterschauen; und dann und wann schleicht ein loses
Kätzchen quer hinüber und verliert sich in dem Hof-
raum seines Herrn, springt zuerst auf die Wassertonne,
dann auf das Kehrichtloch und endlich auf die Steinplat-
ten so vorsichtig und listig hinunter, als ob es meinte,
sein guter Ruf hinge davon ab, dass seine Galanterie der
entschwundenen Nacht unbemerkt bliebe. Hier und da
steht ein Schlafzimmerfenster halb offen und deutet auf
die Schwüle der Luft und den unruhigen Schlummer so
manchen Schläfers hin – und der matte Schimmer eines
Nachtlichts hinter den Fenstervorhängen bezeichnet ein
Krankenzimmer. Von diesen wenigen Ausnahmen abgesehen, bieten die Straßen kein Zeichen des Lebens, die
Häuser keine Spur, dass sie bewohnt sind.

Eine Stunde schleicht hin. Die Kirchtürme und die Dä-
cher der vornehmsten Gebäude werden vom Licht der

aufgehenden Sonne schwach gefärbt, und die Straßen beginnen, sich fast unmerklich wieder zu beleben. Marktkarren rumpeln langsam daher; der schläfrige Fuhrmann treibt ungeduldig seine müden Pferde an oder bemüht sich vergeblich, den Knaben aufzuwecken, der, auf dem üppigen Lager der Gemüsekörbe ausgestreckt, süß träumend seine lange gehegte Neugier vergisst, die Wunder Londons zu schauen.

Plumpe, schlaftrunkene Geschöpfe von seltsamem Aussehen, die etwa die Mitte halten zwischen Hausknechten und Mietkutschern, fangen an, die Fenstervorsetzer frühöffnender Gasthäuser herunterzunehmen; und kleine hölzerne Tische mit den üblichen Vorkehrungen zu einem Straßenfrühstück erscheinen an den gewohnten Plätzen. Kleine Trupps von Männern und besonders Frauen mit schweren Gemüsekörben auf den Köpfen kommen mühseligen Schritts von Piccadilly herunter auf ihrem Weg nach Covent-Garden und bilden, einer dem anderen folgend, eine lange unregelmäßige Linie von dort bis nach der Knightsbrücke, wo die Straße eine Wendung macht. Hier und da sieht man einen Maurergesellen mit seinem in ein Taschentuch gebundenen Frühstück rasch »in die Arbeit« gehen, und von Zeit zu Zeit eilen Häufchen von drei bis vier, zu einer heimlichen Badepartie ausziehenden Schulknaben vorüber, deren lärmende Fröhlichkeit auffallend absticht von der trübseligen Resignation des kleinen Schornsteinfegerjungen, der sich geduldig auf dem Türtritt niederlässt, um zu warten, bis das Hausmädchen endlich von selbst erwacht, nachdem er geklopft und geklingelt, bis ihn der Arm schmerzte, da eine liebreiche Gesetzgebung ihm untersagt, seine Lunge durch das sonst übliche Rufen zu gefährden.

Der Covent-Garden-Markt und die zu ihm führenden Straßen sind gedrängt voll von Marktfuhrwerken jeder Art und Größe, von dem schwerfälligen Frachtwagen mit seinen vier kräftigen Pferden an bis zum klappernden Obsträderkarren mit seinem schwindsüchtigen Esel. Das Pflaster ist bereits bestreut mit welken Kohlblättern, zerrissenen Heuseilen und mit dem ganzen namenlosen Abfall eines Gemüsemarktes; und das Geräusch, das man vernimmt, ist fast ebenso verschiedenartig – Männer schreien, Karren werden rückwärts geschoben, Pferde wiehern, Knaben balgen sich, Marktweiber schwatzen, hier werden Pasteten angepriesen, dort iahen Esel; und diese und hundert andere Laute bilden ein Getöse, das selbst für Londoner Ohren disharmonisch genug und für die Ohren der Gentlemen vom Lande, die zum ersten Male in den Badeanstalten schlafen, höchst widrig und lästig ist.

Es vergeht abermals eine Stunde, und der Tag nimmt endgültig seinen Anfang. Die Dienstmagd, die unter dem Vorwand, sehr fest zu schlafen, »Missis« Klingeln eine halbe Stunde gänzlich unbeachtet gelassen hat, vernimmt von »Master« (den Missis zu diesem Zweck in seinem Nachtgewand auf den Treppenabsatz geschickt hat), dass es halb sieben sei, worauf sie mit gut erheucheltem Erschrecken plötzlich erwacht, sehr verdrossen hinuntergeht, Licht anzündet und dabei wünscht, dass sich das Prinzip des Selbstentzündens auf die Kohlen und Küchenroste erstrecken möchte. Sobald sie Feuer hat, öffnet sie die Haustür, um die Milch »hereinzunehmen«, und macht durch das wunderbarste Zusammentreffen von der Welt die Entdeckung, dass das Hausmädchen von nebenan soeben gleichfalls die Milch hereingenommen und dass Mr. Todds Geselle gegenüber durch einen nicht minder außerordentlichen Zufall gerade in derselben Minute die Fensterläden seines Herrn öffnet. Die unvermeidliche Folge ist, dass sie mit dem Milchkrug in der Hand zu Betsy Clark tritt, um ihr einen guten Morgen zu wünschen, und dass Mr. Todds Geselle herüberkommt, um beiden Mädchen guten Morgen zu sagen; und da Mr. Todds besagter Geselle fast ebenso gut und bezaubernd aussieht wie der Bäcker selbst, wird die Unterhaltung sofort höchst lebhaft und würde wahrscheinlich noch interessanter werden, wenn nicht Betsy Clarks Missis, die ihr fortwährend nachgeht und nachspäht, zornig an ihr Schlafzimmerfenster klopfte, worauf Mr. Todds Geselle mit erheuchelter Gleichgültigkeit pfeifend, weit schneller zurückkehrt, als er herübergekommen, und die beiden Mädchen wieder in ihre Häuser laufen und die Haustüren mit ausnehmender Behutsamkeit schließen, aber nach einer Minute die Köpfe aus dem Wohnzimmerfenster stecken, um zum Schein nach der vorüberfahrenden Postkutsche zu sehen, in Wahrheit aber, um noch einmal nach Mr. Todds Gesellen hinüberzublicken, der, ein Liebhaber von Postkutschen, noch mehr von Dienstmädchen, zur großen Zufriedenheit aller betreffenden Personen der Kutsche einen kurzen und den Mädchen einen langen Blick zuwirft.

Die Postkutsche selbst fährt weiter nach dem Posthaus, und die Reisenden, die mit der Morgenkutsche abfahren, starren erstaunt die Reisenden an, die mit der Frühpost anlangen, übernächtig und verdrießlich aussehen und offenbar von dem seltsamen, durch das Reisen entstehenden Gefühl erfüllt sind, bei dem uns die Ereignisse von gestern, morgen vorkommen, als wenn sie sich schon vor wenigstens sechs Monaten zugetragen hätten, und das uns den sehr ernsthaften Gedanken aufdrängt, ob sich die Freunde und Anverwandten, von denen wir vor vierzehn Tagen Abschied nahmen, seit der Zeit wohl beträchtlich verändert haben. Auf dem Posthof lebt und webt alles, und die Kutschen, die soeben abgehen sollen, sind von dem gewöhnlichen Haufen von Juden und unbekannten Personen umgeben, die es, der Himmel mag wissen, warum, für rein unmöglich zu halten scheinen, dass jemand in eine Postkutsche einsteigen kann, ohne wenigstens für sechs Pence Apfelsinen, ein Federmesser, ein Notizbuch, einen Kalender vom vergangenen Jahr, einen Bleistiftbehälter, einen Schwamm und einige Karikaturen zu brauchen.

Noch eine halbe Stunde, und die Sonne wirft ihr glänzendes Licht freundlich herunter in die noch immer halbleeren Straßen, und ihre Strahlen haben Kraft genug, um die Trägheit des Lehrlings zu wecken, der eine Minute um die andere sein Amt, den Laden auszukehren und das Trottoir abzuwaschen, unterbricht, um einem andern auf gleiche Weise beschäftigten Lehrling zu sagen, wie heiß es werden wird, oder sich hinzustellen, mit der rechten Hand die Augen zu beschatten, die Linke auf den Besen zu stützen und dem Wunder, dem Walloh, Nimrod oder einem anderen schnellen Wagen nachzusehen, bis er ihm aus dem Blickfeld entschwunden ist, worauf er wieder hineingeht, die Außenpass-

agiere des Wagens beneidet und an das alte Backsteinhaus »weit unten im Lande« denkt, wo er zur Schule
ging, und an das Elend dünner Milch mit Wasser und
dicker Brotscheiben mit dünner Butter, das verschwindet vor der süßen Erinnerung an den grünen Anger, auf
dem er als Knabe spielte, und den grünen Teich und die
Prügel, die er bekam, weil er sich einfallen ließ, da hineinzuplumpsen.

Cabs mit Koffern und Schachteln zwischen den Beinen
des beschürzten Kutschers eilen die Straßen hinauf und
hinunter nach den Posthäusern oder Dampfbootwerften;
die Mietkutscher, die sich auf dem Standplatz befinden,
putzen die an ihren Verzierungen schmutzigen Fuhrwerken, wobei sich die Fahrer der Cabs wundern, wie
die Leute die »Wilde-Tier-Wagen von Omnibussen 'nem
guten Cab mit 'nem Schnelltraber« vorziehen mögen,
und die Kutscher nicht begreifen können, wie es nur zugeht, dass noch Leute ihre gesunden Glieder »den gebrechlichen Cabs anvertrauen, indem sie 'ne repetierliche Kutsche mit 'nem Paar Pferde haben können, die mit
niemand nicht davonlaufen«: – ein ohne Frage vollkommen begründeter Trost, da man nie von einem Kutschenpferd gehört, das davongelaufen wäre, »ein einziges ausgenommen«, wie der Fahrer, eines Cabs bemerkte, »und das lief rückwärts«.

Die Läden sind jetzt vollkommen geöffnet und die
Lehrlinge und Ladendiener emsig beschäftigt, die Fenster für den Tag zu reinigen und auszustaffieren. Die Bäckerläden in der Stadt sind gefüllt mit Dienstleuten und
Kindern, die auf das Herausziehen des ersten Gebäcks
aus dem Ofen warten – was in den Vorstädten bereits

vor einer vollen Stunde stattfand; denn die Schreiberbevölkerung von Somers- und Camden-Town, Islington und Pentonville strömt schon in die City herein oder richtet die Schritte nach Chancery-Lane und den Inns of Court. Leute in den mittleren Jahren, deren Saläre nicht in demselben Verhältnis wie ihre Familien zugenommen haben, eilen vorüber, ohne rechts oder links zu sehen, denken offenbar nur an das Kontor, kennen fast alle Personen, denen sie begegnen oder die sie einholen, vom Aussehen, denn sie haben sie alle Morgen (sonntags ausgenommen) seit zwanzig Jahren gesehen, sprechen aber mit niemandem. Holen sie zufällig einen persönlichen Bekannten ein, so wechseln sie eine eilige Begrüßung mit ihm und gehen an seiner Seite oder vor ihm her weiter, je nachdem, ob er rascher oder langsamer geht. Stillzustehen, zum Händeschütteln oder um des Freundes Arm zu nehmen, dünkt ihnen, wie es scheint, in ihrer Salär nicht eingeschlossen und unerlaubt. Kleine Schreiber mit großen Hüten, zu Männern gemacht, noch ehe sie jemals Knaben gewesen waren, eilen paarweise in ihren besten, sorgfältig gebürsteten Röcken und den weißen, reichlich mit Staub und Tinte beschmutzten Beinkleidern vom vorigen Sonntag dahin. Es kostet sie offenbar beträchtliche innere Kämpfe, es sich zu versagen, für einen Teil von dem zum Mittagessen bestimmten Kapital ein paar von den gestrigen, an den Türen des Konditors in staubigen Zinnbüchsen so lockend ausgestellten Törtchen zu erstehen; doch sie erinnern sich ihrer Würde und Wichtigkeit bei einer Einnahme von sieben Schillingen wöchentlich mit der Aussicht einer baldigen Erhöhung auf acht, geben das Beispiel der Selbstbeherrschung, drücken die Hüte ein wenig mehr auf die Seite und sehen allen jungen Putzmacherinnen und Näherinnen, denen sie begegnen, unter die Ihrigen. Arme Mädchen! Sie bilden die Klasse, die sich am sauersten mühen muss, am schlechtesten bezahlt und nur zu oft am schlechtesten behandelt wird.

Elf Uhr: Und Scharen ganz anderer Leute füllen die Straßen. Die Verkaufsgegenstände hinter den Ladenfenstern sind verlockend angeordnet; die »jungen Leute« mit ihren weißen Halstüchern und in ihren sauberen Röcken sehen aus, als wenn sie kein Fenster putzen könnten, und wenn es um ihr Leben ginge; die Karren sind von Covent- Garden verschwunden; die Fuhrleute und Obsthändler sind in ihre vorstädtischen Bezirke zurückgekehrt; die Schreiber befinden sich in ihren Büros und Gigs (leichte zweirädrige Wagen), Cabs, Omnibusse und Reitpferde führen ihre Prinzipale derselben Bestimmung zu. Überall in den Straßen ist Gedränge Geputzter und Schäbiger, Reicher und Armer, Fauler und Fleißiger, und die Hitze, das Getümmel und die betriebsame, rührige Tätigkeit des Mittags haben begonnen.

Doch will man die Straßen Londons in ihrem höchsten Glanze erblicken, so muss man sie an einem finstern und trüben Winterabend sehen, wenn sich gerade genug Feuchtigkeit niedersenkt, dass das Pflaster schlüpfrig, aber nicht im Mindesten sauberer wird, und wenn der schwere, träge Nebel, der alles umflort, bewirkt, dass die Gaslichter heller strahlen und die glänzend erleuchteten Läden infolge des Kontrastes mit der Dunkelheit umher sich noch prachtvoller als gewöhnlich anschauen lassen. Wer an einem solchen Abend daheim ist, sucht es sich so gemütlich und bequem wie möglich zu machen, und die Leute in den Straßen haben guten Grund, die Glücklichen zu beneiden, die an ihren wärmenden Kaminen sitzen.

In den größeren Straßen besserer Wohnviertel sind die Fenstervorhänge der Wohnzimmer dicht zugezogen, lodern helle Küchenfeuer und schmeicheln Düfte von heißen Gerichten den Geruchsnerven des hungrigen, an den Hausgittern sich mühsam vorüberarbeitenden Wanderers. In den Vorstädten klingelt der Semmelbursche in der kleinen Straße weit langsamer hinunter, als er es gewohnt ist, denn kaum hat Mrs. Macklin in Nr. 4 ihre kleine Haustür geöffnet und aus allen Kräften »Semmeln« gerufen, als auch schon Mrs. Walker in Nr. 5 ihre Fenster geöffnet und denselben Ruf ertönen lässt; und er ist ihren Lippen noch nicht entflohen, als Mrs. Peplow gegenüber Master Peplow loslässt, der mit einer Schnelligkeit, zu der ihn nur die Aussicht auf Semmeln mit Butter antreiben kann, auf die Straße hinunterschießt und den Burschen gewaltsam zurückschleppt, worauf Mrs. Macklin und Mrs. Walker, um dem letzteren einige Schritte zu ersparen und zugleich ein paar freundnachbarliche Worte mit Mrs. Peplow zu wechseln, hinüberlaufen und ihre Semmeln vor Mrs. Peplows Haustür kaufen, wo denn aus Mrs. Walkers freiwilligem Bericht hervorgeht, dass ihr Kessel eben am Sieden sei und das Teegeschirr bereitstehe und dass sie, da es draußen ein so erbärmlicher Abend, beschlossen habe, ein behagliches heißes Schälchen Tee zu trinken – ein Beschluss, der infolge eines merkwürdigen Zusammentreffens von den anderen beiden Damen gleichzeitig gefasst worden ist.

Nach einer Unterhaltung über die Abscheulichkeit des Wetters und die Vorzüge des Tees, nebst einer Abschweifung über die Bosheit der Knaben als Regel und die Liebenswürdigkeit Mr. Peplows als Ausnahme, sieht Mrs. Walker ihren Mann die Straße herunterkommen. Und da der Arme nach seiner großer Wanderung von den Schiffsdocks her seinen Tee sehr notwendig haben muss, läuft sie augenblicklich mit ihren Semmeln in der Hand hinüber. Mrs. Macklin folgt ihrem Beispiel, und alle eilen in ihre kleinen Häuser zurück und schlagen die kleinen Haustüren zu, die an diesem Abend nicht wieder geöffnet werden, ausgenommen um neun Uhr für den »Biermann«, der mit einer Laterne vor seiner Trage anlangt, und während er Mrs. Walker das Anzeigenblatt vom vorigen Tag leiht, erklärt, dass er verdammt sein wolle, wenn er die Kanne ordentlich halten oder gar das Papier fühlen könne, denn es sei einer der kältesten Abende, die er erlebt habe, den ausgenommen, an dem der Mann auf dem Backsteinfeld erfroren sei.

Nach einem Geplauder mit dem Polizeidiener an der Straßenecke über eine wahrscheinliche Wetterveränderung kehrt der Neunuhrbiermann nach dem Hause seines Herrn zurück und beschäftigt sich für den Rest des Abends damit, dass er eifrig das Schenkstübchenfeuer schürt und bescheiden an der Unterhaltung der davor versammelten Gäste teilnimmt.

Die Straßen in der Nähe des Marshgate und Viktoriatheaters haben an einem solchen Abend ein unendlich schmutziges und trostloses Aussehen, mit dem die hier sich Umhertreibenden vollkommen harmonieren. Sogar der kleine Blockzinntempel, in dem gebackene Kartof-

feln verkauft werden, mit seinem strahlenden Emblem
von farbigen Lampen darüber, sieht weniger prachtvoll
als gewöhnlich aus, und was den Nierenpastetenstand
betrifft, so ist fast all sein Glanz entschwunden. Das
Licht hinter dem Ölpapiertransparent ist wohl fünfzig-
mal ausgeblasen worden, und der Nierenpastetenver-
käufer, der es müde geworden ist, von seinem Standplatz nach dem nächsten Weinkeller hin und her zu laufen, um sich Licht zu holen, hat die Illumination in Verzweiflung aufgegeben, und die einzigen Zeichen seines
Standorts sind die hellen Funken, von denen, sooft er
seinen tragbaren Ofen öffnet, um einem Kunden eine
heiße Pastete zu reichen, ein langer unregelmäßiger
Schweif die Straße hinuntergewirbelt wird. Schollen-,
Austern- und Obsthändler stehen hoffnungslos in den
Straßenrinnen und bemühen sich vergeblich, Kunden
anzulocken; und die zerlumpten Knaben, die sich sonst
so munter umhertreiben, kauern in kleinen Häufchen
unter einem vorgebauten Torweg oder dem Leinen-
rouleau des Käsehändlers, wo große, flackernde, durch
kein Glas geschützte Gaslichter mächtige Haufen von
hochroten und blassgelben Käsen beleuchten, vermischt
mit kleinen Fünfpenny-Scheiben grauen Specks und mit
Tonnen frischer, nicht eben frisch aussehender Butter.

Die Knaben vertreiben sich hier die Zeit durch eine Unterhaltung über das Schauspiel, das sie bei ihrem letzten
Besuch der Viktoria- Galerie zu halbem Preis gesehen
haben, bewundern den »furchtbaren Kampf«, der jeden
Abend wiederholt werden muss und verbreiten sich
über die unnachahmliche Kunst, womit Bill Thompson

den Doppelaffen spielt oder den Matrosen-Hornpipe mit seinen mysteriösen Verwicklungen ausführt.

Es ist fast elf Uhr, und der kalte Sprühregen geht in ein ernstliches und ordentliches Gießen über. Der Mann mit den gebackenen Kartoffeln hat sich entfernt – der Nierenpastetenmann ist mit seinem Warenhaus auf dem Arm gleichfalls nach Hause gegangen – der Käsehändler hat sein Rouleau eingezogen – die Knaben haben sich zerstreut. Das fortwährende Klappern von Überschuhen auf dem schlammigen und unebenen Pflaster und das Rauschen von Regenschirmen, während der Wind an den Fensterläden rüttelt, sind lauter Zeugnisse der Unfreundlichkeit des Abends; und der Polizeidiener in seinem dichtzugeknöpften Wachstuchkragen, der den Hut auf dem Kopf festhält und sich umdreht, um sich einigermaßen gegen den an der Straßenecke wider ihn anbrausenden Wind zu schützen, scheint weit entfernt zu sein, sich wegen seiner Aussichten für die Nacht Glück zu wünschen.

Der kleine Kramladen mit der geborstenen Glocke hinter der Tür, deren melancholisches Klingeln so oft ertönte, als ein viertel Pfund Zucker oder ein paar Lot Kaffee begehrt wurden, wird verschlossen. Das Gedränge, das den ganzen Tag auf und nieder wogte, verliert sich rasch, und das Geräusch laut redender und zankender Stimmen, das aus den Gasthäusern hervordringt, unterbricht fast allein noch die einförmige Stille der beginnenden Nacht.

Es waren noch andere Geräusche zu hören gewesen, aber sie sind jetzt verstummt. Dort die unglückliche Frau mit dem Kind auf dem Arm, dessen abgezehrte

Glieder sie in die Überbleibsel ihres eigenen dünnen Schals eingehüllt hat, sang ein beliebtes Lied in der Hoffnung, einem mitleidigen Vorübergehenden einige Pence abzuringen. Ein brutales Gelächter über ihre schwache Stimme ist der ganze Gewinn ihrer Mühe. Die Tränen rinnen dicht und rasch über ihre hohlen, bleichen Wangen hinunter, das Kind ist durchkältet und hungrig, und sein leises, halb ersticktes Wimmern verschärft das Leiden seiner gequälten Mutter, die laut ächzend und verzweiflungsvoll auf eine kalte, feuchte Türschwelle niedersinkt.

Singen! Wie wenige von denen, die an einer so mit Jammer Beladenen vorübergehen, denken an die Herzensangst und Pein, die bittere Seelenqual, die allein schon durch die Anstrengung des Singens erzeugt wird. Welch ein grausamer Spott und Hohn, wenn Krankheit, Verlassenheit und Hunger die Worte des munteren Liedes kaum vernehmlich vorbringen, das in deinen fröhlichen Stunden, Gott weiß wie oft, deine Freude noch erhöht hat! Es ist kein Gegenstand zum Lachen. Die schwache, bebende Stimme erzählt eine schaurige Geschichte von Entbehrung und Verkümmerung, und die unglückliche Sängerin des Jubelliedes schweigt vielleicht, nur um zu erfrieren oder Hungers zu sterben.

Ein Uhr! Schauspielbesucher zu Fuß waten durch den Schlamm der Straßen nach Hause, Cabs, Mietkutschen, Equipagen und Theateromnibusse rollen rasch vorüber, Kutschenstandwärter mit schmutzigen, mattbrennenden Laternen in den Händen und großen Messingschildern auf der Brust gehen, nachdem sie sich in den letzten beiden Stunden heiser gerufen und müde gelaufen, in ihre

Gasthäuser, um sich bei ihrem beliebten Leibestrost – Pfeifen und Wertmutbier – zu erholen; die Halbpreis-Parterre- und Logenbesucher eilen haufenweise in die Restaurationen, und Koteletts, Nieren, Austern, Doppelbier, Zigarren und Gläser Grog usw. ohne Zahl werden gefordert und gebracht unter einem schlechterdings unbeschreiblichen Lärm und Wirrwarr von Rauchen, Laufen, Messer- und Aufwärtergeklapper.

Die musikalischeren Schauspielbesucher begeben sich in eine »harmonische Versammlung«, [1] und wir wollen ihnen der Kuriosität wegen für ein paar Augenblicke folgen.

In einem hohen und geräumigen Zimmer klopfen achtzig bis hundert Gäste mit kleinen Zinnkrügen auf die Tische und hämmern mit den Messergriffen, als wenn sie Böttcher wären. Sie applaudieren einem Lied, das soeben von drei Berufssängern gesungen worden ist, die oben am mittleren Tisch sitzen und deren einer den Vorsitz hat – der kleine wichtige Mann dort mit dem kahlen, aus dem Kragen seines grünen Rockes gerade noch hervorstehenden Kopf. Die anderen beiden sitzen ihm rechts und links zur Seite – der starke Mann mit der dünnen Stimme und der Schwarzgekleidete mit dem schmalen schwärzlichen Gesicht. Der kleine Vorsitzer ist

---

1 Diese Versammlungen gehörten zu den englischen nationalen Eigentümlichkeiten. Sie wurden nach dem Theater oder Konzert in später Nacht abgehalten, waren anfangs aristokratische Vergnügungen, später, ahmten sie aber auch die niedrigsten Klassen nach, wodurch sie allmählich sehr sanken. Am berühmtesten waren die Restaurationen Coal-Hole am Strand, Cider Cellars in Maiden Lane und Evans' Vaults in Covent-Garden. Anm. d. Übers.

eine äußerst komische Person –welch eine kuriose, herablassend-feierliche Würde und welch eine Stimme!

»Ein Bass, sage ich Ihnen«, bemerkt der junge Herr mit der blauen Halsbinde ganz in unserer Nähe zu seinem Gefährten mit nachdrücklicher Betonung; »ein Bass, sage ich Ihnen – er hat mehr Tiefe als irgendeiner und steigt bisweilen so tief hinunter, dass man ihn gar nicht mehr hören kann.«

Es ist wirklich immer so. Ihn grummeln zu hören, allmählich tiefer, bis er nicht wieder herauf kann, gehört zu den köstlichsten Dingen in der Welt, und es ist rein unmöglich, bei der ausdrucksvollen Feierlichkeit ungerührt zu bleiben, mit der er seine ganze Seele hineinlegt in »Mein Erz ist im Ochland« oder »Die wackre alte Heiche«. Der starke Mann ist gleichfalls der Sentimentalität zugetan, und trillert »Flieh aus der Welt mit mir, meine süße Bessy, mit mir« oder ein ähnliches Lied mit jungmädchenhafter Süße und in den denkbar verführerischsten Tönen.

»Haben Sie die Güte, Ihre Bestellungen aufzugeben, Gentlemen«, ruft der blasswangige Mann mit dem roten Kopf, und von allen Seiten wird lärmend nach Branntwein mit Wasser, Doppelbier und recht leichten Zigarren gerufen. Die Sänger befinden sich auf dem Gipfel ihres Ruhmes und nicken herablassend oder flüstern im Gönnerton ihren Bekannten ein paar Worte des Erkennens oder der Begrüßung zu.

Der kleine Mann mit dem runden Gesicht, im braunen Oberrock, weißen Strümpfen und Schuhen ist ein komischer Sänger; und es ist höchst amüsant, seine Miene aus

Selbstverleugnung und Selbstbewusstsein, mit der er den Aufruf des Vorsitzers beantwortet, zu beobachten. »Meine Herren«, sagt der kleine wichtige Mann, die Worte mit einem Schlag des Präsidentenhammers begleitend, »meine Herren, erlauben Sie mir, Ihre Aufmerksamkeit in Anspruch zu nehmen – unser Freund, Mr. Smuggins, will die Güte haben.« – Die Versammlung ruft »Bravo!« und Smuggins singt, nach beträchtlich langem Husten statt einer Ouvertüre und einem äußerst lächerlichen, zur allgemeinen Belustigung dienenden – Schnauben, ein komisches Lied mit einem Trallatrallalarera-Refrain am Schlusse jeder Strophe, der weit länger ist als die Strophe selbst. Es wird mit unbegrenztem Beifall aufgenommen, und nachdem ein aufstrebendes musikalisches Genie freiwillig ein Probestück zum Besten gegeben hat und kläglich stecken geblieben ist, gebraucht der kleine Wichtige abermals seinen Hammer und sagt: »Meine Herren, wenn es Ihnen gefällig ist, wollen wir ein mehrstimmiges Lied versuchen.« Die Ankündigung ruft lärmenden Beifall hervor, und die energischeren Geister drücken ihre vollkommene Billigung dadurch aus, dass sie die Füße von ein oder zwei Biergläsern zerbrechen – eine humoristische Kunst, die jedoch häufig eine kleine Zankerei veranlasst, wenn der Kellner den Vorschlag macht, die Förmlichkeit des Schadenersatzes zu beachten.

Ähnliche Auftritte wiederholen sich bis drei oder vier Uhr morgens, und wenn sie vorüber sind, bieten sich dem neugierigen Neuling immer wieder andere dar. Doch eine, wenn auch nur leicht hingeworfene Beschreibung von ihnen allen würde einen Band erfordern, dessen Inhalt, wenn auch belehrend, doch keineswegs unterhaltend sein würde – wir machen daher unsere Verbeugung und lassen den Vorhang fallen.

Läden und deren Inhaber

Welch unerschöpflichen Stoff für Betrachtungen bieten die Straßen der Hauptstadt! Mit Recht bemitleidete Sterne den Mann, der von Dan nach Berseba reisen und sprechen konnte, es sei alles wüst; noch zehnmal bemitleidenswerter aber ist der, der Hut und Stock nehmen, von Covent-Garden nach dem St.-Pauls-Kirchhof und wieder zurückwandern kann, ohne seiner Wanderung Unterhaltung – wir hätten fast gesagt: Belehrung – zu verdanken. Und doch gibt es so Stumpfsinnige; wir begegnen ihnen tagtäglich. Hohe schwarze Halsbinden und helle Westen, zierliche Spazierstöcke und missvergnügte Mienen sind die besonderen Merkzeichen ihres Geschlechts. Andere eilen rasch an uns vorüber, sei es, dass sie heute wie gestern und alle Tage ihre Geschäfte verfolgen oder frohsinnig dem Vergnügen nachjagen. Jene aber schlendern achtlos dahin und sehen so heiter und belebt aus wie Polizisten im Dienst. Nichts scheint einen Eindruck bei ihnen hervorzubringen; nichts Geringeres stört ihren Gleichmut, als wenn sie von einem Lastträger niedergerannt oder, von einer Droschke überfahren werden.

Du wirst ihnen an einem schönen Tag in jeder Hauptstraße begegnen; erblickst sie bei ihrem einzigen Lebensgenuss, wenn du abends durch das Fenster in einen Zigarrenladen im Westend hineinschaust, sofern es dir gelingt, einen Blick zwischen den blauen Vorhängen hindurch zu gewinnen, die dem Hineingaffen des Pöbels zu wehren bestimmt sind. Da sind sie zu schauen in der Würde gewaltiger Knebelbärte und ebenso mächtiger Uhrgehänge. Sie ruhen in den nachlässigsten Stellungen oder stolzieren gravitätisch auf und ab oder flüstern süßen Unsinn der jungen geputzten Dame mit den großen Ohrringen in das Ohr, die, in einem Meer von Anbetung und Gaslicht hinter dem Ladentische sitzend, die Bewunderung aller Mägde der Nachbarschaft ist und von allen jungen Putzmacherei-Aspirantinnen innerhalb eines Umkreises von zwei Meilen glühend beneidet wird.

Eine unserer Hauptergötzlichkeiten besteht darin, die Schicksale – Erhebung oder Fall – von Läden zu beobachten. Wir haben uns eine genaue Bekanntschaft mit mehreren in verschiedenen Stadtteilen erworben und besitzen eine gründliche Kenntnis ihrer ganzen Geschichte. Wir könnten sogleich wenigstens zwanzig hersagen, bei denen wir vollkommen gewiss sind, dass sie seit den letzten sechs Jahren keine Steuer bezahlt haben. Sie wechseln spätestens nach je zwei Monaten die Besitzer und haben, wir sind davon überzeugt, in ihrem Umfange sämtliche Zweige des Kleinhandels gesehen.

Unter ihnen ist einer, dessen Geschichte auch die der anderen veranschaulicht und bei dessen Schicksalen wir eine ganz besondere Teilnahme empfanden, da wir das Vergnügen hatten, ihn seit seiner Entstehung gekannt zu haben. Er befindet sich im jenseitigen, dem Surrey-Stadtteile, ein wenig über Marshgate hinaus, und war ursprünglich ein recht artiges, gut aussehendes Privathaus. Der Besitzer geriet in Verlegenheit und das Haus in die Hände der Gläubiger; der Besitzer entlief und das

Haus verfiel. Zu dieser Zeit begann unsere Bekanntschaft mit ihm. Der ganze Verputz war heruntergefallen, kein Fenster ohne zerbrochene Scheiben, der Vorplatz teils mit Gras bewachsen und teils eine Lache vom Überlaufen der Wassertonne und diese ohne Deckel, und die Haustür ein wahrhaftes Bild des Elends. Der Hauptzeitvertreib der Kinder der Nachbarschaft hatte darin bestanden, sich in Haufen auf den Türschwellen zu versammeln und, zum großen Behagen der Nächstwohnenden überhaupt und der nervenschwachen Dame gegenüber insbesondere, unaufhörliche Klopfübungen aller Art anzustellen. Es hatte nicht an zahlreichen Beschwerden gefehlt; Becken mit Wasser waren über die Köpfe der kleinen Übeltäter geleert worden – doch ohne Erfolg. Diese Lage der Dinge bewog den Trödler an der Straßenecke, auf die verbindlichste Weise den Klopfer herunterzunehmen und zu verkaufen; und das unglückliche Haus sah trübseliger aus als jemals.

Wir verloren es während einiger Wochen aus den Augen. Wer schildert unser Erstaunen, als wir nach Ablauf dieser Zeit keine Spur seines Daseins mehr fanden? Wir erblickten an seiner Stelle einen stattlichen, der Vollendung sich nähernden Laden und an den Fenstern riesenhafte Anschläge, die dem Publikum verkündigten, dass jener baldigst eröffnet werden würde mit einer »umfassenden Auswahl von Ellenwaren«. Er wurde eröffnet; der Name des Eigentümers »und Co.« glänzte in goldenen Lettern fast zu blendend, um ihn anschauen zu können. Welche Bänder und Schals! Und zwei so elegante junge Leute hinter dem Ladentische, mit schneeigen Hemdkragen und Halstüchern, wie die Liebhaber in einer Posse! Was den Prinzipal betrifft, so tat er gar nichts, als dass er im Laden umherspazierte, den Damen Stühle reichte und wichtige Gespräche mit dem schönsten der jungen Herren führte, in dem die scharfsinnigsten Nachbarn den »und Co.« vermuteten. Wir sahen dieses alles mit Kummer an; denn eine böse Ahnung erfüllte uns, dass der Laden zugrunde gehen würde – und sie traf ein. Sein Verfall war langsam, aber sicher. Zuerst zeigten sich die »herabgesetzten« und dann die »bedeutend herabgesetzten Preise« in den Fenstern; sodann wurden Flanellstücke mit Ausverkaufspreiszetteln draußen vor die Tür gestellt; hierauf las man auf einem Anschlage, dass das erste Stockwerk ohne Möbel zu vermieten sei. Einer der jungen Herren verschwand gänzlich, der andere vertauschte die weiße mit einer schwarzen Halsbinde, und der Prinzipal vertauschte den Laden mit dem Weinhause. Der Laden wurde unsauber, zerbrochene Fensterscheiben wurden nicht durch neue ersetzt, und die »umfassende Auswahl von Ellenwaren« verschwand ein Stück nach dem andern. Endlich erschien der Wassersteuererheber, um die Leitung abzusperren, und nunmehr verschwand auch der Prinzipal und ließ dem Hauswirte seine Empfehlung und den Hausschlüssel zurück.

Der zweite Inhaber war ein Papier- und Kunsthändler. Der Laden war bescheidener eingerichtet, aber doch noch immer nett; allein, wenn wir vorübergingen, konnten wir uns niemals des Gedankens erwehren, dass es mit dem Geschäfte schlecht und bedenklich stehe. Wir wünschten ihm guten Fortgang, fürchteten aber für den Ausgang. Der Geschäftsinhaber musste ein Witwer und anderwärts irgendwie angestellt sein, denn er begegnete uns alle Morgen auf dem Wege in die City. Das Geschäft wurde von seiner ältesten Tochter besorgt. Die Arme! Sie bedurfte keines Beistandes. Wir sahen bisweilen im Vorübergehen zwei oder drei Kinder, in Trauer wie sie selbst, in dem kleinen Zimmer hinter dem Laden sitzen; und gingen wir abends vorüber, so war sie stets mit Nähereien für die Geschwister oder mit kleinen eleganten Arbeiten zum Verkauf beschäftigt. Ihr blasses Antlitz sah dann bei der matten Erleuchtung noch trauriger und nachdenklicher aus, und wir dachten oft, wenn jene vornehmen gedankenlosen Frauen, die armen Mädchen wie dieser Kunsthändlerstochter den Markt verderben, das Elend, die bitteren Entbehrungen nur zur Hälfte kennten, denen diese bei ihren ehrenwerten Bemühungen um einen dürftigen Lebensunterhalt unterworfen sind: Sie würden vielleicht sogar lieber die Gelegenheiten vorübergehen lassen, ihre Eitelkeit zu befriedigen, und die unweibliche Sucht, sich zur Schau zu stellen, bezähmen, [2] als jene Unglücklichen zu einem letzten schrecklichen Rettungsmittel zu drängen, das nur nennen zu hören das Zartgefühl dieser mitleidigen und wohltätigen Frauen auf das Äußerste verletzen würde.

Doch wir vergessen den Laden, den wir fortfuhren zu beobachten und der mit jedem Tage die zunehmende Dürftigkeit des Inhabers deutlicher enthüllte. Es ist wahr, die Kinder sahen reinlich aus, allein ihre Kleidung war höchst ärmlich. Für das obere Stockwerk hatte sich,

---

2 Nämlich bei den sogenannten fancy-fairs, Basars, zu denen Putz- und ähnliche Artikel umsonst geliefert wurden, und wo elegante Damen die Rolle der Verkäuferinnen übernahmen. Anm. d. Übers.

worauf der Kunsthändler doch sicherlich sehr gerechnet hatte, kein Mieter gefunden, und eine langsam zehrende Krankheit machte es der ältesten Tochter unmöglich, ihre Anstrengungen fortzusetzen. Das Vierteljahr ging zu Ende. Der Hausbesitzer hatte durch den Leichtsinn oder die Prunksucht des vorigen Ladeninhabers gelitten und kein Mitleid mit dessen so redlich als mühsam fortstrebendem Nachfolger. Er erwirkte einen Pfändungsbefehl. Als wir eines Morgens vorübergingen, wurde eben das wenige Hab und Gut des unglücklichen Mieters fortgetragen und ein neuer Anschlag verkündete, dass das Haus abermals zu vermieten sei. Wir haben nicht in Erfahrung bringen können, was aus dem Kunsthändler geworden, glauben aber, dass die Tochter allem Erdenleid entronnen ist. Gott sei mit ihr! Wir hoffen, dass wir nicht irren.

Wir waren neugierig, auf welche Stufe der Laden nunmehr hinuntersinken würde – denn dass er sich nicht wieder heben würde, war offenbar genug. Der Anschlag verschwand, und im Innern wurden Veränderungen vorgenommen. Er wurde eröffnet, und wir wunderten uns, dass wir nicht sogleich auf das Rechte geraten hatten. Der – in seinen besten Zeiten nicht eben große – Laden war in zwei, nur durch eine dünne, mit buntem Papier beklebte Bretterwand getrennte Läden verwandelt worden, einen für eine Hutformmacherin, und einen andern für einen Tabakshändler, der zugleich Spazierstöcke führte und Sonntagsblätter verkaufte.

Der Tabakshändler blieb länger im Besitze des Ladens als seine beiden Vorgänger. Er war ein rotgesichtiger, kecker, unverschämter Gesell, gewohnt, die Dinge zu nehmen, wie sie eben lagen, und die beste Miene zum bösesten Spiele zu machen. Er verkaufte so viele Zigarren; als er konnte, und rauchte die übrigen selbst. Er hielt sich in seinem Laden, solange er den Hauswirt beschwichtigen konnte, und als ihm der endlich keine Ruhe mehr ließ, verschloss er kaltblütig die Tür und ging ganz ruhig davon. Von dem Tage an haben die beiden kleinen Ladenhöhlen unzählige Wechsel erfahren. Dem Tabakshändler folgte ein Theaterfriseur, der sein Fenster mit einer großen Auswahl von »Charakteren« und »schrecklichen Kämpfen« verzierte. [3] Die Hutformbildnerin machte einem Gewürzkrämer Platz, und der Theaterfriseur einem Schneider. Der besagten Wechsel sind so viele gewesen, dass wir in der letzten Zeit fast nur die eigentümlichen, aber sicheren Anzeichen eines von dürftigen Leuten bewohnten Hauses bemerkt und beachtet haben. Die Ladeninhaber gaben ein Zimmer nach dem andern auf, bis sie sich zuletzt einzig auf das kleine Hinterzimmer beschränkten. An der Haustür war erst eine und dann eine zweite Messingplatte mit der Inschrift: »Mädchenschule« zu sehen, und endlich wurde eine und dann noch eine Glockenschnur angebracht.

Als wir diese nicht zu verkennenden Armutszeichen gewahrten, meinten wir, dass das Haus nunmehr auf der untersten Stufe der Erniedrigung angelangt sei. Wir irrten. Als wir vor einigen Tagen vorübergingen, war im

---

3 Man sah in den Fenstern der Londoner Haarkünstler häufig Herrenbüsten, die beliebte Schauspieler oder sonst öffentliche bekannte Personen vorstellten. Zu den damaligen Theatermoden gehörte es, dass in alle möglichen Stücke Schwert- und andere Kämpfe eingelegt wurden, ob es passte oder nicht passte. Anm. d. Übers.

Souterrain ein Milchhandel eingerichtet, und eine jammervoll aussehende Hühnerschar vertrieb sich die Zeit damit, in die Vordertür hinein- und aus der Hintertür wieder hinauszulaufen.

***

Scotland-Yard

Scotland-Yard [4] ist ein kleiner – sehr kleiner Strich Landes, an der einen Seite vom Themsestrome und an der andern von den Gärten des Northumberlandhauses begrenzt; er stößt am einen Ende an die Northumberlandstraße und am anderen an die Rückseite des Whitehallplatzes. Als dieses Territorium vor einigen Jahren zuerst von einem Gentleman vom Lande, der am Strande den Weg verlor, zufällig entdeckt wurde, waren die Ur-Ansiedler ein Schneider, ein Gastwirt, zwei Besitzer von Speisehäusern, ein Obstpastetenbäcker und ein Schlag starker, breitschultriger Männer, die sich regelmäßig jeden Morgen um fünf oder sechs Uhr nach den Werften in Scotland-Yard begaben, um schwerfällige Wagen, die sie jahraus, jahrein im Lande umherfuhren, mit Kohlen zu beladen.

Da die Ansiedler ihren Unterhalt von diesen Kohlenhändlern bezogen, so zeigten ihre Verkaufsartikel und Häuser, dass sie ausdrücklich dem Geschmacke und den Wünschen jener angepasst waren. Der Schneider präsentierte in seinem Fenster ein Paar lederne Liliputgamaschen und einen Diminutivkittel, während beide Tür-

---

4 Es stand dort ein für die Könige von Schottland bei ihren Besuchen in London eingerichtetes Gebäude. Anm. d. Übers.

pfosten sehr angemessen mit Modellen von Kohlensäcken garniert waren. Die beiden Garköche stellten Keulen von einem Umfang und Puddings von einer Solidität, die nur von Kohlenträgern gewürdigt werden konnte, zur Schau; und der Obstpastetenbäcker ließ in seinem reingescheuerten Fensterkasten weiße, mit roten Tüpfeln verzierte Mehl- und Bratenfettkompositionen sehen, die den großen Mund eines jeden vorübergehenden Kohlenmannes wässrig machten.

Doch alles in ganz Scotland-Yard wurde von dem alten Gasthause im Winkel übertroffen. Hier in einem finsteren, getäfelten, die Spuren großen Altertums tragenden, durch ein gewaltiges Feuer gemütlich gemachten Zimmer, das mit einer ungeheuren Uhr verziert war, deren Zifferblatt weiß und deren Zahlen schwarz aussahen, saßen die wackeren und munteren Kohlenträger, tranken Bier in großen Zügen und verbreiteten solche Wolken von Rauch um sich her, dass es fast Nacht davon wurde. An Winterabenden konnte man sie weithin bis an das Stromufer ihre Lieder brüllen hören, wobei sie auf den Schlussworten des Chors so lange und nachdrücklich auszuhalten pflegten, dass das Dach über ihnen erbebte.

Auch erzählten sie hier einander von den Vätern ererbte Sagen von dem, was die Themse in alten Zeiten gewesen sei, wo noch niemand an die Patent-Ankertau-Manufaktorei und die Waterloobrücke gedacht hatte; und sie schüttelten dann die Köpfe mit vielsagendwichtigen Mienen zur Erbauung des aufwachsenden Trägergeschlechts, das umhersaß und dachte, wie das alles wohl enden würde. Und der Schneider nahm dann feierlich die Pfeife aus dem Munde und sprach seine Hoffnung aus, dass es gut enden würde, zugleich aber auch seine starken Zweifel, worauf er mit der Erklärung schloss, nicht so recht eigentlich sagen zu können, was er daraus machen solle – eine mysteriöse Meinungsäußerung, vorgetragen mit einer halb-prophetischen Miene, die niemals die vollkommenste Beistimmung der Versammelten hervorzurufen verfehlte. Dies alles setzten sie fort, bis die zehnte Stunde kam und mit ihr des Schneiders Frau, um ihn nach Hause zu holen, und dann brachen sie auf, um sich am folgenden Abend zur selben Stunde im selben Zimmer wieder zu versammeln und genau dasselbe zu sagen und zu tun.

Um diese Zeit fingen die stromaufwärts kommenden Kohlenschiffe an, unbestimmte Gerüchte nach Scotland-Yard zu tragen, wie man jemand in der City habe sagen hören, dass der Bürgermeister mit klaren Worten gedroht habe, die alte Londonbrücke niederreißen und eine neue bauen zu wollen. Anfangs blieben diese Gerüchte als bloßes, eitles Geschwätz unbeachtet, denn niemand in Scotland-Yard zweifelte, dass der Bürgermeister, wenn er wirklich mit so schwarzen Anschlägen umginge, auf einige Wochen in den Tower eingesperrt und sodann wegen Hochverrats um einen Kopf kürzer gemacht werden würde.

Allein, die Gerüchte wurden allmählich bestimmter und häufiger, und endlich brachte ein Kohlenschiff die unzweifelhafte Kunde, dass bereits mehrere Bogen der alten Brücke gesperrt und Vorbereitungen zum Bau der neuen im Werke seien. Welch eine Aufregung an jenem denkwürdigen Abende in der alten Schenkstube bemerkbar war! Einer schaute dem andern in das vor Schrecken und Staunen bleiche Gesicht und las darin den Widerhall der die eigene Brust erfüllenden Empfindungen. Der älteste anwesende Kohlenhändler bewies anschaulich, dass in dem Augenblicke, in dem man die Brückenpfeiler entfernte, das Wasser der Themse sich samt und sonders verlaufen und nur einen trockenen Schlund zurücklassen würde. Was sollte dann aber aus den Kohlenschiffen – dem Handel von Scotland-Yard – und aus Scotland-Yards Bevölkerung selbst werden? Der Schneider schüttelte den Kopf noch weiser als gewöhnlich, wies mit schrecklicher Gebärde nach einem Messer auf dem Tisch hin und forderte die Versammelten auf, zu warten und zu sehen, was geschehen würde. Er – was ihn betreffe – wolle nichts sagen; aber wenn der Bürgermeister nicht das Opfer eines Volksaufstandes würde – nun: So sollte es ihn nicht wenig wundernehmen.

Sie warteten; ein Kohlenschiff nach dem andern langte an, aber immer und immer noch keine Nachricht von der Abschlachtung des Bürgermeisters. Der Grundstein wurde gelegt – von einem Herzog, einem Bruder des Königs. Jahre vergingen, und die Brücke ward von dem Könige selbst eingeweiht. Im Laufe der Zeit wurden die verhängnisvollen Pfeiler entfernt, und als die guten Leute von Scotland-Yard am anderen Morgen in der Erwartung aufstanden, nach Pedlars Acre hinübergehen zu können, ohne die Sohlen ihrer Schuhe nass zu machen, ersahen sie zu ihrer unaussprechlichen Verwunderung, dass geradesoviel Wasser da war wie immer.

Ein ihrer Weisheit so gänzlich zuwiderlaufendes Ergebnis brachte seine volle Wirkung bei den Bewohnern von Scotland-Yard hervor. Einer der Speisewirte fing an, sich um die Gunst der öffentlichen Meinung zu bewerben und sich um Kunden aus einer neuen Klasse von Leuten zu bemühen. Er legte weiße Tischtücher auf und ließ durch einen Malerlehrling eine der kleinen Scheiben seines Ladenfensters mit etwas bemalen, das soviel heißen sollte wie: »Warme Bratenportionen von zwölf bis zwei.« Die Kultur rückte mit Riesenschritten bis an die Schwelle von Scotland-Yard vor. In Hungerford entstand ein neuer Markt, und die Polizei richtete ihr Büro auf dem Whitehallplatze ein. Handel und Wandel in Scotland-Yard vermehrte sich, dem Hause der Gemeinden wurden neue Mitglieder hinzugefügt, die hauptstädtischen Vertreter fanden den Weg über Scotland-Yard näher, und andere Fußgänger folgten ihrem Beispiele.

Wir beobachteten das Vorschreiten der Zivilisation und seufzten. Der Speisewirt, der der Tischtuchneuerung mannhaft widerstanden hatte, verlor mit jedem Tage Terrain, und sein Nebenbuhler gewann es, woraus sich eine tödliche Fehde zwischen ihnen entspann. Der feine Mann trank seinen Abendschoppen nicht mehr in Scotland-Yard, sondern Gin mit Wasser in einer »Restauration« der Parlamentsstraße. Der Pastetenbäcker fuhr noch fort, das alte Gastzimmer zu besuchen, fing aber an, Zigarren zu rauchen, sich einen Konditor zu nennen und die Zeitungen zu lesen. Die alten Kohlenträger versammelten sich noch immer an dem alten Kamin, allein ihre

Gespräche waren wehmütig, und man hörte sie nicht mehr laut und fröhlich ihre Lieder singen.

Und was ist Scotland-Yard jetzt? Wie haben sich seine alten Bräuche geändert und wie gänzlich ist die ehemalige Einfachheit seiner Bevölkerung entschwunden! Die altväterische, wacklige Schenke ist in ein weitläufiges hohes »Weinhaus« verwandelt worden, das mit vergoldeten Lettern prunkt; und die Kunst des Dichters ist in Anspruch genommen worden, um zu verkünden, dass man sich am Geländer festhalten müsse, wenn man ein gewisses Ale trinke. Der Schneider hat in seinem Fenster das Muster eines ausländisch aussehenden braunen Oberrocks mit seidenen Knöpfen, einem Pelzkragen und Pelzaufschlägen. Er trägt Beinkleider mit Streifen, und wir haben seine Gehilfen (denn er hält gegenwärtig Gehilfen) ebenso stolz angetan die Nadel führen sehen.

Am anderen Ende der kleinen Häuserreihe hat sich ein Schuhmacher in einer Backsteinhütte mit der Neuerung einer belétage etabliert und stellt hohe Stiefel zum Verkauf aus – wirklich hohe, doppelnähtige Stiefel, von dergleichen die ursprünglichen Bewohner vor wenigen Jahren weder etwas gesehen noch gehört hatten. Vor ein paar Tagen öffnete eine Putzmacherin einen kleinen Laden mitten in der Reihe, und als wir meinten, dass der Geist der Veränderung nicht weitergehen könne, erschien ein Juwelier und trat, nicht zufrieden damit, vergoldete Ringe und kupferne Armbänder ohne Zahl auszustellen, mit einer noch jetzt in seinem Fenster zu schauenden Ankündigung hervor, dass man drinnen Damenohren durchbohre. Die Putzmacherin beschäftigt eine junge Dame, die Taschen an der Schürze trägt, und der Schneider tut dem Publikum kund, dass Gentlemen ihre eigenen Zutaten bei ihm verarbeiten lassen können.

Inmitten aller dieser Wandlungen, Unruhe und Neuerungen ist nur noch ein alter Mann übrig, der den Verfall von Scotland-Yard zu beklagen scheint. Er verkehrt nicht mit dem menschlichen Geschlecht, sitzt auf einer hölzernen Bank an der Ecke der Mauer, dem Whitehallplatze gegenüber, und sieht schweigend den lustigen Sprüngen seines runden, wohlgenährten Hundes zu. Er ist Scotland-Yards schützender Genius. Viele Jahre sind über seinem Haupte dahingegangen, er aber ist stets an derselben Stelle zu finden bei schlechtem wie bei gutem Wetter, bei Hitze wie bei Kälte, Nässe oder Trockenheit, Hagel, Regen oder Schnee. In seinem Antlitze malen sich Elend und Armut; sein Rücken ist vom Alter gebeugt, und sein Kopf von der Länge seiner Prüfungen grau; aber er sitzt da, einen Tag wie den anderen, der Vergangenheit gedenkend, und wird fortfahren, seine schwachen Glieder dahinzuschleppen, bis sich seine Augen für Scotland-Yard und die Welt geschlossen haben.

Wenn nach einer Reihe von Jahren ein Altertumsforscher liest, was wir hier niedergeschrieben haben, so werden seine ganze Kenntnis der Geschichte und sein ganzer gelehrter Apparat nicht genügen, ihn zu belehren, an welcher Stelle Scotland-Yard zu suchen ist.

Gedanken in Monmouth-Street

Wir haben stets eine besondere Vorliebe für Monmouth-Street gehegt, als den einzig wahren und echten Stapelplatz für alte Kleider. Die Monmouth-Street ist ehrwürdig wegen ihres Altertums und achtbar wegen

ihrer Nützlichkeit. Holywell-Street verachten wir; die
Juden mit roten Köpfen und Knebelbärten, die jeden Vorübergehenden gewaltsam in ihre schmutzigen Häuser
hereinzerren und ihn in Rock und Weste stecken, er mag
wollen oder nicht, verabscheuen wir.

Die Bewohner der Monmouth-Street bilden eine eigentümliche Klasse friedlicher und zurückgezogen lebender
Leute, die die meiste Zeit in tiefen Kellerlöchern oder
engen Hinterstübchen versteckt sind und nur selten zum
Vorscheine kommen, nämlich in der Dunkelheit und
Kühle des Abends, wo sie auf Stühlen vor den Häusern
sitzen, ihre Pfeifen rauchen und dem Umhertummeln
ihrer hoffnungsvollen Sprösslinge zuschauen, die sich
der Straßenrinnen freuen und ein vergnügtes Trüppchen
jugendlicher Gassenkehrer bilden. Ihre Gesichter sind
gedankenvoll und ungewaschen – sichere Anzeichen ihrer Liebe zum Handel und Wandel; und ihre Wohnungen zeichnen sich durch jene Nichtachtung des äußeren
Scheins und die Vernachlässigung häuslicher Gemüt-
lichkeit aus, die bei Leuten, die fortwährend in wichtige
Spekulationen vertieft sind und eine meist sitzende Le-
bensart führen, ganz allgemein ist.

Wir deuteten auf das Altertum unserer Lieblingsstraße
hin. Die »Röcke mit Monmouth-Street-Schnüren« waren
vor Jahrzehnten berühmt, und die Monmouth-Street ist
noch immer dieselbe. Lotsenwämser mit hölzernen
Knöpfen haben den Platz der schweren Röcke mit Bor-
den und breiten Schößen eingenommen; gestickte Westen mit großen Klapptaschen sind den weit ausgeschnit-
tenen schottischen mit Schalkragen, unterlegen, und
wunderliche dreieckige Hüte haben den runden mit

niedrigen Deckeln und breiten Rändern aus der Kutscherschule Platz gemacht; doch nur die Zeiten haben sich geändert, nicht die Monmouth-Street, die bei allen Veränderungen und Wechseln der Begräbnisplatz der Moden geblieben ist und allem Anscheine nach zu urteilen so lange bleiben wird, bis keine Moden mehr zu begraben sind.

Wir durchwandern gern diese weiten Hallen erlauchter Toten und geben uns den Betrachtungen hin, die durch sie hervorgerufen werden; passen jetzt einen verblichenen Rock, dann ein verstorbenes Beinkleid und dann wieder die sterblichen Reste einer eleganten Weste einem Geschöpfe unserer Einbildungskraft an und versuchen, uns nach der Art und Beschaffenheit der Kleidungsstücke die ehemaligen Eigentümer vorzustellen. Wir haben uns auf diese Weise unsern Fantasiespielen überlassen, bis ganze Reihen von Röcken von den Nägeln, an denen sie hingen, heruntersprangen und sich den eingebildeten Leuten selbst anlegten; nicht minder beflissen eilten die Beinkleider herbei; Westen öffneten sich fast von selbst vor Begier, sich anzuschmiegen; und eine Fläche von einem halben Morgen voll Schuhe fand urplötzlich hineinpassende Füße, und die Schuhe mit den Füßen trappelten die Straße mit einem Lärm hinunter, der uns aus unserer angenehmen Träumerei erweckte und uns vertrieb, sodass wir uns mit einem verstörten Umherstarren langsam entfernten – den guten Leuten von Monmouth-Street ein Gegenstand der Verwunderung und ein Gegenstand nicht geringen Argwohns für den Polizeidiener an der Straßenecke gegenüber.

Also waren wir vor einigen Tagen beschäftigt und passten soeben ein Paar Schnürstiefel einer ideellen Person an, für die sie, um die Wahrheit zu sagen, volle zwei Nummern zu klein waren, als unsere Blicke auf einige Anzüge außen an einem Ladenfenster fielen, die, was uns sogleich klar war, zu verschiedenen Zeiten demselben Individuum angehört haben mussten und jetzt zufolge eines jener sonderbaren, bisweilen vorkommenden Zufälle in einem und demselben Laden zum Verkaufe ausgestellt waren. Die Meinung erschien uns jedoch fantastisch, und wir sahen die Anzüge noch genauer und mit dem festen Entschlusse an, uns nicht so leicht täuschen zu lassen. Allein wir hatten recht gehabt; je länger wir hinsahen, desto fester überzeugten wir uns von der Richtigkeit unseres ersten Gedankens. Des ehemaligen Eigentümers ganzes Leben war so deutlich auf diesen Anzügen zu lesen, als ob wir seine Selbstbiografie auf Pergament vor uns hätten.

Der erste Anzug bestand aus geflickten und stark beschmutzten Jäckchen und Höschen – einem jener engen blauen Tuchfutterale, in die man kleine Knaben hineinzustecken pflegte, bevor Gürtel und Blusen auf- und alte Moden abgekommen waren: eine scharfsinnige Erfindung, das ganze Ebenmaß der Gestalt eines Knaben dadurch zur Schau zu stellen, dass man letzterem ein sehr knapp anliegendes Jäckchen mit Zierreihen von Knöpfen über den Schultern anzog und sodann die Höschen darüber knöpfte, wie um den Beinen das Aussehen zu geben, als ob sie gerade unter den Armgruben angehakt seien. Dies war der Anzug des Knaben – offenbar eines Stadtkindes, denn die Ärmel und Beinlinge hatten die Kürze und die Knie die Leinenflicken, die der in den Londoner Straßen aufwachsenden Jugend eigentümlich sind. Ebenso offenbar war es, dass der Knabe nur eine Winkelschule besucht hatte. Wenn er Schüler in einer ordentlichen Pensionsanstalt gewesen wäre, so würde man ihm nicht erlaubt haben, soviel auf der Erde zu spielen und sich die Knie so weiß zu rutschen. Auch hatte er eine nachsichtige Mutter und viel Kupfergeld gehabt, was man aus den zahlreichen Streifen einer klebrigen Substanz in der Gegend der Taschen und gerade unter dem Kinne ersah, Streifen, die selbst des Trödlers Geschick zu verstecken nicht imstande gewesen war. Seine Eltern waren anständige, aber mit Reichtümern nicht überbürdete Leute gewesen, denn er würde dem Anzug sonst nicht schon so lange entwachsen gewesen sein, als er die Corduroybeinkleider nebst der kurzen Jacke bekommen, worin er jedoch die Schule besucht und schreiben gelernt hatte – und noch dazu mit recht schwarzer Tinte, sofern die Stelle, an der er seine Feder abzuwischen pflegte, zum Beweise dienen konnte.

Ein schwarzer Anzug und die kurze Jacke in einen Diminutivfrack verwandelt. Des Knaben Vater war gestorben, und die Mutter hatte ihn irgendwo als Laufburschen untergebracht. Der Anzug war lange getragen, verschossen und fadenscheinig, ehe er abgelegt wurde, blieb aber reinlich und von Flecken frei bis zu Ende. Die arme Frau! Wir konnten uns ihre erkünstelte Heiterkeit bei dem dürftigen Mahle vorstellen und wie sie den eigenen kleinen Anteil unberührt ließ, damit ihr hungriger Knabe genug hätte. Ihr fortwährendes Sorgen für ihn, ihr Stolz auf sein Heranwachsen, bisweilen mit dem bitteren, fast zu bitteren Gedanken, um ihn ertragen zu können, vermischt, dass er als Mann gegen sie erkalten, ihrer Liebe und seiner Zusagen vergessen möchte – der stechende Schmerz, den ihr schon auch in seiner Knabenzeit ein unbedachtes Wort, ein gleichgültiger Blick verursachte –, das alles schwebte uns so lebhaft vor, als ob wir es selbst gesehen hätten.

Dergleichen trägt sich jede Stunde zu, und wir wussten es wohl; aber demungeachtet tat es uns, als wir die bald eintretende Veränderung gewahrten – oder gleichviel, zu gewahren uns einbildeten – so weh, als wäre uns so etwas zum ersten Male als möglich erschienen. Der nächstfolgende Anzug sah wie ein sonntägiger aus, war aber liederlich, sollte modisch sein und war doch nicht halb so anständig als der fadenscheinige: verriet den müßiggängerischen Umherlungerer in schlechter Gesellschaft und verkündete uns so, wie uns vorkam, dass Freude und Hoffnung der Witwe rasch verschwunden waren. Wir konnten uns den Rock, vorstellen – mehr, konnten ihn sehen – hatten ihn hundertmal mit drei oder vier anderen Röcken derselben Art in der Nähe von Orten nächtlicher Ausschweifungen umherstreifen gesehen.

Wir bekleideten in einem Augenblick ein halbes Dutzend Knaben und junger Leute von fünfzehn bis zwanzig Jahren aus demselben Ladenfenster, steckten ihnen Zigarren in den Mund, ließen sie die Hände in die Taschen senken und sahen ihnen nach, als sie die Straße hinunterrenommierten und mit den zweideutigen Witzen und den oft ausgestoßenen Beteuerungen und Flüchen zögernd an der Ecke stehen blieben. Wir verloren sie erst aus dem Gesicht, als sie die Hüte noch etwas mehr auf das eine Ohr gedrückt hatten und in das Gasthaus hineinbramarbasiert waren, und kehrten darauf nach der verlassenen Wohnung zurück, wo die Mutter bis spät in die Nacht allein saß. Sie ging in fieberischer Beängstigung auf und ab, öffnete von Zeit zu Zeit die Tür, blickte forschend in die finstere und verödete Straße hinaus und kehrte wieder zurück, um sich aber- und abermals getäuscht zu sehen. Wir schauten weiter die geduldige Miene, womit sie die rohen Worte und die Schläge des Trunkenen ertrug; hörten sie still weinen, als ob sie in Schmerzen vergehen wollte, während sie in ihrer einsamen Kammer auf den Knien lag.

Eine lange Zeit war vergangen und eine noch größere Veränderung eingetreten, als der oberwärts hängende Anzug abgelegt worden war. Er hatte einem kräftigen, starken, breitschultrigen Manne angehört, und wir wussten sogleich, was jedermann gewusst haben würde, der nur einen Blick auf den grünen Rock mit breiten Schößen und großen Messingknöpfen geworfen hätte, dass sein ehemaliger Besitzer selten ohne die Begleitung eines Hundes und eines landstreicherischen Taugenichtses, seines eigenen Ebenbildes, ausgegangen war. Die Lasterhaftigkeit des Knaben war mit dem Manne gewachsen, und wir versetzten uns in seine Wohnung – wenn sie diesen Namen verdiente.

Das nackte, erbärmliche Zimmer war ohne Hausgerät, und er hatte mit seinem Weibe und seinen bleichen, hungrigen und abgemagerten Kindern kaum den notdürftigsten Raum darin. Er stieß Verwünschungen über ihre Klagen aus, wankte nach der Trinkstube zurück, aus der er soeben erst heimgekehrt war, die nach Brot schreiende Frau mit einem kranken Kinde ging ihm nach, und die Straße hallte von dem Lärmen wider, als er sie schalt und schlug. Dann zeigte sich unserm inneren Blicke ein Londoner Arbeitshaus, in einer engen, dumpfigen Straße gelegen, angefüllt mit ungesunden Dünsten, widerhallend von tobendem Geschrei; und in einem engen, finstern Gemache lag eine alte sterbende Frau, flehte um Gnade für ihren Sohn, und kein Kind stand ihr zur Seite, ihr Trost zuzusprechen, keine reine Himmelsluft fächelte ihre Stirn. Ein Fremder drückte ihr die nur noch leer und gläsern blickenden Augen zu, und fremde Ohren vernahmen noch die von den weißen, halbgeschlossenen Lippen gemurmelten Worte.

Ein grober Kittel nebst einem abgenutzten baumwollenen Halstuche und anderen Kleidungsstücken der ärmlichsten Art machten den Beschluss. Ein Gefängnis und der Urteilsspruch – Deportation oder der Galgen. Was würde der Mann zu der Zeit darum gegeben haben, der geplagte und anspruchslose, aber zufriedene Laufbursche wieder werden zu können – nur noch eine Woche, einen Tag, eine Stunde, eine Minute leben zu dürfen –, nur so lange, um imstande zu sein, der kalten und bleichen, im Armengrabe verwesenden Gestalt ein Wort der Liebe und Reue zu sagen, ein Wort der Verzeihung von ihr zu hören? Die Kinder verwildert in den Straßen, die Mutter eine verlassene Witwe; jene wie diese von der auf des Vaters und des Gatten Namen ruhenden Schmach schwer betroffen und durch schrecklichste Not den Abgrund hinuntergedrängt, der ihn zu einem langsamen, vielleicht viele Jahre dauernden Tode viele Hundert Meilen vom Heimatlande entfernt geführt hatte. Wir hatten den Faden zum Ende der Geschichte nicht, allein es war leicht zu erraten.

Wir gingen ein paar Schritte weiter, wünschten unseren Gedanken ihre natürlich heitere Färbung wiederzugeben und fingen daher an, mit einer Raschheit und Gewandtheit, die den erfahrensten der in Leder arbeitenden Künstler mit Erstaunen erfüllt haben würde, eingebildeten Füßen lange Reihen von Stiefeln und Schuhen anzuziehen. Besonders ein Paar Stiefel – ein gutmütigbiederes, herzhaftes Stulpenstiefelpaar – erregte unsere teilnehmendste Beachtung, und ehe wir noch ihre Bekanntschaft eine halbe Minute gemacht hatten, hatten wir auch schon einen prächtigen, jovialen, rotwangigen Marktgärtner für sie geschaffen. Nichts hätte besser zusammenpassen können als sie und er. Seine fleischigen Waden quollen über ihren Stulpenrand hinaus, und sie saßen zu eng, als dass er die Strippen hätte hineinstecken können, mit deren Hilfe er sie angezogen hatte; zwischen ihnen und den Kniehosen war eine Handbreit von den Strümpfen zu sehen; die blaue Schürze hatte er um den Leib herum zusammengerollt. Er trug dazu ein rotes Halstuch und einen blauen Rock, und einen weißen, auf die eine Seite des Kopfes gedrückten Hut – und so stand er da mit seinem seligen roten Antlitze und lächelnd breitgezogenen Munde, und pfiff abwechselnd so vergnügt, als ob er gar keine Vorstellung davon habe, dass ein Mensch unglücklich oder missvergnügt sein könnte.

Er war ein Mann so recht nach unserm Herzen – wir kannten ihn auf das Genaueste – hatten ihn viele Hundert Male in seinem grünen Einspänner mit dem wohlgenährten kleinen Pferde nach Covent-Garden auf den Markt fahren sehen; und während wir noch zärtlich nach seinen Stiefeln hinblickten, hüpften plötzlich die Füße eines gefallsüchtigen Dienstmädchens in ein Paar wollseidene Schuhe hinein, die dicht neben ihnen standen, und wir erkannten in dem Mädchen sogleich die junge Schöne, die, als wir uns am vorigen Dienstagmorgen von Richmond zur Stadt begaben, diesseits der Hammersmith-Hängebrücke sein Erbieten annahm, sie ein wenig mitfahren zu lassen.

Ein sehr geputztes Frauenzimmer mit einem prachtvollen Hut schlüpfte in ein Paar graue Tuchstiefel mit schwarzen Fransen und Schnüren hinein und zeigte große Begier, die Aufmerksamkeit der Stulpenstiefel zu erregen; allein unser Freund, der Marktgärtner, zeigte sich allen ihren kleinen Koketterien unzugänglich, denn zuerst blinzelte er nur listig, als ob er sagen wollte, dass er ihre Zwecke und Absichten sehr wohl durchschaue, und bald beachtete er sie gar nicht mehr. Seine Gleichgültigkeit wurde indes durch die ausnehmende Galanterie eines, einen silberknaufigen Handstock tragenden, sehr alten Herrn aufgewogen, der in ein Paar große, in einer Ecke stehenden Leistenschuhe trat und durch vielfache Gebärden der Dame in den Zeugstiefeln seine Bewunderung ausdrückte, und zwar zur maßlosen Belustigung eines jungen Menschen, den wir in Gedanken in ein Paar hochfersige Tanzschuhe gesteckt hatten.

Wir hatten dieser kleinen Pantomime eine Zeit lang mit lebhaftem Vergnügen zugeschaut, als wir zu unserm unaussprechlichen Erstaunen gewahrten, dass sämtliche von uns beschuhten Individuen – ein zahlreiches Ballettkorps von Stiefeln und Schuhen im Hintergrund, die wir eiligst mit Füßen versehen hatten, mit eingeschlossen – zum Tanz antraten und auch ohne Verzug den Anfang machten, da in demselben Augenblick eine Musikbande zu spielen begann. Wahrhaft zum Entzücken war die Behändigkeit des Marktgärtners anzusehen. Die Stulpenstiefel machten alle Touren und Pas auf das kunstgerechteste und unermüdlichste durch und schienen trotzdem nicht im Mindesten an Ermüdung zu leiden.

Die Wollseidenen blieben ihrerseits keineswegs zurück. Sie hüpften und sprangen nach allen Richtungen umher; und obwohl sie weder so kunstgerecht noch taktmäßig tanzten als die Zeugstiefel, so schien es ihnen dafür desto mehr vom Herzen zu gehen und eine ungemischtere Lust zu gewähren; und wir bekennen daher aufrichtig, dass wir ihnen als Tänzern den Vorzug gaben. Der Unterhaltendste von allen war aber der sehr alte Herr in den Leistenschuhen; denn abgesehen von seinem grotesken Bestreben, jung und verliebt zu erscheinen, das an sich selbst schon belustigend genug war, wusste es der junge Mensch in den Tanzschuhen geschickt immer so einzurichten, dass er, sooft der alte Herr vortrat, um sich vor den Zeugstiefeln zu verbeugen, mit seinem ganzen Gewichte dem alten Knaben auf die Zehen trat, worauf denn der letztere jedes Mal vor Schmerz laut aufschrie und alle übrigen sich vor Lachen ausschütten wollten.

Mitten in unserm seligen Genusse drang eine kreischende, nichts weniger als musikalische Stimme an unser Ohr. »Hoffe, dass Er mich ein ander Mal wiedererkennen wird, Er unverschämtes Rhinozeros!« Als wir scharf vor uns hinblickten, um zu sehen, wer diese Worte gesprochen hätte, wurden wir inne, dass es nicht vonseiten der jungen Dame in den Zeugstiefeln geschehen war, wie wir zuerst anzunehmen geneigt gewesen, sondern von einer sehr großen, ältlichen Frau, die auf einem Stuhle an der Kellertreppe offenbar zu dem Zwecke saß, den Verkauf der neben ihr ausgestellten Handelsartikel zu leiten.

Eine Drehorgel, die dicht hinter uns musiziert hatte, verstummte, und flugs verschwanden die sämtlichen Leute, deren Füße wir in die Stiefel und Schuhe hineingezaubert hatten: Wir erkannten, dass wir in unsern tiefen Gedanken, vielleicht ohne es zu wissen, die alte Dame eine halbe Stunde lang ungewöhnlich angestarrt haben könnten, machten uns daher gleichfalls auf und davon und waren bald im tiefsten Dunkel der anstoßenden »Dials« verschwunden.

Die Mietskutschenstände

Wir behaupten, dass die Mietskutschen – im eigentlichen Sinne – der Hauptstadt allein eigentümlich sind. Man wird uns einwenden, es gebe auch in Edinburgh, Liverpool, Manchester und anderen großen Städten Mietskutschenstände. Wir gestehen den genannten Städten gern den Besitz gewisser Fuhrwerke zu, die fast ebenso unsauber aussehen und sich fast ebenso langsam von der Stelle bewegen mögen als die Londoner Mietskutschen: Stellen aber mit Unwillen in Abrede, dass sie auch nur den mindesten Anspruch erheben können, sich mit den Londonern in Beziehung auf Stände, Kutschen oder Pferde zu vergleichen.

Betrachten wir eine gewöhnliche, rumpelkastige und baufällige Londoner Mietskutsche von der alten Art: Wer möchte dann wohl so kühn sein wollen, zu behaupten, dass er jemals auf der ganzen Erde ein Ding gesehen habe, das ihr irgendwie geglichen hätte – es müsste denn sein, eine andere Mietskutsche vom selben Datum. Wir haben seit Neuestem auf gewissen Ständen – und sagen es mit tiefem Kummer – Halbchaisen und Kutschen, grün- oder gelblackiert, und zwar nicht übel – mit vier Rädern von derselben Farbe wie die Kästen gesehen, da es doch jedermann, der dem Gegenstande seine Aufmerksamkeit geschenkt hat, zur Genüge bekannt ist, dass jedes Rad von verschiedener Farbe und Größe sein sollte. Dies sind Neuerungen und, gleich anderen, die man missbräuchlich Verbesserung nennt, bedenkliche Zeichen der gegenwärtigen Unruhe in den Meinungen und Gesinnungen der Nation und der geringen Achtung, die derzeit unsern, durch ihr Alter geheiligten öffentlichen Einrichtungen gezollt wird. Warum sollen Mietskutschen reinlich sein? Unsere Vorfahren fanden und ließen sie schmutzig. Warum sollen wir, von dem fiebrischen Wunsche fortwährender »Bewegung« getrieben, mit einer Schnelligkeit von sechs Meilen die Stunde durch die Straßen rollen, während sie zufrieden waren, wenn sie sich vier Meilen die Stunde über das Pflaster rumpeln ließen? Dies sind ernstliche Erwägungen. Die Mietskutschen sind ein Teil und Zubehör der Landesgesetze – sie wurden durch die Gesetzgebung eingeführt und durch die Weisheit des Parlaments beschildert und nummeriert.

Warum sind sie denn aber von Kabrioletts und Omnibussen in den Hintergrund gedrängt worden? Oder aber, warum gestattet man den Leuten, rasch zu fahren für achtzehn Pence die Meile, nachdem das Parlament feierlich beschlossen hatte, dass sie langsam fahren und einen Schilling dafür bezahlen sollten? Wir halten inne und warten auf eine Antwort – und fangen einen neuen Abschnitt an, da wir keine Hoffnung haben, eine Antwort darauf zu bekommen.

Unsere Bekanntschaft mit den Mietskutschenständen rührt aus alter Zeit her. Wir sind ein umherwandelndes Kursbuch und fühlen uns gleichsam eingebunden und aufgeschnitten, um stets bereit zu sein, Auskunft über strittige Punkte zu geben. Wir kennen alle Aufwärter der Mietskutschenstände innerhalb drei Meilen von Covent-Garden von Person und würden versucht sein zu glauben, dass sämtliche Mietskutschenpferde dieses Bezirks uns gleichfalls von Person kennten, wenn die Hälfte von ihnen nicht blind wäre. Wir nehmen ein großes Interesse an den Mietskutschen, fahren aber selten in einer, da wir sonderbarerweise, wenn wir es tun, fast immer umwerfen. Wir sind ebenso große Freunde von Mietskutschen- wie anderen Pferden, als Mr. Martin von der Äpfelhändlerberühmtheit, [5] und reiten des unge-

---

5 Mr. Martin von Galway, ein Irländer, ging ausdrücklich in das Parlament, um Gesetze gegen die Tierquäler zu veranlassen, und zog häufig Tierquäler vor die Gerichte, besonders die Apfelhändler, die ihre Ware auf Eseln zur Stadt zu bringen pflegten. Er setzte übrigens seine Absichten im Parlament nicht durch, weil man fürchtete, dass die von ihm vor-

achtet nie. Wir halten uns kein anderes als nur ein Steckenpferd – vertrauen uns nicht gern dem Rücken eines Rosses an, sondern halten uns dafür lieber an einen Rehrücken – und folgen lieber unsern eigenen Neigungen – als einem gehetzten Fuchse. Wir überlassen diese Mittel, geschwinder über die Erde fortzukommen oder auch auf sie niedergeworfen zu werden, denen, die Gefallen daran finden, und nehmen unsern Stand bei den Mietskutschenständen – oder sitzen ihnen vielmehr lieber in behaglicher Ruhe gegenüber. Ein solcher Kutschenstand befindet sich gerade unter dem Fenster, an dem wir schreiben, und sämtliche Mietskutschen sind gerade fort, eine einzige ausgenommen, die aber für ein wahres Muster aller übrigen gelten kann. Sie ist ein großer viereckiger Kasten, schmutziggelb (wie eine gallsüchtige Brünette), mit sehr kleinen Glasscheiben, aber sehr großen Fensterrahmen. Die Schläge sind mit einem verblichenen Wappenschilde verziert, das ziemlich wie eine sezierte Fledermaus aussieht; die Achse ist rot und die meisten Räder sind grün. Der Bock ist teilweise von einem alten Reiserock, einer Sammlung von Mantelkragen – und einem wunderbar aussehenden Behang verhüllt; und das Stroh, womit das Kanevaskissen ausgestopft ist, guckt an mehreren Stellen hervor, gleichsam, als wenn es mit dem Heu rivalisieren wollte, das aus den Ritzen des Kutscherkastens hervordringt. Die Pferde stehen mit niederhängenden Köpfen und mit den dünnen und zot-

---

geschlagenen Gesetze zu sehr zu Schikanen missbraucht werden würden; allein seine edlen Bestrebungen hatten doch den Erfolg, dass die Tierquäler und namentlich die Apfelverkäufer in Harnisch gerieten und dass man von seinen Zeiten an ein Abnehmen der Grausamkeiten gegen die Tiere bemerkte. Anm. d. Übers.

tigen Mähnen und Schweifen eines Schaukelpferdes geduldig auf ein wenig feuchtem Stroh, fahren zuckend zusammen und schütteln das Geschirr; und von Zeit zu Zeit hebt eins die Schnauze zum Ohre des andern empor, als wenn es ihm zuflüstern wollte, es möchte den Kutscher wohl meucheln. Der Kutscher selbst sitzt bei einem Gläschen, und der Kutschstandwärter exerziert ein sehr kunstvolles Manöver, indem er vor dem Brunnen, die Hände in den Taschen, so tief sie haben hineingehen wollen, unermüdlich den rechten und linken Fuß (um sie sich warm zu erhalten) abwechselnd und mit Energie hebt und senkt, als ob er immer fortzueilen dächte, doch stets auf derselben Stelle bleibt.

Auf einmal öffnet das Hausmädchen mit den rosa Bändern in Nr. 5 gegenüber die Haustür, und vier kleine Kinder stürzen heraus und schreien was sie können: »Kutsche, Kutsche!« Der Wärter schießt nach den Pferden hin, fasst die Zäume und zieht daran sie und auch die Mietskutsche, dabei fortwährend nach dem Kutscher rufend, vor das Haus. Der Kutscher antwortet aus dem Schenkstübchen, die Straße hallt nach einiger Zeit vom Geklapper der Holzsohlen des Herbeilaufenden wider, und er und der Wärter vereinigen ihre umständlichen Anstrengungen, um endlich zu erreichen, dass die Kutsche gerade vor und in gehöriger Entfernung von der Haustür zu stehen kommt, sodass die Kinder ganz außer sich vor Vergnügen sind. Welch ein Getümmel! Die alte Dame, die das Haus während der letzten vier Wochen bewohnt hat, kehrt auf das Land zurück. Eine Schachtel nach der andern wird herausgebracht, und die eine Hälfte der Kutsche ist im Nu mit Gepäck angefüllt: die

Kinder sind jedermann im Wege, und das jüngste, das bei dem Versuch, einen Regenschirm zu tragen, auf die Nase gefallen ist, wird blutend und widerstrebend hineingetragen. Die Kinder verschwinden, und es erfolgt eine kurze Pause. Die alte Dame küsst sie ohne Zweifel der Reihe nach ab. Endlich erscheint sie, begleitet von ihrer verheirateten Tochter, sämtlichen Kindern und beiden Hausmägden, denen es unter dem Beistand des Kutschers und Standwärters gelingt, sie glücklich in die Arche hineinzuheben. Man reicht ihr einen Mantel und einen kleinen Korb hinein, der (wir getrauen uns fast darauf zu schwören) ein Fläschchen mit Spirituosen und Butterschnitten mit Fleisch enthält. Der Kutschentritt wird befestigt, der Schlag zugeworfen. »Tom, Golden Cross, Charing Cross«, sagte der Standwärter, die Kinder rufen der Großmutter noch zwanzig Lebewohls zu, die Kutsche rasselt in einer Schnelligkeit von drei Meilen die Stunde über das Pflaster fort, und die Mutter und die Kinder gehen wieder hinein – mit Ausnahme eines kleinen Bösewichts, der von einer der Mägde verfolgt, so schnell ihn seine Füße tragen wollen, die Straße hinunterrennt. Die Magd ist nicht übel damit zufrieden, eine Gelegenheit zu erhalten, ihre Reize sehen zu lassen. Sie bringt den Flüchtling endlich zurück, wirft einige holdselige Blicke herüber nach uns oder dem Bierjungen (wir sind unserer Sache nicht ganz gewiss), verschließt die Tür, und der Kutschenstand ist gänzlich verlassen.

Nicht selten hat uns das innige Behagen höchlich ergötzt, womit eine nach einer Mietskutsche entsendete Ausläuferin im Inneren Platz nahm oder das unsägliche Vergnügen, womit die zum gleichen Zwecke ausgeschickten Knaben den Bock zu erklimmen pflegen. Nie aber hat uns eine Mietskutschengesellschaft mehr belustigt als die, die wir vor einigen Tagen in Tottenham-Court-Road sahen. Es war eine Hochzeitsgesellschaft, und sie kam aus einer der schlechteren Straßen unweit Fitzroy- Square; die Braut in einem dünnen weißen Kleid und mit einem großen, roten Gesicht, die Brautjungfer, ein kleines, kurzes und dickes, munteres, junges Frauenzimmer, natürlich in demselben angemessenen Kostüm, und der Bräutigam und der Bräutigamsführer in blauen Röcken, gelben Westen und weißen Beinkleidern und Handschuhen. An der Ecke der Straße standen sie still und riefen mit unbeschreiblich wichtigen Gebärden nach einer Kutsche. Sobald sie eingestiegen waren, warf die Brautjungfer einen roten Schal, den sie ohne Zweifel absichtlich dazu mitgebracht hatte, nachlässig über die Nummer des Kutschschlags, offenbar um die Vorübergehenden glauben zu machen, dass die Mietskutsche eine Privatequipage sei; und so fuhren sie ab, vollkommen überzeugt, dass die Täuschung gelänge, und ganz ohne Ahnung, dass ein Schild mit einer Nummer, so groß wie die Schiefertafel eines Schulknaben, hinten angebracht war. Einen Schilling die Meile! Die Fahrt war fünf und mehr wert, für sie zum wenigsten.

Welch ein interessantes Buch eine Mietskutsche müsste liefern können, wenn sie einen Kopf hätte und darin so viel bergen könnte als in ihrem Innern! Die Selbstbiografie einer Invalidin ihres Geschlechtes würde sicher nicht weniger unterhaltend sein als die Autobiografie eines invaliden Mietsschriftstellers oder Theaterdichters und dürfte ebensoviel von ihren Reisen um den Pol des Kutschenstands, als die der anderen von ihren Expeditionen nach dem Pole zu berichten haben. Wie viele Geschichten würde sie von den Leuten erzählen können, die sie von einem Orte zum anderen geführt haben und die sich bald in Geschäften, bald des Vergnügens halber in ihr umherkutschieren ließen! Und wie zahllose und verschiedene Leute benutzten sie: das Landmädchen, die Putznärrin, die trunkene Dirne, der unerfahrene Lehrling, der abgefeimte Betrüger, der ehrliche Mann und der durchtriebenste Schurke!

Sprecht mir nur nicht von Kabrioletts! Ja, sie sind schön und gut in eiligen Fällen, wo Hals und Kragen, Leben und Tod daran hängen, wo es gilt, in einer gegebenen Zeit nach Hause oder in die ewigen Hütten befördert zu werden. Doch abgesehen davon, dass ein Kabriolettführer jener würdigen Haltung ermangelt, die den Mietskutscher auszeichnet und ihm ganz eigentümlich ist, so wolle man nicht vergessen, dass ein Kabriolett ein Ding von gestern her und nie etwas Besseres gewesen ist. Ein Mietskabriolett war immer ein Mietskabriolett, vom Anbeginn seiner öffentlichen Laufbahn an; wogegen eine Mietskutsche ein Überrest vormaliger Hochadligkeit – ein Opfer der Mode – ein Mobilarstück einer altenglischen Familie ist, deren Wappenschild trägt, einst von Dienern in deren Livree eskortiert und vor längerer oder kürzerer Zeit, ihres Schmucks und Glanzes entkleidet, gleich einem geschniegelten, funkelnden, zu seinem Posten nicht mehr jung genug erfundenen Bedienten in die Welt hinausgestoßen wurde – auf tiefere und immer tiefere Stufen der vierrädrigen Erniedrigung hinabsank, und endlich zu einem Still- und Kutschenstande gelangte!

Londoner Vergnügungen und Ergötzlichkeiten

Die Sucht der niedrigeren Klassen, die Manieren und das Tun und Treiben derer nachzuäffen, die vom Glück über sie erhoben sind, ist häufig ein Gegenstand der Besprechung und nicht selten der Klage. Sie ist unter den Klein-Vornehmen – den Möchtegern-Aristokraten – der Mittelklassen ohne Zweifel, und zwar in bedeutendem Maße, vorhanden. Erwerbsleute und Schreiber mit romanlesenden Familien und ästhetischen Töchtern veranstalten Tavernen-Gesellschaften und promenieren in dem schmutzigen »Saal« eines Gasthauses zweiter Klasse nicht minder wohlgefällig auf und ab als die beneideten wenigen, die das Vorrecht besitzen, an jenem exklusiven Sammelplatz der Mode, Vornehmheit und Torheit ihren Glanz und Schimmer zur Schau zu stellen. Emporstrebende junge Damen lesen einen volltönenden, deklamationsreichen Bericht über einen »Wohltätigkeitsbasar in der vornehmen Welt« und werfen sich plötzlich mit Enthusiasmus auf die Wohltätigkeit, träumen sich bewundert und verheiratet, entdecken eine unermesslich verdiente Anstalt, von der man durch den merkwürdigsten Zufall der Welt nie gehört hat und die dem Verfall entgegengeht in ihrem hinschwindenden Zustand: Und sofort wird Thomsons Saal oder Johnsons Kunstgarten gemietet, und die besagten jungen Damen stellen sich aus purer Menschenliebe drei Tage lang von zwölf bis vier Uhr für den geringen Einlasspreis von einem Schilling pro Kopf zur Schau! Abgesehen von diesen Klassen und einigen anderen schwachen und unbedeutenden Individuen glauben wir indes nicht, dass die erwähnte verächtliche Nachahmungssucht in einem beträchtlichen Maße herrscht. Der verschiedene Charakter der Vergnügungen der verschiedenen Klassen hat uns auf unseren einsamen Wanderungen oft Unterhaltung gewährt, und wir haben ihn zum Vorwurf dieser Skizze in der Hoffnung ausersehen, dass er auch unsere Leser einigermaßen unterhalten werde.

Sofern man von dem eigentlichen Mann der City, der sich um fünf Uhr von Lloyds nach Hackney, Clapton, Stamford-Hill oder wohin sonst nach Hause begibt, sagen kann, dass er außer seinem Mittagessen ein tägliches Vergnügen habe, so ist es sein Garten. Er tut darin niemals etwas mit eigenen Händen, setzt aber trotzdem großen Stolz darein; und denkst du, dich um die jüngste Tochter zu bewerben, so vergiss nicht, über jede Blume und jeden Strauch, der in ihm wächst, in Entzücken zu geraten. Nötigt dich deine Armut an Ausdrücken, einen Unterschied zwischen beiden zu machen, so empfehlen wir dir, seinen Garten mehr zu bewundern als seinen Wein. Durch jenen macht er jeden Morgen einen Gang, ehe er in die City fährt, und ist besonders besorgt darum, dass der Fischteich recht reinlich gehalten wird. Besuchst du ihn an einem Sonntag im Sommer, etwa eine Stunde vor dem Mittagessen, so wirst du ihn in seinem Sessel auf dem Grasplatze hinter dem Hause, mit einem Strohhut auf dem Kopf und dem Zeitungsblatt in der Hand finden und nicht weit entfernt von ihm einen prachtvollen Papagei in einem großen Messingdrahtkäfig erblicken. Du kannst zehn gegen eins darauf wetten, dass die beiden ältesten Mädchen in einem Seitengange lustwandeln, begleitet von einem Paar junger Herrlein, die Sonnenschirme über sie halten – natürlich nur, um sie gegen die Sonnenstrahlen zu schützen –, während die jüngsten Kinder unter Aufsicht ihrer Wärterin unbekümmert um die ganze übrige Welt im Schatten spielen. Wären diese Stunden und Genüsse nicht, so würde es den Anschein haben, als entstände des Vaters Vorliebe für seinen Garten weit mehr aus dem Bewusstsein des Besitzes als aus wirklichem, ihm dadurch bereitetem Vergnügen. Nimmt er dich zum Mittagessen an einem Wochentag mit, so ist er infolge seiner Tagesmühen ziemlich abgespannt und obendrein etwas verdrießlich; ist indessen das Tischtuch abgenommen und hat er drei bis vier Gläser von seinem Lieblingswein getrunken, so lässt er die Fenster des Speisezimmers öffnen (die natürlich in den Garten gehen), wirft ein seidenes Tuch über den Kopf, lehnt sich in seinen Sessel zurück und verbreitet sich mit beträchtlicher Redseligkeit über die Schönheit seines Parks und die Kosten des Unterhalts. Er tut dies, um dir – der du ein junger Freund des Hauses bist – eine gebührende Vorstellung von der Trefflichkeit des Gartens und dem Gelde seines Besitzers beizubringen; und wenn er den Gegenstand erschöpft hat, so schläft er ein.

Es gibt noch andere und ganz verschiedene Klassen von Leuten, deren Erholung und Vergnügen ihr Garten ist. Ein ihr angehörendes Individuum – ein Ehemann – wohnt in geringer Entfernung von der Stadt, in der Hampstead- oder Kilburn- oder irgendeiner anderen Road, deren Häuser klein und nett sind und zierliche

Gärtchen hinter dem Hause haben. Er hat mit seiner Frau – die eine ebenso saubere und gedrungene kleine Person ist wie er selbst – stets dasselbe Haus bewohnt, seit er sich vor zwanzig Jahren aus dem Geschäft zurückzog. Sie haben keine Kinder – hatten nur einst einen Knaben, der im fünften Jahre starb. Das Bild des Kindes hängt im Besuchszimmer über dem Kaminsims, und ein kleiner Karren, den es umherschob, wird sorgfältig als Reliquie aufbewahrt.

Bei schönem Wetter ist der alte Herr fast beständig im Garten zu finden, und wenn es regnet, so schaut er stundenlang zum Fenster hinaus. Er hat fortwährend etwas im Garten zu tun, und wir sehen ihn mit sichtlichem Behagen graben, den Rechen oder das Messer führen oder pflanzen. Im Frühjahre streut er ohne Ende Sämereien aus, steckt Holzpflöcke mit Zetteln daneben, die Epitaphien zu ihrem Andenken gleichen; und wahrhaft bewundernswürdig ist die Beharrlichkeit, mit der er abends nach Sonnenuntergang mit einer mächtigen Gießkanne umherläuft. Sein einziges Vergnügen außer dem Garten ist sein Zeitungsblatt, das er tagtäglich von Anfang bis zu Ende durchliest – die interessantesten Nachrichten laut, wenn er mit seiner Frau das Frühstück einnimmt.

Die alte Dame hält ausnehmend viel von Blumen, was die Hyazinthengläser im Fenster des Wohnzimmers und die Geranientöpfe in dem kleinen Hofe vor dem Hause bezeugen. Auch sie ist sehr stolz auf den Garten, und wenn einer der vier Fruchtbäume darin einmal eine größere Stachelbeere als gewöhnlich trägt, so wird diese sorgfältig unter einem Weinglase auf dem Schenktische zur Erbauung der Besucher aufbewahrt, die gebührend davon unterrichtet werden, dass Herr Soundso den Strauch, der sie erzeugt hat, eigenhändig gepflanzt habe. An Sommerabenden, wenn die große Gießkanne ein- bis zweidutzendmal gefüllt und geleert und das alte Paar vollkommen erschöpft ist, sieht man ihn und sie vergnüglich in dem kleinen Pavillon beisammensitzen. Sie freuen sich der friedlichen Stille im Zwielicht und schauen zu, wie sich die Schatten der Nacht immer dichter auf den Garten herabsenken und die farbigsten Blumen mit immer tieferem Grau umhüllen – kein schlechtes Bild der Jahre, die schweigend über sie hingezogen sind und in ihrem Fluge die glänzendsten Farben jugendlicher, längst entschwundener Hoffnungen und Gefühle verwischten. Dies sind ihre einzigen Vergnügungen, und mehr verlangen sie nicht. Sie haben die Möglichkeiten zu einem ruhigen, heiteren und zufriedenen Leben in sich selbst, und beider einziger Wunsch ist, vor dem anderen zu sterben.

Wir haben hier keine Fantasieskizze entworfen. Es lebten wirklich viele alte Leute dieser Art in London, wenn sich ihre Zahl auch vermindert haben und fortwährend im Abnehmen begriffen sein mag. Ob die Richtung, die die weibliche Erziehung in der neuesten Zeit genommen, ob Vergnügungssucht und die Lust an leeren Nichtigkeiten die Frauen mehr oder minder ungeschickt zu der stillen Häuslichkeit gemacht hat, in der sie weit schöner sind als im glänzendsten Gesellschaftssaale: Das ist eine Frage, die wir mit wenig Freude erörtern würden. Wir wollen gern hoffen, dass dem nicht so sei.

Wenden wir uns jetzt zu einer anderen Klasse der Londoner Bevölkerung, deren Vergnügungen mit denen der bis jetzt geschilderten so stark als nur möglich kontrastieren – wir meinen die Sonntagsausgänger; und mögen unsere Leser sich vorstellen, sie ständen an unserer Seite in einem der vielbesuchten ländlichen »Teegärten«.

Es ist heute Nachmittag eine gewaltige Hitze; mit jedem Augenblicke langen neue Häufchen von Gästen an, und sie gleichen den neubemalten Tischen, die so aussehen, als wenn sie vor Hitze glühten. Welch ein Staub, Geräusch und Getümmel! Männer und Frauen – Knaben und Mädchen – liebende und verheiratete Paare – Kinder auf den Armen und Kinder in Wägelchen – Pfeifen und kleine Seehummern – Zigarren und essbare Herzmuscheln – Tee und Tabak, Herren in Schrecken einjagenden Westen, mit stählernen Uhrketten darüber und mit erstaunlicher Würde (wie der Gentleman im nächsten Verschlag scherzhaft bemerkt, nach dem Sprichwort: »Dicktun ist mein Reichtum, zwei Heller mein Vermögen«) promenieren zu dreien Arm in Arm umher. Junge Damen mit langen, weißen Taschentüchern, so groß wie kleine Tafeltücher, in den Händen, haschen einander auf dem Rasen und auf die munterste und interessanteste Weise, in der Absicht, die Aufmerksamkeit der erwähnten Herren zu erregen. Ehemänner bestellen für die Gegenstände ihrer Fürsorge mit verschwenderischer Rücksichtslosigkeit betreffs der Kosten ganze Flaschen Ingwerbier; besagte Fürsorgegegenstände spülen gewaltige Quantitäten von Seegarnelen und Herzmuscheln mit gleich geringer Rücksicht auf ihre Leibesgesundheit und ihr nachheriges Befinden hinunter; Knaben mit großen, seidenen, auf ihren Scheiteln balancierenden Hüten rauchen Zigarren und bemühen sich, so auszusehen, als ob sie Gefallen daran hätten, und Herren in rosaroten Hemden und blauen Westen bringen bald andere Leute und bald sich selbst mit ihren eigenen Spazierstöcken zu Fall.

Ein Teil ihres Putzes nötigt uns ein Lächeln ab; doch sie sind alle sauber und vergnügt und gutmütig und zur Geselligkeit geneigt. Dort jene beiden mütterlich aussehenden Frauen mit den sehr bunten Schals, die so vertraulich miteinander plaudern und deren viertes Wort immer ein eingeschobenes »Ma'am« ist, machten oder zogen vielmehr ihre Bekanntschaft vor einer Viertelstunde gleichsam mit den Haaren herbei. Sie wurde angeknüpft an den Faden der Bewunderung des Knäbleins der einen – jenem Diminutiv-Männlein dort, das den dreieckigen rosaseidenen Hut mit schwarzen Federn auf dem Kopfe hat. Die beiden auf und ab gehenden und ihr Pfeifchen rauchenden Männer in den blauen Röcken und braunen Beinkleidern sind ihre Ehegatten. Die Gesellschaft in dem Verschlage gegenüber kann so ziemlich als Typus der Mehrzahl der Gäste gelten. Da sind Vater und Mutter und die alte Großmutter, ein junger Mann und ein junges Frauenzimmer und ein etwas ältlicher Mann, der mit dem wohllautenden Ehrentitel »Onkel Bill« angeredet wird und offenbar der Witzbold der Familie ist. Sie haben ein halbes Dutzend Kinder bei sich, ein Umstand, der jedoch nicht hervorgehoben zu werden braucht, da er hier die Regel bildet. Sämtliche Frauen in den Teegärten, die eine Reihe von Jahren verheiratet gewesen sind, müssen zwei- oder dreimal Zwillinge gehabt haben; die starke Kinderbevölkerung lässt sich wirklich auf keine andere Weise erklären.

Bemerkt das unaussprechliche Vergnügen der alten Großmutter über Onkel Bills wundervolles Scherzwort: »Tee für vier und Butterschnitten für vierzig«, und den unmäßigen Heiterkeitsausbruch, der erfolgt, nachdem er dem Aufwärter einen Papierstreifen unter dem Rockkragen angeheftet. Der junge Mann ist offenbar mit Onkel Bills Nichte verlobt, und Onkel Bills Anspielungen: »Vergesst mich beim Hochzeitsschmause nicht« – »ich werde schon sehen, dass ich ein Stück Kuchen bekomme, Sally« – »ich stehe bei Eurem Nummer eins Gevatter – was gilt die Wette, es ist ein Junge« usf., setzen die jungen Leute ebenso sehr in Verlegenheit wie die älteren in Entzücken. Die Großmutter ist vollkommen außer sich vor Lust und Behagen und lacht in einem fort, bis sie ins Husten gerät: und so geht es fort, bis alle ihren Gin-Grog ausgetrunken haben, wovon Onkel Bill nach dem Tee für jeden ein Glas hat bringen lassen, »der bösen Abendluft wegen, und um den Tag komfortabel und nach Gebühr zu beschließen, der in Wahrheit ›etwas warm‹ war, wie das Kind sagte, als es ins Feuer fiel«.

Es wird dunkel, und die Leutchen fangen an, aufzubrechen. Das offene Feld zwischen den Teegärten und der Stadt lebt und webt von ihnen. Die Wägelchen werden verdrossen nachgezogen, die Kinder sind müde und unterhalten sich und jedermann durch Schreien, sofern sie nicht den angenehmeren Ausweg ergreifen, einzuschlafen – die Mütter beginnen zu wünschen, dass sie erst wieder zu Hause sein möchten – die Verliebten werden, sentimental und immer sentimentaler, je näher der

Trennungsmoment rückt – die Teegärten sehen beim Lichte der zur Bequemlichkeit der Raucher hier und da an Bäumen hängenden Laternen wahrhaft trübselig aus – und die Aufwärter, die während der letzten sechs Stunden unaufhörlich hin und wider gelaufen sind, glauben sich etwas müde zu fühlen, wenn sie ihre Gläser und ihre Einnahme zählen.

Der Strom

»Lieben Sie das Wasser?« ist eine Frage, die man in den heißen Sommertagen sehr häufig von amphibisch aussehenden jungen Leuten hört. »Sehr«, pflegt die Antwort zu sein. »Und Sie?« – »Kann mich kaum davon trennen«, lautet die von verschiedenen, des Sprechers tiefgefühlte Bewunderung für das Element ausdrückenden Beiwörtern begleitete Antwort.

Allein, mit allem Respekt vor der Meinung der Gesellschaft im Allgemeinen und der Segelklubs im Besonderen, möchten wir doch bescheidentlich daran erinnern, dass einige der schmerzlichsten Erinnerungen aller, die sich bisweilen auf der Themse ergötzt haben, ohne Frage mit den Vergnügungen dieser Art verknüpft sind. Wer hat je von einer gut ausgefallenen Wasserpartie gehört – jemals eine bis zum Ende glückliche Wassergesellschaft gesehen? Wir haben an Wasserfahrten ohne Zahl teilgenommen, versichern aber feierlich, dass wir uns keiner einzigen zu entsinnen vermögen, die nicht von mehr Leiden begleitet gewesen wäre, als irgendjemand binnen acht oder neun Stunden für möglich halten würde. Etwas ging immer verkehrt. Entweder verlor sich der Kork für die Salatsoßenflasche, oder das am sehnsüchtigsten erwartete Mitglied der Gesellschaft blieb aus, oder der unangenehmste Mensch in der Gesellschaft erschien wider Erwarten, oder es fielen ein paar Kinder ins Wasser, oder der Herr, der das Steuern übernahm, gefährdete auf der ganzen Exkursion das Leben jedermanns, oder die Herren, die sich zum Rudern erboten hatten, waren »außer Übung« und vollbrachten höchst beunruhigende Schwankungen, indem sie entweder die Ruder in das Wasser senkten und nicht imstande waren, sie wieder herauszubringen, oder indem sie aus Leibeskräften anzogen, ohne sie überhaupt hineinzubringen, und in beiden Fällen mit schrecklicher Heftigkeit hintenüberstürzten und den Nichtrudernden die Sohlen ihrer Schuhe auf eine sehr demütigende Weise zeigten.

Wir räumen ein, dass die Themseufer bei Richmond, Twickenham und anderen entfernten, oft gesuchten, aber selten erreichten Hafenorten sehr schön sind; allein vom Red-House bis zurück nach der Blackfriarsbrücke ändert sich die Szene gar bedauerlich. Das Korrektionshaus ist ohne Zweifel ein sehr schönes Gebäude, und die muntere, an schönen Sommerabenden dort badende Jugend mag sich von fern sehr gut ausnehmen: aber wenn ihr auf der Heimkehr genötigt seid, euch am Ufer zu halten, und wenn die jungen Damen erröten und beharrlich nach der anderen Seite schauen, während die verheirateten, halbunterdrückt husten und unverwandten Blicks in das Wasser sehen, so fühlt ihr euch sicher ziemlich verlegen – besonders wenn ihr etwa während der vorhergehenden paar Stunden eine leise Annäherung an das Sentimentale versucht habt.

Obwohl betrübende Erfahrung bei uns zu dem soeben angegebenen Erlebnis geführt hat, wollen wir keineswegs leugnen, dass die Themse- Schifffahrtsdilettanten dem Zuschauer viel Spaß machen können. Was wäre ergötzlicher als Searles Yard an einem schönen Sonntagmorgen? Es gilt einer Fahrt nach Richmond, und einige Dutzend Boote werden zur Aufnahme der Gesellschaften, die sie bestellt haben, hergerichtet. Zwei oder drei Burschen in weiten, groben Beinkleidern und Guernseyhemden treffen die erforderlichen Vorkehrungen, kurze Stationen machend, indem sie jetzt mit einem Paar Ruder und einem Kissen im Yard herunterkommen, dann ein paar Worte mit dem »Jack« plaudern, der gleich seiner ganzen Zunft vollkommen unfähig zu sein scheint, etwas anderes zu tun, als umherzulungern, dann wieder fortgehen und mit einem Ruder und einem Fußstocke zurückkehren, dann sich abermals durch ein kleines Geplauder erquicken und sich endlich, die Hände in die geräumigen Taschen gesenkt, hinstellen und sagen, dass sie doch wissen möchten, »wo die Herrschaften wohl bleiben dürften, die die sechs bestellt haben«. Einer von diesen, der Bootsmeister, der die Beinkleider sorgfältig aufgekrempelt hat, wahrscheinlich, um dem Wasser freien Zugang zu verschaffen – denn das Wasser ist ein Element, in dem er weit mehr zu Hause ist als auf dem Lande –, der Bootsmeister, sagen wir, ist ein wahrhaftiges Original und teilt mit dem verstorbenen Austernesser den berühmten Namen »Dando«. Schaut ihn, wie er sich zu einer kurzen Erholung von seinen Mühen auf den Rand eines Boots setzt und seine breite, haarige Brust mit einer kaum halb so rauen Pelzkappe fächelt. Seht seinen prachtvollen, wenn auch rötlichen Knebelbart, und bemerkt den angeborenen Humor, womit er die Jungen und Lehrlinge schilt oder den Herrschaften eine Kleinigkeit für ein Glas Branntwein ablistet, wovon er, unserer Überzeugung nach, in einem Tage mehr hinuntergießt als sechs gewöhnliche Männer, ohne dass es ihn auch nur im Mindesten anficht.

Doch die Gesellschaft langt an, und Dando, befreit von seiner Ungewissheit, springt auf, um Hand anzulegen. Die Herrschaften erscheinen im vollständigen Wasserkostüm, in kurzen blauen Jacken, gestreiften Hemden und mit Mützen von allen Größen und Gestalten.

Dies ist der ergötzlichste Zeitpunkt, eine Wasserpartiegesellschaft von Londoner Spießbürgern zu beobachten. Offenbar haben sich alle bis zu diesem Augenblicke in einem beträchtlichen Maße ihrer Schifffahrtskunde gerühmt; der Anblick des Wassers kühlt ihren Mut rasch ab, und die Selbstverleugnung, womit einer wie alle schlechterdings den anderen die Ruder überlassen wollen, ist wirklich zum Entzücken. Dem einen ist dieses, dem andern jenes Ruder nicht recht; der eine kann nicht an dieser, ein zweiter nicht an jener Seite und ein dritter überhaupt nicht rudern. Indes gelangt man endlich zum Sitzen, und der Bootsmeister gibt das Signal zum Abstoßen, und sieht dabei so ruhig und behaglich aus, als ob er in die Bay von Biscaya steuerte. Die Rudermannschaft leistet dem Befehl Gehorsam, das Boot ist im Nu vollkommen herumgedreht und nimmt unter dem schrecklichsten Platschen und Schwanken die Richtung nach der Westminsterbrücke. »Anders rum, Sir«, schreit Dando, »Sie da hinten, Sir, anders rum!« worauf jeder der

Herr da hinten zu sein glaubt, alle verkehrt anziehen und das Boot mit dem Hinterteile zuerst auf dem Flecke wieder anlangt, von dem es abstieß. »Sie, Sir, da hinten, anders rum; können Sie nicht rumrudern, Sie da vorn?«, ruft Dando ganz außer sich. »So zieh doch herum, Tom!«, ruft ein Mitglied der Gesellschaft. »Tom ist ja nicht vorn«, ruft ein anderes; »das ist er allerdings«, ein drittes: Und der unglückliche junge Mensch zieht und zieht auf die offenbarste Gefahr hin, ein Blutgefäß zu zersprengen, bis endlich das Vorderteil des Boots gehörig nach der Vauxhallbrücke gerichtet ist. »So ist's recht – jetzt angezogen alle miteinander!«, schreit Dando abermals, und fügt leise zu dem neben ihm Sitzenden hinzu: »Will verdammt sein, wenn ich mein Lebtag solch 'n Boot voll Dummköpfe gesehen habe!«, und das Boot gleitet im Zickzack vorwärts, weil alle sechs Ruder zu verschiedenen Zeiten eingesetzt werden, und das Yard ist abermals verlassen bis zur Ankunft einer anderen Gesellschaft.

Ein gut ausgeführter Ruderwettkampf auf der Themse ist ein äußerst lebensvolles und anziehendes Schauspiel. Der Strom ist mit Booten jeder Art bedeckt – Plätze auf den Kohlenschiffen in den verschiedenen Schiffswerften sind an unzählige Zuschauer vermietet – an Bier und Tabak ist allerorten Überfluss – Männer, Weiber und Kinder horchen in atemloser Erwartung auf das Zeichen zur Abfahrt – Kutter von sechs bis acht Rudern gleiten auf und ab, bereit, ihre Günstlinge beim Wettrudern zu begleiten – Musikchöre tragen zur Belebung, wenn auch nicht zur Harmonie der Szene bei – auf den Flusstreppen sind Haufen von Fährmännern versammelt und stellen Vergleichungen zwischen den Vorzügen der verschiedenen Preisbewerber an – und die Preisjolle wird mit einem Paar kurzen Rudern als ein Gegenstand allgemeinen Interesses umhergerudert. Es schlägt zwei Uhr, und jedermann blickt sehnsüchtig nach der Brücke hin, durch deren Bogen die Wettruderer kommen werden – halb drei, und die allgemeine, so lange angespannt gewesene Aufmerksamkeit fängt an nachzulassen, als plötzlich ein Kanonenschuss und ein fernes Hurra vom Stromufer her vernommen wird. Alle Köpfe werden vorgebeugt – der Lärm kommt näher und näher – die Boote, die an der Brücke warteten, eilen rasch stromaufwärts – ein wohlbemanntes Ruderboot schießt durch den Bogen, und die darin Sitzenden rufen ermunternd den noch nicht Sichtbaren zu. »Da kommen sie!« ist das allgemeine Geschrei – und es zeigt sich das erste Boot, dessen Ruderer sich bis auf die Haut entkleidet haben und alle Kräfte aufbieten, den genommenen Vorsprung zu behaupten – vier andere folgen dicht hinter ihm – das Rufen und Schreien ist erschütternd und die Spannung auf dem höchsten Punkte. »Vorwärts, Rosa« – »Wacker gerudert, Rot« – »Sullivan für immer« – »Bravo, George« – »Jetzt, Tom, jetzt – warum zieht dein Nebenmann nicht an?« – »Zwei Quart gegen eins auf Gelb«, usw. usw. Jedes kleine Gasthaus brennt sein Geschütz ab und steckt seine Flagge auf, und die Gewinner steigen unter einem Platschen und Schreien, einem Getümmel und einer Verwirrung an das Land, wovon man sich nicht leicht eine Vorstellung machen kann, wenn man dem Schauspiele nicht beigewohnt hat, und wovon auch jede Beschreibung nur eine schwache Vorstellung geben würde.

Einer der unterhaltendsten Plätze von allen, die wir kennen, ist die Dampfbootwerft der Londoner Brücke oder der Katharinen-Dock-Gesellschaft an einem Sonnabendmorgen im Sommer, wo die Gravesend- und Margate-Dampfboote bis zum Übermaß gefüllt zu sein pflegen; und da wir soeben einen Blick auf den Strom oberhalb der Brücke geworfen haben, so hoffen wir, dass unsere Leser sich nicht weigern werden, uns an Bord eines Gravesend-Paket-Boots zu begleiten. Jeden Augenblick treffen Kutschen vor dem Eingange der Werften ein, und unsäglich lächerlich ist es, wie verwirrt und betäubt die darin Angekommenen sich und ihr Gepäck in die Hände der Träger hingeben, die sich, als wenn es sich von selbst verstände, sofort sämtlicher Packereien bemächtigen und damit fortlaufen, der Himmel mag wissen, wohin. Neben der Werft liegt ein Margateboot, und neben diesem das zuerst abfahrende Gravesendboot, und die Verwirrung wird dadurch nicht vermindert, dass man vom einen auf das andere auf einer durch eine Planke und ein Geländer gebildeten zeitweiligen Brücke gelangen kann.

»Gravesend?«, fragt ein starker Herr mit Frau, Kindern und Dienerschaft, nachdem er die Gefahr glücklich überwunden, ein paar der Seinigen im Gedränge zu verlieren. »Gravesend?« – »Belieben Sie, 'nüber zu gehen, Sir – das andere Boot, Sir!« Die Familie begibt sich in das Margateboot, schätzt sich glücklich, bequeme Sitze zu finden, und der Vater entfernt sich, um nach dem Gepäck zu sehen, das er eine schwache Erinnerung hat, jemand gegeben zu haben, der es irgendwohin getragen hat. Es ist nirgends zu finden; er ruft laut nach dem Kapitän und trägt ihm seinen Fall in Gegenwart eines anderen Familienvaters vor – eines kleinen, schmächtigen Mannes, der ihm (dem starken Vater) vollkommen darin beipflichtet, dass es hohe Zeit sei, dass etwas geschehe mit diesen Dampfschiffgesellschaften, und zwar von andern Seiten, wenn es vonseiten der Korporationsbill unterbleibe; denn das Publikum dürfe nicht auf eine solche Weise um sein Eigentum gebracht werden, und wenn er sein Gepäck nicht ohne Verzug zurückerhalte, so werde er es in den Blättern bekanntmachen, denn die Nation dürfe nicht das Opfer dieser großen Monopole sein. Der Kapitän erwidert darauf, dass die Gesellschaft, solange sie die St.-Katharinen-Dockgesellschaft gewesen sei, Leben und Eigentum beschützt habe, dass er sich freilich, wenn es die Londoner-Brücken-Werftgesellschaft gewesen wäre, nicht gewundert haben würde, angesichts der Moralität der Gesellschaft, die allerdings auf schwachen Füßen stehe; so aber hege er die Überzeugung, dass eine Irrung obwalten müsse, und würde sich nicht bedenken, einen heiligen Eid vor einem Friedensrichter darauf abzulegen, dass der Herr sein Gepäck finden werde, bevor er nach Margate gelange. Jetzt klärt sich »die Irrung« auf, der starke Vater eilt hastig mit den Seinigen zurück auf das Gravesendboot und findet richtig sein Gepäck, aber keinen bequemen Sitz mehr. Gleich darauf wird die Glocke des Gravesendboots furios geläutet, einige Dutzend Menschen stürzen in größter Hast hinaus und einige andere Dutzend ebenso hastig hinein. Das Geläut hört auf, das Boot fährt ab: Leute, die an Bord von ihren Freunden Abschied genommen haben, fahren wider Willen mit ab – und

Passagiere, die am Ufer von ihren Freunden Abschied nehmen, finden, dass sie sich die Mühe und Rührung sehr wohl hätten sparen können, da sie sich genötigt sehen, zu bleiben, wo sie sind. Die Passagiere, die für die Season abonniert haben, gehen zum Frühstück hinunter; andere haben Morgenblätter gekauft und setzen sich zum Lesen zurecht; und wieder andere, die noch keine Stromfahrt mitgemacht haben, denken, die Schiffe und das Wasser nähmen sich aus der Ferne doch ein gutes Teil besser aus.

Wenn wir bis Blackwell gekommen sind und schneller zu fahren anfangen, scheinen die Passagiere in demselben Maße aufgeweckter zu werden. Alte Frauen, die große Handkörbe mitgebracht haben, begeben sich ernstlich ans Demolieren gewaltiger Fleischbutterschnitten und lassen ein Weinglas herumgehen, das häufig aus einer platten, einem Magenwärmer gleichenden Flasche mit großer Heiterkeit wieder gefüllt wird. Sie reichen es auch dem Gentleman, der die Harfe spielt – teils, um ihre Zufriedenheit mit seinen bisherigen Leistungen zu erkennen zu geben und andernteils, damit er Alicks Lieblingstanz spiele. Er tut es, und Alick, ein schwerfälliges, plumpes Kind in roten, wollenen Socken, macht zur unaussprechlichen Bewunderung des ganzen Familienkreises eine Anzahl merkwürdiger Sprünge auf dem Verdeck. Mädchen, die den ersten Band eines neuen Romans im Strickbeutel mitgebracht haben, werden ausnehmend elegisch und verbreiten sich gegen Mr. Brown oder den jungen Mr. O'Brian über die Bläue des Himmels oder den Spiegelglanz des Wassers; und Mr. Brown oder Mr. O'Brian bemerkt dann mit leiser Stimme, er sei seit einiger Zeit gegen die Schönheiten der Natur vollkommen unempfindlich gewesen, denn alle seine Gedanken und Wünsche hätten sich in einem einzigen Gegenstand konzentriert; worauf die junge Dame emporblickt und, weil es ihr misslingt, unbefangen auszusehen, wieder niederblickt, und das nächste Blatt mit großer Langsamkeit umwendet, in der Absicht, Gelegenheit zu einem verlängerten Händedruck zu geben.

Ferngläser, Butterschnitten und Branntwein mit Wasser ohne Zucker sind Dinge, die anfangen, stark begehrt zu werden, und schüchterne Leute, die durch die Luke hinunter nach der Dampfmaschine geschaut haben, finden zu ihrer großen Herzenserleichterung einen Gegenstand, über den sie miteinander reden können. »Etwas sehr Wundervolles, der Dampf, Sir.« – »Ah, sehr wahr, Sir.« – »Gewaltige Kraft, Sir.« – »Unermesslich, unermesslich!« – »Durch den Dampf wird erstaunlich viel ausgerichtet, Sir!« – »Ah, das kann man wohl sagen, Sir!« – Das alles wird mit äußerst wichtigen Mienen gesprochen und ist in der Regel neben anderen ähnlichen ungewöhnlichen Bemerkungen, der Anfang einer Unterhaltung, die bis zur Beendigung der Reise fortgesetzt wird; letztere ist nicht lang, weder auf dem Wasser noch, wie wir hoffen, auf dem Papier. Ist sie uns langweilig vorgekommen, so kehrt unsere gute Laune im Augenblick des Landens zurück; und sollte unsere Beschreibung von ihr unglücklicherweise unsere gütigen Freunde gelangweilt haben, so trösten wir uns damit, dass sie sie vergessen werden – sobald sie den Strom verlassen.

Die Morgenpostkutschen

Wir haben oft darüber nachgesonnen, wie viele Monate unaufhörlichen Reisens in einer Postchaise wohl dazu gehören möchten, jemand vom Leben zum Tode zu bringen; und ebenso möchten wir wohl wissen, wie viele Monate beständigen Reisens nur in Morgenpostkutschen ein unglücklicher Sterblicher wohl aushalten könnte. Lebendig gerädert zu werden ist nichts dagegen, auf vier Rädern nicht nur seine Glieder, sondern auch seine Ruhe und seinen Frieden rädern zu lassen, wogegen wiederum die Strafe des Ixion (beiläufig das einzige praktische Individuum, das das Geheimnis der unterbrochenen Bewegung entdeckt hat) zu vollkommener Bedeutungslosigkeit schwindet. Wären wir ein mächtiger Kirchenfürst in jenen guten alten Zeiten gewesen, wo man für die geheiligte Sache der Religion Blut wie Wasser vergoss und Menschen wie Gras mähte, so würden wir uns ganz ruhig verhalten haben, bis wir einen besonders hartnäckigen Ketzer in die Hände bekommen hätten: und dann hätten wir ihm einen Innenplatz in einer engen, Tag und Nacht forteilenden Postkutsche gegeben, die übrigen Plätze an starke, ein wenig zum Räuspern und Husten neigende Männer verteilt, ihn auf seine letzte Reise ausgesendet, ihn ohne Erbarmen allen Qualen überliefert, die ihm anzutun den Kellnern, Wirten, Kutschern, Schirrmeistern, Hausknechten, Hausmägden und sonstigen Zugehörigen zur Heerstraße beliebt haben dürfte.

Wer kennt nicht die unvermeidlich folgenden Leiden, wenn man plötzlich frühmorgens eine eilige Reise antreten muss? Sobald die Notwendigkeit eintritt, wirst du samt deinem ganzen Hause in die entsetzlichste Unruhe versetzt; du schickst augenblicklich nach der Wäscherin, deine sämtlichen Hausgenossen haben alle Hände voll zu tun, und du selbst eilst mit einem Gefühle der Wichtigkeit, das du nicht gänzlich verbergen kannst, nach dem Postbüro, um einen Platz zu bestellen. Hier ergreift dich zuerst ein schmerzliches Bewusstsein deines Mangels an Bedeutung – die Offizianten sind so kaltblütig und gesammelt, als ob kein Mensch die Stadt zu verlassen gedächte oder als wenn eine Reise von hundert Meilen oder mehr ganz und gar nichts wäre. Du trittst ein in ein dumpfiges, mit mannigfachen Anschlägen verziertes Zimmer, vor dessen größere Abteilung eine plump gearbeitete Barriere läuft, während die andere in einzelne Verschlage abgeteilt ist, die den Käfigen der kleineren Tiere in einer Raubtierschau, aber ohne die Eisenstangen, gleichen. Ein halbes Dutzend Leute sortieren Poststücke, die von einem der Angestellten mit einer Sorglosigkeit in die erwähnten Verschläge geworfen werden, die dir, indem du an den neuen, soeben erst gekauften Reisesack denkst, durch die Seele geht; Lastträger, die wie ebenso viele Atlasse aussehen, gehen und kommen mit schweren Packen auf den Schultern, und während du wartest, um die notwendigen Fragen zu stellen, sinnst du darüber nach, was in aller Welt Postschreiber gewesen sein können, bevor sie Postschreiber wurden. Einer von ihnen steht, mit der Feder hinter dem Ohr und den Händen auf dem Rücken gleich einem Bilde Napoleons in Lebensgröße vor dem Kamine; ein zweiter, mit dem zum Herunterfallen schiefsitzenden Hut auf dem

Kopfe trägt die Namen der Passagiere mit einer unsäglich ärgerlichen Kaltblütigkeit in ein großes Buch ein und pfeift dabei – der Spitzbube! – pfeift, während die Frage an ihn gerichtet wird, wie viel ein Außenplatz bis nach Holyhead koste – obendrein beim abscheulichsten Wetter! Sie sind offenbar eine ganz besondere Rasse, die keine der dem ganzen übrigen Menschengeschlechte gemeinsamen Sympathien und Gefühle besitzt. Du kommst endlich an die Reihe, hast deinen Platz bezahlt und fragst bebend: »Um welche Zeit muss ich morgen früh hier sein?« – »Um sechs Uhr«, antwortet der Pfeifer, deinen Sovereign gleichgültig in den auf dem Schreibtische stehenden hölzernen Napf werfend. »Lieber 'n bissel früher als später«, fügt der Mann mit den halbversengten Unaussprechlichen so ruhig und vergnügt hinzu, als wenn die ganze Welt um fünf Uhr das Bett verließe. Du gehst und trägst dich auf dem Heimweg mit dem Gedanken, in welchem Maße die Menschen durch Gewohnheiten in der Grausamkeit verhärtet werden können.

Wenn es in natura rerum ein Ungemach gibt, das noch schauderhafter ist als das andere, so ist es ganz ohne Frage die Notwendigkeit, bei Licht aufstehen zu müssen. Hast du Zweifel daran gehegt, so wirst du des Irrtums am Morgen deiner Abreise schmerzlich innewerden. Du erteiltest vor Schlafengehen strengen Befehl, dass man dich um halb fünf Uhr wecken solle, hast in der ganzen Nacht nicht länger als fünf Minuten ununterbrochenen Schlafs genossen, und jeder Glockenschlag hat dich aus bösen Träumen aufgeweckt. Endlich, wenn du vollkommen erschöpft bist, stellt sich allmählich ein erquickender Schlummer ein – deine Gedanken werden verwirrt – die Postkutschen, die in der ganzen Nacht fortwährend vor deinen Augen abgingen, werden immer undeutlicher und verschwinden zuletzt gänzlich: im einen Augenblick fährst du selbst gleich dem geschicktesten Kutscher – im anderen gibst du Reiterkunststücke a la Ducrow auf dem linken Vorderpferde zum Besten – wieder in einem anderen sitzt du behaglich eingehüllt in der Kutsche und hast soeben in dem Kondukteur einen alten Schulkameraden erkannt; dessen Begräbnis du, wie du dich selbst im Traum erinnerst, vor achtzehn Jahren beigewohnt hast. Sodann tritt der Zustand gänzlicher Vergessenheit bei dir ein, aus dem du sonderbarerweise in eine neue wunderliche Illusion fällst. Du bist Lehrling bei einem Koffermacher – gleichviel wie es zugeht – und eifrig mit dem Verkleben eines Koffers beschäftigt. O dieser verwünschte Gehilfe in der anderen Abteilung der Werkstatt! Wie er hämmert! Er ist auch gar zu fleißig und emsig! Du hast ihn schon seit einer halben Stunde gehört, und er hat während der ganzen Zeit unaufhörlich den Hammer geführt. Und nun ruft er gar! Was sagt er? Fünf Uhr! Du machst eine Gewaltanstrengung und raffst dich im Bette empor, als wenn du die Zeltszene im Richard III. probiertest. Die Täuschung hat augenblicklich ein Ende; der Koffermacherladen ist dein eigenes Schlafzimmer, und der Gehilfe dein fröstelnder Diener, der sich eine Viertelstunde lang auf die offenbare Gefahr, dir die Tür oder sich selbst die Knöchel einzuschlagen, vergeblich bemüht hat, dich aufzuwecken. Du kleidest dich in möglichster Eile an. Das flackernde Licht mit dem langen, verkohlten Dochte verbreitet gerade so viel Helligkeit, um dich erkennen zu lassen, dass alles, was du eben brauchst, nicht da zu finden ist, wo es sein sollte, und du erfährst einigen Aufenthalt, indem du inne wirst, dass du im Wirrwarr des gestrigen Abends einen deiner Stiefel sorgfältig mit eingepackt hast. Du kommst indes mit deiner Toilette noch bald genug zustande, denn du bist bei einer solchen Gelegenheit nicht umständlich und hast dich im Voraus rasiert; wirfst dich in deinen Reiserock, knüpfst den grünen Reiseschal um, nimmst deinen Reisesack in die Hand, schleichst leise hinunter, um keine Störung zu verursachen, trittst auf einen Augenblick in das Familienzimmer (das äußerst komfortabel aussieht, in dem nichts an der rechten Stelle steht oder liegt und noch vielfache Spuren des Abendessens zu erblicken sind), trinkst hastig eine Tasse Kaffee, riegelst die Haustür auf, und stehst endlich auf der Straße.

Bei allem, was jammervoll ist, Tauwetter! Keine Spur mehr vom Froste. Du blickst die lange Oxfordstraße hinunter: Die Gaslichter werfen einen traurigen Schein auf das nasse Pflaster, und du vermagst keinen dunklen Fleck zu entdecken, der dich hoffen ließe, eines Kabrioletts oder einer Mietskutsche habhaft zu werden – sogar die Mietskutscher sind verzweiflungsvoll nach Hause gefahren. Der kalte, mit Schnee vermischte Regen fällt mit der lieblichen Regelmäßigkeit, die eine wenigstens vierundzwanzigstündige Dauer bedeutet, der Nebel hängt über den Hausgiebeln und Lampenpfählen und hüllt dich gleich einem unsichtbaren Mantel ein. Das Wasser fließt in alle Höfe hinein – die Röhren sind geborsten – die Wassertonnen laufen über – die Straßenrinnen scheinen Zeitwettläufe anzustellen – Brunnenschwengel gehen von selbst nieder – Pferde vor Marktkarren stürzen und niemand hilft ihnen wieder auf – die Polizeidiener sehen aus, als wenn sie sorgfältig mit pulverisiertem Glas überschüttet wären – von Zeit zu Zeit begegnet dir eine Milchfrau mit zeugumwickelten Schuhen, um nicht auszugleiten – Jungen, die »außer dem Hause schlafen« und überhaupt wenig nächtliche Ruhe haben, können trotz allem Hämmern an den Ladentüren ihre Herren nicht aufwecken und heulen vor Kälte – die Mischung von Eis, Schnee und Wasser auf den Trottoirs ist einige Zoll dick – niemand wagt es, rasch zu gehen, um sich warm zu erhalten, und niemand würde sich warm erhalten, wenn er es auch täte.

Es schlägt ein Viertel nach fünf Uhr, wenn du auf deinem Wege nach Golden Cross auf dem Waterlooplatze anlangst, und du machst jetzt die Entdeckung, dass du ungefähr eine Stunde zu früh geweckt worden bist. Du hast keine Zeit zurückzukehren, die öffentlichen Lokale sind überall geschlossen, und du musst daher weitergehen, was du äußerst zufrieden mit dir selbst und der ganzen Welt tust. Du langst im Posthause an, blickst im Hofe umher, entdeckst weder eine Kutsche noch Vorkehrungen zur Abfahrt einer solchen, gehst in das Büro, und der Kontrast bewirkt, dass es dir mit seiner Gaserleuchtung und seinem loderndem Feuer äußerst komfortabel erscheint – sofern überhaupt ein Gemach an einem Wintermorgen um halb sechs Uhr komfortabel aussehen kann. Derselbe Schreiber steht in derselben Stellung da, in der du ihn gestern gesehen hast, als wenn er seit der Zeit weder Hand noch Fuß geregt hätte. Er sagt dir, dass man die Kutsche in einer Viertelstunde herausbringen werde, und du begibst dich in das Schenkstübchen – nicht in der törichten Erwartung, dich wärmen zu können, sondern nur um dir ein Gläschen heißen Branntwein mit Wasser geben zu lassen – sobald nämlich das Wasser kocht, was genau drittehalb Minuten vor der Abfahrt der Fall sein wird.

Es schlägt gerade sechs auf, dem Turme der St. Martinskirche, indem du den Mund an das Glas setztest. Du stehst in zwei Augenblicken im Büro, und der Schenkwärter sitzt in derselben Zeit behaglich hinter deinem Branntwein mit Wasser. Die Pferde sind vorgespannt, der Kondukteur und einige Lastträger laufen atemlos mit Gepäck hin und her, der noch vor Kurzem so stille Hof ist von Getümmel erfüllt, die Verkäufer der Morgenblätter sind angelangt, du vernimmst von allen Seiten Geschrei: »Times, meine Herren, Times – ein Chron, Sir – Herald, [6] Sir – schreckliche Mordtat, meine Herren – merkwürdige Ehescheidungsgeschichte, meine Damen«, usw. usw. Die Innenpassagiere befinden sich schon in ihren Höhlen, und die Außenpassagiere, du ausgenommen, gehen auf und ab, um die Füße vor Erstarrung zu schützen. Es sind zwei junge Männer mit sehr langen Haaren, die vom Schnee und Regen wie kristallisierte Rattenschwänze aussehen; ein schmächtiges, frierendes und verdrießliches junges Frauenzimmer, ein alter Herr dito dito, und etwas in einem Mantel mit Kragen, das einen Offizier vorstellen soll. Alle haben

---

6 Chronicle. Die Abkürzungen dieser Art sind bei den Engländern überhaupt, besonders aber bei den Ausrufern usw. sehr beliebt. Anm. d. Übers.

große steife Schals über dem Kinn und sehen gerade aus, als wenn sie auf einer Papagenoflöte spielten.

»Nimm die Decken 'runter, Bob«, ruft der Kutscher, der jetzt in einem groben blauen Reiserock erscheint, an dem die Rückenknöpfe so weit voneinander entfernt sind, dass man sie nicht beide zugleich sehen kann. »Gentlemen«, ruft der Kondukteur mit dem Passagierzettel in der Hand, »schon fünf Minuten über die Zeit!« Die Passagiere klimmen hinauf – die beiden jungen Herren wie Kalköfen rauchend, und der alte hörbar murrend. Das schmächtige junge Frauenzimmer ist endlich vermöge vielen und mannigfachen Ziehens, Nachschiebens, Hilfeleistens und Wirrwarrs hinaufgeschafft und drückt dafür seine feste Überzeugung aus, nie wieder hinunterkommen zu können. »Alles gut!«, ruft der Kondukteur endlich, springt hinauf, indem die Kutsche sich in Bewegung setzt, und stößt gleich darauf zum Beweise der Gesundheit seiner Lunge ins Horn. »Lass los, Harry«, ruft der Kutscher – und wir rasseln so munter davon, als wenn »alles« mit dem Morgen wie mit der Postkutsche »gut« wäre, und sehen dem Ziele unserer Reise so sehnsüchtig entgegen, als unsere Leser, wie wir fürchten, dem Ende unserer Skizze längst entgegengesehen haben.

***

Die Omnibusse

Allgemein wird anerkannt, dass die öffentlichen Fuhrwerke ein weites Feld für Unterhaltung und Beobachtung bieten. Von allen öffentlichen Fuhrwerken oder Transportmitteln überhaupt, die seit den Tagen der Arche Noah – doch wohl des frühesten, von dem man weiß – bis auf die Gegenwart erbaut worden sind, loben wir uns einen Omnibus. Eine Diligence ist nicht zu verachten, hat jedoch nur sechs Innenplätze und bietet keine Veränderung, keine Mannigfaltigkeit dar, denn in der Regel machen dieselben Leute die ganze Reise mit uns, werden außerdem nach den ersten zwölf bis fünfzehn Stunden einsilbig und schläfrig, und hat man jemand in seiner Nachtmütze gesehen, so verliert man allen Respekt vor ihm – was wenigstens bei uns der Fall ist. Weiter werden die Leute auf guten, ebenen Straßen oft langweilig und erzählen lange Geschichten, und selbst die Schweigsamen haben vielleicht unangenehme Gewohnheiten. Wir reisten einst vierhundert Meilen in einer Postkutsche mit einem starken Manne, der sich überall, wo die Pferde gewechselt wurden, ein heißes Glas Rum mit Wasser hereinreichen ließ, was ohne Frage höchst unangenehm war. Auch sind wir mehr als einmal in Gesellschaft eines kleinen, blässlichen Knaben mit hellem Haar und ohne bemerkbaren Hals gereist, der unter dem Schutze des Schaffners aus der Schule nach London gebracht und in einem Posthause abgesetzt wurde, um von dort abgeholt zu werden. Dies ist vielleicht noch schlimmer als Rum und Wasser in einer eingeschlossenen Atmosphäre. Ferner kommt in Betracht die ganze Reihe von Übeln, die aus dem Kutscherwechsel hervorgehen, und die Fatalität der Entdeckung – die der Schaffner unfehlbar in dem Augenblicke macht, wo man einzuschlummern anfängt –, dass er ein Paket haben muss, das er sich deutlich erinnert in den Kasten des Sitzes gelegt zu haben, auf dem man sich der Ruhe überlässt. Ist diese dann auf eine unbestimmte und jedenfalls lange Zeit gründlich gestört, so entsinnt er sich, das Paket in den Kutscherkasten gelegt zu haben, wo es augenblicklich gefunden wird, nachdem er hat halten lassen und ausgestiegen ist. Die Diligence setzt sich wieder in Bewegung, und er bläst, wie zur Verhöhnung des verursachten Elends, sein Horn so laut er nur kann. In einem Omnibus hat man keins dieser Leiden zu fürchten. Die Passagiere wechseln während einer Fahrt wie die Figuren in einem Kaleidoskop und sind, wenn auch nicht so glitzernd, doch weit unterhaltender. Schwerlich ist es jemals vorgekommen, dass jemand in einem Omnibus eingeschlafen wäre. Wem würde es in den Sinn kommen, eine lange Geschichte in einem Omnibus zu erzählen? Und wenn es geschähe, was würde es schaden? Niemand würde ja auch nur das Mindeste davon hören. Kinder findet man zwar bisweilen auch in Omnibussen, allein nicht oft, und wenn es der Fall und der Omnibus, wie in der Regel, voll ist, so sitzt jemand auf ihnen, und man merkt ihre Anwesenheit gar nicht. Ja, wir sind nach reiflicher Überlegung und bei ansehnlicher Erfahrung ganz entschieden der Meinung, dass von allen bekannten Fuhrwerken, von der Glaskutsche an, in der wir zur Taufe gefahren wurden, bis zu dem Leichenwagen, auf dem, wir einst unsere letzte, irdische Reise machen müssen, keins einem Omnibus gleichkommt.

Der unsrige, in dem wir uns täglich vom oberen Ende der Oxfordstraße her in die City rumpeln lassen, steht sicher keinem anderen in London nach, sowohl was die Eleganz seines Äußeren, als was die vollkommene Einfachheit seines Innern oder die angeborene Kaltblütigkeit seines Cad (Schaffners) betrifft. Dieser junge Gentleman ist ein wahres Muster von Hingebung; sein etwas maßloser Eifer für seine Geschäftsgeber bringt ihn fortwährend in Unannehmlichkeiten und bisweilen in das Korrektionshaus. Allein sobald er seine Freiheit wiedererlangt hat, widmet er sich den Obliegenheiten seines Berufs aufs Neue und mit demselben Eifer. Er zeichnet sich hauptsächlich durch seine Tätigkeit aus. Sein vornehmstes Rühmen ist, »'nen alten Herrn in 'n Bus locken, einschließen und davonrasseln zu können, eh' der alte Kujon nur mal wüsste, wohin er führe« – eine Heldentat, die er häufig zur Belustigung jedermanns, mit Ausnahme des betreffenden Herrn, des »alten Kujons«, vollbringt, der, wie es auch zugehen mag, die Spaßhaftigkeit darin zu entdecken niemals imstande ist.

Unseres Wissens ist zu keiner Zeit die Frage entschieden worden, für wie viele Passagiere unser Omnibus Raum hat. Der Schaffner glaubt ohne Zweifel, dass er Raum für so viele Personen enthalte, als hineingelockt werden können. »Noch Platz da?«, ruft ein Fußgänger, der vom Gehen sehr heiß geworden ist. »Die schwere Menge, Sir«, antwortet der Cad, öffnet langsam die Tür und enthüllt die wahre Lage der Dinge nicht eher, als bis der Unglückliche auf dem Tritt steht. »Wo denn?«, fragt der in die Falle Gegangene und will sich wieder zurückziehen. »Auf beiden Seiten, Sir«, erwidert der Cad, schiebt ihn hinein, wirft den Schlag zu und ruft: »Alles gut, Bill!« Entrinnen ist außer Frage; der Neuangekommene taumelt umher, bis er irgendwo niederfällt und zu einer Art von Ruhe gelangt.

Da wir regelmäßig ein wenig vor zehn Uhr in die City fahren, so treffen wir stets mit vier oder fünf bestimmten Personen zusammen. Sie steigen immer an ein und derselben Straßenecke ein und sitzen gewöhnlich auf denselben Plätzen; sie sind stets auf dieselbe Weise gekleidet und sprechen ohne Ausnahme über dieselben Gegenstände – die zunehmende Schnelligkeit der Kabrioletts und die Nichtachtung moralischer Verbindlichkeiten, die von den Omnibusbesitzern und deren Leuten bewiesen wird. Gleich am Schlage rechter Hand sitzt Tag für Tag, die Hände auf die Spitze seines Regenschirms gestützt, ein kleiner, wunderlicher alter Mann mit gepudertem Kopf. Er ist äußerst ungeduldig und wählt seinen Platz in der Absicht, ein scharfes Auge auf den Cad zu haben, mit dem er sich vielfach zu unterhalten pflegt. Er ist sehr dienstfertig, Leuten herein- und hinauszuhelfen, und stößt, von freien Stücken den Cad mit seinem Regenschirm an, wenn jemand auszusteigen wünscht. Er empfiehlt den Damen regelmäßig, ihre sechs Pence bereitzuhalten, um Verzögerung zu vermeiden, und lässt jemand ein Fenster nieder, das er erreichen kann, so zieht er es augenblicklich wieder in die Höhe.

»Worauf wollen Sie denn warten?«, fragt der kleine alte Mann jeden Morgen den Cad schon beim geringsten Anzeichen, dass an der Ecke der Regentstraße angehalten werden soll. »Worauf wollen Sie denn warten?«

Der Cad pfeift und stellt sich, als ob er die Frage nicht gehört hätte. Der kleine Alte stößt ihn mit seinem Schirm an und fährt fort: »Hören Sie nicht? Worauf wollen Sie warten?« »Auf Passagiere.«

»Das weiß ich, aber es kann Ihnen ja hier gar nichts helfen; also worauf warten Sie?«

»Ja, Sir, das ist 'ne etwas schwierige Frage. Ich glaube, wir warten, weil wir lieber warten als weiterfahren.«

»So so!«, ruft der kleine Mann mit großer Heftigkeit aus. »Schon gut. Ich belange Sie morgen. Hab' oft damit gedroht, werd's jetzt aber ausführen.«

»Danke schön, Sir«, erwiderte der Cad, mit einer spöttisch dankbaren Miene den Hut berührend. »Bin Ihnen verbunden, Sir.«

Die jungen Leute im Omnibus lachen laut auf, und der alte Herr wird sehr rot im Gesicht und scheint höchlich erzürnt zu sein. Der starke Herr mit dem weißen Halstuch im anderen Ende des Omnibus blickt sehr prophetisch und erklärt, es müsse gegen die Halunken bald etwas geschehen, oder man könne gar nicht sagen, wie das alles noch enden werde; und der schäbig elegante Herr mit dem grünen Beutel drückt seine vollkommene Beistimmung aus, wie er es regelmäßig jeden Morgen seit sechs Monaten getan hat.

Jetzt kommt ein zweiter Omnibus heran und hält unmittelbar hinter uns. Ein anderer alter Herr hebt seinen Spazierstock empor und läuft aus Leibeskräften auf unsern Omnibus zu; wir sehen ihm mit großer Teilnahme zu; der Schlag wird für ihn geöffnet und er ist plötzlich verschwunden – im Oppositions-Omnibus, der ihn weggekapert hat. Der Oppositions-Cad verhöhnt obendrein den Unsrigen und rühmt sich, ihm »den alten Burschen vor der Nase wegstibitzt zu haben«, und man hört deutlich die Stimme des gegen seine gesetzwidrige Freiheitsberaubung vergeblich protestierenden »alten Burschen«. Wir fahren weiter, der andere Omnibus fährt hinter uns her, und sooft wir stillhalten, um einen Passagier mitzunehmen, hält er auch still, um gleichfalls danach zu fahnden; bisweilen bekommen wir ihn, bisweilen die Gegenpartei: Wer ihn aber nicht bekommt, sagt, dass er ihn hätte haben müssen, und die Cads schimpfen daher heftig aufeinander. Wenn wir in Lincolns-Inn-Fields, Bedford-Row und anderen juristischen Bezirken anlangen, steigen sehr viele unserer ursprünglichen Mitpassagiere aus, wogegen wir andere mitnehmen, die einen äußerst kühlen Empfang haben; denn sonderbar genug sehen die in einem Omnibus schon einige Zeit gefahrenen Passagiere die neuen Ankömmlinge stets mit Mienen an, als ob bei ihnen der Gedanke im Hintergrund läge, dass diese im Fuhrwerk nichts zu tun hätten. Der kleine, alte Mann hegt ganz unfehlbar einen solchen Gedanken – ihr Hereinkommen erscheint ihm als eine Art von negativer Impertinenz. Die Unterhaltung stockt gänzlich; jeder schaut wie abwesend durch das Fenster vor ihm, und jeder glaubt, dass sein Nachbar gegenüber ihn anstarre. Steigt jemand in Shoe-Lane und noch jemand an der Ecke der Farringdonstraße aus, so brummt der kleine alte Mann in den Bart und bemerkt dem zuletzt Eingestiegenen, wenn er gleichfalls in Shoe-Lane ausgestiegen wäre, so würde er keinen doppelten Aufenthalt verursacht haben; worauf die jungen Leute abermals lachen und der alte Herr eine sehr feierliche Miene annimmt und nichts mehr sagt, bis er bei der Bank aussteigt und so schnell als möglich davontrabt, was wir gleichfalls tun, und zwar mit dem Wunsche, dass unsere Omnibusfahrt andern auch nur einen ganz geringen Teil des Vergnügens gewährt haben möchte, das sie uns selber gewährt hat.

Öffentliche Diners

Die öffentlichen Diners in London, von des Bürgermeisters alljährlichem Bankett zu Guildhall bis zur Schornsteinfegerjahresfeier zu White Conduit House – von den Gastmählern der Sheriffs oder Goldarbeiter bis zu denen der patentierten Viktualienhändler oder Fleischer – bieten ohne Ausnahme unterhaltende Szenen. Am unterhaltendsten von allen Ergötzlichkeiten dieser Art ist wahrscheinlich das alljährliche Diner einer Wohltätigkeitsgesellschaft. Bei einem solchen sind die Teilnehmenden einander ziemlich gleich – Leute, die jederzeit Stich halten und den Schmaus zu einer ernsthaften Geschäftssache machen, wobei nichts zu lachen ist. Bei einem politischen Gelage ist jedermann unangenehm und geneigt, lange Reden zu halten, was beiläufig gesagt ziemlich ein und dasselbe ist; wogegen man bei einem Wohltätigkeitsdiner Leute aller Art trifft. Mag sein, dass der Wein nicht von bester Qualität ist, dass einige hartherzige Ungeheuer beim Sammeln murren – die Unterhaltung, die man hier findet, das Vergnügen und die Heiterkeit überwiegen dennoch.

Lasst uns annehmen, wir wären geneigt, an einem Diner dieser Art teilzunehmen – etwa dem des Vereins der »Freunde armer Waisen«. Der ganze Titel der Gesellschaft ist ein paar Zeilen länger, uns jedoch entfallen. Wir entsinnen uns aber deutlich, dass wir auf Bitten eines Waisenfreundes ein Billett genommen haben, und werfen uns in einen Mietswagen. Der Kutscher – ohne Zweifel aus Fürsorge, dass wir uns mit gebührender Würde einführen – verschließt die Ohren gegen unser dringendstes Flehen, uns an der Ecke der Großen Königinstraße abzusetzen, und lässt es sich nicht nehmen, uns bis unmittelbar vor die Tür der Freimaurertaverne zu fahren, um die sich ein Volkshaufe gesammelt hat, die »Armen-Waisen-Freunde« ankommen zu sehen. Während wir den Kutscher bezahlen, hören wir die große Frage erörtern, ob wir vielleicht der edle Lord sein könnten, von dem angekündigt worden, dass er den Vorsitz übernehmen werde, und hören zu unserer Freude den Ausspruch erfolgen, dass wir ein bloßer »Sänger« wären. Das erste, was uns, sobald wir eintreten, auffällt, ist die erstaunliche Wichtigkeit des Komitees. Wir bemerken im ersten Stockwerk eine sorgfältig von zwei Aufwärtern bewachte Tür und gewahren, dass dicke Herren mit sehr roten Gesichtern hinein- und herauslaufen, und zwar mit einer Eilfertigkeit, die der Würde und Gravität von so bejahrten und korpulenten Männern ganz und gar nicht angemessen ist. Wir stehen erschrocken still und meinen in unserer Unschuld, dass sich irgendein Unglück, im Gedränge etwa, ereignet haben müsse. Doch einer der Türsteher enttäuscht uns sogleich –: »Belieben Sie oben hinaufzugehen, Sir; dies Zimmer ist das Komiteezimmer.« Wir begeben uns natürlich hinauf und sinnen im Steigen darüber nach, worin die Geschäfte des Komitees wohl bestehen mögen und ob die Herren sonst noch etwas tun, als dass sie verwirrt durcheinander reden und laufen und die Türsteher umwerfen.

Wir legen Hut und Mantel ab, empfangen dafür eine sehr kleine Pappmarke, die wir natürlich verlieren, ehe wir ihrer wieder bedürfen, und treten ein in den Saal, in dem wir vier lange Tafeln für die minder ausgezeichneten Gäste, und quer vor ihnen auf einer Plattform am oberen Ende eine fünfte erblicken, die für die besondern Freunde der armen Waisen bestimmt ist. Wir sind so glücklich, an der Tafel ein Kuvert zu finden, das noch mit niemands Karte belegt ist, setzen uns klugerweise sogleich und haben ein wenig Muße, umherzuschauen. Aufwärter mit Weinkörben in den Händen stellen in sehr ehrerbietigen Entfernungen Weinflaschen auf den Tisch. In weiten Zwischenräumen gewahren wir melancholisch aussehende Salzfässer und altersschwache Essigfläschchen, die einst sehr wohl den Eltern der armen Waisen angehört haben können. Die Messer und Gabeln sehen aus, als wenn sie bei allen öffentlichen Diners in London seit Georgs des Ersten Regierungsantritt Dienste geleistet hätten. Die Spielleute stimmen ihre Instrumente, probieren, präludieren und kratzen jammervoll, und mancher Herr läuft wie besessen an den Tischen auf und nieder, und sein Gesicht wird länger und immer länger, je länger es währt, ehe er seine Karte oder ein unbelegtes Kuvert findet.

Wir drehen uns um nach dem Tische hinter uns und sind – da wir noch wenigen öffentlichen Diners beigewohnt haben – von dem sich uns darbietenden Anblicke einigermaßen betroffen. Wir erblicken nämlich mehrere Herren, unter denen ein kleiner Mann mit einem langen, ziemlich geröteten Gesicht und grauen, über der Stirn kerzengerade emporstehenden Haaren in besonderem

Ansehen zu stehen scheint. Er trägt einen Streifen schwarzen Seidenzeugs ohne steifende Binde statt eines Halstuchs, und die Umstehenden reden ihn vertraulich »Fitz« an. Neben ihm steht ein dicker Mann mit einem weißen Halstuch und ledergelber Weste, glänzendem schwarzem, sehr kurz abgeschnittenem Haar und einem großen, runden, Gesundheit strahlenden Antlitz; um seinen Mund spielt fortwährend ein geziertes und halb sentimentales Lächeln. Zu ihren Freunden oder Bekannten gehören offenbar noch drei bis vier andere Herren, von denen der eine ein Männchen mit einem runden Gesicht, modischer Halsschleife und blauer Unterweste, ein zweiter ein Mann mit einem großen Kopf, schwarzem Haar und starkem Knebelbart ist. Ihr Aussehen und Benehmen deutet ohne Zweifel auf etwas Absonderliches hin, obgleich wir kaum imstande sein möchten anzugeben, worin es bestände; allein wir können uns von dem Gedanken nicht losmachen, dass sie zu einem andern Zwecke, als nur zum Essen und Trinken erschienen sein müssen. Wir haben jedoch nicht Zeit, der Sache genauer nachzuforschen, denn die Aufwärter ziehen sich von den Tischen nach dem unteren Ende des Saals zurück. Der schwärzliche Mann im blauen Rock mit glänzenden Knöpfen, der die Musik dirigiert, gibt seinen Leuten das Zeichen zum Anfangen, die Gäste erheben sich, und herein schreiten vierzehn Festordner, von denen ein, jeder, gleich dem bösen Geist in einer Pantomime, einen langen Stab in der Hand trägt; dann folgen der Vorsitzer und die vornehmen Gäste. Sie eilen so schnell sie können im Saal hinauf und verbeugen sich und schmunzeln und bemühen sich, unendlich liebenswürdig und leutselig auszusehen. Das Beifallrufen ist vorüber, das Tischgebet gesprochen, das Geklapper mit den Tellern und Löffeln beginnt, und alle scheinen äußerst erfreut zu sein, über die Anwesenheit so ausgezeichneter Gäste oder den Anfang des lange ersehnten Mahls.

Bei dem Diner selbst geht es zu wie bei jedem anderen Diner. Suppenschalen werden mit erschrecklicher Schnelligkeit geleert – Aufwärter nehmen Teller mit Steinbutt weg, um Soße dazu zu holen, und bringen Teller mit Soße ohne Fisch zurück; Leute, die sich auf das Vorschneiden verstehen, sind große Toren, wenn sie es laut werden lassen; und Leute, die sich nicht darauf verstehen, zeigen kein Verlangen, es zu lernen. Die Messer und Gabeln bilden eine angenehme Begleitung zu Aubers Musik, und Aubers Musik würde eine angenehme Begleitung zum Diner abgeben, wenn man außer den Becken nur etwas davon hören könnte. Die inhaltsreichen Schüsseln verschwinden – die Schalen mit Eingemachtem werden geleert wie der Blitz – tüchtige Esser wischen sich die Stirnen – Leute, die bis jetzt äußerst verdrießlich ausgesehen haben, werden über die Maßen zutraulich und fordern uns so freundschaftlich als möglich zum Weintrinken mit ihnen auf – alte Herren machen uns auf die Damengalerie aufmerksam und geben sich große Mühe, uns einzuprägen, dass der Wohltätigkeitsverein durch die Damen stets ganz besonders begünstigt wird, jedermann scheint gesprächig werden zu wollen – laut und allgemein ertönt das Gesumm der Unterhaltung.

Sobald das Geräusch aufhört, erhebt sich der Toastmaster.

»Meine Herren, belieben Sie Ihre Gläser zu füllen.«

Sobald es geschehen ist, fährt er in regelmäßig aufsteigender Skala fort:

»Meine Herren – haben – Sie – sämtlich – die Gläser – gefüllt? Ich bitte – um – Gehör – meine Herren – für – den – Vor – sit – zer!«

Jetzt erhebt sich der Präsident, sagt, dass er es für vollkommen unnötig halte, die Gesundheit, die er vorzuschlagen gedenke, irgendwie zu bevorworten, ergeht sich darauf in einem Irrgarten von unverständlichen Redensarten und taumelt eine Viertelstunde lang zwischen Verstand und Unsinn zum Bewundern hin und her, bis er endlich bei den Worten: »gesetzlicher Souverän dieses Reichs«, durch lautes Bravorufen mehrerer alter Herren unterbrochen wird, die noch mehrere Minuten mit ihren Messergriffen furchtbar auf den Tisch loshämmern. Es würde ihm, fährt er fort, unter allen Umständen das größte Vergnügen gewähren, die stolzeste Freude einflößen, jene Gesundheit vorzuschlagen; aber man möge erwägen, was seine Gefühle sein müssten, da er anzukündigen imstande sei, dass Seine Majestät die Gnade gehabt, abermals Dero Beitrag zu den Zwecken des Vereins im Betrage von 25 Pfund anweisen zu lassen. Diese Ankündigung – von jedem Vorsitzer seit Gründung des Vereins vor zweiundvierzig Jahren alljährlich wiederholt – wird mit stürmischem Beifall begrüßt, die Gesundheit unter Geschrei und Gehämmer getrunken, das Nationallied von den Sängern und der Refrain von der ganzen Gesellschaft im Chor gesungen, und die Wirkung, wie die Zeitungen sich ausdrücken, ist »wahrhaftig elektrisierend!«

Nachdem die anderen »loyalen und patriotischen« Gesundheiten mit allem gebührenden Enthusiasmus getrunken sind, der Herr mit dem losen Halstuche ein komisches, und einer seiner Freunde ein rührendsentimentales Lied gesungen hat, kommt der Haupttoast des Abends an die Reihe: »Heil und Gedeihen dem Vereine der Armen-Waisen-Freunde!« Wir müssen uns hier abermals der Zeitungsphraseologie bedienen und unser Bedauern ausdrücken, »außerstande zu sein, auch nur das Wesentliche der Standrede des edlen Lords wiederzugeben«. Es muss genügen zu sagen, dass sie zu den längsten gehört und die ganze Versammlung hinreißt. Sobald der Toast getrunken worden ist, verlassen die Festordner mit noch weit wichtigeren Mienen, als sie bisher schon zur Schau getragen hatten, den Saal, und kehren gleich darauf an der Spitze eines Aufzugs von armen Waisen, Knaben und Mädchen, zurück, die rund im Saale herumgehen, sich verbeugen und knicksen, einander auf die Fersen treten und ganz so aussehen, als ob sie, zur großen Befriedigung der Gesellschaft überhaupt und der Ladys Patronesses auf der Galerie insbesondere, gar gern ein Glas Wein bekommen und trinken möchten. Die Kinder werden hinausgeführt, und die Festordner treten wieder herein, jeder mit einem blauen Teller in der Hand. Die Musikkapelle spielt ein munteres Stück, die Mehrzahl der Versammelten steckt die Hände in die Taschen und sieht einigermaßen ernsthaft aus, und überall hört man Goldstücke auf irdenem Geschirr klirren.

Nach einer kleinen Weile – man singt, trinkt und zahlt inzwischen – setzt der Sekretär seine Brille auf und beginnt den Jahresbericht vor- und die Subskriptionsliste abzulesen, auf die mit großer Aufmerksamkeit gehört wird.

»Mr. Smith, eine Guinea – Mr. Tomkins, eine Guinea – Mr. Wilson, eine Guinea – Mr. Hickson, eine Guinea – Mr. Nixon, eine Guinea – Mr. Charles Nixon, eine Guinea (hört, hört!) – Mr. James Nixon, eine Guinea – Mr. Thomas Nixon, ein Pfund und einen Schilling (unermesslicher Beifall). – Lord Fitz Winkle, der Vorsitzer, außer jährlichen fünfzehn Pfunden – dreißig Guineas (endloses Hämmern; mehrere Herren hämmern in ihrer Begeisterung die Füße von ihren Weingläsern). – Lady Fitz Winkle, außer jährlichen zehn Pfunden – zwanzig Pfund« (ewiglanges Hämmern und Bravorufen).

Der Sekretär schweigt endlich, der Vorsitzer erhebt sich und schlägt die Gesundheit des Sekretärs vor – er kennt keinen eifrigern und würdigeren Mann als ihn. Der Sekretär dankt, bemerkt, dass ihm kein trefflicherer Mann bekannt sei als der Präsident – dem er nur den ersten Beamten der Waisenanstalt an die Seite setzen könne und dessen Gesundheit er vorschlage. Der erste Beamte dankt und bemerkt, dass er keinen schätzbareren Mann kenne als den Sekretär – mit Ausnahme Mr. Walkers, des Rechnungsführers, dessen Gesundheit vorzuschlagen er seinerseits sich erlaube. Mr. Walker dankt und macht ein anderes achtbares Individuum ausfindig, dem nur der erste Beamte nachsteht – und so nimmt das Toastausbringen, Loben und Danken seinen Fortgang, indem nur noch die Gesundheit der »anwesenden Gönnerinnen« ausgezeichnet zu werden verdient. Die Herren blicken entsetzlich lärmend nach der Galerie hinauf, und kleine geschniegelte Herren, die mehr Wein als gewöhnlich getrunken haben, werfen den Damen Handküsse zu und verdrehen die Gesichter auf das Trübseligste, in der Meinung, zu charmieren; worauf die Gesellschaft sich endlich trennt und heimbegibt.

Doch genug und nur noch die Bemerkung, dass die Leser nicht glauben dürfen, wir wollen missgünstig spotten, weil wir aus dem Spaßhaften der öffentlichen Diners Belustigung schöpfen. Nichts weniger. Wir sind weit entfernt, den Wert der wohltätigen Vereine und Anstalten, worin London so reich ist, zu verkennen, oder die edeln Gesinnungen und achtbaren Beweggründe der Mehrzahl ihrer Teilnehmer und Unterstützer in Abrede zu stellen.

Charaktere

Gedanken über Leute und Leutchen

Es ist merkwürdig, wie gänzlich unbeachtet man leben und sterben kann in London. Wirklich gibt es Unzählige in der großen Hauptstadt, die keinerlei Sympathie auch nur in eines einzigen Brust erwecken; an deren Dasein niemand ein Interesse nimmt, außer ihnen selbst; von denen sich nicht sagen lässt, sie würden vergessen nach ihrem Tode, weil bei ihrem Leben keine Seele an sie gedacht hat; die nicht einen einzigen Freund besitzen, und um die sich niemand, wirklich gar niemand kümmert. Gebieterische Notwendigkeit zwang sie, nach London zu gehen, um Beschäftigung und die Mittel zu ihrem Lebensunterhalt zu suchen. Es ist schmerzlich, die Bande zu zerreißen, die uns mit unserer Heimat und unsern

Angehörigen und Freunden verbinden, und noch schmerzlicher, die tausend Erinnerungen glücklicher Tage und alter Zeiten aufzugeben, die jahrelang in unserm Innern schlummerten und nur erwachen, um uns die Gestalten der Lieben und Teuren, als wenn sie lebten, die Umgebungen, in denen wir uns mit ihnen bewegten und die wir wahrscheinlich nie wieder sehen sollen, Freud und Leid, das uns mit ihnen traf, und die Hoffnungen vor die Seele zurückzuführen, bei denen uns einst das Herz so hoch und freudig schlug und die wir wohl für immer hinter uns lassen müssen. Doch die Leute, von denen wir reden, haben zu ihrem eigenen Glück Gedanken dieser Art längst vergessen; die alten Freunde sind gestorben oder ausgewandert, ehemalige Korrespondenten haben sich in dem geschäftigen Citygedränge verloren, und sie selbst sind durch Zeit und Gewohnheit vollkommen passiv und teilnahmslos geworden.

Wir saßen eines Tags innerhalb der Umfriedung eines Teils des St.-James-Parks, als ein Mann unsere Aufmerksamkeit erregte, den wir sogleich dieser Klasse zuzählen zu müssen glaubten. Er war groß, hager und blass und trug einen schwarzen Rock, knapp anschließende graue Beinkleider, kurze Gamaschen und braune, lederne Handschuhe. Er hatte einen Regenschirm in der Hand – nicht zum Gebrauch, denn das Wetter war schön, sondern offenbar, weil er ihn jeden Morgen ins Büro mitnahm. Er ging vor dem kleinen Rasenplatze, auf dem die zu vermietenden Stühle stehen, auf und ab, nicht, als wenn er es zum Vergnügen oder zur Erholung, sondern aus Notwendigkeit täte – geradeso wie er jeden Wochentag von Islington zu seinem Geschäftszimmer wandert. Es war ein Montag – der Ostermontag. Er war auf vierundzwanzig Stunden der Fronarbeit des Schreibtisches entronnen und machte einen Spaziergang, der Bewegung und frischen Luft, des Vergnügens wegen – vielleicht zum ersten Male in seinem Leben. Wir waren geneigt zu glauben, dass er noch nie einen Feiertag gehabt hatte und eigentlich noch immer nicht wusste, was er mit sich und seiner Zeit anfangen solle. Auf dem Grasplan spielten Kinder, hier und da erblickte man kleine plaudernde und lachende Gruppen – er aber ging fortwährend, achtlos und unbeachtet, auf und ab, und sein schmales und blasses Gesicht sah aus, als wenn es des Ausdrucks der Neugier oder Teilnahme unfähig wäre. In seiner Haltung, seinem ganzen Wesen lag ein Etwas, das uns, wie wir uns einbildeten, sein ganzes Leben oder vielmehr seinen ganzen Tag erzählte; denn ein Mann dieser Art kennt keine Abwechslung. Es war uns fast, als wenn wir das dumpfige Hinterstübchen vor uns sähen, in dem er jeden Morgen erscheint, den Hut an denselben Pflock hängt und die Beine unter demselben Schreibtisch ausstreckt, nachdem er den schwarzen Rock, der das ganze Jahr über aushalten muss, mit dem alten vertauscht hat, der ihm im vergangenen Jahre seine Dienste leistete und den er im Geschäftszimmer trägt, um den andern zu schonen. Und da sitzt er dann bis fünf Uhr, den Kopf nur emporhebend, wenn jemand eintritt, oder wenn er inmitten einer schwierigen Berechnung die Blicke an die staubige Decke heftet, als ob er aus ihrem Schwarz-Grau eine Inspiration erwärte; und da sitzt und arbeitet er den ganzen Tag so regelmäßig wie der Zeiger der Wanduhr über dem Kaminsims, deren lautes Ticken fast ebenso einförmig ist wie sein eigenes Dasein.

Um fünf oder halb sechs Uhr steigt er langsam von seinem gewohnten Stuhl herunter, wechselt abermals den Rock und begibt sich in sein Speisehaus in der Gegend von Bucklersburg. Er fragt: »Was gibt es Gutes?« Der Kellner nennt ihm in vertraulichem Tone, denn er hat es mit einem regelmäßigen Gast zu tun – die Gerichte des Tags, und er bestellt einen kleinen Teller mit Roastbeef nebst frischem Gemüse und einem halben Schoppen Porter. Er bekommt einen kleinen Teller, weil frisches Gemüse einen Penny teurer ist als Kartoffeln, und er hatte gestern »zwei Brote« und vorgestern sogar noch »einen Käse« dazu. Nachdem diese wichtige Sache abgemacht ist, hängt er den Hut auf und sagt zu dem nächstsitzenden Herrn, der das Zeitungsblatt in der Hand hat: »Wenn ich bitten darf, nach Ihnen, Sir!« Kann er das Blatt haben, während er speist, so speist er mit weit größerem Behagen, indem er es gegen die Wasserflasche stellt und abwechselnd einen Bissen zum Munde führt und ein paar Zeilen liest. Genau fünf Minuten vor Ablauf der Stunde bezahlt er und kehrt nach dem Geschäftszimmer zurück, das er abermals, sofern kein Posttag ist, nach einer halben Stunde verlässt, und begibt sich in seinem gewöhnlichen Schritt nach Hause in sein kleines Hinterzimmer, wo er seinen Tee trinkt und sich dabei vielleicht die Zeit durch Geplauder mit seiner Hauswirtin kleinem Knaben vertreibt, den er bisweilen für die Ausrechnung eines Additionsexempels mit einem Penny belohnt.

Manchmal liegt es ihm ob, seinem Geschäftsgeber in Bernard-Street, Russel-Square, einen Brief hinzubringen. Der reiche Mann hört seine Stimme und ruft ihm aus dem Speisezimmer zu: »Nur herein, Mr. Smith!« worauf Mr. Smith seinen Hut neben einem Stuhle des Vorsaales niederlegt, schüchtern hineingeht, das herablassende Geheiß, sich zu setzen, befolgt, die Füße sorgfältig unter den Stuhl zieht und in ehrerbietiger Entfernung vor dem Tisch dasitzt, während er das Glas Wein austrinkt, das ihm der älteste Knabe hat einschenken müssen. Er entfernt sich darauf unter fortwährenden Verbeugungen und unruhigem Herzklopfen, das sich erst wieder vollkommen verliert, wenn er das Haus verlassen hat und einige Hundert Schritte gegangen ist.

Er und seinesgleichen sind mitleidswerte, harmlose Leute; zufrieden, aber nicht glücklich, mit gebrochener Lebenskraft und niedergebeugt, fühlen sie wohl keinen Schmerz, kennen aber auch keine Freude.

Vergleicht sie mit einer andern Klasse von Leuten, die ebenfalls weder Angehörige und Freunde noch Umgang haben, deren Stellung in der Gesellschaft aber eine Folge ihrer eigenen Wahl ist. Die meisten von ihnen sind alte Knaben mit weißen Köpfen und roten Gesichtern, lieben Portwein und hohe Stiefel, hegen aus wirklichen oder eingebildeten Gründen – in der Regel aus den wirklichen und vortrefflichen, dass sie selbst reich und ihre Anverwandten arm sind – Argwohn gegen jedermann, spielen die Menschenhasser, empfinden großes Vergnügen in dem Gedanken, unglücklich zu sein, und machen alles verstimmt, was in ihre Nähe kommt. Man kann Leute wie sie überall sehen, erkennt sie in Kaffeehäusern an ihren Unzufriedenheit ausdrückenden Ausrufen und den luxuriösen Diners, im Theater daran, dass sie stets auf demselben Platze sitzen – und mit neiderfüllten Blicken alle jungen Leute in ihrer Nähe ansehen; in der Kirche an ihrem prunkhaften Eintreten und der lauten Stimme, womit sie sich bei den Responsorien der Liturgie vernehmen lassen; in Gesellschaften endlich daran, dass sie beim Whist verdrießlich werden und keine Musik leiden können.

Ein alter Knabe dieser Art hat eine glänzend möblierte Wohnung, eine artige Büchersammlung, ein kostbares Silberservice und schöne Gemälde die Fülle; nicht so sehr, um sich selbst daran zu erfreuen, als um die zu ärgern, die das Verlangen, aber nicht die Mittel haben, es ihm gleichzutun. Er ist Mitglied von zwei oder drei Klubs, und man beneidet ihn, schmeichelt ihm und hasst ihn in allen. Bisweilen wird er von einem armen Verwandten – etwa einem verheirateten Neffen – um eine kleine Unterstützung angegangen, was er mit edler Entrüstung über die Unbesonnenheit junger Eheleute, die Wertlosigkeit einer Frau, die Anmaßung, Familie zu haben, die schwere Sünde bei jährlich hundertfünfundzwanzig Pfund in Schulden zu geraten und andere unverzeihliche Verbrechen erörtert. Mit einer selbstgefälligen Hinweisung auf sein eigenes Beispiel und einer zarten Anspielung auf Kirchspielunterstützung schließt er. Wenn er stirbt, so geschieht es, indem ihn nach dem Mittagessen der Schlag rührt. Sein Vermögen hat er der Bibelgesellschaft vermacht, die zu seinem Gedächtnis, ein Täfelchen errichtet, das ihre Bewunderung seines christlichen Wandels in dieser Welt und ihre tröstliche Gewissheit seiner Seligkeit in der anderen verkündet.

Nächst Mietskutschern, Kabriolettführern und Omnibuskondukteuren, die wir ganz besonders in unser Herz geschlossen haben und ganz nach dem Maße ihrer unerschütterlichen Unverschämtheit und vollkommenen Selbstbeherrschung bewundern, gewährt uns keine Menschenklasse eine größere Ergötzlichkeit als die der Londoner Lehrburschen. Sie sind gegenwärtig nicht mehr eine wohlorganisierte Körperschaft, verbunden durch feierlichen Vertrag, um ruhigen und friedlichen Leuten Schrecken einzujagen, sooft es ihnen beliebt, sich in die Köpfe zu setzen, beleidigt zu sein und Prügel in die Hände zu nehmen. Sie sind jetzt nur noch durch Lehrbriefe gebunden, und ihre Tapferkeit wird durch die heilsame Furcht vor der neuen Polizei und die Aussicht auf ein dumpfiges Arresthaus, ein Polizeiverhör und eine dahinter lauernde Geldstrafe leicht im Zaume gehalten. Demungeachtet sind sie noch immer eine eigentümliche Menschenklasse und nicht minder ergötzlich, weil unschädlich. Wer hätte sie nicht sonntags in den Straßen gesehen und bemerkt? Wo gäbe es sonst so wackere Versuche im Prunken und Großtun, wie die sind, die sie an ihren stattlichen Personen entwickeln? Vor ein paar Sonntagen gingen wir auf dem Strand hinter einem kleinen Häufchen von ihnen her, das uns für den ganzen Tag Unterhaltungsstoff gab. Sie kamen aus der City. Es war zwischen drei und vier Uhr nachmittags, und sie begaben sich in den Park. Es waren ihrer vier, sie gingen Arm in Arm in einer Reihe und prangten in weißen Glacéhandschuhen wie ebenso viele Bräutigame, in hellen Sommerbeinkleidern von Zeug, wie man es noch nie gesehen, und Röcken, für die unsere Sprache noch keinen Namen, hat –; einer Art Kreuzung zwischen Reise- und Überröcken, mit den Kragen der einen und den Aufschlägen der anderen und Taschen, die nur ihnen selbst eigentümlich waren.

Sämtliche vier Gentlemen führten tüchtige Handstöcke mit großen Troddeln an den Griffen, die sie bisweilen anmutig rund umwirbelten, und ihr Gang erhielt durch ihr Bemühen, eine gleichgültig-leichte und kecke Haltung zu behaupten, einen krampfhaft-renommistischen, unwiderstehlich lächerlichen Anstrich. Einer von ihnen hatte eingezwängt in der Westentasche eine Uhr von der Größe und Gestalt eines Ribstoner Apfels, und verglich sie sorgfältig mit den Uhren aller Kirchen und sonstigen öffentlichen Gebäuden, an denen der Weg vorüberführte; und als sie endlich im St.-James-Park angelangt waren, mietete einer von ihnen, der sich der bestgemachten Stiefel erfreute, ausdrücklich einen zweiten Stuhl, um die Füße darauf zu stellen, und genoss seine Naturfreuden für zwei Groschen mit einem Gehaben, das alle Unterschiede zwischen Brookes und Snooks, Crockfords und Bagnigge Wells [7] vernichtete.

Wir können über Leutchen dieser Art lächeln, allein sie erregen nie unsere Galle. Sie pflegen auf dem besten Fuße mit sich selber zu stehen und sind daher fast notwendig gegen jedermann freundlich gesinnt. Und zeigen sie

---

[7] Crockfords der berühmteste aller Londoner Spielklubs. Brookes der erste Londoner Whig-Klub. Snooks ist eine bloße Alliteration und soll nur den Gegensatz ausdrücken, so wie Bagnigge Wells ein Teegarten der allgemeinsten Art ist. Anm. d. Übers.

etwa ein wenig Geckerei an ihren eigenen Personen, so
ist diese ohne Zweifel erträglicher als das frühreife Laf-
fentum vom Quadranten, [8] das knebelbärtige Dandy-
tum von Regent-Street und Pallmall oder äffische Groß-
tuerei an irgendeinem Orte.

Ein Weihnachtsschmaus

Weihnacht! – Der muss wahrlich ein Menschenhasser
sein, in dessen Brust durch die Wiederkehr des Weih-
nachtsfestes kein frohes Gefühl, in dessen Seele durch
sie keine freundliche Erinnerung geweckt wird. Es gibt
Leute, die euch sagen werden, Weihnacht wäre nicht
mehr für sie, was es vormals gewesen – bei jedem neuen
Christfeste hätten sie sich um eine teure Hoffnung, eine
schöne Aussicht ärmer als das Jahr zuvor gefunden, und
das neueste erinnere sie nur an ihre verschlimmerte Lage, ihr vermindertes Einkommen – an die Gastereien, zu
denen sie einst vorgebliche Freunde geladen und die
kalte Begegnung, die ihnen jetzt in ihrem Unglück wi-
derführe. Hinweg mit so trübseligen Gedanken – wie-
wohl jeder sie in sich hervorrufen kann an jedem Tag im
Jahr, der lange genug die Welt gesehen. Erwählt nicht
den frohesten der dreihundertundfünfundsechzig zu
euren schmerzlichen Rückerinnerungen, sondern rückt
euren Stuhl näher an das prasselnde Feuer – füllt die
Gläser und stimmt den Rundgesang an – und ist euer
Zimmer kleiner, als es vor einem Dutzend Jahren war,
und ist euer Glas mit dampfendem Punsch statt mit fun-
kelndem Weine gefüllt, so nehmt die böse Zeit auch für
gut, leert es flugs, trällert euer altes Lieblingslied und

---

8 Ein neuer prachtvoller Square. Anm. d. Übers.

dankt Gott, dass es nicht noch schlimmer mit euch steht. Schaut nur die fröhlichen Gesichter eurer am Kamin versammelten Kinder an! Vielleicht ist ein kleiner Stuhl leer – fehlt ein liebes, kleines Haupt, dessen Anblick des Vaters Herz erfreute und der Mutter Stolz erweckte. Lasst das Vergangene hinter euch – denkt nicht daran, dass das liebliche Kind, dessen Gestalt jetzt zu Staub zerfällt, noch vor einem kurzen Jahre mit der Blüte der Gesundheit auf den Wangen und mit Augen, strahlend in kindlicher, ahnungsloser Lust, vor euch saß. Gedenkt der Segnungen, deren ihr euch jetzt erfreut – deren viele einem jeglichen zuteilwerden – nicht eurer vergangenen trüben Schicksale, deren mancherlei einen jeden treffen. Füllt euer Glas abermals mit fröhlichen Mienen und einem zufriedenen Herzen. Wir bürgen euch mit unserm Leben dafür, euer Weihnachtsfest wird heiter und euer neues Jahr glücklich sein.

Wer wäre unempfindlich gegen die Ergießungen guter und edler Gefühle, jenes Nehmen und Geben von Zärtlichkeit und Liebe, woran diese Zeit des Jahres so reich ist? Eine Familienweihnachtsfeier! Wir kennen nichts Herrlicheres. Schon in dem Namen Weihnacht scheint ein Zauber zu liegen. Kleine Eifersüchteleien und Zerwürfnisse sind vergessen; Mürrische, die sich seit langer Zeit absonderten, werden gesellig; Vater und Sohn oder Bruder und Schwester, die Monate lang mit kalten oder gar abgewendeten Blicken aneinander vorübergingen, schließen einander inbrünstig in die Arme und vergessen bei ihrem gegenwärtigen Frohsinn und Glück die Streitigkeiten, die ihre Einigkeit unterbrach; Herzen, die sich nacheinander sehnten, aber durch falschen Stolz, übertriebene Begriffe von Selbstwürde getrennt waren, werden wiederum vereinigt, und alles atmet Wohlwollen und liebende Zuneigung. O, dass Weihnacht das ganze Jahr hindurch währte, und dass die unsere bessere Natur entstellenden Vorurteile und Leidenschaften zum wenigsten niemals die trennten, denen sie stets fremd bleiben sollten!

Die Weihnachtsfamiliengesellschaft, die wir im Sinne haben, ist mitnichten eine bloße Versammlung von Verwandten, die verabredet wurde vor ein paar Wochen, nur für dieses Jahr, ohne eine Vorläuferin im zu Ende gehenden, oder eine wahrscheinliche Wiederholung im Folgenden zu haben; nein, eine jährlich wiederkehrende Vereinigung aller, nur nicht gar zu entfernt wohnender, junger und alter, reicher und armer Familienmitglieder, der sämtliche Kinder zwei Monate vorher in fiebriger Erwartung entgegensehen. Sonst war sie beim Großvater; aber der Großvater und die Großmutter sind zu alt und zu schwach geworden, haben den eigenen Haushalt aufgegeben und ihre Wohnung beim Onkel George genommen. Die Gesellschaft versammelt sich daher stets in Onkel Georges Hause, nur tut die Großmutter unabänderlich das Beste dazu, und der Großvater lässt es sich nicht nehmen, nach dem entfernten Newgatemarkte zu wandern und den Truthahn zu kaufen, den er sich im Triumph nachtragen lässt; und der Träger muss dann stets außer dem bedungenen Lohn sein Gläschen haben, um Tante George »ein fröhliches Weihnachtsfest und ein glückliches Neujahr zuzutrinken«. Die Großmutter ist in den letzten Tagen äußerst verschwiegen und geheimnisvoll, obwohl demungeachtet Gerüchte umlaufen, dass sie für die Mägde neue Hauben mit roten Bändern, für die Kinder Bleistifte, Federn und Bücher eingekauft, und Tante Georges Bestellung beim Zuckerbäcker noch ihre besondere hinzugefügt habe.

Am Heiligen Abend ist die Großmutter ohne Ausnahme in rosiger Laune; und nachdem sie die Kinder den ganzen Tag mit Rosinenauskernen beschäftigt hat, besteht sie regelmäßig darauf, dass Onkel George in die Küche herunterkommt, den Rock auszieht und ein halbes Stündchen den Pudding rührt, was Onkel George zum lärmenden Entzücken der Kinder und der Dienerschaft auch gutmütig tut, und der Abend schließt dann mit einem großartigen Blindekuhspiel, wobei sich der Großpapa absichtlich sehr bald haschen lässt, um Gelegenheit zu erhalten, seine Behändigkeit zu zeigen.

Am folgenden Morgen geht das alte Paar mit so vielen von den Kindern, wie der Kirchenstuhl fassen kann, in großem Staate zur Kirche, während Tante George zu Hause Karaffen abstaubt und Kuchenteller füllt und Onkel George Flaschen in das Speisezimmer trägt und nach Korkziehern ruft und jedermann in den Weg läuft. – Wenn die Kirchgänger zum Lunch zurückkehren, zieht der Großvater einen kleinen Mistelzweig aus der Tasche und treibt die Knaben an, ihre kleinen Bäschen darunter zu küssen – was sowohl den Knaben als dem alten Herrn unsägliches Vergnügen gewährt, aber Großmutters Schicklichkeitsbegriffen einigermaßen zuwider ist. Der Großvater erklärt indes endlich, dass er, als er gerade dreizehn Jahre und drei Monate alt gewesen wäre, die Großmutter auch unter einem Mistelzweig geküsst habe, worauf die Kinder in die Hände klatschen und samt Onkel und Tante George in ein lautes und herzliches Gelächter ausbrechen, und die Großmutter sagt dann schmunzelnd und mit einem sehr gnädigen Lächeln, der Großvater sei immer ein Hans Leichtfuß gewesen, worüber die Kinder abermals herzlich lachen, und der Großvater herzlicher als irgendeins von ihnen.

Doch das alles ist noch nichts gegen die Last, wenn sich die Großmutter in einer hohen Haube und einem schieferfarbenen seidenen Kleid und der Großvater mit einem schöngefalteten Busenstreifen und weißen Halstuch in den Kaminwinkel setzen, und Onkel Georges Kinder und die unzähligen kleinen Vettern und Bäschen vor dem Kamin Platz nehmen und sehnsüchtig der Besucher harren. Endlich fährt eine Mietskutsche vor, und Onkel George sieht durch das Fenster und ruft: »Da ist Jane!«, worauf die Kinder aus der Tür und holterpolter die Treppe hinunterstürmen und unter Jubelgeschrei Onkel Robert und Tante Jane, die Wärterin mit dem jüngsten Kind und wer sonst noch mitgekommen, die Treppe hinaufbegleiten. Der Großvater nimmt das Kind auf den Arm und die Großmutter küsst ihre Tochter, und der Tumult hat sich kaum ein wenig gelegt, als abermals Onkel und Tanten mit noch mehr Vetterchen und Bäschen eintreffen; und die Heranwachsenden unter den Vettern charmieren mit den heranwachsenden Basen, und die Kleinen tun es ihnen nach, und man hört nichts als ein verwirrtes Durcheinanderreden, Schwatzen, Lachen und Jubilieren.

Nach einiger Zeit vernimmt man während einer augenblicklichen Pause ein zögerndes, schüchternes Klopfen an der Haustür, und von allen Seiten wird gefragt, wer da sei. Und ein paar Kinder, die am Fenster gestanden, erwidern mit leiser Stimme: »Die arme Tante Margarete«, worauf Tante George hinausgeht, die Ankommende zu empfangen, und die Großmutter sich in die Brust wirft und ziemlich steif zurechtsetzt; denn Margarete heiratete ohne ihre Zustimmung einen armen Mann, und da Armut noch keine genügende Strafe für ihr Vergehen ist, so haben ihre Freundinnen mit ihr gebrochen und ihre nächsten Verwandten den Umgang mit ihr aufgehoben. Doch jetzt ist Weihnacht.

Wie das halbgebildete Eis vor der Morgensonne zerfließt, schmilzt die harte Herzrinde, die im Laufe des Jahres freundlichere und mildere Gefühle nicht durchbrechen ließ, vor der gesegneten Weihnachtsgeisteshelle und Herzenswärme. Es mag leicht geschehen, dass eine Mutter in einem Augenblicke der Entrüstung eine ungehorsame Tochter von sich entfernt; aber ganz etwas anderes ist es, sie zu einer Zeit, wo sich alle Herzen dem Wohlwollen und der Heiterkeit öffnen, von dem Herde zu verbannen, an dem sie so manches Christfest gesessen hat, als stammelndes Kind, als aufblühendes Mädchen und als rosige Jungfrau. Die Miene der Selbstgerechtigkeit und des kalten Verzeihens, die die alte Dame angenommen hat, steht ihr schlecht, und man sieht leicht, dass sie nur erkünstelt ist, indem die Schwester der Mutter die Arme zuführt, die sich bleich und niedergebeugt nähert, nicht infolge ihrer Dürftigkeit, die sie zu ertragen gelernt hat, sondern weil sie das Bewusstsein in sich trägt, unverdiente Härte und Vernachlässigung zu erfahren. Es tritt ein augenblickliches Stillschweigen ein. Sie reißt sich plötzlich von der Schwester los und wirft sich schluchzend an der Mutter Brust. Der Vater ergreift rasch ihres Gatten Hand. Die andern Anverwandten versammeln sich um sie, sprechen freundliche Glückwünsche aus und Frohsinn, Herzlichkeit und Einigkeit herrschen wieder wie vorhin.

Das Mittagessen, der Christfestschmaus, ist nun gar eine königliche Lustbarkeit geworden! Nichts Störendes kommt vor, alle sind in der besten Laune und bemühen sich, zufrieden und froh zu machen und froh und zufrieden sein. Der Großvater erzählt ausführlich, wie es bei seinem Truthahnkauf zugegangen ist, und schweift zu früheren Truthahneinkäufen an früheren Christfesten ab, und die Großmutter bestätigt ihn in den geringfügigsten Kleinigkeiten. Onkel George erzählt Geschichten, tranchiert Geflügel, trinkt Wein und scherzt mit den Kindern am Nebentisch, blinzelt den Vettern und Basen zu, die scharmieren oder mit sich scharmieren lassen, und erheitert jedermann durch seine gute Laune und Gastlichkeit, und wenn endlich die stramme Köchin mit einem Riesenpudding, in dem ein Stechpalmzweig steckt, hereinwankt, so beginnt ein Lachen, Jubeln und Händeklatschen, das seinesgleichen nur hat, wenn angezündeter Branntwein in die Fleischpastetchen hineingegossen wird. Und dann der Nachtisch, der Wein und aller Scherz und alle Lust dabei! Was für prachtvolle Reden gehalten werden, und welche Lieder Tante Margaretens Mann singt, der sich als ein so allerliebster Mann zeigt und so aufmerksam gegen die Großmutter ist! Der Großvater singt nicht nur sein jährliches Lied mit beispiellosem Feuer, sondern stimmt, sobald er, dem jährlichen Brauche gemäß, durch ein allgemeines Dakapo beehrt ist, ein ganz neues an, das außer der Großmutter noch niemand gehört hat; und ein junger Tausendsasa von Vetter, der wegen gewisser arger Unterlassungs- und Begehungssünden bei den alten Leuten in einiger Ungnade steht – er versäumt es, sie zu besuchen, und trinkt allen Vorstellungen zum Trotze Burtoner Ale – erregt unauslöschliches Gelächter durch ein so komisches Lied, wie wohl noch nie eins gesungen ist. Und so vergeht der Abend bei fortwährender Herzlichkeit und Heiterkeit und wirkt mehr zur Erweckung verwandtschaftlicher und liebevoller Gefühle und Gesinnungen bei den Versammelten für den Abend, sowie für das ganze kommende Jahr, als alle Predigten, die jemals geschrieben wurden von allen Geistlichen, die jemals gelebt haben.

Das neue Jahr

Nächst Weihnacht ist Neujahr die lustigste Zeit des ganzen Jahres. Es gibt weinerliche Leute, die das neue Jahr mit Wachen und Fasten beginnen, als wenn es ihnen obläge, beim Begräbnis des alten in der Rolle des Hauptleidtragenden zu agieren. Wir können jedoch nicht umhin, es weit schmeichelhafter sowohl für das entschwindende alte als das eben erscheinende neue Jahr zu halten, dass man in fröhlicher Lust den alten Knaben entlässt und das neugeborene Kindlein begrüßt.

Im alten Jahr muss sich doch wohl einiges zugetragen haben, worauf wir mit einem Lächeln heiterer Erinnerung, wo nicht mit Gefühlen innigen Danks zurückblicken können; und jede Rechts- und Billigkeitsregel ver-

pflichtet uns ja, von dem neuen Jahr anzunehmen, dass
es gut sein werde, bis es sich des ihm bewiesenen Ver-
trauens unwürdig gezeigt hat.

Dies ist unsere Ansicht der Sache; und weil wir sie hegen, sitzen wir hier, trotz unserem Respekt vor dem alten Jahr, dessen letzte Augenblicke, indem wir die Feder
führen, dahinschwinden: Sitzen wir hier am letzten
Abend des alten Jahres eintausendachthundertund-
sechsunddreißig an unserem Kamin und schreiben diese
Skizze und schlürfen unseren Grog mit so fröhlicher
Miene, als wenn sich gar nichts Außerordentliches, das
unseren Gleichmut hätte stören können, zugetragen hätte oder zutragen könnte.

Mietskutschen und Equipagen rasseln in ewiger Folge
die Straße hinauf und herunter und tragen ohne Zweifel
geputzte Gäste in gefüllte Gesellschaftszimmer; laute
und wiederholte Doppelschläge an die Tür des Hauses
mit den grünen Jalousien gegenüber verkünden der
ganzen Nachbarschaft, dass jedenfalls eine große Gesellschaft in der Straße gegeben wird; und wir sahen durch
unser Fenster und obendrein durch den Nebel, bis er so
dick wurde, dass wir Licht bringen ließen und unsere
Vorhänge zuzogen, Konditorlehrlinge mit grünen Kästen auf den Köpfen und Karren, voll von Geräten für die
Abendgesellschaften nach den vielen Häusern eilen, in
denen sich Silvestergesellschaften versammelten.

Uns deucht, wir können uns eine solche Gesellschaft so
lebhaft vorstellen, als wenn wir, gehörig befrackt und
beballschuht, bei Ankündigung unseres Namens an der
Besuchszimmertür ständen – etwa in dem Hause mit
den grünen Jalousien. Man gibt dort eine Ballgesell-

schaft, denn als wir heute Morgen bei unserem Frühstück saßen, sahen wir, dass im Besuchszimmer der Teppich weggenommen wurde, und, wenn es noch weiteren Beweises bedürfte und wenn wir die Wahrheit sagen müssen, wir sahen erst eben noch eine der jungen Damen nicht weit von einem Schlafzimmerfenster einer anderen das Haar »machen«, und zwar in einem so glänzenden Stil, wie er nur für eine Ballgesellschaft statthaft ist. – Der Herr des Hauses mit den grünen Jalousien ist ein öffentlicher Beamter; wir schließen es aus dem Schnitt seines Rockes, der Schleife seines Halstuchs und der Selbstgenügsamkeit seines Ganges – schon die grünen Jalousien haben ein Somerset-House-Air. [9]

Horch! Ein Kabriolett! Der Anlangende ist ein jüngerer Attaché aus demselben Büro, ein nicht wenig auf sein Äußeres haltender junger Mann mit einer Neigung zu Schnupfen und Hühneraugen. Er erscheint in tuchbesetzten Stiefeln, bringt die Schuhe in der Rocktasche mit und zieht sie im Hausflur an. Der Aufwärter im letzteren ruft seinen Namen einem zweiten Aufwärter – einem verkleideten Pedell des Büros – in einem blauen Leibrock zu.

Der Aufwärter auf dem ersten Treppenabsatz geht dem jungen Herrn nach dem Besuchszimmer voran, öffnet die Tür und schreit hinein: »Mr. Tupple!« Der Hausherr, der am Kamin politisiert und sich gewärmt hat, tritt ihm entgegen und erkundigt sich nach seinem Befinden. »Meine Liebe, dies ist Mr. Tupple« (die Dame vom Hause knickst verbindlich); »Mr. Tupple, meine älteste Toch-

---

⁹ Im prachtvollen Somerset-House befinden sich die Büros fast aller Zweige der Staatsverwaltung. Anm. d. Übers.

ter; liebe Julie, Mr. Tupple; Tupple, meine anderen Töchter und mein Sohn«, – und Mr. Tupple reibt sich die Hände sehr stark, verbeugt sich in einem fort links und rechts, bis die ganze Familie vorgestellt ist, lässt sich sodann auf einen Stuhl an der Sofaecke nieder, eröffnet eine Unterhaltung mit den jungen Damen über das Wetter, die Theater, das alte Jahr, die neueste Mordtat, den Luftballon, die Ärmel der Frauenkleider, die Lustbarkeiten der »Season« und eine Menge anderer Gegenstände des Tagesgesprächs. Abermalige Doppelschläge! Welch eine zahlreiche Gesellschaft – welch ein unaufhörliches Unterhaltungsgesumm und Kaffeeschlürfen! Wir sehen Tupple im Geist auf seiner höchsten Glanzstufe. Er hat soeben die Tasse der dicken alten Dame dem Aufwärter gereicht und verliert sich jetzt in dem Haufen der jungen Herren an der Tür, um den andern Aufwärter, ehe er hinausgeht, abzufangen und sich des Semmeltellers für die Tochter der alten Dame zu bemächtigen; und als er mit dem Teller am Sofa vorübergeht, wirft er den jungen Damen einen so herablassenden und vertraulichen Erkennungs- und Gönnerblick zu, als ob er sie von Kindheit an gekannt hätte.

Ein bezaubernder junger Mensch, der Mr. Tupple – ein vollkommener Kavalier – und welch ein herrlicher Gesellschafter! Und was sein Lachen betrifft! – Niemand verstand jemals Papas Scherze nur halb so gut wie Mr. Tupple, der sich bei jedem neuen Witzwort vor Lachen ausschütten wollte. Und welch ein angenehmer Mitspieler er ist! – Spricht während der ganzen Partie, und so romantisch, mit so erstaunlich viel Gefühl, wenn er sich auch anfangs etwas leichtfertig zeigte. Mit einem Worte, ein wahres Herz! Bei den jungen Herren ist er freilich eben nicht beliebt. Sie bespötteln ihn und stellen sich, als ob sie ihn verachteten; aber jedermann weiß, es ist purer Neid, und sie brauchten sich ganz und gar nicht zu bemühen, ihn zu verkleinern, denn die Mutter hat gesagt, er solle künftig zu jeder Mittagsgesellschaft eingeladen werden, schon um die Gäste zwischen den Gängen zu unterhalten und ihre Aufmerksamkeit zu beschäftigen, wenn eine unerwartete Verzögerung in der Küche einträte.

Bei Tisch zeigt sich Mr. Tupple noch mehr zu seinem Vorteil, als er es den ganzen Abend getan hat, und wenn der Hausherr die Gesellschaft bittet, die Gläser zu füllen, um Glück zum neuen Jahre zu trinken, ist Mr. Tupple so unendlich spaßhaft, besteht darauf, dass sämtliche junge Damen wirklich gefüllte Gläser haben müssen, trotz ihrer wiederholten Versicherungen, unmöglich austrinken zu können, bittet endlich um die Erlaubnis, Vaters Worten noch einige wenige hinzufügen zu dürfen, und hält eine so glänzende und poetische Rede über das neue und alte Jahr, wie man sich nur eine denken kann.

Nachdem die Gesundheit getrunken ist und die Damen sich entfernt haben, ersucht Mr. Tupple sämtliche Herren um die Gunst, abermals ihre Gläser zu füllen, denn er hat eine zweite Gesundheit in Vorschlag zu bringen. Die Herren rufen: »Hört, hört!«, lassen die Flaschen herumgehen, und sobald der Wirt erklärt hat, dass die Gläser gefüllt seien und dass man auf die Gesundheit warte, erhebt sich Mr. Tupple und erlaubt sich, die Anwesenden daran zu erinnern, wie sehr sie durch die Fülle blendender Eleganz und Schönheit, die das Besuchs-

zimmer an diesem Abend gewährt habe, entzückt, und
wie hold umfangen ihre Sinne, wie gefesselt ihre Herzen
gewesen durch den zauberischen Verein liebenswürdi-
ger Damen. (Lautes und mehrfaches Hört!) Sosehr er
(Tupple) sich indes sonst geneigt fühlen möge, die Abwesenheit der Damen, zu beklagen, so könne er doch
nicht umhin, einigen Trost in der Erwägung zu finden,
dass es ihm eben durch ihre Nichtanwesenheit möglich
werde, eine Gesundheit vorzuschlagen, die er jetzt nur
vorschlagen könne – die Gesundheit der Damen (großer
Beifall), unter denen die holdseligen Töchter des trefflichen Wirts gleich sehr durch ihre Schönheit wie durch
ihre feine Bildung hervorglänzten. Er forderte die Herren auf, ihre Gläser zu Ehren der Damen und auf ein
glückliches neues Jahr für sie zu leeren. (Verlängerter
Beifall, unter dem man jedoch deutlich hört, wie die
Damen über den Köpfen der Herren den spanischen
Tanz miteinander üben.)

Das Beifallrufen ist kaum vorüber, als ein junger Herr
in einer rosa Unterweste ziemlich unten am Tische äußerst unruhig hin und her zu rücken anfängt und starke
Anzeichen eines geheimen Wunsches blicken lässt, seinen Gefühlen durch eine Rede Luft zu machen. Der
schlaue Tupple bemerkt es sogleich und beschließt, es
dadurch zu verhindern, dass er selbst das Wort abermals nimmt. Er steht daher mit feierlich-wichtiger Miene
auf und hofft, dass man ihm erlauben werde, noch eine
Gesundheit vorzuschlagen (großer Beifall); ist überzeugt, dass alle von der Gastlichkeit – er könne sagen,
der glänzenden Gastlichkeit –, die sie an diesem Abend
von ihren ehrenwerten Wirten erfahren hätten, auf das

Tiefste durchdrungen sind (unbegrenzter Beifall). Obwohl dies die erste Gelegenheit ist, bei der ihm die hohe Freude zuteilgeworden sei, an diesem Tische zu sitzen, so hat er doch seinen Freund Dobble schon lange und genau gekannt; er hat in Geschäftsverbindung mit ihm gestanden und wünscht, dass alle Anwesenden Dobble so gut kennen möchten wie er selbst. (Der Wirt hustet.) Er kann die Hand auf das Herz legen und seinen festen Glauben aussprechen, dass es nie und nirgends einen besseren Mann, einen besseren Gatten, einen besseren Vater, einen besseren Bruder, einen besseren Sohn, einen besseren Anverwandten und wohlmeinenderen Freund gegeben habe als Dobble. (Lautes Hört!) Die Anwesenden haben ihn an diesem Abende im friedlichen Schoße seiner Familie gesehen – dass sie ihn doch morgens sehen könnten bei Ausübung der schweren Pflichten seines Amts! – gesammelt beim Zeitungslesen, anspruchslos bei Unterzeichnung seines Namens, würdevoll bei seinen Antworten auf die vielfachen an ihn gerichteten Fragen, ehrerbietig in seinem Benehmen gegen die Vorgesetzten, majestätisch in seiner Haltung gegen die Pedelle. (Hurras.) Wenn er (Tupple) den trefflichen Eigenschaften seines Freundes Dobble die verdiente Würdigung angedeihen lasse, was könne er sagen, wenn er von einer Dame wie Mrs. Dobble zu reden beginne? Sollte es erforderlich sein, dass er sich über die Tugenden und Vorzüge dieser liebenswürdigen Frau verbreite? Nein; er will das Zartgefühl seines Freundes schonen, wenn er ihm die Ehre erlaubt, ihn so zu nennen. Mr. Dobble junior! (Mr. Dobble junior, der gerade den Mund zu einer beträchtlichen Weite ausgedehnt hat, um eine ausgezeichnet schöne Apfelsine hineinzustecken, unterbricht seine Operationen und nimmt die schickliche Miene tiefer Melancholie an.) Er (Tupple) begnügt sich, einfach zu sagen – und ist von der freudigen Zustimmung aller ihn Anhörenden vollkommen überzeugt, dass sein Freund Dobble so hoch über jedem Manne stehe, den er je gekannt, als Mrs. Dobble alle Damen, die er jemals gesehen hätte (ihre Töchter ausgenommen) überrage, und will damit schließen, dass er die Gesundheit vorschlägt: »Die ehrenwerten Wirte, und mögen sie noch viele glückliche und frohe Jahre leben!«

Die Gesundheit wird mit Jubel getrunken – der Wirt dankt – und die ganze Gesellschaft verfügt sich zu den Damen. Junge Herren, die vor dem Abendessen zum Tanzen zu schüchtern waren, finden Zungen und Tänzerinnen; die Musiker verraten durch unzweideutige Symptome, dass sie in das neue Jahr »hinein« getrunken haben, während die Gesellschaft draußen gewesen, und das Tanzen hat seinen Fortgang bis spät in den Neujahrsmorgen hinein.

Wir haben kaum das letzte Wort des letzten Absatzes niedergeschrieben, als der erste Schlag der Mitternachtsstunde von den Kirchen umher ertönt. Es liegt etwas Schaurigfeierliches in dem Klang. Genaugenommen mag er in der Neujahrsnacht nicht herzbewegender sein als in jeder anderen, und die Stunden entfliehen zu anderen Zeiten ebenso rasch, und wir beachten ihre Flüchtigkeit nur wenig. Allein, wir messen unser Leben eben nach Jahren; ernst und feierlich sind darum die Töne, die uns verkünden, dass wir abermals an einer der zwischen uns und dem Grabe errichteten Marken stehen, und ob und wie wir uns seiner auch erwehren möchten, unwiderstehlich drängt sich uns der Gedanke auf, dass wir, wenn die Glocke abermals ein neues Jahr verkündigt, die so oft vernachlässigte Mahnung vielleicht nicht mehr vernehmen, dass vielleicht alle jetzt noch in uns glühenden warmen Gefühle erloschen sind.

Doch es hat zwölf Uhr geschlagen, und die das neue Jahr begrüßenden Glocken klingen lustig zusammen. Hinweg denn mit allen düstern Betrachtungen! Wir waren glücklich und froh im vergangenen und werden froh und glücklich, so es Gott gefällt, auch in diesem Jahre sein. Und da wir allein sind und es weder tanzend noch singend empfangen können – wohlan! Das Glas an die Lippen, und: Sei herzlich willkommen, du Jahr Eintausendachthundertsiebenunddreißig! Wenn es unsere Aufgabe wäre, die Gesellschaft zu klassifizieren, so würden wir eine gewisse besondere Art von Leuten sogleich unter den Titel: »Alte Knaben« bringen; und sie würden eine beträchtliche, lange Spalte erfordern. Welcher Ursache das rasche Zunehmen der Alte-Knaben-Bevölkerung zuzuschreiben ist, dies vermögen wir nicht zu sagen. Eine Nachforschung darüber dürfte zu interessanten und merkwürdigen Ergebnissen führen; allein wir haben hier den Raum nicht, sie anzustellen, und begnügen uns daher mit einfacher Angabe der Tatsache, dass sich die Zahl der alten Knaben seit den letzten Jahren allmählich vergrößert hat und in diesem Augenblicke in einem beunruhigenden Maße zunimmt.

Die Sache nur im Allgemeinen genommen, möchten wir die alten Knaben in zwei genau unterschiedenen Abteilungen unterbringen – die der munteren und die

der gesetzten alten Knaben. Jene sind hanswurstige alte
und spielen die jungen Männer, frequentieren bei Tage
den Quadranten und Regent-Street und abends die Theater (besonders die unter Damenleitung stehenden) und
nehmen die ganze Geckenhaftigkeit und Leichtfertigkeit
der jungen Leute an, ohne die Entschuldigung der Jugend und Unerfahrenheit für sich zu haben. Diese, die
gesetzten alten Knaben, sind dicke alte Herren, tragen
sich reinlich, besuchen jeden Abend zu denselben Stunden dieselben Gasthäuser und rauchen und trinken in
derselben Gesellschaft.

Man fand einst alle Abende zwischen halb neun und
halb zwölf Uhr eine schöne Sammlung alter Knaben an
dem runden Tische in Offleys Restauration. Wir haben
sie seit einiger Zeit aus den Augen verloren, aber im
»Regenbogen« in der Fleetstraße sieht man noch zwei
köstliche Exemplare in voller Blüte, die unabänderlich in
dem Verschlag zunächst dem Kamin sitzen und aus so
langen Kirschrohren rauchen, dass die Pfeifenköpfe auf
dem Boden ruhen. Sie sind stolze, alte Knaben – wohlbe-
leibt, rotwangig, weißköpfig – fehlen niemals – nehmen
stets ihre bestimmten Plätze einander gegenüber ein –
schmauchen und trinken tapfer drauflos, ohne das
Mindeste Unbehagen deswegen zu empfinden – jedermann kennt sie, und von einigen werden sie für unsterblich gehalten.

Mr. John Dounce war ein alter Knabe der letzteren
Klasse (der der gesetzten – nicht dass er unsterblich gewesen wäre), ein Handschuhmacher, der sich vom Geschäft zurückgezogen hatte, Witwer mit drei erwachse-
nen und unverheirateten Töchtern, und wohnte in Cur-

sitor-Street, Chancery-Lane. Er war kurz und dick, hatte ein Vollmondgesicht und einen Bauch, trug einen breitrandigen Hut und einen karierten Rock, und hatte den, alten Knaben überhaupt eigentümlichen, bedächtigen, selbstzufriedenen, wiegenden Gang. Er lebte regelmäßig wie ein Uhrwerk – Frühstück um neun Uhr – Ankleiden und ein wenig Toilette machen – Gang in irgendjemands Kopf (Mohren-, Adler- oder Löwenkopf) – Glas Ale und die Zeitung – Spaziergang mit den Töchtern – Mittagessen um drei Uhr – Glas Grog und Pfeife – Schläfchen – Tee – kleiner Spaziergang – abermaliger Kopfbesuch – vortreffliches Haus! – köstliche Abende und wundervolle Gesellschaft, als: Mr. Harris; der Buchhändler, und Mr. Jennings, der Robenmacher (zwei fidele junge Kerlchen wie er selbst), und Jones, der Advokatenschreiber – ein schnurriger Kauz, der Jones – prachtvoller Gesellschafter – steckt ganz voll von Anekdoten. Und da saßen sie jeden Abend bis genau zehn Minuten vor zwölf Uhr, tranken ihren Branntwein mit Wasser, rauchten ihre Pfeifen, erzählten einander Geschichten und genossen einander mit einer Art absonderlich erbaulicher, feierlicher Vergnüglichkeit.

Bisweilen schlug Jonas einen Halbpreisbesuch in Drury-Lane oder Covent-Garden vor, zwei Akte eines fünfaktigen Schauspiels und eine neue Posse oder ein Ballett zu sehen, und dann gingen alle vier miteinander – ohne sich wie Toren zu übereilen; denn sie tranken erst mit gemächlicher Würde ihre Gläser aus, bestellten Steak und einige Austern auf nachher und begaben sich sodann langsam-feierlich in das Parterre, nachdem sich der Andrang verlaufen hatte, wie es alle vernünftigen

Leute tun und auch taten, als Mr. Dounce noch ein junger Mann war, ausgenommen damals, als der berühmte Wunderknabe Mr. Betty auf dem Höhepunkte seiner Popularität stand, wo sich Mr. Dounce, wie er sich auf das Genaueste erinnerte, einen freien Tag machte, um elf Uhr vormittags an die Tür des Schauspielhauses ging, mit ein paar Sandwiches in einem Taschentuche und ein paar Tropfen Wein in einem Fläschchen bis sechs Uhr abends wartete und vor Hitze und Ermüdung ohnmächtig wurde, ehe das Schauspiel seinen Anfang nahm, bis er in diesem Zustande aus dem Parterre in eine Loge des ersten Ranges gehoben wurde, mein Bester, und zwar von fünf der berühmtesten Schönheiten jener Zeit, mein Bester, die sich seiner so huldreich annahmen, ihn durch Riechsalze zur Besinnung zurückbrachten und am folgenden Morgen einen sechs Fuß hohen, schwarzen Diener in blau und silberner Livree schickten und ihn grüßen und sich nach seinem Befinden erkundigen ließen, Verehrtester – bei Gott! In den Zwischenakten pflegten die Herren Dounce, Harris und Jennings aufzustehen und im Hause umherzuschauen, und Jones – das Allerweltskerlchen kannte jedermann – zeigte dann den andern die vornehme und berühmte Lady Soundso in der Loge, worauf Mr. Dounce durch sein Haar fuhr, sein Halstuch zurechtzupfte, besagte Lady Soundso durch ein ungeheures Glas beäugelte und bemerkte, dass sie »eine schöne – in der Tat eine sehr schöne Frau sei« – oder »dass sie etwas voller sein könnte«, oder was ihm sein Genius sonst eben eingab. Wenn das Ballett begann, so zeigten sich John Dounce und die anderen alten Knaben ganz ausnehmend begierig, zu sehen, was auf der

Bühne vorging, und Jones – ein witziger Bursche, der Jones – flüsterte John Dounce kleine, kritische Bemerkungen ins Ohr, die John Dounce wieder den andern beiden alten Knaben mitteilte, und dann lachten sie alle vier, dass ihnen die Tränen über die Wangen herunterliefen.

War der Vorhang gefallen, so gingen sie miteinander je zwei und zwei zu ihrem Steak und ihren Austern zurück; und wenn sie sich ihr zweites Glas Branntwein mit Wasser bringen ließen, dann erzählte Jones – der in schelmischem Aufziehen seinesgleichen suchte –, wie er eine Dame mit weißen Federn in einer Parterreloge bemerkt, die den ganzen Abend kein Auge von Mr. Dounce abgewendet, und wie er Mr. Dounce in einem Moment, wo er sich unbeachtet gewähnt hätte, der Dame hinwiederum leidenschaftliche Blicke habe zuwerfen sehen. Darüber lachten Mr. Harris und Mr. Jennings ausgelassen, und John Dounce schlug ein noch ausgelasseneres Gelächter auf, erklärte dabei jedoch, dass es freilich eine Zeit gegeben habe, wo er dergleichen wohl getan haben könnte; worauf ihn Jones in die Rippen stieß und ihm sagte, er werde es seinerzeit arg genug getrieben haben, was John Dounce kichernd zugestand. Und nachdem Mr. Harris und Mr. Jennings ebenfalls ihre Ansprüche, es zu ihrer Zeit arg genug getrieben zu haben, geltend gemacht hatten, sagten alle vier einander sehr einträchtig Gute Nacht und gingen nach Hause.

Die Schicksalsbeschlüsse und die Wege, auf denen sie herbeigeführt werden, sind geheimnisvoll und unerforschlich. John Dounce hatte dieses Leben länger als zwanzig Jahre geführt, ohne sich nach Veränderung zu sehnen oder an Abwechslung zu denken, als sein ganzes soziales System plötzlich erschüttert und vollkommen über den Haufen geworfen wurde – nicht durch ein Erdbeben oder ein anderes schreckliches Naturereignis, wie der Leser vielleicht zu glauben geneigt sein möchte, sondern durch die einfache Wirkung einer Auster, womit es folgendermaßen zuging.

Mr. John Dounce begab sich, eines Abends aus dem Sir Jemandskopfe nach Hause – nicht betrunken, aber etwas aufgeregt; denn er und die andern alten Knaben hatten Mr. Jennings Geburtstag gefeiert, ein paar Rebhühner und ein paar Extragläser gehabt, und Jones war ungewöhnlich unterhaltend gewesen – als die Blicke John Dounces auf einen neueröffneten, großartigen Austernladen fielen, hinter dessen Fenstern die leckersten Austern in runden Marmorbecken und kleine Austerntönnchen mit Adressen an Lords und Baronets und Obersten und Kapitäne in aller Herren Länder zu schauen waren.

Hinter den Austern im Laden war eine junge Dame von etwa fünfundzwanzig Jahren, ganz in Blau und ganz allein, zu schauen – ein himmlisches Mädchen – welch ein liebliches Gesicht – welch ein bezaubernder Wuchs! Es ist schwer zu sagen, ob Mr. John Dounces rotes, durch das flackernde Gaslicht in dem Ladenfenster erleuchtetes Gesicht die Lachlust der Dame erregte, oder ob eben ihre Lebhaftigkeit zu groß war, um ihr zu erlauben, die gemessene Haltung zu behaupten, die durch die gesellschaftlichen Formen etwas diktatorisch vorgeschrieben werden: Gewiss ist aber, dass die Dame lächelte, die Hand vor den Mund legte, indem sie sich plötzlich bedachte, was sie sich selbst schuldig sei, und sich endlich mit austernartiger Verschämtheit so weit als möglich hinter den Ladentisch zurückzog. Seine alte Art, wonach er es seinerzeit arg genug getrieben hatte, regte sich in John Dounce mächtiger; er zögerte – die blaue Dame machte kein Zeichen; er hustete – allein sie näherte sich nicht. Er ging also hinein.

»Können Sie mir wohl eine Auster öffnen, meine Beste?«, sagte Mr. John Dounce.

»Gewiss, Sir«, erwiderte die blaue Dame mit entzückender Scherzhaftigkeit. Und Mr. John Dounce speiste eine Auster, blickte darauf die junge Dame an, aß sodann noch eine Auster, und drückte ferner der jungen Dame die Hand, als sie die dritte öffnete, und so fort, bis er im Umsehen ein Dutzend von denen zu acht Pence genossen hatte.

»Können Sie mir nicht noch ein halbes Dutzend öffnen, meine Beste?«, fragte Mr. John Dounce.

»Ich will sehen, was ich für Sie tun kann, Sir«, antwortete die blaue junge Dame sogar noch bezaubernder als vorhin; und Mr. John Dounce aß noch ein halbes Dutzend von denen zu acht Pence und fühlte, dass seine Galanterie mit jeder Minute zunahm.

»Sie würden mir wohl nicht ein Glas Branntwein mit Wasser besorgen können?«, sagte er, als er mit den Austern fertig war, in einem Tone, der sein Vertrauen, dass sie es könne, deutlich anzeigte.

»Ich will sehen, Sir«, sagte die junge Dame und sprang aus dem Laden hinaus, lief die Straße hinunter, ihre langen braunen Locken flogen dabei im Winde auf die bezauberndste Weise um ihren Kopf herum, sie kehrte zurück und hüpfte mit einem großen Glase Branntwein-Grog gleich einem Kreisel über die Kohlenluken hinüber. Mr. John Dounce bestand nunmehr darauf, dass sie ihren Anteil von dem Getränke mitgenießen müsste, denn es sei echter Damengrog – heiß, stark und süß in Fülle.

Die junge Dame setzte sich zu Mr. John Dounce in einen kleinen roten Verschlag mit einem grünen Vorhang, schlürfte ein wenig Grog und warf John Dounce einige Blicke zu, wendete darauf das Gesicht ab und ließ verschiedene andere kleine pantomimische Bezauberungen folgen, die Mr. John Dounce stark an die erste Zeit seiner Bewerbung um seine erste Frau erinnerten und im Verein mit dem heißen Grog und den Austern eine zärtlichere Glut in ihm entzündeten, als er sie jemals empfunden hatte. Angetrieben von dieser Glut, forschte er die junge Dame über ihre Herzensverbindungen aus, und die junge Dame stellte es gänzlich in Abrede, dergleichen zu haben – denn sie könne die Männer ganz und gar nicht leiden, da diese so wankelmütig und treulos seien. Mr. John Dounce fragte darauf, ob sie diese Verurteilung auf andere als sehr junge Herren bezogen wissen wollte; die junge Dame wurde purpurrot – oder wendete doch zum wenigsten das Gesicht ab, sagte, dass Mr. John Dounce sie erröten machte, und errötete also – Mr. John Dounce trank lange seinen Branntwein mit Wasser, die junge Dame sagte sehr oft: »O, lassen Sie das«, und John Dounce ging endlich nach Hause und zu Bett und träumte von seiner ersten und seiner zweiten Frau, von der jungen Dame, Rebhühnern, Austern, Grog und uneigennütziger Liebe.

Am folgenden Morgen war er von dem Extrabranntwein mit Wasser vom vorhergehenden Abend etwas fiebrig und begab sich teils in der Hoffnung, sich durch eine Auster abzukühlen, und teils in der Absicht, zu fragen, ob er der jungen Dame nicht vielleicht etwas schuldig geblieben sei, wiederum nach dem Austernladen. War die junge Dame bei Abend schön gewesen, so war sie bei Tag vollkommen unwiderstehlich, und John Dounce war fortan wie umgewandelt. Er kaufte Busennadeln, steckte einen Ring an den dritten Finger, las Gedichte, verleitete einen wohlfeinen Miniaturmaler dazu, eine schwache Ähnlichkeit mit einem jugendlichen Antlitz zustande zu bringen, mit einem Vorhang zu Häupten, einigen sehr großen Büchern zur Seite und einer Landschaft im Hintergrund (was er sein Porträt nannte), fing an, ein Polterer im Hause zu werden, sodass seine Töchter aus dem Hause gingen, und benahm sich mit einem Wort wie ein alter Türke.

Und was seine Busenfreunde und die anderen alten Knaben im Sir Jemandskopf anbetraf, so zog er sich allmählich von ihnen ganz zurück; denn wenn er sich in ihrem Kreise bisweilen noch blicken ließ, so fragte Jones – ein gemeiner Mensch, der Jones – »wann es sein würde?« und »ob er Hochzeitshandschuhe bekäme?« und was dergleichen verletzender Fragen mehr waren, die von Harris und Jennings obendrein belacht wurden. Er zog sich also, wie gesagt, gänzlich von ihnen zurück und attachierte sich ganz allein an die blaue junge Dame in dem stattlichen Austernladen.

Jetzt kommt aber die Moral der Geschichte – denn sie hat allerdings eine Moral. Nachdem die junge Dame nämlich hinreichenden Nutzen von Mr. John Dounces Annäherung gezogen hatte, erwiderte sie seinen endlichen, förmlichen Antrag nicht nur durch ein bestimmtes Nein, sondern erklärte ganz ausdrücklich (um uns ihrer eigenen, sehr verständlichen Worte zu bedienen), sie möchte um keinen Preis einen alten Geck zum Manne haben. John Dounce, der seine alten Freunde verloren, seine Angehörigen sich entfremdet und sich in aller Welt Augen lächerlich gemacht hatte, machte nach der Reihe einer Schulhalterin, einer Wirtin, einer Tabakshändlerin und einer Haushälterin Heiratsanträge, die sämtlich zurückgewiesen wurden, und fand schließlich Gehör bei seiner Köchin, die er jetzt geehelicht und die ihn unter dem Pantoffel hat – ein trauriges Denkmal altgewordenen Jammers und eine lebendige Warnung für alle heiratslustigen alten Knaben.

Die ehrgeizige Putzmacherin

Miss Emilie Martin war blass, groß, hager und zweiunddreißig – was missgünstige Leute hässlich und Polizeiberichte interessant nennen würden. Sie war Putz- und Kleidermacherin, lebte von ihrem Geschäft und hielt sich nicht zu vornehm dafür. Wärst du ein junges Frauenzimmer »bei Herrschaften« oder »in Kondition« gewesen und hättest Miss Martins bedurft, wie denn viele junge Damen in Kondition ihrer bedurften, so würdest du dich etwa abends nach Drummond-Street Nummer siebenundvierzig, George-Street, Euston Square begeben, ein gewaltiges Messingschild mit der Inschrift: »Putz- und Kleidermachergeschäft in allen seinen Zweigen bei Miss Martin« erblickt und mit zwei lauten Schlägen an die Haustür geklopft haben, worauf denn Miss Martin selbst in einem Merinokleid nach der neuesten Mode, mit Ärmelaufschlägen aus feinstem, schwarzem Samt und anderen kleinen Putzsachen der elegantesten Art erschienen sein würde.

Wenn Miss Martin die bei ihr erscheinende junge Dame in Kondition kannte, oder wenn ihr die junge Dame von einer anderen ihr bekannten jungen Dame empfohlen war, so führte sie diese sogleich in ihr Putzzimmer hinauf, plauderte so liebenswürdig und zutraulich, als wenn die junge Dame eine alte, gute Freundin, nicht aber in Geschäften zu ihr gekommen wäre, nahm sodann die Figur und den ganzen Wuchs der jungen Dame in Augenschein, bewunderte sie nicht wenig, und sagte ihr, wie gut ihr ohne allen Zweifel ein unten sehr weites und volles Kleid mit kurzen Ärmeln und angemessenen Falten stehen würde; worauf die junge Dame in Kondition ihre vollkommene Beistimmung zu erkennen gab und sich daneben entrüstet über die Tyrannei ihrer »Missis« aussprach, die keinem jungen Mädchen nachmittags kurze Ärmel und überhaupt nichts Schickes und Modisches – nicht einmal Ohrringe zu tragen erlauben wollte, von den abscheulichen Hauben zu schweigen, worin man sein Haar verstecken müsste.

Nachdem Miss Martin die Litanei angehört hatte, ließ sie gewisse entfernte Andeutungen fallen, wie es Leute gebe, die ihrer Töchter wegen eifersüchtig quälen und die Reize ihrer konditionierenden Hausgenossinnen in den Schatten zurückdrängen müssten, aus Furcht, dass die letzteren sich eher verheirateten, was gar nicht ungewöhnlich sei – zum wenigsten habe sie zwei oder drei junge Damen bei Herrschaften gekannt, die bedeutend besser geheiratet hätten als ihre Herrinnen und noch nicht einmal sehr hübsch gewesen seien; worauf die junge Dame wieder Miss Martin im Vertrauen mitteilte, dass eine ihrer jungen Herrinnen mit einem jungen Manne versprochen und so stolz darauf sei, dass man kaum noch mit ihr auskommen könne, aber gar keine Ursache habe, die Nase deshalb so hoch zu tragen, denn der Bräutigam sei doch weiter nichts als ein Schreiber. Miss Martin und die junge Dame in Kondition drückten sodann ihre Verachtung der Schreiber im Allgemeinen und des verlobten Schreibers im Besonderen und die bestmögliche Meinung über sich selbst aus, sagten einander auf eine freundschaftliche, aber ganz und gar vornehme Weise gute Nacht, und kehrten, die eine nach ihrem »Orte« und die andere in ihr Geschäftszimmer zurück.

Man weiß nicht, wie lange Miss Emilie Martin ihr Leben so fortgeführt hat, welch eine ausgedehnte Kundschaft sie unter den jungen Damen in Kondition erlangt oder welche Höhe ihre Abzüge von ihrem Lohn am Ende erreicht hätten, wenn nicht unvorhergesehene Ereignisse ihre Gedanken und ihre Tätigkeit vom Putz- und Kleidermachen gänzlich abgelenkt hätten.

Eine ihrer Freundinnen nämlich, die lange mit einem Maler- und Tapezierergehilfen verlobt gewesen war, gab endlich den flehentlichen Bitten ihres Bräutigams nach, den Tag zu bestimmen, der besagten Gehilfen zu einem glücklichen Gatten machen sollte. Sie bestimmte einen Montag dazu, und auch Miss Emilie Martin ward eingeladen, den Hochzeitsschmaus durch ihre Gegenwart zu verschönen. Es war eine reizende Gesellschaft, Somerstown der Ort und ein Wohngemach im Erdgeschoss das Zimmer. Der Maler- und Tapezierergehilfe hatte ein Haus gemietet – nicht etwa eine Etage oder dergleichen Gwöhnlichkeiten, sondern ein Haus – vier schöne Zimmer und eine allerliebste kleine Küche am Ende des Flures – die bequemste Sache von der Welt; denn die Brautjungfern konnten im Gesellschaftszimmer sein und die Gesellschaft empfangen, dann in die kleine Küche laufen und nach dem Pudding und Schweineschinken sehen und im Nu wieder hineinhuschen und mit den Gästen plaudern. Und welch ein Zimmer! Der schönste Kidderminsterteppich – sechs nagelneue, gebeizte Rohrstühle – ein halbes Dutzend große und kleine Gläser auf jedem Schenktisch in den beiden Ecken – ein Bauernmädchen und ein Bauernknabe auf dem Kaminsims – lange weiße Dimityfenstervorhänge – und kurzum alles und jedes so nobel, wie man es sich nur denken kann.

Und dann das Diner: oben und unten eine gekochte Hammelkeule – in der Mitte ein paar Hühner und der Schinken – an den Ecken Porterkrüge – nicht weit davon Pfeffer, Senf und Weinessig – und zu dem allen noch (zum Teil auf dem Fußboden, weil der Tisch so klein) zweierlei Gemüse, Plumpudding, Äpfelpastete, kleine Torten ohne Zahl, Käse, Sellerie, Wasserkresse und was weiter dazu gehört. Was die Gesellschaft anbelangt, so erklärte Miss Emilie Martin selbst bei einer späteren Gelegenheit, dass sie sich die Verwandtschaft des Maler- und Tapezierergehilfen, nach dem zu urteilen, was sie früher davon gehört habe, nicht halb so vornehm gedacht hätte. Sein Vater – welch ein spaßhafter alter Herr!

Seine Mutter – welch eine liebe alte Dame! Seine Schwester – welch ein bezauberndes Mädchen! Sein Bruder – welch ein männlich aussehender junger Mann und was er für ein Auge hatte! Allein, die ganze Familie war noch immer nichts im Vergleich mit seinen musikalischen Freunden, Mr. und Mrs. Jennings Rodolph von White Conduit, mit denen der Maler- und Tapezierergehilfe glücklich genug gewesen war, genau bekannt zu werden, indem er beim Dekorieren des dortigen Konzertsaales Beistand geleistet hatte.

Es war himmlisch, ihre Solos zu hören; aber wenn sie das tragische Duett: »Blutiger Mordgesell, hinweg!« miteinander sangen, so war man, wie Miss Emilie Martin hinterher bemerkte, »ganz weg«. Und warum (wie Mr. Jennings Rodolph bemerkte), warum waren sie bei keinem der öffentlichen Theater engagiert? Wenn man ihm sagte, ihre Stimmen seien nicht stark genug, das Haus zu füllen, so war seine einzige Antwort, er wolle jede Wette eingehen, dass er den Russel-Square fülle – womit sich die Gesellschaft, nachdem sie das Duett gehört hatte, vollkommen einverstanden erklärte, und worauf alle sagten, es sei eine schmachvolle Behandlung und Mr. Rodolph eine sehr ernste Miene annahm und fallen ließ, dass er sehr wohl wisse, wer seine neidischen Widersacher seien, dass sie sich aber in acht nehmen möchten, wie weit sie gingen; denn wenn sie ihn zu schwer reizten, so habe er den Entschluss noch nicht geradezu aufgegeben, die Sache vor das Parlament zu bringen. Die ganze Gesellschaft kam hiernach darin überein, »dass ihnen vollkommen Recht geschehen und dass es sehr angemessen wäre, wenn an solchen Leuten einmal ein

Exempel statuiert würde«. Mr. Jennings Rodolph sagte daher, er wolle es in Überlegung ziehen.

Als die Unterhaltung ihren früheren Ton wieder angenommen hatte, ersuchte Mr. Jennings Rodolph Miss Emilie Martin, die Gesellschaft zu erfreuen – die Gesellschaft vereinigte ihre Bitten mit den seinigen –, und Miss Emilie Martin hustete unschlüssig und zögernd, räusperte sich, erklärte, dass sie vor Angst halb tot sei, weil sie sich vor so großen Kunstrichtern hören lassen solle, und machte endlich den Anfang mit einer Art hellem Gezirpe, das beständig Anspielungen auf einen jungen Gentleman, namens Hen – e – ry, nebst einem jeweiligen Hinblick auf Wahnsinn und beschädigte Herzen enthielt. Mr. Jennings Rodolph unterbrach es durch häufige Ausrufe: »Schön – bezaubernd – herrlich – o köstlich!« usw., und nach deren Schlusse kannte seine und seiner Gattin Bewunderung keine Grenzen.

»Hast du jemals eine so liebliche Stimme gehört?«, fragte Mr. Jennings Rodolph Mrs. Jennings Rodolph.

»Nein, in meinem ganzen Leben nicht«, erwiderte sie.

»Glaubst du nicht, dass Miss Martin bei ein wenig Ausbildung der Signora Maljebran sehr ähnlich sein würde?«

»Das habe ich gerade auch gedacht, lieber Mann«, versetzte Mrs. Jennings Rodolph.

Und so vertrieb man sich die Zeit. Die meisten sangen, einer nach dem anderen. Mr. Jennings Rodolph spielte Melodien auf einem Spazierstocke, trat darauf hinter die Tür und gab seine berühmten Nachahmungen von Schauspielern, Tieren, Sägen und anderen Schneideinstrumenten zum Besten; Miss Martin sang noch mehrere Arien, jede unter immer größerer Bewunderung, und sogar der spaßhafte alte Herr fing an zu singen. Sein Lied hatte eigentlich sieben Strophen; allein, da er sich nur der ersten entsinnen konnte, so wiederholte er sie siebenmal, augenscheinlich zu seiner eigenen vollkommenen Befriedigung. Sodann stimmte die ganze Gesellschaft das Nationallied mit britischem Unabhängigkeitssinne an – indem alle für sich und ohne Rücksicht auf die anderen sangen –, und endlich brach die Gesellschaft auf, erklärte Mann für Mann, dass sie nie einen so angenehmen Abend erlebt hätte, und Miss Martin beschloss in ihrem Innern, den Rat Mr. Jennings Rodolphs zu befolgen, nämlich sich ohne Aufschub als Sängerin »aufzutun«.

Das »Sichauftun« als Schauspielerin oder Sängerin, oder in der Gesellschaft, oder als Parlamentsredner, oder als Witzbold oder was sonst, ist nun freilich eine sehr schöne Sache, und besonders angenehm für die Person, die es zunächst betrifft, wenn sie es möglich machen kann, sich »mit Glanz aufzutun«, und wenn es geschehen ist, den Glanz zu behaupten, statt mit Schimpf wieder heimgesendet zu werden; allein dieses alles ist unglücklicherweise äußerst schwierig; und diese Entdeckung sollte Miss Emilie Martin sehr bald machen. Es ist merkwürdig – da der Fall ein paar Damen betrifft –, aber tatsächlich, dass Miss Emilie Martins Hauptschwäche Eitelkeit und Mrs. Jennings Rodolphs vornehmster Charakterzug eine Vorliebe für Putz war. Man hörte aus dem zweiten Stockwerk in Drummond-Street Nummer siebenundvierzig, George-Street, Euston-Square, trübseliges Gequieke: Miss Martin übte. Beim Anfang der Season störte halb unterdrücktes Gemurmel die ruhige Würde des Orchesters in White-Conduit; Mrs. Jennings Rodolphs Erscheinung in großer Gala veranlasste die Störung. Miss Emilie Martin dachte nur an ihr »Auftun« – das Üben war die Folge; Mrs. Jennings Rodolph erteilte ihr bisweilen unentgeltlichen Unterricht – die zur großen Gala gehörigen Putzartikel waren das Ergebnis.

Wochen vergingen; die Season in White-Conduit war zur Hälfte vorüber. Die Putzmacherei war vernachlässigt, das Geschäft in Verfall geraten, sein Nutzen fast unmerklich zusammengeschmolzen. Ein Benefizabend rückte heran, Mrs. Jennings Rodolph gab den dringenden Bitten Miss Emilie Martins nach und stellte sie dem komischen Sänger vor, dessen Benefiz stattfinden sollte. Der komische Sänger war lauter Lächeln und Holdseligkeit – er hatte ein Duett ausdrücklich für den Abend komponiert, und Miss Martin sollte es mit ihm singen. Der Abend kam – und mit ihm erschienen siebenundneunzig große Glas Gin mit Wasser, zweiunddreißig kleine Glas Branntwein mit Wasser, fünfundzwanzig Flaschen Ale und einundvierzig Glühweine; und an einem Seitentisch nicht weit vom Orchester saßen der Maler- und Tapezierergehilfe nebst Frau und einer Anzahl auserwählter Freunde und Freundinnen. Das Konzert nahm seinen Anfang. Sentimentale Arie, gesungen von einem blonden jungen Herrn in einem blauen Leibrock mit Metallknöpfen. (Beifall.) Noch eine Arie, zweifelhafter Natur, gesungen von einem anderen Herrn in einem anderen blauen Leibrock mit noch glänzenderen Knöpfen. (Verstärkter Beifall.) Duett, gesungen von Mr. und

Mrs. Jennings Rodolph: »Blutiger Mordgesell, hinweg!« (Großer Beifall.) Solo, Miss Julia Montague (bestimmt nur an diesem Abende): »Ich bin ein Mönch.« (Enthusiasmus.) Komisches Originalduett – Mr. H. Taplin (der komische Sänger) und Miss Martin: »Die Tageszeit.«

»Bravo, bravo – o – o – o!«, schrie des Maler- und Tapezierergehilfen Gesellschaft, als Miss Martin vom komischen Sänger mit Grazie vorgeführt würde. »Ins Geschirr, Harry!«, riefen die Freunde des komischen Sängers. Der Kapellmeister schlug mit dem Bogen auf das Notenpult. Die Einleitung begann, und bald folgte ihr eine Art von bauchrednerischem Zirpen, das aus Miss Martins tiefstem Innern hervorzutönen schien. »Lauter!«, rief ein Gentleman in einem grauen Überrocke; »Fürcht dich nicht, den Dampf loszulassen, altes Mädchen!« ein anderer; »S-s-s-s-s-s!« zischten die fünfundzwanzig Flaschen Ale; »Pfui!« entgegnete die Gesellschaft des Maler- und Tapezierergehilfen; »S-s-s-s-s!« zischten die Flaschen Ale abermals, und sämtliche Gins und die meisten Branntweine sekundierten ihr.

»Hinaus mit den Gänseköpfen!«, rief die Gesellschaft des Maler- und Tapezierergehilfen in großer Entrüstung.

»Singen Sie laut«, flüsterte Mrs. Jennings Rodolph.

»Das tu' ich ja«, erwiderte Miss Emilie Martin.

»Singen Sie noch lauter«, sagte Mr. Jennings Rodolph.

»Das kann ich nicht«, sagte Miss Emilie Martin.

»Hinaus, hinaus, hinaus!«, lärmte der größte Teil des Publikums; »Bravo, bravo!« schrie die Gesellschaft des Maler- und Tapezierergehilfen – aber es half nichts. Miss Emilie Martin zog sich weit unzeremoniöser zurück, als sie erschienen war, und es wollte schlechterdings mit dem »Auftun« nicht gehen. Die gute Laune des Publikums kehrte erst wieder, als Mr. Jennings Rodolph purpurn im Gesicht durch seine halbstündigen Bemühungen geworden war, verschiedene Vierfüßler nachzuahmen, ohne sich hörbar machen zu können; und bis auf diesen Tag ist weder Miss Emilie Martins gute Laune noch die vormalige Blüte ihres Geschäfts zurückgekehrt, noch haben sich die musikalischen Anlagen zeigen wollen, für deren Dasein Mr. Jennings Rodolph einst seine Künstlerehre zum Pfande setzte.

Die Tanzakademie

Von allen jemals etablierten Tanzakademien war keine in ihrem Stadtteil zu irgendeiner Zeit beliebter als die Signor Billsmethis vom Königstheater, der italienischen Oper. Sie befand sich unweit der volkreichen und aufblühenden Gegend von Grays-Inn-Lane und gehörte keineswegs zu den teueren Tanzakademien – denn, alles gerechnet, sind vier Schillinge und sechs Pence für das Vierteljahr wirklich billig genug. Sie war *sehr* exklusiv – die Zahl der Zöglinge war streng auf fünfundsiebzig beschränkt, und vierteljährliche Bezahlung im Voraus wurde unbedingt gefordert. Es fand in ihr öffentliche und Privatunterweisung statt – sie hatte ein Assemblee- und ein Privatzimmer. Signor Billsmethis Familie wurde stets dem letzteren zu- und beim Privatzimmerpreis in den Kauf gegeben; das will sagen, die Privatschüler tanzten in Signor Billsmethis Wohnzimmer und mit Signor Billsmethis Familie; und waren sie in jenem hinlänglich zugestutzt, so traten sie paarweise in den Assembleesaal ein.

So war die Einrichtung der Tanzakademie Signor Billsmethis beschaffen, als Mr. Augustus Cooper aus der Fettergasse von Holbornhill eine ungestempelte Ankündigung langsamen Schrittes daherkommen sah, die männiglich kund und zu wissen tat, dass Signor Billsmethi vom Königstheater beabsichtige, die Saison mit einem großen Ball zu eröffnen.

Mr. Augustus Cooper war Öl- und Farbenhändler, gerade volljährig geworden, und hatte ein wenig Geld, ein kleines Geschäft und eine kleine Mutter, die ihren Ehegatten und dessen Geschäft bei Lebzeiten des Seligen in Ordnung gehalten, und es sich nach seinem Tode nicht nehmen ließ, ihren Sohn und dessen Geschäft zu leiten. So wurde er fortwährend die sechs Wochentage in dem kleinen Zimmer hinter dem Laden und sonntags in einem kleinen tannenen Kasten ohne Deckel (höflicherweise ein Kirchenstuhl genannt) in der Bethelkapelle eingesperrt gehalten und hatte nicht mehr von der Welt gesehen, als wenn er sein Leben lang ein kleines Kind gewesen und geblieben wäre; wohingegen der junge White, der drei Jahre jüngere Ladendiener gegenüber, längst alles mitmachte, überall glänzte, ins Theater ging, in »harmonischen Gesellschaften« soupierte, ganze Fässer voll Austern aß und ganze Gallonen Doppelbier trank – und sogar ganze Nächte durchschwärmte und morgens so sans façon nach Hause kam, als ob es gar nichts gewesen wäre. Mr. Augustus Cooper setzte daher seinen Sinn darauf, dass er sich's nicht mehr gefallen lassen wollte, und hatte gerade an diesem Morgen seiner

Mutter sehr bestimmt angekündigt, dass er nicht Augustus heißen wolle, wenn er nicht sofort mit einem Hausschlüssel versehen würde. Und als er Holbornhill hinunterschritt und ihm das alles im Kopfe herumging und er darüber nachsann, wie er sich Zutritt zur feinen Gesellschaft verschaffen könne, begegnete seinen Blicken Signor Billsmethis wandelnde Ankündigung, und sogleich erkannte er darin, was er suchte. Die Tanzakademie setzte ihn in den Stand, sich für vier Schillinge und sechs Pence vierteljährlich aus der Zahl von fünfundsiebzig Zöglingen einen auserlesenen Zirkel vornehmer Bekannter zu bilden und zugleich zu seiner und seiner Freunde Bewunderung in Privatgesellschaften einen Hornpipe zu tanzen.

Er brachte demgemäß die ungestempelte Ankündigung – ein lebendiges, aus einem Knaben zwischen zwei Brettern bestehendes Fleisch-Butterbrot – zum Stehen, erbat sich und erhielt von ihr eine sehr kleine Karte mit des Signors Adresse und begab sich stehenden und eilenden Fußes nach des Signors Wohnung – denn wie leicht hätte die Liste der fünfundsiebzig geschlossen sein können, ehe er anlangte. Der Signor war zu Hause, und, was noch erfreulicher war, ein Engländer! Und ein so charmanter, so feiner, höflicher Mann – zumal gegen einen ihm völlig Unbekannten! Mr. Augustus Cooper war außer sich vor Vergnügen. Die Liste war noch nicht geschlossen, aber höchst wunderbarerweise fehlte nur noch eine einzige Unterschrift, die auch nicht mehr gefehlt haben würde, wenn nicht Signor Billsmethi an demselben Morgen eine junge Dame zurückgewiesen hätte, die ihm nicht erlesen genug geschienen.

»Und ich bin äußerst erfreut, Mr. Cooper«, sagte Signor Billsmethi, »dass ich sie nicht zugelassen habe. Ich versichere Sie, Mr. Cooper – und sage dies nicht, um Ihnen zu schmeicheln, denn ich weiß, dass Sie über dergleichen erhaben sind –, dass ich mich unendlich glücklich schätze, einen Gentleman von Ihrem Wesen und Ihren Manieren gewonnen zu haben.«

»Ich freue mich gleichfalls sehr darüber, Sir«, entgegnete Augustus Cooper.

»Und ich hoffe, wir werden noch besser miteinander bekanntwerden, Sir«, sagte Signor Billsmethi.

»Das hoffe ich wahrlich auch, Sir«, erwiderte Augustus Cooper; und als er so sprach, tat sich die Tür auf und hüpfte eine junge Dame mit einer ganzen Wolke von Locken um den Kopf und mit Schuhen herein, die sandalenartig durch rosarote Bänder befestigt waren.

»Lauf doch nicht fort, liebes Kind«, rief Signor Billsmethi; denn die junge Dame hatte, als sie hereinhüpfte, nicht gewusst, dass ein fremder Herr im Zimmer war, und wollte, ganz verschämt und verwirrt, sogleich wieder hinaushüpfen. »Lauf doch nicht fort, liebes Kind – der Herr ist Mr. Cooper – Mr. Cooper aus der Fettergasse. Mr. Cooper, meine Tochter – Miss Billsmethi, Sir, die, wie ich hoffe, noch viele Quadrillen, Menuetts, Reels, Franchisen, Gavotten, Fandangos, Doppel- Hornpipes und Farinagholkajingos mit Ihnen tanzen wird. Sie tanzt alle diese Tänze, Sir, und Sie sollen's gleichfalls, Sir, ehe Sie ein Vierteljahr älter geworden sind.«

Und bei diesen Worten klopfte Signor Billsmethi Mr. Augustus Cooper so vertraulich auf die Schulter, als wenn er ihn jahrelang gekannt hätte; und Mr. Cooper verbeugte sich vor der jungen Dame, und die junge Dame knickste vor ihm, und Signor Billsmethi sagte, sie machten ein so allerliebstes Paar, als man sich eines zu sehen nur wünschen könnte, worauf die junge Dame ausrief: »O Himmel, Papa!«, und so rot wurde, wie Mr. Cooper selbst, sodass beide aussahen, als ständen sie im Schein einer feuerroten Lampe in einem Apothekerladen. Bevor Mr. Cooper sich empfahl, wurde verabredet, dass er an demselben Abend im Kreise der Familie erscheinen – ohne alle Umstände und Komplimente, ganz freundschaftlich sich einstellen – vorliebnehmen – und die ersten Stellungen lernen solle, damit er keine Zeit verliere und als Tänzer beim nächsten Ball in die Reihe mit eintreten könne.

Mr. Augustus Cooper begab sich in einen der wohlfeilen Schuhmacherläden in Holborn, wo Herrentanzschuhe sieben Schillinge und sechs Pence und gewöhnliche starke Mannsschuhe gar nichts kosten, erstand ein Paar von den besten zu sieben Schillingen und sechs Pence, durch die er sowohl sich selbst als seine Mutter in Erstaunen setzte, und eilte zu Signor Billsmethi.

Er fand im Wohnzimmer noch vier andere Privatschüler, zwei Damen und zwei Herren. Und was für allerliebste Leute! Ohne die mindeste Spur von Stolz. Eine der jungen Damen, die die Rolle der Columbine einstudierte, war besonders gesprächig und freundlich, und sie und Miss Billsmethi interessierten sich so sehr für Mr. Augustus Cooper, und scherzten und lächelten, und sahen so bezaubernd aus, dass er sich ganz wie zu Hause fühlte und seine Pas in bewunderungswürdig kurzer

Zeit lernte. Nachdem die Übungen eingestellt waren, tanzten Signor Billsmethi und Miss Billsmethi, Master Billsmethi und eine junge Dame, und die beiden Damen und beiden Herren eine Quadrille mit unsäglicher Gewandtheit und Grazie, Signor Billsmethi alle ermunternd, alles ordnend, der behändeste von allen, obwohl er zugleich die Geige spielte; und als alle außer Atem waren, tanzte Master Billsmethi zur ungeteilten Bewunderung der ganzen Gesellschaft einen Hornpipe mit einem Rohr in der Hand und einem Käseteller auf dem Kopfe. Da alle so äußerst vergnügt waren, bestand Signor Billsmethi darauf, dass sie zum Abendessen bleiben müssten, und erbot sich, von Master Billsmethi das Bier und den Rum holen zu lassen. Allein, die beiden Herren beteuerten, dies nimmermehr zulassen zu können, und fingen einen edelmütigen Streit darüber an, wer bezahlen sollte, worauf Mr. Augustus Cooper sich sogleich entschloss, als Vermittler aufzutreten, und erklärte, er wolle es – wenn sie die Güte haben wollten, es ihm zu gestatten. Sie hatten die Güte, und bald brachte Master Billsmethi das Bier in einer Kanne und den Rum in einem Quartertopf. Die Gesellschaft machte sich nunmehr eine lustige Nacht, und Miss Billsmethi drückte Mr. Augustus Coopers Hand unter dem Tisch und Mr. Augustus Cooper erwiderte den Druck und langte um sechs Uhr morgens zu Hause an, wo er von dem Lehrling, nicht ohne heftigen Widerstand von seiner Seite, zu Bett gebracht wurde, nachdem er wiederholt sein unbesiegbares Verlangen ausgesprochen hatte, seine werte Frau Mama aus dem Fenster zu werfen und den Lehrling mit seinem eigenen Halstuch zu erdrosseln.

Wochen waren vergangen, und der Abend des großen Balls rückte heran, auf dem sämtliche fünfundsiebzig Zöglinge zum ersten Male in dieser Saison zugleich erscheinen und an Musik und Beleuchtung etwas haben sollten für ihre vier Schillinge und sechs Pence. Mr. Augustus Cooper schaffte sich zu der Festlichkeit einen neuen Rock an, der ihn zwei Pfund zehn Schillinge kostete. Er sollte sich zum ersten Male öffentlich sehen lassen, und nachdem vierzehn junge Damen ihrer Rolle entsprechend gekleidet einen großen sizilianischen Schaltanz ausgeführt hatten, tanzten er und Miss Billsmethi, mit der er vollkommen vertraut geworden war, die erste Quadrille vor.

Welch ein Abend – welch eine Lust! Die ganze Anordnung war wundervoll. An der Haustür nahm ein Aufwärter die Hüte und Mäntel in Empfang; in einem ausgeräumten Schlafzimmer bereitete Miss Billsmethi Tee und Kaffee für die Herren, die dafür bezahlten, und für die Damen, die von den Herren freigehalten wurden; Glühwein und Limonade wurde für achtzehn Pence die Person herumgereicht, und infolge eines Übereinkommens mit dem Gastwirt an der nächsten Ecke war noch ein Extraaufwärter angenommen worden. Kurzum, die Anordnung war unübertrefflich, nur dass die Gesellschaft noch unübertrefflicher war. Solche Damen! Solche rosaseidenen Strümpfe! Solche künstlichen Blumen! Solch eine Unzahl von Kabrioletts! Eins folgte fortwährend dem andern und setzte ein paar Damen ab, die nicht nur sämtlich einander, sondern obendrein die meisten Herren kannten, was ein unbeschreibliches Leben und eine unendliche Heiterkeit in das Ganze hineinbrachte. Signor Billsmethi, in knappen schwarzen Beinkleidern und einer großen Schleife im Knopfloch, stellte die noch Unbekannten den Damen vor, und die Damen plauderten und lachten – es war zum Entzücken, sie anzusehen.

Was den Schaltanz betrifft, so hatte man nie etwas Ähnliches gesehen, und Mr. Augustus Cooper übertraf sich selbst beim Vortanzen seiner Quadrille. Er verlor zwar dann und wann seine Tänzerin, fuhr in eine andere Abteilung und verharrte mit lobenswerter Beharrlichkeit darin oder hüpfte ohne ersichtlichen Zweck durch die Reihen; allein er bewies doch Scharfsinn genug, sich immer wieder zurechtzufinden, wenn er zurechtgeschoben wurde – mit einem Wort, es ging sehr gut. Als die Quadrille beendet war, traten viele Damen und Herren zu ihm und beglückwünschten ihn und sagten, was auch sehr glaubhaft war, dass sie noch nie von einem Anfänger so etwas gesehen hätten; und Mr. Augustus Cooper war vollkommen zufrieden mit sich selbst und allen Übrigen obendrein und hielt mit einer großen Menge von Getränken aller Art zwei bis drei Dutzend intimer, aus dem erwählten Zirkel von fünfundsiebzig Zöglingen auserkorener Freunde frei.

Kam es nun von der Stärke der Getränke, der Schönheit der Damen oder woher sonst: Kurzum, Mr. Augustus Cooper ermunterte eher, als dass er sie zurückwies, die schmeichelhaften Aufmerksamkeiten einer jungen Dame in brauner Gaze über weißem Kaliko, einer jungen Dame, auf die seine Person vom ersten Erblicken an einen starken Eindruck gemacht zu haben schien. Und als dies einige Zeit gedauert, verriet endlich Miss Billsmethi ihre

Eifersucht und ihren Zorn darüber, und nannte die junge Dame in brauner Gaze eine »Kreatur«, was die junge Dame in brauner Gaze zu einer Erwiderung bewog, die beleidigende Anspielungen auf die Quartalzahlung von vier Schillingen und sechs Pence und auf einen »Liebhaber« enthielt, den Miss Billsmethi angeblich in ihr Garn zu locken wünschte, eine Anspielung, mit der sich Augustus Cooper, dessen Kopf nicht wenig benommen war, vollkommen einverstanden erklärte.

Miss Billsmethi, auf eine solche Weise verlassen und bloßgestellt, begann augenblicklich mit ihrer ganzen Stimmkraft zu jammern und zu schreien, machte einen erfolglosen Angriff auf die Augen und das Antlitz zuerst der Dame in Gaze und sodann Mr. Augustus Coopers und rief, ganz außer sich, den anderen dreiundsiebzig Zöglingen zu, sie möchten ihr eine Dosis Arsenik schaffen, womit sie sich den Tod geben wolle; und als ihrer Aufforderung keine Folge gegeben wurde, stürzte sie sich abermals auf Mr. Cooper, ihr Schnürband zerriss, und sie wurde hinausgeführt und zu Bett gebracht. Mr. Augustus Cooper, der sich nicht eben durch schnelle Begriffe auszeichnete, war außer sich vor Verwunderung, bis Signor Billsmethi alles auf das Befriedigendste erklärte. Er verkündete nämlich den Zöglingen, dass Mr. Augustus Cooper seiner Tochter wiederholte Heiratsanträge gemacht habe und ihr jetzt unverantwortlicherweise untreu geworden sei. Sämtliche Zöglinge legten ihre Entrüstung über Mr. Coopers Benehmen an den Tag; und da mehrere ritterliche Herren Mr. Augustus Cooper ziemlich bedeutsam und dringend fragten, ob er »etwas Angenehmes schmecken«, oder mit anderen

Worten, »ob er Prügel haben wollte«, so hielt er es der Klugheit gemäß, sich eiligst zurückzuziehen.

Und das Ende vom Liede war, dass er am folgenden Tage ein Schreiben von einem Advokaten erhielt, dass eine Woche später eine Klage gegen ihn angestellt wurde, und dass Mr. Augustus Cooper, nachdem er, in der Absicht, sich zu ersäufen, zweimal nach der Serpentine gegangen und zweimal, ohne seinen Entschluss ausgeführt zu haben, wieder zurückgekommen war, seine Mutter in das Geheimnis zog, die die Sache mit zwanzig Pfunden beilegte, sodass an Signor Billsmethi zwanzig Pfund, vier Schillinge und sechs Pence gezahlt werden mussten, abgesehen von dem, was das Freihalten und die Tanzschuhe gekostet; und Mr. Augustus Cooper lebte wieder wie zuvor bei seiner Mutter, lebt noch mit ihr bis auf den heutigen Tag, fern von der Welt, die zu sehen er alle Neigung verloren hat, und wird daher diese Erzählung seiner Abenteuer nicht zu Gesicht bekommen und auch nichts daran verlieren.

Die Schäbig-Vornehmen

Es gibt eine gewisse Art von Leuten, die, sonderbar genug, London ausschließlich anzugehören scheinen. Man begegnet ihnen täglich in den Straßen der Hauptstadt, nie aber an irgendeinem anderen Orte. Sie scheinen Erzeugnisse des Bodens zu sein und sind für London so eigentümlich, wie sein Rauch und seine geschwärzten Backsteine. Wir könnten diese Bemerkung durch eine Menge von Beispielen veranschaulichen, wollen aber in dieser Skizze nur von einer der Leutearten, die wir im Sinne haben, reden – von der, die man so angemessen und bezeichnend »schäbig-vornehm« oder »schäbig-elegant« nennt.

Gott weiß, schäbige Leute kann man überall finden, und vornehme sind nicht seltner außerhalb als in London; aber dieses Gemisch aus beiden – diese schäbige Vornehmheit – ist so absolut örtlich wie die Statue von Charing-Cross oder der Brunnen in Aldgate. Auch verdient es bemerkt zu werden, dass nur Männer schäbig-vornehm sind; ein Frauenzimmer ist immer entweder höchst schmutzig und schlampig oder nett und sauber, wenn auch noch so ärmlich gekleidet. Ein sehr dürftiger Mann, der, wie die Phrase lautet, »bessere Tage gesehen hat«, ist eine merkwürdige Mischung aus schlotteriger Unsauberkeit und dem unglücklichen Trachten nach einer gewissen verschlissenen Nettigkeit. Doch wir wollen es versuchen, die Bedeutung, die wir mit dem Ausdruck »schäbig-vornehme Leute« verbinden, genauer dazulegen.

Begegnet ihr einem Manne, der Drury-Lane hinunterschlendert oder mit dem Rücken gegen einen Pfosten in Longacre lehnt und dabei die Hände in die Taschen seiner sehr fettfleckigen, sehr weit auf die Stiefel hinunterfallenden und mit Streifen gezierten Beinkleider gesenkt hat – auch einen braun gewesenen Rock mit Metallknöpfen trägt und einen Hut mit stark gekrümmten Seitenrändern auf die rechte Schläfe gedrückt hat –, bemitleidet ihn nicht: Er ist nicht schäbig-elegant. Er treibt sich vorzugsweis' gern in den »harmonischen Gesellschaften« eines Gasthauses vierter Klasse oder in den Umgebungen eines Privattheaters umher; hegt einen eingewurzelten Abscheu vor Arbeit jeder Art und steht auf vertrautem Fuße mit mehreren, bei den größeren Theatern beschäftigten Pantomimenakteurs. Seht ihr aber einen Mann von vierzig bis fünfzig Jahren in einem alten schimmeligen Überrock von fadenscheinigem, schwarzem Tuch, das in seiner Abgetragenheit glänzt, als wenn es gewichst wäre, und in Beinkleidern, die teils besseren Aussehens wegen und teils, um die Schuhe an den Fersen festzuhalten, unter den Füßen sorgfältig befestigt sind, eine Nebengasse hinuntereilen und sich dabei so dicht wie möglich an die Gartengitter halten; bemerkt ihr ferner, dass er die Weste unter dem gelblich-weißen Halstuche dicht zugeknöpft hat, um das zerlumpte Weißzeug darunter zu verstecken und dass er ein Paar alte zerrissene Biberhandschuhe trägt, so könnt ihr ihn den schäbig-vornehmen Leuten zuzählen. Ein Blick auf sein verkümmertes Gesicht, worin sich ein niederdrückendes Bewusstsein der Armut ausdrückt, wird euch Herzweh verursachen – stets vorausgesetzt, dass ihr weder Philosoph noch »Staatswirtschaftler« seid.

Einst vermochten wir das Bild eines schäbig-vornehmen Mannes schlechterdings nicht loszuwerden; es stand vor uns Tag und Nacht. Der Mann, von dem Walter Scott in seiner Dämonologie spricht, litt nicht halb soviel von der Fantasiegestalt in schwarzem Samt wie wir von dem Bilde unseres Schäbig-Vornehmen im vormals schwarz gewesenen Rocke. Er erregte zuerst unsere Aufmerksamkeit, als er uns eines Tags und dann öfter im Lesezimmer des Britischen Museums gegenübersaß. Was ihn uns noch bemerklicher machte, war, dass er immer ein paar schäbig-elegante Bücher vor sich hatte – zwei alte eselsohrige Folianten in verschimmelten, wurmstichigen Bänden, die einmal prachtvoll gewesen waren. Er saß jeden Morgen, gerade wenn es zehn schlug, an seiner Stelle, war jeden Nachmittag der letzte im Zimmer, und verließ es mit einer Miene und einem Wesen, worin man deutlich las, dass er nicht wusste, wohin er gehen sollte, um Feuerung und eine Ruhestätte zu finden. Er saß den ganzen Tag da und so dicht wie möglich am Tische, um die fehlenden Knöpfe an seinem Rocke zu verstecken; und seinen abgetragenen Hut legte er immer sorgfältig neben seine Füße, wo er, wie er sich offenbar schmeichelte, der Beobachtung entging. Etwa um zwei Uhr seht ihr ihn eine Semmel verspeisen, die er nicht etwa dreist und vor aller Augen aus der Tasche hervorzieht, gleich einem Manne, der es weiß, dass er nur einen Lunch einnimmt, sondern von der er kleine Stücke in der Tasche abbricht und verstohlen zum Munde führt. Er ist sich nur gar zu wohl bewusst, dass sein ganzes Mittagessen darin besteht.

Als wir den Armen zum ersten Male sahen, hielten wir es für rein unmöglich, dass sein Anzug noch schlechter werden könnte, wir dachten sogar an die Möglichkeit, dass er binnen Kurzem in anständigen Kleidern aus einem reputierlichen Trödlerladen erscheinen könnte. Wir hatten uns indes gar sehr geirrt. Er wurde mit jedem Tage noch elegant-schäbiger. Die Knöpfe verschwanden einer nach dem andern von seiner Weste, und er fing an, den Rock zuzuknöpfen, und als sich die Knöpfe von der einen Seite gleichfalls verloren, knöpfte er ihn über die andere Seite zu. Zu Anfang der Woche sah er etwas besser aus als am Ende, weil sein Halstuch dann, wenn auch gelb, doch minder erdfarben war, und nie zeigte er sich bei aller seiner Misere ohne Handschuhe und Sprungriemen an den Beinkleidern. In diesem Zustand verblieb er einige Wochen; endlich verschwand einer seiner Rückenknöpfe und dann er selbst, und wir glaubten, dass er tot sei.

Wir saßen etwa acht Tage nach seinem Verschwinden an unserm gewöhnlichen Tisch, hefteten die Blicke auf seinen leeren Stuhl und verfielen fast unbewusst in ein Nachsinnen über die Gründe, weshalb er sich aus dem öffentlichen Leben zurückgezogen haben möchte. Hatte er sich erhängt oder ins Wasser gestürzt, war er wirklich tot oder im Schuldgefängnis? Wir sannen hin und her – als er unversehens leibhaftig wieder vor uns stand. Es war eine merkwürdige Verwandlung mit ihm vorgegangen. Er ging mit einer Miene durch das Zimmer, die deutlich verkündigte, dass er sich seines besseren Aussehens vollkommen bewusst war. Es war äußerst sonderbar! Seine Kleider waren dunkel und glänzend schwarz und sahen doch wie dieselben aus – ja sogar die Flicken fehlten nicht, mit denen uns lange Bekanntschaft vertraut gemacht hatte. Auch der Hut – wer hätte ihn mit seiner hohen, etwas spitz zulaufenden Krone verkennen mögen? Er hatte infolge langer Dienste in ein Rotbraun gespielt, war aber jetzt ebenso schwarz wie der Rock.

Plötzlich ging uns ein Licht auf – er hatte alles färben lassen. Die schwarze und blaue Farbe ist aber gar trügerisch; wir haben es an manchem schäbig-eleganten Manne ersehen. Sie verführt die Opfer ihres Betrugs, eine vorübergehende Wichtigkeit anzunehmen, vielleicht ein Paar neue Handschuhe, eine wohlfeile Halsbinde oder andere Toilettenkleinigkeiten zu kaufen; erhebt ihren Mut auf eine Woche, lediglich um ihn nur zu bald, womöglich noch tiefer, wieder niederzudrücken. Es war so im vorliegenden Falle. Die vorübergehende Würde des unglücklichen Mannes nahm in demselben Verhältnis ab, wie die Farbe ausging. Die Knie der Unaussprechlichen, die Ellenbogen des Rockes und die Nähte insgemein wurden bald zum Erschrecken weiß. Der Hut wurde wieder unter den Tisch gelegt, und sein Eigentümer drückte sich so still auf seinen Stuhl wie je. – Eine Woche lang fiel ein unaufhörlicher Sprühregen und Nebel. Als sie zu Ende ging, war die Farbe gänzlich verschwunden, und der schäbig-vornehme Mann machte keinen Versuch mehr, seine äußere Erscheinung zu verbessern.

Es würde nicht leicht sein, einen besonderen Stadtteil als Hauptsammelplatz schäbig-vornehmer Leute zu bezeichnen. Wir haben ihrer viele in der Gegend der Inns of Court [10] gesehen. Man sieht sie jeden Morgen zwischen acht und zehn Uhr in Holborn, und wer sich aus Neugier in den Gerichtshof der insolventen Schuldner begibt, wird ihrer dort eine große Menge unter den Zu- und Nichtzuschauern erblicken. Wir gingen nie zufällig auf die Börse, ohne einige schäbig-elegante Leute zu bemerken, und haben oft darüber gegrübelt, was sie dort in aller Welt zu tun haben könnten. Sie sitzen stundenlang da, stützen sich auf große, wassersüchtige, verschlossene Regenschirme oder essen Abernethyzwiebä-

----

[10] Rechtsgelehrtenkollegien.

cke; [11] niemand spricht mit ihnen, und sie sprechen gleichfalls mit niemandem. Doch freilich, wir sahen einst ihrer zwei auf der Börse miteinander reden, können aber aus unserer Erfahrung versichern, dass so etwas sehr selten vorkommt und etwa nur durch das Anerbieten einer Prise Schnupftabak oder eine ähnliche Höflichkeit veranlasst wird.

Es würde ebenso schwer sein, zu sagen, wo sie vornehmlich ihre Wohnungen haben oder womit sie sich in der Regel beschäftigen. Wir verkehrten nur ein einziges Mal mit einem schäbig-vornehmen Manne, einem trunksüchtigen Graveur, der ein dumpfiges Hinterzimmer in einer neuen Reihe, halb Straße, halb Backsteinbrennereifeld, in Camden Town bewohnte. Solch ein schäbig-vornehmer Elegant hat vielleicht gar kein Geschäft, oder ist Korn- oder Kohlen- oder Weinmakler, oder Schuldeneinsammler, oder Brokersgehilfe, oder ein verunglückter Anwalt, ein Schreiber unterster Klasse, oder ein ebenso untergeordneter Korrespondent für eine Zeitung. Wir wissen es nicht, ob unsern Lesern auf ihren Wanderungen diese Leute ebenso oft aufgefallen sind als uns; das aber wissen wir, dass der verarmte, schäbig-elegante Mann (gleichviel, ob er sein Herunterkommen selbst verschuldet hat oder nicht), der seine Dürftigkeit schmerzlich fühlt und sich vergeblich bemüht, sie zu verheimlichen, zu den unglücklichsten Geschöpfen unter der Sonne gehört.

---

11 Sie verdanken ihren Namen dem berühmten Arzte Abernethy. Anm. d. Übers.

Ein lustiger Abend

Pythias und Damon waren ohne Zweifel sehr wackere Leute auf ihre Art: der erstere wegen seiner ausnehmenden Bereitwilligkeit, persönliche Bürgschaft für einen Freund zu leisten, und der letztere wegen einer gewissen abtrumpfenden, kaum minder merkwürdigen Pünktlichkeit, gerade im letzten und entscheidenden Augenblicke wieder zur Stelle zu sein. Viele ihrer Charaktereigenheiten sind gegenwärtig veraltet. Damons sind in diesen Zeiten, wo sie ihrer Schulden wegen eingesperrt werden, schwer zu finden (die Scheine Damons ausgenommen, die eine halbe Krone kosten); und was die Pythiasse betrifft, so haben die wenigen, die es in diesem entarteten Zeitalter gab, die unglückliche Neigung gehabt, Versteck zu spielen, und zwar gerade in dem Moment, in dem ihr Erscheinen streng klassisch gewesen sein würde. Doch wenn sich in der neueren Zeit zu den Handlungen dieser Heroen keine Parallele findet, so ist es dafür in Betreff ihrer Freundschaft der Fall. Wir haben Damon und Pythias auf der einen – Potter und Smithers auf der andern Seite; und da die letzterwähnten Namen das Ohr unserer unerleuchteten Leser mutmaßlich noch nicht erreicht haben, so können wir nichts Besseres tun, als sie mit den Eigentümern bekannt zu machen.

Wohlan denn! Mr. Thomas Potter war ein Kontorschreiber in der City, und Mr. Robert Smithers war ein Dito in ebenderselben; ihr Einkommen war beschränkt, aber ihre Freundschaft unbegrenzt. Sie wohnten in derselben Straße, dinierten jeden Tag in demselben Speisehause und zechten einer in des anderen Gesellschaft jeglichen Abend. Sie waren durch die engsten Bande der Freundschaft und Vertraulichkeit miteinander verbunden oder waren, wie Mr. Thomas Potter empfindsam bemerkte, »Dick-und-Dünn-Gefährten«. In Mr. Smithers' Gemütsart lag ein Anflug von Romantik – ein Strahl von Poesie – ein Aufblitzen von Zerrissenheit – eine Art Bewusstsein, er wusste nicht genau wovon, das ihn überkam, er wusste nicht recht eigentlich warum – wodurch ein schöner Gegensatz gebildet wurde zu dem Mr. Potter in einem eminenten Grade auszeichnenden munteren kecken Liebhabertaschendiebereiwesen.

Die Eigentümlichkeit ihrer Charaktere erstreckte sich auch auf ihre Kleidung. Mr. Smithers erschien in der Öffentlichkeit gewöhnlich in Überrock und Schuhen, mit einem losen, schwarzen Halstuch und einem Hut, dessen Rand stark gebogen war – Eigentümlichkeiten, die Mr. Potter durchaus mied; denn es war sein Ehrgeiz, die Elegants geringerer Klasse nachzuahmen, und er war so weit gegangen, Kapital zum Ankauf eines groben, blauen, wasserdichten Leibrocks mit hölzernen Knöpfen anzulegen, zu dem ein blumentopfuntersetzerartiger Hut mit niedriger Krone hinzukam, sodass er im Albion-Hotel und an verschiedenen andern öffentlichen und fashionablen Orten beträchtliche Sensation erregt hatte.

Mr. Potter und Mr. Smithers hatten verabredet, nach dem Empfang ihres Quartalgehaltes sich gemeinschaftlich und in Gesellschaft »einen lustigen Abend zu machen«, oder aber, wie sie sich auch ausdrückten, »den Abend recht kreuzfidel durchzubringen« – eine offenbar falsche Bezeichnung: Denn alle Welt weiß, dass sich das

Durchbringen nicht auf den Abend, sondern auf alles Geld bezieht, in dessen Besitze der Durchbringende sich eben befindet, wie denn beide Redensarten insofern sehr uneigentliche sind, als ihre Bedeutung dahin geht, dass noch mehrere Stunden der Nacht und des andern Morgens entlehnt und zum besagten Abend hinzugefügt werden sollen.

Der Quartalstag war endlich da – wir sagen endlich, weil Quartalstage so unberechenbar sind wie Kometen, indem sie mit erstaunlicher Raschheit von der Stelle rücken, wenn man viel zu zahlen und merkwürdig langsam, wenn man wenig zu empfangen hat. Mr. Thomas Potter und Mr. Robert Smithers blieben dem gegebenen Worte treu und machten den Anfang mit einem hübschen, reichhaltigen Mittagessen, das aus einem kleinen Aufzuge von vier Koteletts und vier Nieren, die einander folgten, bestand – einen Krug echtes und bestes Doppelbier und einige Brotpolster und Käsekeile in der Nachhut nicht zu vergessen.

Als das Tischtuch abgenommen worden war, befahl Mr. Thomas Potter dem Aufwärter, eine angemessene Quantität seines besten schottischen Whiskys nebst heißem Wasser und Zucker sowie ein paar seiner »leichtesten« Havannas zu bringen, was der Aufwärter tat. Mr. Thomas Potter mischte seinen Grog, zündete seine Zigarre an, und Mr. Robert Smithers tat dasselbe, worauf Mr. Thomas Potter scherzweise vorschlug, zu allererst »auf Abschaffung aller Kontors« zu trinken; auf diese Gesundheit wurde von Mr. Robert Smithers augenblicklich mit enthusiastischem Applaus getrunken. Sodann besprachen sie die Politika, rauchten ihre Zigarren und schlürften ihren Whisky-Grog, bis sie damit zu Ende waren. Sobald Mr. Robert Smithers dies gewahrte, ließ er eine abermalige Portion und frische Zigarren kommen, eine kleine Szene, die sich mehrere Male wiederholte, bis Mr. Robert Smithers endlich die Leichtigkeit der Havannas zu bezweifeln anfing und in hohem Maße das Gefühl hatte, als ob er rückwärts in einer Mietskutsche gefahren wäre.

Was Mr. Thomas Potter anbelangt, so lachte er eine halbe Minute um die andere laut auf, behauptete ohne alle Veranlassung oder Aufforderung in kaum artikulierten Tönen, vollkommen bei seinen fünf Sinnen zu sein, und ließ sich das Abendblatt reichen; ging aber, da er es einigermaßen schwierig fand, Neuigkeiten darin zu entdecken oder sich auch nur zu überzeugen, dass es überhaupt bedruckt war, langsam hinaus, um nach dem Kometen zu sehen, kehrte ganz blass vom langen Himmelwärtsschauen zurück, bemühte sich, Heiterkeit darüber auszudrücken, dass sich Mr. Smithers vom Schlafe habe bewältigen lassen, legte unter hektischem Kichern den Kopf auf den Arm und schlummerte gleichfalls ein. Als er wieder aufwachte, wurde auch Mr. Smithers wach, und beide erklärten mit großem Ernst, es wäre äußerst unweise gewesen, soviel eingemachte Walnüsse zu Koteletts zu essen, da doch jedermann wisse, dass man davon stets unwirsch und schläfrig werde, und man könnte schlechterdings nicht sagen, wie schädlich sie ihnen hätten werden können, wenn der Whisky und die Zigarren nicht zum Glücke noch alles wieder gutgemacht hätten. Sie tranken daher eine Schale Kaffee, bezahlten ihre Zeche (dreizehn Schillinge mit der Erkenntlichkeit für den Aufwärter) und brachen auf, um in ihrem löblichen Unternehmen weiter voranzuschreiten.

Es war gerade halb neun; sie meinten daher nichts Besseres tun zu können, als zum Halbpreise in das Citytheater zu gehen, und verfuhren ihrer Ansicht gemäß. Mr. Robert Smithers, der, nachdem sie die Rechnung berichtigt hatten, ausnehmend poetisch geworden war, verkürzte unterwegs Mr. Thomas Potter die Zeit sehr angenehm, indem er ihm vertraulich mitteilte, dass er ein inneres Vorgefühl herannahender Auflösung habe, und fügte im Theater den Dekorationen des Hauses eine neue hinzu, indem er den Kopf und beide Arme graziös auf die Logenbrüstung sinken ließ und in dieser Attitüde abermals einschlief.

Dies war das ruhige Benehmen des anspruchslosen Smithers, und also taten sich die glücklichen Wirkungen des schottischen Whiskys und der Havannas bei diesem interessanten jungen Manne kund; Mr. Thomas Potter dagegen, der nicht wenig Wert darauf legte, sich als einen jungen Mann zu zeigen, »der es hinter den Ohren hat« und für einen »lustigen Gesellen« zu gelten, der »alles mitmacht und in Freuden lebt«, benahm sich auf eine ganz andere Weise und begann, sich zunächst sehr laut und endlich für die Langmut des Publikums zu laut zu benehmen. Sogleich bei seinem Eintreten wünschte er sämtlichen Zuschauern sehr herzlich einen guten Abend und fügte herablassend hinzu, sie möchten sich seinetwegen durchaus nicht abhalten lassen, wenn sie etwa ihren Rausch auszuschlafen wünschten. »Gebt doch dem Köter 'nen Knochen, dass er's Maul hält«, rief ein Gentleman in Hemdärmeln. »Wo hast du dein Quart

Branntwein getrunken?«, rief ein zweiter, »Knote!« ein dritter, »Bartputzer!« ein vierter, »Werft ihn hinaus!« ein fünfter, während sich zahlreiche andere Stimmen zu dem wohlmeinenden Rate vereinigten, dass sich Mr. Thomas Potter »wieder hinscheren möge, wo er hergekommen sei.« Mr. Thomas Potter hörte all diese Sticheleien mit der vollkommensten Verachtung an, rückte, sooft eine Anspielung auf seine Persönlichkeit gemacht wurde, seinen Hut mit niedrigem Kopf noch etwas mehr auf das linke Ohr, stemmte die Arme in die Seite und drückte dadurch möglichst melodramatisch Herausforderung und Trotzbietung aus.

Die Ouvertüre, zu der dieses alles eine Ad-libitum-Begleitung gebildet hatte, war gespielt worden, das zweite Stück nahm seinen Anfang, und Mr. Thomas Potter, durch Straflosigkeit noch dreister geworden, fuhr fort, sich auf eine höchst unerhörte und außergewöhnliche Weise zu benehmen. Zuerst ahmte er den Triller der Primadonna nach, sodann zischte er mit dem blauen Feuer um die Wette und stellte sich an, als ob er bei Erscheinung des Geistes vor Schrecken Krämpfe bekäme, und schließlich lieferte er nicht nur mit hörbarer Stimme einen fortlaufenden Kommentar zum Bühnendialog, sondern weckte sogar Mr. Robert Smithers auf, der, als er den Freund lärmen hörte und nur eine sehr unbestimmte Vorstellung davon hatte, wo er sich befand oder was von ihm begehrt wurde, um ein gutes Beispiel nachzuahmen, ein so schauderhaftes und endloses Geheul ertönen ließ, wie es nur jemals von einem Theaterpublikum gehört worden war. Es war zu viel. »Hinaus mit den Tumultuanten!« war das allgemeine Geschrei.

Man vernahm ein Geräusch wie von scharrenden Füßen, und als ob ein paar Leute mit Heftigkeit gegen die Vertäfelung geworfen wurden und ein hastiges Zwiegespräch: »Hinaus – Nein – Sie sollen – Ich will aber nicht – Geben Sie mir Ihre Karte, Sir – Sie sind ein Lump, Sir«, und so fort, worauf ein Beifallssturm die Billigung des Publikums bekundete und Mr. Robert Smithers und Mr. Thomas Potter die Treppe hinunter und in die Straße hinaus mit so erstaunlicher Schnelligkeit flogen, dass sie gänzlich der Mühe überhoben waren, auch nur ein einziges Mal während der ganzen Prozedur die Füße auf den Boden zu setzen.

Mr. Robert Smithers, der keineswegs zum Vogelgeschlecht gehörte und wenigstens bis zum nächsten Quartalstage Fliegens und Mitmachens genug gehabt hatte, begann, sobald er mit dem Freunde die Ecke der Miltonstraße erreicht hatte, sich in entfernten Anspielungen auf die Süßigkeiten des Schlafs zu ergehen und darauf hinzudeuten, wie angemessen es sein dürfte, wenn er und Mr. Thomas Potter nach Islington zurückkehrten und wenn sie den Versuch anstellten, mit ihren Hausschlüsseln die Schlüssellöcher zu finden. Mr. Thomas Potter war jedoch tapferen und entschiedenen Sinnes. Sie hatten einmal beschlossen, sich einen lustigen Abend zu machen, und der Beschluss musste ausgeführt werden. Mr. Robert Smithers, der zu drei Teilen betäubt und zu einem betrunken war, willigte verzweiflungsvoll ein; sie begaben sich daher in ein Weinhaus, um sich weitere Materialien zu einem lustigen Abend zu verschaffen, und fanden darin eine hübsche Anzahl junger Damen, verschiedene alte Herren und noch mehr trin-

kende und schwatzende Mietskutscher und Kabriolettführer; und Mr. Thomas Potter sowie Mr. Robert Smithers tranken kleine Gläser Branntwein und große Gläser
Sodawasser, bis sie anfingen, von den Dingen im Allgemeinen, wie von jeglichem Dinge im besondern nur sehr
verwirrte Vorstellungen zu haben –: und als sie sich
selbst bewirtet hatten, begannen sie alle anderen Leute
zu traktieren, und das Ende der Vergnüglichkeit bestand
in einem bunten Gemisch von Köpfen und Fersen, blau-
en Augen und blauen Uniformen, Straßenschmutz und
Gaslichtern, dicken Eichentüren und einem Steinpflaster. Das Weitere von da an war eine »vollkommene Leere«; die Leere wurde am folgenden Morgen mit dem
Wörtchen »Polizeiwache« ausgefüllt, sowie die Polizeiwache mit den Herren Smithers und Potter und dem
größeren Teile ihrer Gasthausgesellschafter der vorigen
Nacht nebst einem verhältnismäßig geringen Teil von
Kleidungsstücken aller Art. Und auf der Polizei, zur
Entrüstung der Richterbank und zum Erstaunen der
Zuhörer, kam es an den Tag, wie ein gewisser Robert
Smithers, angestiftet von einem gewissen Thomas Potter
und unter dem Beistand »desselben«, in mehreren Straßen und zu verschiedenen Zeiten fünf Männer, vier
Knaben und drei Frauen geschlagen und zu Boden geworfen; wie sich »besagter« Thomas Potter verbreche-
risch in den Besitz von fünf Türklopfern, zwei Klingel-
griffen und einem Frauenhut gesetzt; wie Robert Smithers, des »Besagten« Freund, wenigstens für fünfzig
Pfund Flüche – das Stück zu fünf Schillingen gerechnet –
ausgestoßen, ganze Straßen voll ruhiger Bürger durch
fürchterliches Geschrei und Feuerrufen erschreckt, fünf

Polizeidienern die Uniform verdorben und sich noch
vieler anderer strafwürdiger Vergehen, zu zahlreich, um
sie alle aufzählen zu können, schuldig gemacht habe.
Und der Friedensrichter nahm nach einem angemessenen Vorhalt Mr. Thomas Potter und Mr. Robert Smithers
jeden um fünf Schillinge in Strafe wegen Trunkenheit,
wie der vulgäre Ausdruck des Gesetzes lautet, und um
die Kleinigkeit von vierunddreißig Pfunden wegen siebzehn bewiesener Angriffe auf Personen, das Stück zu
fünf Schilling, wobei es ihnen überlassen bleiben sollte,
sich mit den Anklägern zu vergleichen.

Die Ankläger ließen mit sich reden, die Herren Potter
und Smithers lebten indes ein Quartal auf Kredit, so gut
sie konnten, und haben es nie wieder unternommen,
sich einen lustigen Abend zu machen, obwohl die Ankläger sich sehr bereit erklärten, unter denselben Bedingungen zweimal wöchentlich Angriffe auf ihre Personen
zu erdulden.

Kleine Geschichten

Das Boarding-Haus [12]

I

Mrs. Tibbs war ohne alle Frage die netteste, beweg-
lichste, wirtschaftlichste kleine Frau, die jemals den
Londoner Rauch einatmete, und ihr Haus in der großen
Coramstraße ein wahres Schmuckkästchen. Die Tritte
vor dem letzteren, die Haustür, der Türgriff, der Klop-

---

[12] Ein Haus, in dem einzelne Personen Wohnung und Beköstigung haben
und mit dem Hauswirt en famille leben. Anm. d. Übers.

fer, das Schild mit Mrs. Tibbs' Namen wurden so oft und anhaltend gewaschen, gescheuert und geputzt, dass man sich wundern musste, dass das Holz und die Steine nicht ganz weggewaschen waren und dass das Messing durch die beständige Reibung noch niemals Feuer gefangen hatte. Die ganze innere Einrichtung war die artigste und sauberste, die man sich nur denken mochte; man konnte sich in den Tischplatten spiegeln, und hell glänzte alles und jedes bis herunter zu den Haken auf der Treppe, die zur Befestigung der Fußteppiche dienten.

Mrs. Tibbs war klein und Mr. Tibbs nichts weniger als ein großer Mann. Er hatte außerdem sehr kurze Beine; indes war dafür sein Gesicht, gleichsam zur Entschädigung, besonders lang. Er war im Verhältnis zu seiner Frau, was die Null in der Zahl neunzig ist – hatte einige Bedeutung mit ihr – war nichts ohne sie. Mrs. Tibbs sprach fortwährend, Mr. Tibbs redete nur selten; sooft es aber möglich war, ein Wort einfließen zu lassen, tat er es, meistens gerade dann, wenn er hätte ganz stillschweigen sollen. Mrs. Tibbs konnte schlechterdings keine langen Geschichten leiden, und Mr. Tibbs hatte eine solche, deren Schluss jedoch selbst seine vertrautesten Freunde niemals gehört hatten. Sie fing stets an mit den Worten: »Ich entsinne mich, als ich im Jahre eintausendachthundertundsechs unter den Freiwilligen diente« – allein, da er langsam und leise und seine Ehehälfte sehr rasch und laut sprach, so gelang es ihm selten, über den Anfang hinauszukommen. Er war daher der traurigste Erzähler von der Welt, der ewige Jude der Anekdotenjägerei, unermüdlich, stets von vorn beginnend und gemieden von jedermann.

Mr. Tibbs genoss eine kleine Pension von jährlich 43 Pfund, und Mrs. Tibbs hatte 700 Pfund ererbt. Da das Ehepaar hiervon natürlich nicht leben konnte, so war Mrs. Tibbs darauf verfallen, ein Boarding-Haus einzurichten. Sie hatte die große Coramstraße, nicht weit vom Britischen Museum und Somers Town, erwählt, zwei Mägde und einen Laufjungen in Dienst genommen, und durch die Blätter dem Publikum verkündigt, »dass sechs Personen in einem geselligen, musikalischen Privathause und im Kreise einer erlesenen Familie, wohnhaft zehn Minuten von überall, allen zu wünschenden Komfort finden würden«. Der Erfolg war gewesen, dass drei Herren eingezogen waren und sich eine Dame mit zwei Töchtern geneigt zur Vermehrung – nicht ihrer eigenen – sondern der Familie Tibbs gezeigt hatte.

»Welch eine reizende Frau Mrs. Maplesone ist!«, bemerkte Mrs. Tibbs, als sie mit ihrem Gatten nach dem Frühstück am Kamin saß und die drei Herren ausgegangen waren. »Welch eine herrliche Frau!« wiederholte sie, mehr im Selbstgespräch, als zu Mr. Tibbs redend, denn sie kümmerte sich nicht von fern um die Meinung ihres Mannes. »Die beiden Töchter sind gleichfalls höchst liebenswürdige Mädchen. Wir müssen heute Fisch haben; sie speisen zum ersten Male bei uns.«

Mr. Tibbs öffnete den Mund zum Reden, erinnerte sich jedoch, dass er nichts zu sagen hatte.

»Die jungen Damen«, fuhr Mrs. Tibbs fort, »haben sich freundlich und freiwillig erboten, ihr eigenes Piano mitzubringen.«

Tibbs dachte an seine Geschichte aus der Zeit, als er unter den Freiwilligen diente, wagte jedoch nicht, damit zum Vorschein zu kommen. Er hatte dagegen einen glänzenden Gedanken. »Es ist sehr wahrscheinlich«, sagte er –

»Sei so gut, deinen Kopf nicht an die Tapete zu lehnen«, unterbrach ihn Mrs. Tibbs, »und bleib mit den Füßen von dem stählernen Kamingitter, was noch ärger ist.«

Tibbs richtete den Kopf empor, zog die Füße zurück und fuhr fort: »Es ist sehr wahrscheinlich, dass eine der jungen Damen ihr Netz nach dem jungen Mr. Simpson auswerfen wird, und so könnte ein eheliche Verbindung –«

»Ich muss bitten, dass du von dergleichen stillschweigst«, fiel ihm Mrs. Tibbs in das Wort. »Eine eheliche Verbindung – mich wundert's doch! Dass ich meine Kostgänger verlöre! Daraus wird nichts.«

Tibbs dachte, dass es trotzdem keineswegs unwahrscheinlich wäre, schwieg jedoch, da er niemals mit seiner Frau disputierte, und bemerkte, dass es Zeit sei, »ins Geschäft zu gehen«. Er ging an allen Wochentagen um zehn Uhr morgens aus und kehrte um fünf Uhr nachmittags mit einem äußerst schmutzigen Gesicht und sehr muffig riechend zurück. Niemand wusste, wohin er ging; allein Mrs. Tibbs pflegte mit sehr wichtiger Miene zu sagen, dass er in der City beschäftigt sei.

Die liebenswürdigen Misses Maplesone und die reizende Mrs. Maplesone langten am Nachmittag in einer Mietskutsche mit einer erstaunlichen Menge von Koffern, Kästen und Schachteln an und veranlassten das grausamste Getümmel und das verwirrteste Hin- und Herlaufen, bis sie sich in ihrem Zimmer beim Ankleiden zum Dinner befanden.

»Sind die Mädchen hübsch?«, fragte Mr. Simpson den zweiten der neuen Hausbewohner, Mr. Hicks, während sie sich im Besuchszimmer vor dem Dinner damit unterhielten, in sehr nachlässigen Haltungen auf dem Sofa zu ruhen und ihre Tanzschuhe zu betrachten.

»Kann's nicht sagen«, antwortete Mr. Hicks, der ein dünner, hochgewachsener junger Mann mit einem Milchsuppengesicht und Brille war und ein schwarzes Band statt eines Halstuchs um den Hals trug – ein äußerst interessanter Jüngling, poetisch, der Arzneikunde beflissen und »höchst talentvoll«. Er liebte es ausnehmend, die Unterhaltung mit Zitaten aus Byrons Don Juan zu spicken, die er bei den Haaren herbeizog, ohne sich durch Rücksichten auf die Angemessenheit oder Nichtangemessenheit ihrer Anwendung Fesseln anlegen zu lassen. Mr. Simpson gehörte zu den jungen Männern, die in der Gesellschaft das sind, was die Statisten auf der Bühne. Sein Kopf war so leer wie die große Glocke der St. Paulskirche, und seine Fähigkeiten waren so mannigfaltig wie deren Töne. Er kleidete sich stets nach dem Muster der Karikaturen im Modejournal und schrieb Charakter mit einem th.

»Ich sah eine rasende Menge Kisten und Kästen auf dem Hausflur, als ich nach Hause kam«, sagte er.

»Ohne Zweifel Materialien für die Toilette«, bemerkte der eifrige Don-Juan-Leser.

»Viel Weißzeug, Spitzen, Strümpfe ohne Zahl,
Pantoffeln, Bürsten, Kämme, allzumal
Artikel; um die schönen Damen schön
Und sauber zu erhalten, und –«

»Sind die Verse von Milton?«, unterbrach ihn Mr. Simpson.

»Nein – von Byron«, erwiderte Hicks mit einem Blicke voll grenzenloser Verachtung. Er war seines Autors vollkommen gewiss, da er nie einen andern gelesen hatte. »Pst!«, sagte er, »da kommen die Mädel «, und beide fingen sogleich an, sehr laut zu sprechen, um unbefangen zu erscheinen.

Gleich darauf führte Mrs. Tibbs Mrs. Maplesone und deren Töchter herein. Sie sah sehr erhitzt aus und glich einer Wachspuppe an einem heißen Sommertag, denn sie hatte die Küchenoperationen beaufsichtigt. Sie stellte die Damen und Herren einander vor. Die Herren verbeugten sich mit ausgesuchter Höflichkeit und sahen dabei aus, als ob sie den Wunsch hegten, dass ihre Arme Beine sein möchten, so wenig wussten sie, was sie damit anfangen sollten. Die Damen lächelten, knicksten, nahmen Platz und bückten sich nach Taschentüchern, die sie hatten fallen lassen. Die Herren lehnten sich gegen die Fenster; Mrs. Tibbs und die Köchin, die erschien, um nach der Fischbrühe zu fragen, verständigten sich kunstvoll durch pantomimische Andeutungen, die beiden jungen Damen sahen einander an, und Mrs. Maplesone schien etwas sehr Anziehendes in den Verzierungen des Kamingitters entdeckt zu haben.

»Liebes Kind, Julie«, sagte sie endlich zu ihrer jüngsten Tochter gerade laut genug, um von allen gehört zu werden, »sitz nicht krumm!«

Sie sagte es, um die allgemeine Aufmerksamkeit auf Miss Julies allerdings untadelige Figur zu richten. Natürlich richteten sich aller Blicke darauf, und es trat abermals Stillschweigen ein.

»Wir hatten heute einen entsetzlich unhöflichen Mietkutscher«, sagte endlich Mrs. Maplesone zu Mrs. Tibbs gewendet.

»Die Mietkutscher sind in der Regel unhöflich«, fiel Mr. Hicks im einschmeichelndsten Tone ein.

»Die Fuhrleute sind es gleichfalls«, bemerkte Mr. Simpson – veranlasste aber nur ein Nasenrümpfen bei den Damen und ein Husten bei Mr. Hicks, denn niemand mochte durch Wort oder Zeichen andeuten, auch nur die mindeste Kenntnis von den Sitten der Fuhrleute zu besitzen.

»Was willst du denn hier? So sprich doch!« rief Mrs. Tibbs dem Hausmädchen zu, das die Tür geöffnet hatte und ihr zuwinkte und hustete.

»Bitt' um Vergebung, Ma'am, der Herr wünscht ein reines Hemd«, antwortete das Hausmädchen, sich vergessend.

Es war zu lächerlich; die beiden jungen Herren drehten sich um und vermochten ihr Lachen bei Weitem nicht vollkommen zu unterdrücken, die Damen hielten die

Tücher vor den Mund, und die kleine Mrs. Tibbs schoss
aus der Tür hinaus, um ihrem Gatten sein reines Weißzeug und dem Hausmädchen einen keifenden Verweis
zu geben.

Bald darauf erschien Mr. Calton, der dritte der neuen
Hausbewohner, und bewies sogleich, dass er sich treff-
lich darauf verstand, ein Gespräch zu unterhalten. Er
war ein ausgedienter Dandy – ein altgewordener Knabe.
Er pflegte von sich selber zu sagen, wenn sein Gesicht
auch nicht regelmäßig schön sei, so habe er doch auffal-
lende Züge; und dies war in der Tat der Fall, denn man
konnte ihn nicht ansehen, ohne auf das Lebhafteste an
einen pausbäckigen Türklopfer, halb Löwe, halb Affe,
erinnert zu werden. Auch hätte man diesen Vergleich
auf seinen ganzen Charakter und seine Unterhaltung
ausdehnen können. Er war stillgestanden, während alles
um ihn her weitergegangen war. Er fing nie ein Gespräch an, brachte nie einen neuen Gedanken auf die
Bahn; war aber eine Unterhaltung über Gemeinplätze im
Gange, so nahm er daran mit bewundernswürdiger
Zungenfertigkeit teil. Er litt bisweilen unter einem
Wehmutsanfall, und dann war er vergleichsweise still;
sonst aber war des Mühlengeklappers seines Mund-
werks kein Ende. Er war nie verheiratet gewesen, stand
indes noch immer auf der Lauer nach einer Frau mit
Geld. Er genoss eine Leibrente von etwa 300 Pfund jährlich, war übermäßig eitel und grenzenlos selbstsüchtig.
Er stand in dem Rufe, ein wahres Muster galanter Höflichkeit zu sein.

Mr. Calton hatte den Beschluss gefasst, sich Mrs. Maplesone ausnehmend angenehm zu machen, ja, der

Wunsch, so liebenswürdig als möglich zu erscheinen, herrschte allgemein in der ganzen Gesellschaft; denn Mrs. Tibbs glaubte, sich einer bewundernswürdigen kleinen Kriegslist bedient zu haben, indem sie den Herren gesagt hatte, sie habe einigen Grund, zu glauben, dass die Damen vermögend, und den Damen zu verstehen gegeben, dass die sämtlichen Herren heiratsfähig und keine schlechten Partien wären. Sie glaubte, ein wenig Liebeln würde ihr Haus gefüllt halten, ohne zu eigentlichen Resultaten zu führen. Mrs. Maplesone war eine unternehmende Witwe von ungefähr fünfzig Jahren: schlau, intrigant und gut aussehend. Sie war liebenswürdig besorgt um ihre Töchter und machte, um dies zu dokumentieren, nicht selten die Bemerkung, dass sie es nicht ablehnen würde, sich wieder zu verheiraten, wenn es ihren lieben Mädchen zum Vorteil gereichen sollte – denn einen andern Beweggrund könne sie nicht haben. Die »lieben Mädchen« selbst waren gegen die Vorteile einer »guten Partie« gleichfalls nichts weniger als unempfindlich. Die eine war fünfundzwanzig, die andere drei Jahre jünger. Sie hatten in vier Sommern Badereisen gemacht, hatten kokettiert im Versammlungssaale, Bücher gelesen auf Balkonen, verkauft im Frauenvereins-Basar, getanzt auf Bällen, empfindsame Unterhaltungen geführt – kurzum, alles getan, was kluge Töchter nur tun können: Allein es war alles vergeblich gewesen.

»Wie vortrefflich Mr. Simpson sich kleidet!«, flüsterte Mathilde Maplesone ihrer Schwester Julie zu.

Mr. Simpson trug einen schwarzen Leibrock mit Samtkragen und Aufschlägen – sehr ähnlich dem, in dem man häufig den großen Unbekannten erblickt, der sich herablässt, in der Pantomime auf Richardsons Theater den Elegant zu spielen.

»Welch ein Knebelbart!«, sagte Miss Julie.

»Entzückend!«, erwiderte die Schwester; »und welch ein Haar!«

Es glich aber vollkommen dem kunstvoll geordneten, wie man es auf den Köpfen der rotwangigen jungen Herren in den Fenstern der Haarkünstler erblickt; und es war wirklich künstliches, und der unter dem Kinn fortlaufende Knebelbart Mr. Simpsons sah aus wie ein Band, die Haartour auf dem Kopfe festzuhalten.

Der Laufbursche erschien, zum ersten Male in einem gewendeten schwarzen Rock seines Herrn, und kündigte das Dinner an. Die Herren führten die Damen mit gebührender Feierlichkeit in das Speisezimmer, wo Mr. Tibbs vorgestellt wurde, der sich vor den neuen Hausbewohnerinnen gleich einer der artigen Figuren einer holländischen Uhr oder Drehorgel mit einer starken Feder in der Mitte des Leibes wiederholt verbeugte und sodann rasch am unteren Ende der Tafel Platz nahm, äußerst erfreut, hinter einer Suppenterrine versteckt zu sein.

»Biete doch Mrs. Maplesone Suppe an, lieber Mann«, sagte die geschäftige Mrs. Tibbs.

Sie nannte ihren Mann vor der Gesellschaft stets »lieber Mann«. Tibbs tat eilig, wie ihm geheißen war, denn ihn verlangte nach dem Fisch, machte eine kleine Insel auf dem Tafeltuche und setzte sein Weinglas darauf, um sie vor seiner Frau zu verbergen. Der Fisch wurde angeboten; Miss Julie bat um ein ganz kleines Stückchen, und ihre Mutter bemerkte gegen Mr. Calton, dass Julie erstaunlich wenig äße. Auch die Übrigen baten nur um ganz wenig; indes würde es ihnen freilich auch nicht geholfen haben, wenn sie um viel gebeten hätten.

»Lieber Mann«, sagte Mrs. Tibbs, nachdem alle versorgt waren, »was beliebt dir?«

Sie begleitete die Frage mit einem Blicke, der deutlich genug sagte, dass er nicht Fisch sagen dürfe, da nur noch sehr wenig davon übrig war. Allein, Tibbs meinte, der Zornblick hätte seinen Grund in der Insel auf dem Tafeltuch und erwiderte daher ohne Arg: »Ich bitte um – um ein wenig Fisch –«

»Sagtest du Fisch, lieber Mann«, fragte Mrs. Tibbs mit verstärktem Stirnrunzeln.

»Ja, meine Liebe«, antwortete der Ruchlose, während sich der nagendste Hunger in seinen Mienen ausdrückte. Mrs. Tibbs traten fast Tränen in die Augen, als sie ihrem »Schlingel von Mann«, wie sie ihn innerlich nannte, das letzte Stück Lachs von der Schüssel reichte. »James«, sagte sie gleich darauf, »bring deinem Herrn diese Schüssel und leg sein Messer auf das Büfett.« Und dies war wohlüberlegte Rache, denn Tibbs konnte keinen Fisch ohne Messer essen. Er sah sich daher genötigt, mit der Gabel und einer Brotrinde kleine Stückchen Lachs auf dem Teller umherzujagen und, so gut es gehen wollte, aufzufischen, was ihm auch bisweilen gelang, indem von seinen Bemühungen eine unter siebzehn glücklich enden mochte.

»James, wechsle die Teller«, rief Mrs. Tibbs nach seinem vierten oder fünften glücklichen Versuch, und Mr. Tibbs' Teller verschwand wie ein Blitz.

»Ein Stückchen Brot, James«, sagte der unglückliche Herr vom Hause, so hungrig wie zuvor; allein, Mrs. Tibbs befahl James, das Fleisch aufzusetzen, und James wurde fortwährend so sehr beschäftigt, dass das Brot für seinen Herrn vorerst vergessen wurde. Hicks nahm die Gelegenheit zu einem höchst angemessenen Zitate wahr:

> »An Ochsen ist es arm, an Rindern auch dies
> Land,
> Doch reich an Ziegen-, Schöps- und Lammfleisch
> ich   es   fand,
> Und bringt ein Festtag ihnen lächelnd seine Grü-
> ße,
> Dann drehen sie das Fleisch an dem Barbaren-
> spieße.«

»Welch ein unfeines Benehmen, so zu sprechen«, dachte die kleine Mrs. Tibbs.

Die jungen Damen benutzten indes die Gelegenheit, sich belesen und poetisch zu zeigen, und nannten oder rezitierten die empfindsamsten Verse Byrons als ihre Lieblingsstellen. Mr. Septimus Hicks bemerkte, dass seinem Geschmack nach nie Schöneres gedichtet worden sei als der Anfang des siebten Gesanges des Don Juan, wo die Belagerung von Ismael geschildert werde.

»Da Sie von einer Belagerung reden«, fiel Tibbs ein, den Mund voll Brot, das er endlich erhalten hatte, »so lassen Sie sich sagen: Als ich 1806 unter den Freiwilligen diente – unser Kommandeur war Sir Charles Rampart –, sagte Sir Charles Rampart eines Tages, als wir auf dem Platz exerzierten, wo jetzt das Londoner Universitätsgebäude steht, zu mir und rief mich aus dem Gliede heraus: ›Tibbs‹, sagte er, ›Tibbs –‹«

»James, sag deinem Herrn«, unterbrach ihn Mrs. Tibbs in einem bedenklich scharfen Tone, »wenn er die Hühner durchaus nicht tranchieren will, so möge er sie mir schicken.« Der in Verwirrung gebrachte Freiwillige tranchierte und musste seine Geschichte unbeendigt lassen. Die Unterhaltung wurde umso lebhafter, je bekannter die Gesellschaft miteinander wurde. Man fühlte sich allgemein bequemer und behaglicher, was auch bei Tibbs der Fall war, denn er schlief unmittelbar nach dem Essen ein. Mr. Hicks und die Damen sprachen über Ästhetik, Theater und Literatur; Mr. Calton wiederholte, was bereits gesagt worden war, zwei- und dreimal mit anderen Worten. Mrs. Tibbs stimmte allem bei, was Mrs. Maplesone sagte; Mr. Simpson saß da mit einem Lächeln auf dem Antlitz, und weil er nach je vier bis fünf Minuten ein »Ja« oder ein »Sehr wahr« einfließen ließ, so glaubte jedermann, er verstände vollkommen, was gesprochen wurde. Die Herren vereinigten sich nach dem Dessert sehr bald wieder mit den Damen. Mrs. Maplesone und Mr. Calton spielten Cribbage, und »die jungen Leute« unterhielten sich mit Musik und Konversation. Die Misses Maplesone sangen die rührendsten Duette und begleiteten sich selbst auf Gitarren an himmelblauen Bändern. Mr. Simpson hatte eine rosa Weste angelegt und sagte, dass er hingerissen sei, und Mr. Hicks befand sich im siebten Himmel der Poesie, oder im siebten Gesange des Don Juan, was für ihn ein und dasselbe war. Mrs. Tibbs war ganz bezaubert von ihren neuen Hausbewohnern, und Mr. Tibbs brachte den Abend nach seiner gewohnten Weise zu – das heißt, er schlief ein, erwachte, schlief abermals ein und wachte zur Abendessenszeit wieder auf.

Wir wollen uns der Erzählerfreiheit nicht bedienen und »Jahre dahinschwinden lassen«, sondern bitten die Leser nur gefälligst anzunehmen, dass seit dem beschriebenen Diner sechs Monate verflossen sind und dass Mrs. Tibbs' männliche und weibliche Mieter während dieser Zeit miteinander gesungen, getanzt und die Theater und Sehenswürdigkeiten besucht haben, wie es bei Boarders der Fall zu sein pflegt. Nach Verlauf besagter sechs Monate erhielt Mr. Septimus Hicks eines Morgens früh in seinem Schlafzimmer ein Billett von Mr. Calton, in dem ihn dieser ersuchte, zu ihm in sein Zimmer zu kommen. Der teilnehmende Arzneikunde-Beflissene eilte sogleich hinunter, in der Meinung, dass Mr. Calton Patient sei. Mr. Calton saß in einem Lehnsessel, einem Türklopfer ähnlicher als je. Mr. Hicks hustete und Mr. Calton schnupfte. Endlich begann Hicks:

»Ich erhielt ein Billett von Ihnen«, sagte er mit bedenklicher Miene und bebender Stimme, wie ein erkälteter Pulcinell.

»Allerdings«, erwiderte Calton.

»Hm!«

»Ja, ja!«

Da beide Herren nach diesem Zwiegespräch fühlten, dass etwas noch Wichtigeres zur Sprache kommen würde, so taten sie, was viele in ihrer Lage getan haben würden – sie sahen einander mit entschlossensten Mienen an. Die Unterredung war indes begonnen, und der Türklopfer nahm sich vor, sie mit einem tüchtigen Doppelschlage fortzusetzen. Er sprach immer sehr hochtrabend.

»Hicks«, sagte er, »ich habe Sie wegen gewisser Heiratsarrangements zu mir entbieten lassen, die in diesem Hause in der Schwebe sind.«

»Heiratsarrangements!«, rief Hicks mit einem Gesicht aus, wogegen Hamlets Gesicht, wenn er seines Vaters Geist erblickt, ruhig und gefasst ist.

»Wie ich Ihnen sage. Ich ließ Sie zu mir herunterholen, um Ihnen zu beweisen, wie sehr und wie fest ich Ihnen vertraue.«

»Wollen Sie mich verraten?«, fragte Hicks sehr ängstlich, und vergaß in seinem Schrecken gänzlich, zu zitieren.

»Ich Sie verraten? Wollen Sie mich verraten?«

»Keineswegs! Nicht eine lebende Seele soll es bis zu meinem Sterbetage erfahren, dass Sie die Hand im Spiele gehabt haben«, erwiderte der höchlich erregte Hicks mit glühendrotem Gesicht und sich sträubendem Haar, als wenn er auf dem Konduktor einer arbeitenden Elektrisiermaschine stände.

»Die Welt muss es früher oder später erfahren – ich sollte meinen, im Verlauf eines Jahres«, sagte Calton im Tone großer Selbstgefälligkeit. »Wir haben dann vielleicht Familie, wissen Sie.«

»Wir! – Sie werden hoffentlich nichts damit zu schaffen haben.«

»Zum Geier! Das hoff' ich allerdings.«

Hicks war mehr als betreten. Er wusste kaum, wo ihm der Kopf stand, geschweige denn, was er erwidern sollte. Calton schwelgte zu sehr in seinen seligen Vorgefühlen, um es zu beachten. Er warf sich in seinen Stuhl zurück und rief in empfindsam-winselndem Tone und die rechte Hand auf die linke Seite der Weste legend aus: »O Mathilde!«

»Welche Mathilde?«, fragte Hicks zusammenschreckend.

»Mathilde Maplesone!«, seufzte Calton.

»Ich heirate sie morgen früh«, schrie Hicks wütend.

»Sie lügen – ich heirate sie.«

»Sie heiraten sie!«

»Ich heirate sie!«

»Sie heiraten Mathilde Maplesone?«

»Mathilde Maplesone.«

»Sie heiraten Miss Maplesone?«

»Miss Maplesone? Nein, Mrs. Maplesone.«

»Gütiger Himmel!«, sagte Hicks auf seinen Stuhl sinkend. »Sie heiraten die Mutter und ich die Tochter!«

»Unerhört!«, bemerkte Calton, »und auch einigermaßen ungelegen; denn Sie müssen wissen, dass meine Mathilde ihre Absicht vor ihren Töchtern geheimzuhalten wünscht, bis die Trauung vorüber ist, und daher keinen ihrer Angehörigen und Freunde bitten mag, Brautvater zu sein. Mir ist es gleichfalls nicht recht, die Sache meinen Angehörigen jetzt schon mitzuteilen, und ich bat Sie, zu mir herunterzukommen, in der Absicht, Sie zu ersuchen, die Rolle des Brautvaters zu übernehmen.«

»Ich versichere Sie, dass ich es mit dem größten Vergnügen getan haben würde«, versetzte Hicks im Tone des Bedauerns; »allein Sie sehen, ich werde den Bräutigam spielen. Eine Rolle ist häufig Folge einer andern, allein, man kann nicht in zweien zugleich auftreten. Aber wir haben ja Simpson – er wird ohne Zweifel Ihrem Wunsche entgegenkommen.«

»Ich möchte ihn nicht gern darum bitten«, sagte Calton; »er ist solch ein Esel.«

Mr. Septimus Hicks blickte zur Decke empor und auf den Fußboden hinunter. Endlich hatte er einen Gedanken. »Nehmen Sie Tibbs zum Brautvater«, sagte er und zitierte sodann die auf Tibbs und das Brautpaar vortrefflich passenden Verse: –

> »O Gott, welch grimmer Blick begegnet dort den ihren?
> Des Vaters Blicke sind's, die nach dem Paare stieren.«

»Ich bin darauf auch schon verfallen«, entgegnete Calton; »allein Mathilde will durchaus nicht – ich weiß nicht, aus welchem Grunde –, dass Mrs. Tibbs etwas erfahren soll, bis alles vorüber ist. Es wird am Ende nichts als ihr natürliches Zartgefühl sein.«

»Er ist der gefälligste kleine Mann von der Welt, wenn Sie ihn nur richtig nehmen«, fuhr Hicks fort. »Sagen Sie ihm, er möge gegen seine Frau schweigen, sie würde nicht böse darüber sein, und er tut, was Sie wollen. Meine Verheiratung ist heimlich wegen der Mutter und meines Vaters; Sie müssen ihm daher Stillschweigen auferlegen.«

In diesem Augenblicke wurde an der Haustür geklopft, so bescheiden, wie es nur der Hausherr tun konnte. Calton sah aus dem Fenster und bat ihn, zu ihm hinaufzukommen. Tibbs willigte sogleich ein. Er war hocherfreut, beachtet zu werden. Er erschien, wurde ersucht Platz zu nehmen, und sah so verblüfft aus, als wenn er plötzlich vor die Mitglieder der Inquisition gerufen worden wäre.

»Mr. Tibbs«, begann Calton im wichtiggeheimnisvollsten Tone, »mich nötigt ein sehr unangenehmer Umstand, Sie um Rat zu fragen und Sie zu bitten, über das, was ich Ihnen mitteilen werde, reinen Mund gegen Ihre Frau zu halten.«

Tibbs versprach es und dachte: »Was zum Teufel mag er verübt haben? Er hat sicher eine der besten Wasserkaraffen zerbrochen.«

»Mr. Tibbs«, fuhr Calton fort, »ich befinde mich in einer einigermaßen unangenehmen Lage.«

Tibbs sah Septimus Hicks an, als ob er glaube, die Unannehmlichkeit bestände darin, dass Mr. Calton mit Mr. Hicks in demselben Hause wohne, wusste indes nicht, was er sagen sollte, und schwieg daher.

»Lassen Sie mich Sie bitten«, sprach der Türklopfer weiter, »keinen Schrei der Überraschung auszustoßen, der von den Domestiken gehört werden könnte, wenn ich Ihnen sage – ich ersuche Sie dringend, beherrschen

Sie ja Ihre Gefühle –, dass zwei Bewohner dieses Hauses morgen früh Hochzeit zu machen gedenken.«

Er schob seinen Sessel einige Schritte weit zurück, um die Wirkung seiner unerhörten Mitteilung desto besser beobachten zu können. Wenn Tibbs hinausgestürzt, hinuntergetaumelt und unten in Ohnmacht gefallen – ja, wenn er aus dem Fenster gesprungen wäre, sein Benehmen würde Mr. Calton nicht unerklärlicher gewesen sein. Er steckte nämlich die Hände in die Taschen seiner Unaussprechlichen und rief mit einem innerlichen Lachen aus: »Dachte mir's wohl!«

»Sie sind nicht überrascht, Mr. Tibbs?«, fragte Calton.

»Ganz und gar nicht, Sir«, erwiderte Tibbs, »'s ist ja so sehr natürlich. Wenn ein paar junge Leute zusammenkommen, wissen Sie –«

»Sehr wahr, sehr wahr«, fiel Calton mit einer Miene unsäglicher Selbstgefälligkeit ein.

»Sie halten die Partie also durchaus nicht für unpassend?«, fragte Septimus Hicks, der Tibbs' Mienen in stummem Erstaunen beobachtet hatte.

»Nein, Sir«, antwortete Tibbs wirklich lächelnd; »ich sah in seinem Alter ebenso aus.«

»Wie vortrefflich ich mich konserviert haben muss!«, dachte der entzückte alte Dandy; denn er wusste, dass er wenigstens zehn Jahre älter als Tibbs war. »Lassen Sie uns sogleich zur Sache kommen«, sagte er. »Wollen Sie die Güte haben, die Rolle des Brautvaters zu übernehmen?«

»Gern«, erwiderte Tibbs, fortwährend ohne die mindeste Spur von Überraschung.

»Gewiss?«,

»Von Herzen gern«, wiederholte Tibbs, der so ruhig aussah wie ein Krug Bier, das ausgeschäumt hat.

Calton ergriff die Hand des unter Schürzenregiment stehenden kleinen Mannes und schwur ihm ewige Freundschaft. Hicks tat dasselbe.

»Bekennen Sie nun aber«, sagte Calton, als Tibbs sich anschickte, hinunterzugehen, »waren Sie nicht ein wenig überrascht?«

»Ei freilich, als ich zuerst davon hörte, und es war so sonderbar, mich zu bitten. Was wird aber sein Vater dazu sagen? Das möcht' ich nur wissen.«

Hicks und Calton sahen einander an.

»Das Beste dabei ist«, sagte Calton endlich kichernd, »dass ich keinen Vater habe.«

»Sie freilich nicht, aber er«, sagte Tibbs.

»Wer?«, fragte Hicks zornig.

»Nun er.«

»Wer denn? Kennen Sie mein Geheimnis? Meinen Sie mich?«

»Gott bewahre! Sie wissen ja wohl, wen ich meine.«

»Um des Himmels willen, wen meinen Sie?«, fragte Calton, der gleich Mr. Hicks fast von Sinnen war vor Verwirrung.

»Nun, Mr. Simpson – wen denn sonst?« entgegnete Tibbs.

»Jetzt ist mir alles klar«, rief Hicks aus. »Simpson heiratet morgen früh Julie Maplesone. »Ei natürlich!«, bemerkte Tibbs.

Es würde Hogarths Pinsel erfordern, um Hicks' und Caltons Mienen würdig zu schildern, unsere Feder ist zu schwach dazu; und ebenso unmöglich ist es uns, gehörig zu erklären – so leicht es auch unseren Leserinnen sein mag, es sich vorzustellen – welcher Künste sich die drei Damen bedient haben mochten, ihre Liebhaber zu fesseln. Doch gleichviel, sie hatten Erfolg gehabt. Der Mutter waren die Absichten ihrer Töchter keineswegs verborgen geblieben, und die Töchter kannten die Absicht ihrer verehrten Frau Mama ebenso genau. Sie meinten indes, dass die Sache ein romantischeres Aussehen bekommen würde, wenn sie sich unwissend stellten, und die Verheiratungen mussten sämtlich an demselben Tage stattfinden, da sonst die etwaige Entdeckung der einen der andern hätte störend in den Weg treten können. Daher kam es, dass Calton und Hicks mystifiziert wurden und Tibbs bereits in Beschlag genommen war.

Am folgenden Morgen wurden Mr. Septimus Hicks mit Miss Mathilde Maplesone getraut, und Mr. Simpson, mit Miss Julie. Tibbs agierte als Brautvater, zum ersten Male in dieser Rolle auftretend. Den Türklopfer, der nicht ganz so eifrig wie die beiden jungen Herren war, hatte die Doppelentdeckung beträchtlich abgekühlt, und da es ihm Mühe bereitet hatte, einen Brautvater zu finden, so fiel ihm ein, er könnte die ganze Schwierigkeit am besten dadurch beseitigen, dass er die Braut aufgäbe. Die Dame stellte indes eine Klage wegen gebrochenen Eheversprechens, und der unglückliche Calton musste 1000

Pfund Entschädigungsgelder bezahlen. Mr. Septimus Hicks, nachdem er seinen medizinischen Kursus durchlaufen, ging schließlich davon, und seine schwer beleidigte Gattin wohnt gegenwärtig mit ihrer Mutter in Boulogne. Mr. Simpson hatte das Unglück, seine Frau sechs Wochen nach seiner Verbindung mit ihr schon zu verlieren (sie ließ sich nämlich von einem Offizier entführen, während ihr Gatte im Schuldgefängnis saß, weil er außerstande war, ihre kleinen Putzrechnungen zu berichtigen); sein Vater, der bald darauf starb, enterbte ihn, und er schätzte sich glücklich, ein bleibendes Engagement bei einem fashionablen Haarkünstler zu erlangen, indem er der Wissenschaft des Haarordnens längst große Aufmerksamkeit zugewendet hatte. Er hatte in seiner neuen Stellung notwendigerweise häufig Gelegenheit, sich mit den Manieren und der Denkweise des exklusiven Teils des englischen Adels bekannt zu machen, ein glücklicher Umstand, dem wir jene glänzenden Erzeugnisse seines fruchtbaren Genies, seine fashionablen Romane verdanken, die nicht verfehlen können, alle denkenden Leser zu unterhalten und zu belehren, solange ein reiner, durch keinerlei Übertreibung, Unnatur, Schwulst und faselnde Salbaderei befleckter Geschmack herrschend sein wird.

Es bleibt nur noch übrig hinzuzufügen, dass die arme Mrs. Tibbs infolge so gehäufter häuslicher Missgeschicke ihre sämtlichen Mieter verlor, mit Ausnahme des einzigen, den sie mit dem lebhaftesten Vergnügen eingebüßt haben würde – ihres Ehegatten. Der zum Unglück geborene kleine Mann kehrte am Tage der Doppeltrauungen im Zustande ziemlicher Trunkenheit nach Hause zurück

und wagte es unglaublicherweise mit dem Mute, den
Wein, Aufregung und Verzweiflung ihm eingaben, dem
Zorne seiner Gattin Trotz zu bieten. Er hat seit dieser
unseligen Stunde seine Mahlzeiten in der Küche eingenommen und schläft in einem an diese anstoßenden
Gemache. Es ist sehr wahrscheinlich, dass es ihm in seiner Zurückgezogenheit gelingen wird, seine Geschichte
zu beendigen.

Mrs. Tibbs hat abermals ihr Haus durch die Blätter angeboten. Der Erfolg wird in einem andern Kapitel be-
richtet werden.

II

»Die Sachen haben keine gar zu schlechte Wendung
genommen«, sprach Mrs. Tibbs eines Morgens, einen
Fußteppich ausbessernd, bei sich selbst, »und das Haus
wird wohl bald wieder gefüllt sein.«

Das Haus war so still wie möglich. Man hörte es oben
deutlich, wie Tibbs die Stiefel der Herren in der Hinter-
küche reinigte und dabei trübselig vor sich hinsummte.
Umso lauter ertönten die Doppelschläge des Briefträ-
gers. Mrs. Tibbs wurde ein schlecht gesiegeltes Schreiben mit einer Aufschrift eingehändigt, die so weit in eine
Ecke gerückt war, dass sie aussah, als ob sie sich ihrer
selbst schämte. Der Inhalt war kein Muster einer klaren
Schreibart, indes ersah Mrs. Tibbs daraus, dass sie um 12
Uhr eine Besucherin zu erwarten habe. Die Glocke der
Sankt Pankratiuskirche hatte zwölf geschlagen, und als
eine andere auf Sankt Sonstirgendwo ein Viertel schlug,
klopfte eine einzelne Dame in einem pflaumenfarbigen
Mantel, mit einem den Hut versteckenden Strauße von

künstlichen Blumen auf dem Kopfe und einem grünen Sonnenschirm mit Spinnwebfransen in der Hand. Die Dame wurde in das Besuchszimmer hereingeführt. Sie war sehr dick und sehr rot im Gesicht; Mrs. Tibbs knickste, und die Unterhaltung nahm ihren Anfang. Die Stimme der unbekannten Dame glich der eines Mannes, der seit vierzehn Tagen unaufhörlich auf einer Papagenopfeife geblasen hat.

»Ich komme infolge einer Anzeige in den Blättern«, begann sie.

»Ah!«, sagte Mrs. Tibbs, langsam die Hände reibend und der Dame gerade in das Gesicht schauend – wie sie bei solchen Veranlassungen immer tat.

»Auf das Geld kommt es mir ganz und gar nicht an«, fuhr Flora im Mantel fort, »und ich wünsche nur, still und zurückgezogen zu leben.«

Mrs. Tibbs konnte einem so sehr natürlichen Wunsche ihren Beifall nicht versagen.

»Ich lasse mich fortwährend ärztlich behandeln, bin seit einiger Zeit schauderhaft geplagt gewesen und habe seit Mr. Bloss', meines Mannes, Tode sehr wenig Ruhe gehabt.«

Mrs. Tibbs blickte die Witwe des seligen Mr. Bloss an und dachte, der hätte sicher bei seinen Lebzeiten wenig Ruhe gehabt. Sie durfte dies natürlich nicht äußern und nahm daher eine Miene zärtlicher Teilnahme an.

»Ich werde Ihnen große Unruhe verursachen, werde jedoch gern dafür bezahlen. Ich unterziehe mich einer Behandlung, die Aufmerksamkeit notwendig macht. Ich esse jeden Morgen um halb acht Uhr im Bette meine erste Hammelkarbonade und um zehn Uhr vormittags die zweite.«

Mrs. Tibbs verfehlte nicht, der Patientin ihr Beileid auszudrücken, und die fleischliebende Mrs. Bloss fuhr fort, mit bewundernswürdiger Präzision die Vorbedingungen herzuzählen. Mrs. Tibbs ließ sich zu allem bereitfinden, und die Sache war bald abgemacht. Mrs. Bloss fügte indes noch einige Klauseln hinzu.

»Sie können mir doch mein Schlafzimmer im zweiten Stockwerk nach vorn hinaus geben?« – »Zu Befehl, Ma'am.«

»Sie werden auch Raum für meine kleine Dienerin Agnes finden?«

»Zu dienen, Ma'am.«

»Sie räumen mir einen Keller zur Aufbewahrung meines Flaschenporters ein?«

»Mit dem größten Vergnügen, Ma'am! Er soll bis Sonnabend für Sie eingerichtet sein.«

»Und ich denke, mich am Sonntagmorgen zum Frühstück bei Ihnen einzufinden.« »Vortrefflich«, sagte Mrs. Tibbs in ihrem süßesten Ton, denn die Nennung genügender Gewährsleute war erbeten worden und erfolgt, und es litt keinen Zweifel, dass Mrs. Bloss viel Geld hatte. »Es trifft sich ganz glücklich«, fuhr Mrs. Tibbs mit einem Lächeln fort, das so bezaubernd wie möglich sein sollte, »dass gerade auch ein Herr in meinem Hause wohnt, dessen Gesundheitszustand sehr delikat ist – ein Mr. Gobier. Das anstoßende Zimmer ist das seine.«

»Ach, mein Gott!«, rief die Witwe aus.

»Er steht fast gar nicht auf«, flüsterte Mrs. Tibbs, »allein, wenn er aufgestanden ist, können wir ihn fast nicht bewegen, wieder zu Bett zu gehen.«

»Woran leidet er denn?«, fragte Mrs. Bloss, gleichfalls flüsternd.

»Er hat keinen Magen.«

»Keinen Magen!« wiederholte die Witwe kopfschüttelnd und als ob sie außer sich vor Verwunderung sei, dass sich ein Herr ohne Magen in die Kost gebe.

»Wenn ich sage, dass er keinen Magen hat«, erläuterte die geschwätzige kleine Mrs. Tibbs, »so meine ich damit, dass seine Verdauung so geschwächt ist, dass ihm sein Magen nichts nützt, ja, ihn noch eher belästigt.«

»Unerhört!«, rief Mrs. Bloss aus. »Er befindet sich in der Tat noch schlechter als ich.«

»Ohne allen Zweifel«, sagte Mrs. Tibbs, denn der Witwe Aussehen bewies klärlich, dass sie über Mr. Gobiers Leiden nicht zu klagen hatte.

»Sie haben meine Neugierde in hohem Grade erregt«, versetzte Mrs. Bloss aufstehend. »Mich verlangt sehr, ihn zu sehen.«

»Er pflegt wöchentlich einmal herunterzukommen. Sie werden ihn wahrscheinlich am Sonntag kennenlernen.«

Mit diesem trostreichen Versprechen musste sich Mrs. Bloss begnügen. Sie entfernte sich unter Wehklagen über ihr Leiden und unter ebenso vielen Beileidsbezeigungen von Mrs. Tibbs. Es ist fast überflüssig zu sagen, dass sie höchst gewöhnlich, unwissend und egoistisch war. Ihr Seliger hatte als Korkschneider ein hübsches Vermögen gesammelt. Er hatte keine Verwandten außer einem unbemittelten Neffen und keine Freundin außer seiner Köchin gehabt. Der erstere war eines Morgens so frech gewesen, ihn um ein Darlehen von fünfzehn Pfund zu bitten, und er hatte zur Strafe für ihn am folgenden Tage die letztere geehelicht und zugleich zu seiner Universalerbin eingesetzt. Er hatte sich nach dem Frühstück unwohl gefühlt und war nach dem Mittagessen gestorben. In der Kirche seines Kirchspiels ist ein Täfelchen zu schauen, auf dem seine Tugenden zu lesen sind und sein Sterben beklagt wird. Er hatte nie eine Rechnung unbezahlt gelassen und nie einen Heller weggegeben!

Seine Witwe und Erbin war eine wunderliche Mischung von Schlauheit und Einfalt, Liberalität und Gewöhnlichkeit. Bei der Art ihrer Bildung und Gewohnheiten erschien ihr kein Leben so angenehm als das in einem Boarding-Hause, und da sie nichts zu tun noch zu wünschen hatte, so bildete sie sich natürlich ein, dass sie krank sei, und alle ihre Einbildungen wurden durch ihren Arzt, Doktor Wosky und ihr Mädchen Agnes, ohne Zweifel aus lobenswerten Gründen, nach Kräften unterstützt.

Seit der am Ende des ersten Kapitels erzählten Katastrophe war Mrs. Tibbs in Betreff junger Damen als Mieter äußerst kopfscheu geworden. Ihre gegenwärtigen Hausbewohner waren lauter Herren der Schöpfung, denen sie bei Tisch die erwartete Ankunft der Witwe Bloss verkündigte. Die Herren hörten die Mitteilung mit stoischer Gleichgültigkeit an, und Mrs. Tibbs widmete alle ihre Kräfte den Vorbereitungen zur Aufnahme der Patientin. Ihre Koffer und Schachteln langten an, und endlich erschien sie selbst nebst ihrer Agnes, die in ihrem kirschfarbigen Merinokleid, Zwickelstrümpfen und Schuhen mit kreuzweis gebundenen Bändern einer verkleideten Kolombine glich.

Die Einführung des Herzogs von Wellington als Kanzler der Universität Oxford war, was Lärm und Getümmel betrifft, nichts gegen die Einsetzung von Mrs. Bloss in ihre Appartements. Es fehlte freilich an einem Doktor der Rechte, der eine lateinische Rede gehalten hätte, wogegen aber mehrere alte Weiber anwesend waren, die ebenso viel und ebenso unverständlich redeten. Der Wirrwarr des Umzugs hatte die Karbonadenesserin so ermüdet, dass sie ihr Zimmer vor dem folgenden Morgen nicht verlassen wollte; man musste ihr daher eine Hammelkarbonade, eine Quecksilberpille von zwei Gran, eine Flasche Doppelbier und andere Arzneien hinaufbringen.

»Was meinen Sie wohl, Ma'am«, sagte Agnes, als Mrs. Bloss seit etwa drei Stunden eingezogen war; »was meinen Sie wohl, die Frau vom Hause ist verheiratet!« »Unmöglich!«, rief Mrs. Bloss aus.

»Sie können es glauben, Ma'am – und ihr Mann wohnt in der Küche!«

»In der Küche!«

»Was ich Ihnen sage, Ma'am! Und das Hausmädchen sagt, er käme niemals hinauf, ausgenommen sonntags, und Mrs. Tibbs ließe ihn die Stiefel der Herren und bisweilen auch die Fenster putzen, und eines Morgens früh, als er die Fenster des Besuchszimmers gewaschen, sei ein Herr vorübergegangen, der sonst hier gewohnt, und

Mr. Tibbs habe ihm zugerufen:›Ah, Mr. Calton, wie befinden Sie sich?‹«

Die Kolombine lachte, und Mrs. Bloss rief aus: »Hat man jemals so etwas gehört!«

»Ja, ja, Ma'am«, fuhr Agnes fort, »und die Dienstboten geben ihm bisweilen Branntwein mit Wasser, und dann kommt er ins Weinen und sagt, dass ihm seine Frau und die Mieter in den Tod verhasst seien und dass er sie kitzeln wollte.«

»Die Mieter kitzeln!«, rief Mrs. Bloss voll Schrecken aus.

»Nein, Ma'am, die Mieter nicht, die Dienstboten.«

»O, wenn es weiter nichts ist!«

»Er wollte mich eben küssen, als ich die Treppe hinaufging«, fuhr die Kolombine entrüstet fort; »ich habe ihm aber Bescheid gesagt, dem unverschämten kleinen Wicht.«

Was Agnes behauptete, war allerdings begründet. Die fast notwendigen Folgen der Erniedrigung, die der unglückliche, geknechtete Freiwillige erfuhr, waren eingetreten. Die Dienstmädchen waren natürlich genug seine Vertrauten und Trösterinnen und er selbst eine Art von Don Juan verkleinerten Maßstabs im Souterrain geworden.

Das Frühstück wurde am Sonntagmorgen um zehn Uhr, eine Stunde später als an den Wochentagen, eingenommen. Tibbs war der erste im gemeinschaftlichen Zimmer und vertrieb sich die Zeit damit, einen Milchtopf mit einem Teelöffel zu leeren. Endlich trat ein Mann von ernsten Mienen und etwa fünfzig Jahren, mit sehr dünnem Haar und dem »Examiner« in der Hand, herein.

»Guten Morgen, Mr. Evenson«, begrüßte ihn Tibbs sehr demütig.

»Gut geschlafen, Mr. Tibbs?« entgegnete Evenson, setzte sich und fing an, sein Zeitungsblatt zu lesen, ohne sich weiter um Tibbs zu kümmern.

»Wissen Sie nicht, ob Mr. Wisbottle in der Stadt ist?«, fragte Tibbs, nur um etwas zu sagen.

»Ich glaube; zum wenigsten pfiff er in seinem Zimmer neben dem Meinigen heute Morgen um fünf Uhr munter eine Melodie nach der andern.«

»Er liebt das Pfeifen ausnehmend.« »Allerdings – ich aber ganz und gar nicht.«

Mr. Evenson besaß mehrere Häuser in den Vorstädten und bezog davon ein gutes Einkommen. Er war äußerst mürrisch und missvergnügt, ein eingefleischter Radikaler und besuchte öffentliche Versammlungen aller Art nur, um jeden Vorschlag ohne Ausnahme zu tadeln. Mr. Wisbottle war dagegen ein überzeugter Konservativer. Er war Schreiber beim Forstdepartement und betrachtete seine Stellung als eine aristokratische, wusste das Adelsregister auswendig und konnte aus dem Kopf angeben, wo jeder vornehme Mann wohnte. Er hatte zwei Reihen schöner Zähne und einen vortrefflichen Schneider. Mr. Evenson sah auf alle diese Vorzüge mit tiefer Verachtung herab, und die Folge war, dass die beiden Herren zur Erbauung aller ihrer Hausgenossen fortwährend miteinander disputierten. Mr. Wisbottle pfiff nicht nur gern, sondern hatte auch eine große Meinung von sich selbst als Sänger.

Zwei andere Mieter waren Mr. Tomkins und Mr. O'Bleary. Tomkins war Kommis in einer Weinhandlung und Gemäldekenner und hatte ein ausgezeichnetes Auge für das Malerische. O'Bleary war ein erst vor Kurzem herübergekommener Irländer, noch gänzlich wild, und in England erschienen, um Apotheker, Sekretär, Schauspieler, Reporter oder sonst etwas zu werden, wozu sich Gelegenheit darbieten möchte – er war durchaus nicht eigen oder wählerisch. Er stand mit zwei unbedeutenden irischen Parlamentsmitgliedern auf freundschaftlichem Fuße und verschaffte jedermann im Hause Briefe mit Frankovermerk. Gleich allen Irländern, wenn sie nach England herüberkommen, war er davon überzeugt, dass er vermöge seiner Verdienste ein ausgezeichnetes Glück machen müsse. Er trug schottische Unaussprechliche und sah auf der Straße allen Damen unter die Hüte. Sein Aussehen und seine Manieren erinnerten stark an einen Schauspieler.

»Da kommt Mr. Wisbottle«, sagte Tibbs.

Mr. Wisbottle erschien in der Tat, »Di piacer« pfeifend, trat an das Fenster und fuhr fort zu pfeifen.

»Eine vortreffliche Melodie«, bemerkte Evenson höhnisch, ohne die Blicke von seinem Zeitungsblatt emporzuheben.

»Freue mich, dass sie Ihnen gefällt«, erwiderte Wisbottle sehr vergnügt.

»Glauben Sie nicht, dass sie sich noch besser ausnehmen würde, wenn Sie noch ein wenig lauter pfiffen?«, fuhr Evenson knurrend fort.

»Nein, in der Tat nicht«, entgegnete der arglose Wisbottle.

»Ich muss mir eine Bemerkung erlauben, Wisbottle«, sagte Evenson, in dessen Innerem der Zorn seit mehreren Stunden gärte; »das nächste Mal, wenn Sie die Lust in sich spüren, um fünf Uhr morgens zu pfeifen, so haben Sie doch die Güte, den Kopf dabei aus dem Fenster zu halten. Wenn Sie's nicht tun, so lern' ich Triangel spielen – beim –!«

Mrs. Tibbs' Eintreten unterbrach den Fluss seiner Rede. Sie entschuldigte ihr verspätetes Erscheinen und begann, den Tee zu bereiten. Tibbs setzte sich ganz unten an den Tisch und fing an, Wasserkresse zu essen, gleich einem zweiten Nebukadnezar. O'Bleary und Tomkins traten ein. Mr. Alfred Tomkins ging nach dem Fenster und rief Wisbottle gleich darauf zu: »O bitte, kommen Sie einmal recht schnell hierher.« Wisbottle eilte zu ihm, und alle blickten auf.

»Sehen Sie«, sagte der Kenner, Wisbottle in die rechte Stellung bringend, »ein wenig mehr nach dieser Seite; so! Sehen Sie, wie glänzend das Sonnenlicht auf die linke Seite des zerbrochenen Schornsteins von Nummer 48 fällt?«

»Wahrhaftig!«, rief Wisbottle bewundernd aus.

»Ich habe nie einen Gegenstand so schön gegen den klaren Himmel stehen gesehen!«, rief Alfred und alle, mit Ausnahme John Evensons, stimmten ein, denn Mr.

Tomkins war dafür berühmt und verdiente den Ruhm, Schönheiten zu entdecken, die sonst niemand zu entdecken vermochte.

»Ich habe zu Dublin im College-Green häufig einen Schornstein beobachtet, der eine noch weit bessere Wirkung hervorbrachte«, sagte der patriotische O'Bleary, der es nie zugab, dass Irland in irgendeinem Punkte übertroffen wurde; allein Tomkins bezeigte den offenbarsten Unglauben und erklärte, dass sich kein Schornstein in den drei Königreichen so schön ausnehmen könne wie der auf Nr. 48. Jetzt öffnete Agnes plötzlich die Tür und Mrs. Bloss trat ein. Sie trug ein geranienfarbiges Musselinkleid, eine goldene Uhr von dem Umfang einer kleinen Teeschale an einer Kette von der Dicke eines tüchtigen Strickes und ein glänzendes Assortiment von Ringen, mit Steinen so groß wie halbe Kronen. Mrs. Tibbs stellte die Witwe und die Herren einander vor und erkundigte sich leise nach Mrs. Bloss' Befinden, die alle Fragen mit der vollkommensten Verachtung pedantischer, grammatikalischer Vorschriften beantwortete. Als ein allgemeines Stillschweigen eingetreten war, fragte Mrs. Tibbs, um eine Unterhaltung in Gang zu bringen, den Irländer, ob ihm die Toiletten der Damen gefallen hätten, die zum letzten Empfang bei Hofe gefahren seien. Der »Schauspieler« war eifrig mit seinem Frühstück beschäftigt und erwiderte lakonisch: »Ja.«

»Sie sahen solche Toiletten sicher noch nie?« fiel Wisbottle ein.

»Nein – ausgenommen bei den Levers des Lord Leutnants von Irland«, sagte O'Bleary.

»Hm! An unserem Hofe wird doch in der Tat ein erstaunlicher Glanz entwickelt«, bemerkte der überzeugte Konservative.

»Dachten Sie niemals daran«, knurrte der Radikale, »dass wir und Sie mit für diesen Glanz teuer bezahlen?«

»Ich habe allerdings häufig daran gedacht«, entgegnete Wisbottle, in der Meinung, die treffendste und abfertigendste Antwort zu geben; »ich habe allerdings häufig daran gedacht und bezahle ihn gern mit.«

»Ich aber keineswegs«, fuhr Evenson fort, »denn weshalb sollt' ich's? Es gibt zwei große Prinzipien –«

Mrs. Tibbs unterbrach ihn jedoch durch die Frage, ob er noch eine Schale Tee wünsche, und er nahm verdrießlich sein Zeitungsblatt wieder zur Hand. Alfred Tomkins kündigte der Gesellschaft an, dass er eine Dampfbootpartie nach Richmond zu machen gedächte, und bemerkte: »Ich freue mich im Voraus der köstlichen Licht- und Schatteneffekte auf der Themse. Der Kontrast zwischen dem blauen Himmel und dem gelben Wasser ist häufig ausnehmend schön.« Mr. Wisbottle pfiff: »Auf glänzenden Silberwellen«, und O'Bleary sagte: »Wir haben ganz vortreffliche Dampfschiffe in Irland.« Mrs. Bloss war erfreut, dass ein Gespräch begonnen worden war, an dem sie teilnehmen konnte, und fiel vergnügt ein: »Da haben Sie vollkommen recht, Sir! Mein seliger Mann musste von Zeit zu Zeit in Geschäften nach Irland; ich pflegte ihn zu begleiten, und wirklich, es war unübertrefflich, wie die Damen und Herren mit Betten bedient wurden.«

Tibbs öffnete den Mund zu einer Frage, wurde aber durch einen Blick seiner Gattin davon zurückgehalten. Wisbottle lachte und sagte, Tomkins habe einen Witz gemacht, und Tomkins lachte gleichfalls und sagte, es sei nicht der Fall.

Die Unterhaltung geriet ins Stocken, und die Frühstückenden spielten mit ihren Teelöffeln. Die Herren sahen aus dem Fenster, gingen im Zimmer umher und schlichen, wenn sie sich der Tür näherten, einer nach dem andern hinaus. Tibbs wurde hinausgewiesen, und Mrs. Tibbs und die Witwe blieben allein zurück.

»Ach, es ist ganz eigentümlich«, sagte die letztere, »ich fühle mich entsetzlich schwach« (was in der Tat auffallend war, da sie vier Pfund Brot und Fleisch zu sich genommen hatte). »Beiläufig, ich habe ja Mr. Gobler nicht gesehen.«

»Er ist ein äußerst mysteriöser Mann«, versetzte Mrs. Tibbs, »lässt sich das Essen hinaufbringen und kommt bisweilen wochenlang nicht aus seinem Zimmer.« – »Ich habe nichts von ihm gesehen noch gehört.«

»Sie werden ihn sicher heute noch hören; er stöhnt an den Sonntagabenden in der Regel gewaltig.«

»Ich habe noch nie in meinem Leben eine solche Anteilnahme für jemand empfunden«, sagte Mrs. Bloss, und gleich darauf wurde Doktor Wosky hereingeführt. Der Doktor war ein kleiner, schwarzgekleideter Mann mit einem roten Gesicht und trug eine steife, weiße Halsbinde. Er hatte eine sehr gute Praxis und viel Geld, das er dadurch erworben hatte, dass er den schlimmsten Einbildungen und Gelüsten seiner Patienten stets nachgab. Er erkundigte sich nach Mrs. Bloss' Befinden, die Witwe klagte, und er verordnete ihr Vermeidung von Aufregungen, nahrhafte Speisen und reichliches und starkes Getränk, steckte sein Honorar ein und entfernte sich, um andere Patientinnen gleich gut zu beraten und gleich gewissenhaft verdiente Guineen einzustecken.

Der geheimnisvolle Mr. Gobler war ein müßiggängerischer, träger, selbstsüchtiger Hypochonder, der fortwährend klagte, ohne jemals krank zu sein. Da sein Charakter dem der Witwe in vielen Beziehungen sehr nahe verwandt war, so entstand zwischen den beiden nach kurzer Zeit eine äußerst innige Freundschaft. Er war groß, schmächtig und blass, und sein Gesicht hatte stets den Ausdruck eingebildeter Schmerzgefühle. Er sah beständig aus wie ein Mann, dessen Füße gegen seinen Willen in einem mit zu heißem Wasser angefüllten Gefäß stehen.

Ein paar Monate, nachdem Mrs. Bloss bei Mrs. Tibbs eingezogen war, bemerkte man, dass John Evenson mit jedem Tage beißender, übellauniger und boshafter wurde und noch wichtiger tat als früher, woraus klar zu ersehen war, dass er eine Entdeckung gemacht zu haben glaubte, zu deren Offenbarung er nur eine schickliche Gelegenheit erwartete, die sich endlich fand.

Eines Abends waren die Hausbewohner im Besuchszimmer versammelt. Mr. Gobler und Mrs. Bloss spielten Cribbage. Mr. Wisbottle beschrieb Halbkreise auf dem Klavierstuhl, blätterte in einem Notenbuch und pfiff höchst melodisch. Alfred Tomkins saß auf den Ellbogen gestützt am runden Tisch und skizzierte mit Bleistift einen Kopf, der beträchtlich länger als sein eigener war;

O'Bleary las den Horaz und bemühte sich auszusehen, als ob er ihn verstände, und John Evenson hatte sich dicht zu Mrs. Tibbs an deren Nähtisch gesetzt und sprach leise und eifrig mit ihr.

»Ich versichere Sie, Mrs. Tibbs«, sagte er, »dass mich nur meine Teilnahme an Ihrem Wohlergehen bewegen konnte, Ihnen diese Mitteilung zu machen. Ich wiederhole es Ihnen, ich fürchte, dass Wisbottle die Neigung des jungen Frauenzimmers, der Agnes, zu gewinnen sucht, und in der Vorratskammer Zusammenkünfte mit ihr hat. Ich hörte gestern Abend in meinem Zimmer deutlich Stimmen, öffnete leise die Tür, schlich an den Treppenabsatz und erblickte Mr. Tibbs, der, wie es schien, gleichfalls gestört war. – Mein Gott, Mrs. Tibbs, Sie verfärben sich ja!«

»O nein, nein – es ist nur so heiß im Zimmer«, erwiderte Mrs. Tibbs verlegen. »Wenn ich glauben müsste, was Sie von Mr. Wisbottle vermuten, so sollte er mir augenblicklich das Haus verlassen. Und wenn ihn gar mein Mann bei seinen Absichten unterstützte –«

»Ich hoffe«, fiel Evenson im beruhigendsten Tone ein, weil er es stets liebte, Unheil zu stiften, »dass Mr. Tibbs nichts mit der Sache zu schaffen hat. Er ist mir immer sehr harmlos erschienen.«

»Das ist er allerdings fast immer gewesen«, sagte die kleine Mrs. Tibbs schluchzend.

»Pst, pst! – Ich bitte – Mrs. Tibbs – bedenken Sie doch – man wird uns beobachten«, fuhr Evenson fort, der das Misslingen seines ganzen Plans zu befürchten anfing. »Wir wollen uns schon Gewissheit verschaffen, und ich werde Ihnen mit dem größten Vergnügen meinen Beistand leihen. Wenn Sie glauben, dass alle zu Bett gegangen sind, und Sie wollen dann ohne Licht vor meiner Schlafzimmertür am Treppenfenster mit mir zusammentreffen, so denk' ich, wir werden dahinterkommen, wer es eigentlich ist, und Sie können dann Ihre Maßregeln danach ergreifen.«

Mrs. Tibbs war leicht überredet, denn ihre Neugier und Eifersucht waren erregt. Sie griff wieder zu ihrem Nähzeug, und Evenson ging, als wenn gar nichts vorgefallen wäre, mit den Händen auf dem Rücken im Zimmer auf und ab. Die Cribbagepartie war beendigt und die Unterhaltung begann wieder. Der Tee wurde eingenommen, und die Mieter entfernten sich endlich, um zu Bett zu gehen. Evenson zog die Stiefel aus, entschlossen, aufzubleiben, bis sich Gobler, der stets noch eine Stunde allein im Besuchszimmer blieb, Arznei einnahm und stöhnte, zur Ruhe begeben haben würde.

Es war fast zwei Uhr. »Er muss jetzt eingeschlafen sein«, dachte Evenson, nachdem er mit musterhafter Geduld noch eine Stunde gewartet, als Gobler das Besuchszimmer verlassen hatte. Er horchte – es war alles vollkommen still im Hause; er löschte sein Licht aus und öffnete seine Schlafzimmertür. Es war so finster auf der Treppe, dass man durchaus keinen Gegenstand unterscheiden konnte.

»S – s – s!«, wisperte der Unheilstifter, ein Geräusch machend, wie wenn ein Feuerrad anfängt, loszugehen.

»Pst!«, wisperte sonst jemand.

»Sind Sie das, Mrs. Tibbs?«

»Ja, Sir!«

»Wo sind Sie?«

»Hier«, und am Treppenfenster zeigte sich Mrs. Tibbs' unbestimmte Gestalt, gleich dem Geiste der Königin Anna in der Zeltszene in Shakespeares Richard dem Dritten.

»Kommen Sie, Mrs. Tibbs«, flüsterte der entzückte Evenson; »geben Sie mir Ihre Hand – so! Wer sie auch sein mögen, sie sind im Augenblick in der Vorratskammer, denn ich habe aus meinem Fenster gesehen, und konnte bemerken, dass sie zufällig die Leuchter umwarfen und sich in diesem Augenblicke in Finsternis befinden. Haben Sie die Schuhe ausgezogen?«

»Ja«, erwiderte Mrs. Tibbs, so heftig zitternd, dass sie kaum der Sprache mächtig war.

»Schön; ich habe meine Stiefel auch abgelegt, und wir können nach dem Treppengeländer schleichen und horchen.«

Es geschah.

»Ich will darauf schwören, dass Wisbottle dabei ist«, flüsterte der Radikale nach einigen Augenblicken.

»Pst! Lassen Sie uns hören, was sie sagen«, erwiderte Mrs. Tibbs, deren Neugier jetzt die Oberhand über jede andere Leidenschaft oder Rücksicht gewonnen hatte.

»Ja, wenn ich Ihnen glauben könnte«, ließ sich eine kokettierende weibliche Stimme vernehmen, »so wollt' ich meine Missis bald genug dazu bringen.«

»Was sagt sie?«, fragte Evenson, der minder scharf hörte.

»Sie will mich umbringen«, erwiderte Mrs. Tibbs. »Oh, die Verruchte! Sie sinnen auf Mord.«

»Ich weiß, dass Sie Geld nötig haben«, fuhr Agnes fort, der die Stimme angehörte, »und wenn Sie mir die fünfhundert Pfund zusichern wollen, so steh' ich dafür, dass sie in ganz kurzer Zeit Feuer fangen soll.«

»Was war das?«, fragte Evenson, der eben genug hören konnte, um zu wünschen, mehr zu hören.

»Ich glaube, sie will das Haus in Brand stecken. Gott sei Dank, dass ich es versichert habe!« antwortete die bestürzte Mrs. Tibbs.

»Sobald ich mich deiner Missis versichert habe, bestes Kind«, sagte eine Männerstimme mit starker irischer Betonung, »so verlass dich darauf, dass du das Geld bekommst.«

»So wahr ich lebe, es ist O'Bleary!«, rief Mrs. Tibbs aus.

»Der Ruchlose!« fiel Evenson mit edler Entrüstung ein.

»Vor allen Dingen«, fuhr der Ire fort, »muss Gobler bis zu Tode –« Das übrige verlor sich.

»Das versteht sich«, bemerkte Agnes mit vollkommenster Kaltblütigkeit.

»Was hat er gesagt?«, fragte Evenson abermals.

»Dass Mr. Gobler auch sterben soll«, entgegnete Mrs. Tibbs, fast versteinert ob des doppelten Mordanschlags.

»Und was Mrs. Tibbs anlangt«, fuhr O'Bleary fort, und Mrs. Tibbs schauderte.

»Pst!«, rief Agnes im Tone der größten Bestürzung, als Mrs. Tibbs eben daran war, in Ohnmacht zu fallen. »Pst, still!«

»Pst, ganz still!«, rief Evenson in demselben Augenblick Mrs. Tibbs zu. »Es kommt jemand die Treppe herauf«, sagte Agnes zu O'Bleary.

»Es kommt jemand die Treppe herunter«, flüsterte Evenson Mrs. Tibbs zu.

»Gehen Sie in das Besuchszimmer, Sir«, sagte Agnes. »Sie können drinnen sein, eh' die Person die Küchentreppe herauf ist, die da kommt.«

»In das Besuchszimmer, Mrs. Tibbs!«, flüsterte Evenson, und beide eilten hinein, während sie deutlich hörten, dass zwei Personen herunterschlichen und eine hinauf.

»Mir ist alles wie ein Traum«, sagte Mrs. Tibbs. »Ich möchte um keinen Preis in dieser Situation gefunden werden.«

»Ich ebenso wenig«, erwiderte Evenson, der schlechterdings keinen Scherz auf seine Kosten vertragen konnte. »Pst! Sie sind vor der Tür.«

»Welch ein kostbarer Spaß!«, flüsterte draußen eine Stimme. Sie gehörte Wisbottle an.

»Himmlisch«, flüsterte Alfred Tomkins. »Wer hätte sich so etwas gedacht!«

»Sagte ich's Ihnen nicht? Er hat ihr seit zwei Monaten die ungewöhnlichste Aufmerksamkeit erwiesen. Ich beobachtete sie, während ich am Piano saß. Er flüsterte ihr zu und sie weinte, und ich will darauf schwören, er sagte ihr etwas von Zusammentreffen, wenn wir alle zu Bett gegangen wären.«

»Sie sprechen von uns!«, rief die geängstigte Mrs. Tibbs aus.

»Freilich, freilich«, sagte Evenson im trostlosen Bewusstsein, dass es kein Mittel gab, der Entdeckung zu entgehen.

»Was ist zu tun? Wir dürfen uns hier durchaus nicht beieinander finden lassen«, flüsterte Mrs. Tibbs verzweifelnd.

»Ich will in den Schornstein hinaufsteigen.«

»Das können Sie nicht – er ist zu eng.« – »Pst!« rief Evenson.

»Pst, pst!« wurde unten wiederholt.

»Was für ein verwünschtes Pst-Pst-Rufen«, sagte Tomkins, der gar nicht mehr wusste, was er denken sollte.

»Da sind sie!«, rief Wisbottle, als ein Rauschen in der Vorratskammer gehört wurde.

»Horch!«, flüsterten beide.

»Horch!«, flüsterten Mrs. Tibbs und Evenson.

»Lassen Sie mich zufrieden, Sir!« ertönte eine weibliche Stimme in der Vorratskammer.

»O Hagnes!«, erwiderte eine andere Stimme, die offenbar Mr. Tibbs angehörte. »O Hagnes – immlisches Mädchen!«

»Lassen Sie mich gehen, Sir!«

»Hag–«

»So schämen Sie sich doch und denken Sie an Ihre Frau, Mr. Tibbs!«

»Meine Frau!«, rief der tapfere Freiwillige, der sich offenbar Mut angetrunken hatte. »Sie ist mir bis in den Tod verhasst, und ich kümmere mich nicht so viel um sie. Oh, Hagnes! Als ich unter den Freiwilligen diente im Jahre –«

»Ich schreie, wenn Sie mich nicht zufrieden lassen.«

»Was ist das?«, rief Tibbs bestürzt.

»Was denn?«, fragte Agnes.

»Ei das!«

»Es wird eine schöne Geschichte werden, und das kommt nun davon, Sir«, schluchzte die erschreckte Agnes, als heftig an Mrs. Tibbs' Schlafzimmertür geklopft wurde.

»Mrs. Tibbs! Mrs. Tibbs!« rief Mrs. Bloss. »O bitte, stehen Sie augenblicklich auf!«

»O Himmel!«, rief die unglückliche Gattin des lockeren Tibbs aus. »Sie klopft an meine Tür. Wir werden unfehlbar entdeckt werden. Was wird man von mir denken?«

»Mrs. Tibbs! Mrs. Tibbs!« fuhr die Witwe fort zu rufen.

»Was gibt es?«, schrie Gobler, aus seinem Zimmer herausstürzend.

»Oh, Mr. Gobler!«, rief die fast ohnmächtige Mrs. Bloss. »Ich glaube, es ist Feuer im Hause oder es sind Diebe darin. Ich habe die schrecklichsten Töne gehört.«

Gobler schoss in sein Zimmer und kehrte mit einem Lichte zurück.

»In aller Welt!«, rief er aus. »Was ist denn das? Wisbottle – Tomkins – O'Bleary – Agnes! Zum Geier – alle auf und angekleidet!«

Die Witwe war herbeigelaufen und hatte sich an Goblers Arm gehängt.

»Wir müssen Mrs. Tibbs wecken!«, rief Gobler und eilte in das Besuchszimmer. »Wie – was! Mrs. Tibbs und Mr. Evenson!«

»Mrs. Tibbs und Mr. Evenson!« wiederholten alle.

Wir müssen es dem Leser überlassen, sich den nun erfolgenden Auftritt selbst auszumalen. Mrs. Tibbs sank in Ohnmacht und Wisbottle und Tomkins gelang es nur mit großer Kraftanstrengung zu verhindern, dass sie von ihrem Stuhl herunterfiel. Evenson gab Erklärungen, denen offenbar kein Glaube geschenkt wurde, Agnes wies Mrs. Tibbs' Anschuldigungen zurück, indem sie darzutun suchte, dass sie nur mit O'Bleary darüber unterhandelt habe, wie ihre Herrin zu beeinflussen sei, ihm ihre Neigung zuzuwenden. Gobler vernichtete O'Blearys süße Hoffnungen durch die Erklärung, dass er Mrs. Bloss bereits seinen Antrag gemacht habe und erhört sei. Agnes wurde verabschiedet, und O'Bleary nahm freiwilligen Abschied aus Mrs. Tibbs' Hause, ohne seine Rechnung berichtigt zu haben. Doch genug!

Gegenwärtig hat Mrs. Bloss Mr. Gobler geehelicht. Das glückliche Paar lebt in stiller Zurückgezogenheit von dem großen lärmenden Boardinghause, der Welt, freut sich seiner gegenseitigen Klagen und seines gemeinschaftlichen Tisches und wird von den Ärzten und allen Metzgern auf drei Meilen in der Runde gesegnet und gebenedeit. Mrs. und Mr. Tibbs haben sich nach einem freundschaftlichen Übereinkommen getrennt. Er teilt mit ihr seine Pension und lebt sehr zufrieden in

Wolworth, wo man ihn in einer Taverne seine Geschichte hat bis zu Ende erzählen hören. Die unglückliche Mrs. Tibbs hat ihr Haus verkauft und sich in die tiefste Stille zurückgezogen, entschlossen, nie wieder ein Boardinghaus einzurichten.

Mr. Minns und sein Vetter

Mr. Augustus Minns war ein Hagestolz von ungefähr vierzig Jahren, wie er selbst sagte – von ungefähr achtundvierzig, wie seine Freunde sagten. Er war stets ausnehmend sauber, akkurat, ordentlich, vielleicht etwas pedantisch-eigen, und lebte so zurückgezogen wie immer möglich. Er trug in der Regel einen braunen Rock ohne Falten, helle Beinkleider ohne Flecke, ein hübsches Halstuch mit einer ausgezeichnet artigen Schleife, und führte einen braunseidenen Regenschirm mit einem Elfenbeingriff bei sich. Er war Büroschreiber in Somerset-House, oder »bekleidete«, wie er selbst zu sagen pflegte, »ein Amt bei der Regierung«. Er bezog ein gutes Gehalt, hatte zehntausend Pfund an Vermögen und eine Beletage in Tavistock-Street, Covent-Garden, inne, wo er seit zwanzig Jahren gewohnt, fortwährend mit dem Hauswirte gezankt, ihm regelmäßig am ersten Quartalstage die Miete aufgekündigt und am zweiten die Aufkündigung widerrufen hatte. Zwei Gruppen der Geschöpfe flößten ihm den tiefsten und grenzenlosesten Schauder ein: nämlich Hunde und Kinder. Er war nicht lieblos, würde aber jederzeit mit der lebhaftesten Freude einen Hund hinrichten oder ein Kind erdolchen gesehen haben. Ihre Art war mit seiner Ordnungsliebe im Widerstreit, und die Ordnungsliebe war bei ihm so mächtig wie die Liebe zum Leben. Mr. Augustus Minns hatte keine Anverwandten weder in noch außerhalb Londons, mit Ausnahme seines Vetters Mr. Oktavius Budden, bei dessen Sohn, den er nie gesehen (denn er konnte den Vater nicht leiden), er sich hatte bewegen lassen, durch Stellvertretung Gevatter zu stehen. Mr. Budden hatte sich durch sein Geschäft, den Kornhandel, ein mittelmäßiges Vermögen erworben und (da er von einer großen Vorliebe für das Landleben erfüllt war) ein Häuschen nicht weit von Stamford-Hill gekauft, wohin er sich mit der Frau seines Herzens und seinem einzigen Sohn, Master Alexander Augustus Budden, zurückgezogen hatte. Als Mr. und Mrs. Budden eines Abends diesen ihren Sohn bewunderten, seine mannigfachen Vorzüge erörterten, seine Erziehung besprachen und die Frage erwogen, ob die alten Sprachen in den Kreis seiner Studien gezogen werden sollten, führte Mrs. Budden ihrem Gatten so dringend zu Gemüte, wie angemessen es wäre, ihres Sohns wegen Mr. Minns' Freundschaft zu pflegen, dass Mr. Budden zuletzt versprach, es solle seine Schuld nicht sein, wenn er mit seinem Vetter künftig nicht auf einem vertrauteren Fuße stände.

»Ich will das Eis dadurch brechen, dass ich ihn zum Mittagessen auf nächsten Sonntag zu uns einlade«, sagte Mr. Budden, seinen Grog umrührend und seiner Gattin einen Seitenblick zuwerfend, um zu sehen, welche Wirkung die Ankündigung des großen Entschlusses bei ihr hervorbringe.

»Dann schreib ihm auf der Stelle, Mann«, erwiderte Mrs. Budden. »Wer weiß, wenn wir ihn erst einmal hier haben, ob er nicht unsern Alexander lieb gewinnt und ihm sein Geld vermacht? Liebster Alick, setz deine Füße nicht auf die Stuhlleisten!«

»Du hast recht, vollkommen recht, liebe Frau«, sagte Mr. Budden nachdenklich.

Als Mr. Minns am folgenden Morgen beim Frühstück saß und abwechselnd einen Bissen von der gerösteten Brotschnitte abbiss und einen Blick in die Morgenzeitung warf, die er stets vom Titel bis zum Namen des Druckers durchlas, hörte er an der Haustür laut klopfen, und bald darauf trat sein Bedienter herein und überreichte ihm eine sehr kleine Karte mit sehr großer Schrift: »Oktavius Budden, Emiliensitz (Mrs. Budden hieß Emilie), Poplar-Walk, Stamford-Hill.«

»Budden!«, rief Minns aus. »Was zum Geier mag diesen gewöhnlichen Menschen herführen? Sag, ich schliefe noch – sei ausgegangen und käme nie wieder nach Hause oder was du sonst willst, dass er nur unten bleibt.«

»Der Herr kommt aber schon herauf, Sir«, wendete der Bediente ein und hatte offenbar vollkommen recht, denn auf der Treppe ließ sich ein schreckliches Stiefelknirschen vernehmen, das von einem trappelnden Geräusch begleitet war, dessen Ursache sich Mr. Minns schlechterdings nicht zu erklären vermochte.

»Hm! – führe den Herrn herein«, sagte der unglückliche Hagestolz.

Der Bediente ging, Oktavius kam, und noch vor ihm erschien ein großer, weißer Hund in einem die Hälfte seines Leibes einhüllenden Wollkleid, mit roten Augen, langen Ohren und ohne erkennbaren Schwanz. Die Ursache des Trappelns auf der Treppe war nur zu klar. Mr.

Augustus Minns hätte vor Entsetzen zu Boden sinken mögen.

»Guten Morgen, Liebster! Wie befinden Sie sich?« sagte Budden beim Eintreten. »Wie befinden Sie sich?«

Er sprach immer so laut, wie er konnte, und wiederholte dieselben Worte ein halbes Dutzend Mal.

»Wie befinden Sie sich, mein Lieber?«

»Wie befinden Sie sich selbst, Mr. Budden? Setzen Sie sich«, stotterte der noch immer fassungslose Minns.

»Danke schön – danke schön – sehr wohl – wie steht es mit Ihnen?«

»Dank Ihnen – ich befinde mich außerordentlich wohl«, sagte Minns mit einem diabolischen Blick nach dem Hund, der seine Vorderpfoten auf den Tisch gelegt hatte und soeben eine mit Butter bestrichene Brotschnitte vom Teller nahm, um sie auf dem Teppich, die Butterseite nach unten, zu verzehren.

»Ei, du Schelm!«, sagte Budden zu seinem Hunde. »Sie sehen, Minns, er macht's wie ich selber – tut immer, als ob er zu Hause wäre. Wahrhaftig, ich bin grausam heiß und hungrig geworden, denn ich habe den ganzen Weg von Stamford-Hill hierher zu Fuß zurückgelegt.«

»Haben Sie gefrühstückt?«, fragte Minns.

»Hm, nein! Ich bin eben gekommen, um bei Ihnen zu frühstücken; also klingeln Sie nur, mein Bester, und lassen Sie noch eine Teeschale und ein paar Stück kalten Schinken bringen. Ich tue immer, als ob ich zu Hause wäre, sehen Sie«, fuhr Budden, seine Schuhe mit einem

Tellertuche abstaubend, fort. »Ha – ha – ha – ha – ha! Auf Ehre, ich bin hungrig.«

Minns klingelte und gab sich Mühe, zu lächeln.

»Ich bin bestimmt in meinem ganzen Leben nicht so heiß gewesen«, sprach Oktavius weiter, sich die Stirn abwischend. »Nun aber, wie geht es Ihnen, Minns? Bei meiner Seele, Sie halten sich vorzüglich!«

»Meinen Sie?«, sagte Minns und bemühte sich, abermals zu lächeln.

»Auf meine Ehre!«

»Wie befinden sich Mrs. Budden und – wie heißt er doch?«

»Alick – Sie meinen Alick – unsern Sohn. Beide wohl. Alick sehr wohl. Aber in einer Wohnung, wie wir sie in Poplar-Walk haben, könnte er auch nicht krank sein, selbst wenn er wollte. Als ich sie zuerst sah mit dem Garten, der allgemeinen Eleganz, dem messingenen Klopfer, dem grünen Zaun, und was weiter dahin gehört, dachte ich wirklich, sie ginge ein klein wenig über meinen Stand hinaus.«

»Sollte Ihnen der Schinken nicht besser schmecken«, unterbrach Minns, »wenn Sie ein Stück von der anderen Seite abschnitten?« Er sah mit unmöglich zu beschreibenden Gefühlen, dass sein Gast den Schinken allen Regeln zuwider anschnitt oder vielmehr verstümmelte.

»Nein, danke schön«, sagte Budden mit wahrhaft barbarischer Gleichgültigkeit gegen seine Übertretung, »ich schneide ihn lieber so – er isst sich nicht so faserig. Aber hören Sie, Minns, wann wollen Sie uns besuchen? Ich weiß, es wird Ihnen ganz ausnehmend bei uns gefallen. Ich sprach mit Emilie vor ein paar Abenden von Ihnen, und Emilie sagte – bitte mir noch ein Stück Zucker aus – danke – sagte, ich möchte Sie doch einmal freundschaftlich zu uns bitten – herunter da, Schlingel! – der Bösewicht von Hund verdirbt Ihnen Ihre Vorhänge, Minns – ha-ha-ha!«

Minns sprang empor, als wenn er von einem elektrischen Schlage getroffen wäre. »Hinaus – willst du wohl? – hinaus!« rief der arme Augustus, hielt sich jedoch nichtsdestoweniger in ehrerbietiger Entfernung von dem Hunde, da er noch vor einer halben Stunde in der Zeitung einen Bericht über einen Tollwutanfall gelesen hatte. Nach vieler Mühe, großem Rufen und Geschrei und wiederholtem Unter-die-Tische-Stoßen mit Stock und Regenschirm wurde der Hund endlich genötigt, das Feld zu räumen, worauf er sofort das fürchterlichste Geheul erhob und zugleich so beharrlich die Tür von draußen zerkratzte, dass kaum noch eine Spur von Farbe zurückblieb.

»Der Hund ist großartig für das Land«, bemerkte Budden kaltblütig, während Minns fast von Sinnen war. »An Zwang ist er freilich eben nicht gewöhnt. Doch sagen Sie, Minns, wann wollen Sie kommen? Ich nehme platterdings keine Entschuldigung an. Warten Sie mal – wir haben heute Donnerstag – wollen Sie am Sonntag kommen? Wir essen um fünf Uhr. Nicht wahr, Sie sagen nicht nein?«

Unaufhörlich bestürmt und endlich zur Verzweiflung getrieben, nahm Mr. Augustus Minns die Einladung an und versprach, am nächstfolgenden Sonntage ein Viertel vor fünf Uhr in Poplar-Walk zu erscheinen.

»Verlieren Sie die Adresse nicht«, sagte Budden, »die Kutsche geht vom ›Blumentopf‹ in der Bishopgatestraße jede halbe Stunde ab. Wenn Sie vor dem ›Schwan‹ anhält, werden Sie gerade gegenüber ein weißes Haus bemerken.«

»Ihr Haus – verstehe«, fiel Minns ein, der dem Besuche und zugleich der Geschichte ein Ende zu machen wünschte.

»Nein, nein«, entgegnete Budden, »es ist Grogus, des großen Eisenhändlers Haus. Ich wollte sagen, Sie gehen an dem weißen Hause vorüber, bis Sie keinen Schritt mehr weiter können, sehen dann eine Mauer vor sich, auf der geschrieben steht: ›Man nehme sich vor dem Hunde in acht!‹ – (Minns schauderte) – gehen an ihr etwa eine Viertelmeile entlang, und dann wird Ihnen jedermann meine Wohnung zeigen.«

»Sehr wohl – danke – adieu!«

»Seien Sie pünktlich!«

»Unfehlbar – guten Morgen!«

»Sie haben doch meine Karte?«

»Ja, ja; ich danke Ihnen.«

Mr. Oktavius Budden ging, und sein Vetter sah dem nächstfolgenden Sonntag mit den Gefühlen entgegen, mit denen ein armer Poet den wöchentlichen Besuch seiner schottischen Hauswirtin erwartet. – Der Sonntag kam; der Himmel war hell und klar; die Straßen wimmelten von geputzten Leuten, und alles und jedermann sah heiter aus, Mr. Augustus Minns allein ausgenommen.

Es war ein schöner, aber auch sehr heißer Tag, und nachdem Minns die Fleetstraße, Cheapside und Threadneedlestraße auf der Schattenseite mühsam durchwandert hatte, war er erklecklich warm und staubig geworden, und obendrein wurde es spät. Indes hielt eben, als er anlangte, zum außerordentlich großen Glück eine Kutsche vor dem »Blumentopf«, und Mr. Augustus Minns stieg sogleich ein, da ihm der Cad die feierliche Versicherung gab, dass sie in drei Minuten abfahren würde, denn dies sei die längste Zeit, die sie kraft betreffender Parlamentsakte warten dürfe. Es verging eine Viertelstunde, und noch immer war kein Zeichen bevorstehender Abfahrt zu erblicken. Minns sah zum sechsten Male auf seine Uhr.

»Kutscher, werden Sie abfahren oder nicht?«, rief er aus dem Kutschenfenster hinaus.

»Sogleich, Sir«, rief der Kutscher zurück, der die Hände in die Taschen gesenkt hatte und einem Manne, der Eile hat, so wenig wie möglich ähnlich sah.

»Bill, nimm die Decken herunter!«

Nach abermaligen fünf Minuten stieg der Kutscher auf den Bock, schaute die Straße hinauf und herunter und rief noch fünf Minuten alle Fußgänger an.

»Kutscher, wenn Sie nicht im Augenblick abfahren, so werde ich wieder aussteigen«, sagte Mr. Minns, der nunmehr in Verzweiflung geriet, weil er die Unmöglichkeit erkannte, zur bestimmten Zeit nach Poplar-Walk zu gelangen.

»In der Minute, Sir«, lautete die Antwort; und die Maschine setzte sich wirklich in Bewegung, rumpelte einige Hundert Schritte über das Pflaster hin und – hielt abermals still. Minns drückte sich in eine Ecke und überließ sich den schwärzesten Gedanken – als er ein Kind, eine Mutter, eine Schachtel und einen Sonnenschirm zu Reisegefährten erhielt. Das liebe Kind war von der zutunlichen und zärtlichen Art, hielt Minns irrtümlich für seinen Vater, schrie und wollte ihn umarmen.

»Sei still«, sagte die Mutter, ihren kleinen Liebling zurückhaltend, der mit seinen fetten Beinchen vor Ungeduld umherstrampelte und die wunderbarsten Verschlingungen machte. »Sei still, das ist dein Papa nicht.«

»Dem Himmel sei Dank«, dachte Minns, und der erste Freudestrahl an diesem Tage durchblitzte gleich einem Meteor das Dunkel seines Elends.

Bei dem Knäblein vermischte sich anmutig Freude am Scherz mit Zärtlichkeit. Als es sich überzeugt hatte, dass Minns sein Vater nicht war, machte es den Versuch, die Aufmerksamkeit des Herrn dadurch auf sich zu lenken, dass es dessen saubere Beinkleider mit seinen schmutzigen Schuhen rieb; ihn mit Mamas Sonnenschirm vor die Brust stieß und andere kleine, der Kindheit eigentümliche Liebkosungen vornahm, womit es sich die Langeweile der Fahrt (lediglich zu seiner eignen großen Belustigung) vertrieb.

Als der unglückliche Minns vor dem »Schwan« anlangte, ersah er zu seinem großen Schrecken, dass es ein Viertel nach fünf Uhr vorüber war. Er eilte an dem weißen Hause und der Mauer mit der ominösen Inschrift so rasch vorüber, wie es bei Herren von einem gewissen Alter, wenn sie zu spät zum Mittagessen kommen, nicht ungewöhnlich ist. Nach wenigen Minuten erblickte er ein gelbes Backsteinhaus mit grüner Tür, Messingklopfer, grünen Jalousien und grünem Zaun und einem »Garten« davor, das will sagen, einem offenen Platz mit einem runden und zwei schiefdreieckigen Beeten, auf denen ein Tannenbäumchen, ein paar Dutzend Zwiebelgewächse und eine unbegrenzte Anzahl von Ringelblumen standen. Mr. und Mrs. Buddens Geschmack offenbarte sich ferner durch zwei an der Haustür einander gegenüber auf Steinhaufen und Muscheln sitzende Cupidos. Auf Minns' Klopfen erschien ein kleiner und dicker Knabe in brauner Livree, baumwollenen Strümpfen und kurzen Stiefeln, hängte des Besuchers Hut an einen der den Flur, höflich »Halle« genannt, zierenden Messinghaken auf und führte Minns in das Besuchszimmer, das von einer sehr weiten Aussicht auf die Hinterhäuser der Nachbarn beherrscht wurde. Nachdem die Vorstellungsfeierlichkeit vorüber war, nahm Minns mit nicht geringer Unbehaglichkeit Platz, denn einmal war er der zuletzt Gekommene, und sodann fühlte er, dass er etwa von einem Dutzend Leute, die in einem kleinen Zimmer beisammensaßen und nicht wussten, wie sie die Zeit vor dem Mittagessen – die langweiligste von allen Zeiten – hinbringen sollten, wie ein Wundertier betrachtet wurde.

»Nun, Brogson«, redete Budden einen ältlichen Herrn in einem schwarzen Rock, kurzen Beinkleidern und langen Gamaschen an, der sich den Anschein gegeben hatte, die Bilder in einem Taschenbuch zu besehen, in der

Tat aber beschäftigt gewesen war, über die Blätter hin- über Minns zu mustern; »nun, Brogson, was denken die Minister zu tun? Werden sie abtreten oder was sonst?«

»Hm –wirklich – Sie wissen, ich bin der letzte, an den man sich wenden muss, um Neuigkeiten zu erfahren; Ihr Herr Vetter wird die Frage seiner Stellung nach am ehesten beantworten können.«

Minns versicherte, dass er, obwohl er ein Amt bei der Regierung bekleide, keine offiziellen Mitteilungen in Be- treff der Absichten der Minister Ihrer Majestät erhalten habe. Seine Entgegnung wurde offenbar ungläubig auf- genommen, es entstand eine lange Pause, und die Ge- sellschaft suchte diese durch Husten und Räuspern aus- zufüllen, bis Mrs. Buddens Eintreten veranlasste, dass man sich allgemein erhob. Bald darauf wurde gemeldet, dass angerichtet sei, man begab sich hinunter, und Minns führte Mrs. Budden bis vor die Tür des Besuchs- zimmers, jedoch nicht weiter, da die Treppe so schmal war, dass seine fernere Galanterie dadurch unmöglich gemacht wurde. Beim Essen ging es wie gewöhnlich zu. Von Zeit zu Zeit vernahm man unter dem Geklapper der Messer und Gabeln und dem Unterhaltungsgesumme die Stimme Mr. Buddens, wenn er jemand aufforderte, Wein mit ihm zu trinken, und dem Gast versicherte, er- freut zu sein, ihn bei sich zu sehen; auch war ein fort- während Parlamentieren zwischen Mrs. Budden und den Aufwärtern bemerkbar, wobei das Antlitz der Dame alle Wetterglasveränderungen und Stadien von »Sturm« bis zum »schönen Wetter« und »sehr trocken« durchlief.

Als der Nachtisch und der Wein auftragen worden wa- ren, holte der Bediente, einem bedeutsamen Blick Mrs.

Buddens gehorsam, Master Alexander in einem himmelblauen Habit mit silbernen Knöpfen und mit fast ebenso weißem Haar herunter. Nachdem Master Alexander einige Lobsprüche von der Mama und einige Ermahnungen zu artiger Aufführung vom Papa erhalten hatte, wurde er seinem Taufpaten vorgestellt.

»Nun, Kleiner, du bist ein hübscher Knabe, nicht wahr?«, sagte Minns so vergnügt wie eine Meise auf einer Leimrute.

»Ja.«

»Wie alt bist du denn?«

»Nächsten Mittwoch acht Jahr. Wie alt bist *du* denn?«

»Alexander«, fiel die Mutter ein, »wie kannst du so dreist sein, Mr. Minns nach seinem Alter zu fragen?«

»Er fragte mich aber, wie alt *ich* sei«, sagte der frühreife liebe Knabe, dem Minns nie einen Schilling zu vermachen von dem Augenblick an innerlich fest beschloss.

Es entstand ein ziemlich allgemeines Gekichere, und als es wieder aufgehört hatte, rief ein kleiner, stets lächelnder Mann mit rotem Knebelbart, der unten am Tische saß und während des ganzen Diners bemüht gewesen war, einige Anekdoten von Sheridan an den Mann zu bringen, sehr im Gönnertone dem Knäblein zu: »Alick, was für ein Redeteil ist *sein*?»«

»Ein Zeitwort.«

»So war es recht mein Junge«, sagte Mrs. Budden mit dem ganzen Stolze einer Mutter. »Du weißt doch aber auch, was ein Zeitwort ist?«

»Ein Zeitwort ist ein Wort, das etwas sein, tun oder leiden bedeutet, wie: ich bin – ich regiere – ich werde regiert. Gib mir einen Apfel, Mama!«

»Ich will dir einen Apfel geben«, rief ihm der Rotbart zu, der als Hausfreund zum Familienkreis gehörte oder, mit andern Worten, von Mrs. Budden stets eingeladen wurde, gleichviel ob es Mr. Budden genehm war oder nicht; »ich will dir einen Apfel geben, wenn du mir die Bedeutung von ›sein‹ sagst.«

»Nein«, entgegnete das Knäblein sehr ungebärdig, »ich will einen Apfel haben von Mama, und du kannst deinen Apfel behalten; und Papa hat gesagt, du wärst –«

»Meine Herren«, rief Mr. Budden mit Stentorstimme und sichtbarer Unruhe, »darf ich Sie bitten, die Gläser zu füllen? Ich habe eine Gesundheit vorzuschlagen.«

Die Herren riefen: »Hört, hört«, und ließen die Flaschen herumgehen, worauf Mr. Budden fortfuhr:

»Meine Herren, es befindet sich ein Mann in unserer Mitte –«

»Hört, hört!«, rief der kleine Rotbart dazwischen.

»Bitte seien Sie still, Jones«, sagte Budden und fuhr fort wie folgt: »Es befindet sich ein Mann in unserer Mitte, dessen Anwesenheit ohne Zweifel zu unserer höchsten Freude gereichen und – und – und dessen interessante Unterhaltung uns allen das lebhafteste Vergnügen verschafft haben muss.« (»Dem Himmel sei Dank, er kann mich nicht meinen!« dachte Minns, der, seit er das Haus betreten, keine zehn Worte gesprochen hatte.) »Meine Herren, ich selbst darf keine Ansprüche machen und sollte mich vielleicht entschuldigen, dass ich mich durch meine Freundschaft und Zuneigung für den Verehrten, den ich im Sinne habe, bewegen ließ, mich zu erheben und seine Gesundheit – die Gesundheit eines Mannes vorzuschlagen, der, wie ich weiß – ich wollte sagen, dessen Tugenden ihn allen denen teuer machen müssen, die ihn kennen – und dem niemand gram sein kann, der ihn nicht kennt.« »Hört, hört!« rief die Gesellschaft ermutigend und beistimmend.

»Meine Herren«, sprach Budden weiter, »mein Vetter ist ein Mann, der – der mein Anverwandter ist –« (Hört, hört! Minns stöhnte hörbar), »den ich mich glücklich schätze, hier zu sehen, und der uns, wenn er nicht hier wäre, sicher des großen Vergnügens beraubt haben würde, das wir alle an seiner Gegenwart empfinden. (Lautes und vielfaches Hört!) Meine Herren, ich fühle, dass ich Ihre Aufmerksamkeit schon gar zu lange in Anspruch genommen habe, und erlaube mir, mit den Gefühlen – den lebhaftesten Gefühlen des – des – des –«

»Vergnügens«, half der Hausfreund ein.

»Des Vergnügens, Ihnen Mr. Minns Gesundheit vorzuschlagen.«

»Stehend, meine Herren«, rief der unermüdliche kleine Rotbart, »und mit allen Honneurs. Haben Sie die Güte, sich nach mir zu richten.«

Er schrie vor und die Gesellschaft schrie nach, und aller Blicke waren auf Minns gerichtet, der seine Verwirrung dadurch zu verbergen suchte, dass er auf die augenscheinliche Gefahr, zu ersticken, Portwein hinuntergoss. Nach einer Pause, die so lang war, wie der Anstand sie zuließ, erhob er sich; allein, wie es in den Zeitungsberichten heißt, »wir bedauern, gänzlich außerstande zu sein, den Inhalt der Rede des ehrenwerten Herrn wiederzugeben«. Die Worte: »anwesende Gesellschaft – Ehre – vorkommende Veranlassung« und »ausnehmendes Vergnügen«, die man verstand und die er von Zeit zu Zeit mit einem Gesicht wiederholte, das ebenso viel Verlegenheit als tiefempfundenen Jammer ausdrückte, gaben den Herrschaften die Überzeugung, dass er vortrefflich rede, und sie zollten ihm daher, als er sich wieder setzte, stürmischen Beifall, worauf Jones, der schon lange seine Gelegenheit erwartete, emporschoss.

»Budden«, sagte er, »erlauben Sie mir, auch eine Gesundheit vorzuschlagen?«

»Versteht sich«, erwiderte Budden und rief Minns mit leiser Stimme über den Tisch hinüber zu: »Ein verflucht gescheites Männchen – seine Rede wird Ihnen ausnehmend gefallen. Er spricht über alle Gegenstände gleich gut.« Minns verbeugte sich, und Mr. Jones hub an:

»Es ist bei mehreren Gelegenheiten, in verschiedenen Fällen, unter mannigfachen Umständen und in Gesellschaften aller Art mir zugefallen, denen eine Gesundheit vorzuschlagen, in deren Mitte ich mich eben zu befinden die Ehre hatte. Ich bekenne es gern – denn warum sollte ich es verhehlen? –, dass ich bisweilen fühlte, wie überwältigend meine Aufgabe und wie wenig ich ihr gewachsen war. Ist dies nun aber bei anderen Gelegenheiten der Fall gewesen, in welchem Maße muss es unter den außerordentlichen Umständen der Fall sein, in denen ich mich hier sehe! (Hört, hört!) Meine Gefühle ganz zu schildern würde unmöglich sein, aber ich kann Ihnen keine bessere Vorstellung davon geben als dadurch, dass ich mich auf einen Umstand beziehe, der mir sonderbar genug eben jetzt in den Sinn kommt. Einst, als der wahrhaft große Sheridan –«

Man kann nicht sagen, welche neue Spitzbüberei dem so sehr misshandelten Sheridan in der Form eines Scherzes aufgebürdet werden sollte; denn in dem verhängnisvollen Augenblick stürzte einer der Aufwärter atemlos herein, um anzukündigen, dass es stark regne und dass der Neun-Uhr-Kutscher unten stände, um sich zu erkundigen, ob jemand mit zur Stadt zu fahren wünsche, für den er noch einen Innenplatz habe.

Minns sprang auf und ließ sich durch die zahllosesten Vorstellungen, Bitten und Verwunderungsbezeigungen von seinem Entschlusse nicht abbringen, den vakanten Platz anzunehmen. Indes war der braunseidene Regenschirm nirgends zu finden, und der Kutscher wollte nicht warten, sondern ließ Mr. Minns sagen, er möge nur nach dem »Schwan« kommen, von wo er ihn mitnehmen wollte. Minns entsann sich erst nach zehn Minuten, dass er den Regenschirm in der anderen Kutsche hatte stehen lassen, und gehörte außerdem keineswegs zu den Geschwindesten; es war demnach gar kein Wunder, dass er im »Schwan« erst anlangte, als die Kutsche – die letzte – bereits abgefahren war.

Es mochte drei Uhr nach Mitternacht sein, als er durchnässt und durchkältet, verdrießlich und erschöpft an seiner Haustür klopfte. Er machte am andern Morgen sein Testament, und sein Anwalt hat uns im strengsten Vertrauen, worin auch wir den Lesern die Mitteilung machen, gesagt, dass darin weder der Name von Mr.

Oktavius noch der von Mrs. Emilie oder der von Master Alexander Budden vorkäme.

Empfindsamkeit

Die beiden Misses Crumpton in Minerva-House, Hammersmith, waren zwei ungewöhnlich große, außerordentlich schmächtige und besonders magere Damen – von sehr gerader Haltung und sehr gelbem Teint. Miss Amalia Crumpton bekannte sich zu achtunddreißig, und Miss Maria Crumpton räumte ein, dass sie vierzig Jahre alt sei – ein Geständnis, das durch den Augenschein vollkommen überflüssig wurde, nach dem sie ohne alle Frage fünfzig zählte. Sie kleideten sich auf das Interessanteste – wie Zwillinge – und sahen so vergnügt und erfreulich aus wie ein Paar in Samen geschossene Ringelblumen. Sie waren sehr förmlich, hatten die denkbar strengsten Vorstellungen von Schicklichkeit, sie trugen falsches Haar und dufteten stets sehr stark nach Lavendel.

Minerva-House, das unter der Leitung der beiden Schwestern stand, war eine sogenannte »Vollendungspension für junge Damen«, in der einige zwanzig Mädchen von dreizehn bis neunzehn einige Brocken von allem und Kenntnis von nichts erhielten: Unterricht im Französischen und Italienischen, Tanzstunden zweimal wöchentlich und andere Notwendigkeiten des Lebens. Das Haus war weiß, stand etwas entfernt von der Straße, und der Garten zwischen ihr und jenem hatte ein dichtes Gitter. Die Schlafzimmerfenster standen fortwährend teilweise offen, um den Vorübergehenden einen flüchtigen Blick auf die Menge der kleinen Bettgestelle mit sehr weißen Dimityüberzügen zu gestatten; und im Erdgeschoss befand sich ein Zimmer, behangen mit stark kolorierten Karten, die nie angesehen, und gefüllt mit Büchern, die von niemand gelesen wurden: Ein Zimmer, sagen wir, ausschließlich bestimmt, um darin die Eltern zu empfangen, die sich zu den Misses Crumpton verfügten.

»Liebe Amalia«, sagte Miss Maria Crumpton, als sie eines Morgens mit gewickeltem Haar – denn sie wickelte es bisweilen, um die jungen Damen zu überzeugen, dass es natürliches sei – in das Unterrichtszimmer trat: »Liebe Amalia, ich habe soeben eine höchst erfreuliche Zuschrift erhalten. Du kannst sie dreist laut lesen.«

Miss Amalia las sogleich mit großem Triumphe wie folgt:

»Indem ich mich Ihnen empfehle, erlaube ich mir zu sagen, dass ich sehr dankbar dafür sein würde, wenn Sie mich morgen um ein Uhr mit Ihrem Besuche beehren wollten, da ich recht sehr wünsche, mein Vorhaben mit Ihnen zu besprechen, meine Tochter Ihrer Leitung zu übergeben.

Cornelius Brook Dingwall, Esq., Adelphi. Parlamentsmitglied.«

»Also morgen.«

»Die Tochter eines Parlamentsmitglieds!«, rief Miss Amalia im Tone der Ekstase aus.

»Die Tochter eines Parlamentsmitglieds!« wiederholte Miss Maria mit einem verzückten Lächeln, das natürlich bei den sämtlichen jungen Damen ein Gekicher des Vergnügens hervorrief.

»Es ist überaus erfreulich!«, sagte Miss Amalia, worauf die jungen Damen abermals Bewunderung murmelten. Höflinge sind nur Schulkinder mit fünfzig multipliziert.

Das Ereignis war so wichtig, dass die Misses Crumpton sogleich die Stunden für den Tag frei gaben und sich in ihr Zimmer zurückzogen, um es noch weiter zu besprechen. Die jüngeren Mädchen erörterten das mutmaßliche Aussehen und Benehmen der Parlamentsmitgliedstochter, und die jungen Damen im achtzehnten und neunzehnten Jahr erklärten sich begierig zu wissen, ob sie verlobt, ob sie hübsch sei, viel Turnüre trüge und was der ähnlichen Wichtigkeiten mehr waren. Die beiden Misses Crumpton begaben sich am folgenden Tage zur bestimmten Zeit nach dem Adelphihotel, hatten sich natürlich auf das Beste herausgeputzt und sahen so liebenswürdig wie möglich aus – was, beiläufig bemerkt, nicht eben viel bei ihnen sagen wollte. Sie übergaben einem feuerrot aussehenden Bedienten in glänzender Livree ihre Karten und wurden hineingeführt zu dem bedeutenden Manne.

Cornelius Brook Dingwall, Esq., Parlamentsmitglied, war sehr vornehm, sehr feierlich und sehr wichtig. Er hatte von Natur einen etwas krampfhaften Gesichtsausdruck, der dadurch nicht weniger auffallend wurde, dass er eine unendlich steife Halsbinde trug. Er war ausnehmend stolz auf das seinem Namen angehängte »P.M.« und ließ nie eine Gelegenheit unbenutzt vorübergehen, alle, mit denen er zu tun hatte, an seine Würde zu erinnern. Er hatte eine große Vorstellung von seinen Fähigkeiten, was sehr angenehm für ihn sein musste, da sonst niemand etwas davon hielt; und in der

Diplomatie, im kleinen Rahmen seiner Familienangelegenheiten, meinte er, ohnegleichen zu sein. Er war Friedensrichter in der Provinz, erfüllte seine friedensrichterlichen Obliegenheiten mit aller gebührender Unparteilichkeit und Gerechtigkeit und brachte häufig Wilddiebe ins Gefängnis und sich selbst in Verlegenheit. Miss Brook Dingwall gehörte der umfangreichen Klasse von jungen Damen an, die man gleich Adverbien daran erkennen kann, dass sie Alltagsfragen beantworten und sonst nichts tun.

Das Parlamentsmitglied saß in einer kleinen »Bibliothek«, an einem mit Papier bedeckten Tisch, tat gar nichts und bemühte sich, beschäftigt auszusehen. Parlamentsakten und Briefe, gerichtet an »Cornelius Brook Dingwall, Esq., P.M.«, lagen in kunstvoller Unordnung umher. Im Zimmer spielte eine jener Landplagen, ein verzogenes, nach der neuesten Mode herausgeputztes Kind in einem blauen Kittel mit einem eine Viertelelle breiten Gürtel, der mit einer ungeheuren Schnalle befestigt war, sodass das Knäblein wie ein durch ein Verkleinerungsglas beschauter Melodramaräuber aussah.

Nach einigen liebenswürdigen Scherzen vonseiten des holden Kleinen, der sich ein Vergnügen daraus machte, mit Miss Maria Crumptons Stuhl so schnell davonzulaufen, als er für sie hingestellt war, gelangten die Damen zum Sitzen, und Cornelius Brook Dingwall, Esq., eröffnete die Unterredung. Er hatte Miss Crumpton, wie er sagte, gebeten, zu ihm zu kommen, weil ihm sein Freund, Sir Alfred Muggs, ihre Pensionsanstalt so sehr gerühmt habe. Miss Crumpton murmelte ihm (Muggs) ihren Dank, und Cornelius fuhr fort: »Eine meiner

Hauptgründe, Miss Crumpton, meine Tochter anderen Händen zu übergeben, ist der, dass sie sich in der letzten Zeit gewisse sentimentale Ideen in den Kopf gesetzt hat, von denen es höchst wünschenswert ist, dass sie aus ihrem jungen Gemüte wieder entfernt werden.«

Hier fiel die erwähnte kleine Unschuld mit schrecklichem Gepolter von einem Lehnsessel herunter.

»Unartiger Junge«, sagte seine Mama, die am meisten darüber verwundert schien, dass er sich die Freiheit genommen hatte, zu fallen: »Ich will nur klingeln, dass James kommt und ihn hinausbringt.«

»Lass ihn doch, liebes Kind«, sagte der Diplomat, sobald er sich bei diesem, dem Fall und der Drohung nachfolgenden fürchterlichen Geheule Gehör verschaffen konnte. »Es kommt alles von seiner großen, vielversprechenden Lebhaftigkeit her«, setzte er zu Miss Crumpton gewendet hinzu.

»Ohne Frage, Sir«, versetzte die ältliche Maria, ohne eben sehr deutlich zu begreifen, warum soviel Versprechendes darin liege, dass der Knabe von einem Sessel heruntergefallen war.

Es wurde endlich wieder still, und das Parlamentsmitglied fuhr fort: »Ich wüsste nichts, wodurch dieser Zweck so gewiss erreicht werden könnte, Miss Crumpton, als beständiger Umgang mit Mädchen ihres Alters, und da ich weiß, dass sie in Ihrer Anstalt mit jungen Mädchen zusammentreffen wird, die ihr kindliches Gemüt sicher nicht verderben werden, so gedenke ich, sie Ihnen anzuvertrauen.«

Die jüngere Miss Crumpton drückte den Dank der Anstalt aus. Maria war vollkommen sprachlos durch körperlichen Schmerz – der kleine Vielversprechende hatte sich von seinem Schrecken erholt und stand auf ihrem höchst empfindlichen Fuß, um über den Rand des Tisches hinüberblicken zu können.

»Natürlich wird meine Lavinia zu den am meisten begünstigten Kostgängerinnen gehören«, sprach der beneidenswerte Vater weiter; »und besonders in Beziehung auf einen Punkt wünsche ich, dass meine Weisungen streng befolgt werden. Die Sache ist die, dass ihr jetziger Gemütszustand von einem lächerlichen Liebeshandel herrührt, den sie mit jemand, der unter ihr steht, gehabt hat. Da ich weiß, dass sie, Ihrer Obhut übergeben, keine Gelegenheit haben kann, den jungen Menschen zu sehen, so habe ich nichts dagegen, oder es ist mir vielmehr lieb, wenn Sie sie in den Kreis Ihrer Bekannten einführen.«

Der vielversprechende kleine Lebhafte unterbrach die wichtige Rede des Vaters abermals, indem er eine Fensterscheibe zerbrach und fast in den Hof hinuntergestürzt wäre. Es wurde geklingelt, James erschien, es erfolgten beträchtliche Verwirrung und in der Luft stampfende Beine so groß, wie Reifenstöcke, der Bediente ging hinaus, und der Knabe war verschwunden.

»Mein Mann wünscht, dass Lavinia alles lernt«, nahm Mrs. Brook Dingwall, die nur selten sprach, das Wort.

»Versteht sich«, riefen beide Misses Crumpton zugleich.

»Und so wie ich hoffe, dass der Plan, den ich entworfen habe, meine Tochter von ihren abgeschmackten Ideen zurückbringen wird«, fuhr der Gesetzgeber fort, »hege ich auch das Vertrauen, dass Sie die Güte haben werden, allen meinen etwaigen Wünschen in allen Beziehungen entgegenzukommen.«

Natürlich wurde alles versprochen, und nach einer noch sehr verlängerten, vonseiten der Dingwalls mit der gebührendsten diplomatischen Gravität und von der der Crumptons mit tiefem Respekt geführten Unterhaltung wurde endlich die Abrede getroffen, dass Miss Lavinia am zweitfolgenden Tag, an dem der Halbjahrsball der Anstalt bevorstand, nach Hammersmith versetzt werden solle. Es war anzunehmen, dass die kleine Festlichkeit dem lieben Mädchen eine angenehme Zerstreuung gewähren würde. Und hier zeigte sich, beiläufig gesagt, abermals ein Stückchen der väterlichen Diplomatie.

Miss Lavinia wurde gerufen und vorgestellt, und beide Misses Crumpton erklärten sie für ein »unendlich liebenswürdiges Mädchen«, eine Meinung, die sie merkwürdigerweise von jeder netten Kostschülerin hegten. Sodann erfolgten angemessener Knickse, Redensarten und Herablassung, und – die Misses Crumpton gingen. –

In Minerva-House wurden die großartigsten Vorbereitungen zum Ball getroffen. Das geräumigste Zimmer im Hause wurde mit blauen Kalikorosen, buntgewürfelten Tulpen und anderen ebenso natürlich aussehenden künstlichen Blumen von den Händen der jungen Damen verziert. Der Teppich wurde weg- und die Flügeltüren aus den Angeln genommen, die Möbel wurden hinaus-

und Diwans hereingebracht. Die Putzhändler von Hammersmith gerieten in Erstaunen über die plötzliche Nachfrage nach Band und langen Glacéhandschuhen. Geranien wurden dutzendweise zu Buketts gekauft und eine Harfe und zwei Violinen bestellt; ein Flügel war bereits angelangt. Die jungen Damen, die ausgewählt waren, bei einer so passenden Gelegenheit zu glänzen und der Anstalt Ehre zu bereiten, übten sich unaufhörlich, recht sehr zu ihrem eigenen Vergnügen und noch mehr zum Ärger des alten, lahmen Herrn gegenüber; und zwischen den Misses Crumpton und dem Konditor von Hammersmith wurde ein beständiger Verkehr unterhalten.

Der Abend kam, und mit ihm begann ein Korsettschnüren und Sandalenbinden und Haarputzen, dergleichen nur in einer Pensionsanstalt mit dem gehörigen Grade von Getümmel stattfinden kann. Die kleineren Mädchen waren jedermann im Wege und wurden deshalb umhergestoßen, und die älteren putzten, schnürten, schmeichelten und beneideten einander so eifrig und aufrichtig, als wenn sie schon wirklich in die Gesellschaft eingeführt gewesen wären.

»Wie sehe ich aus, Liebe?«, fragte Miss Emilie Smithers, die erste Schönheit des Hauses, Miss Karoline Wilson, ihre Busenfreundin, weil Miss Karoline Wilson das hässlichste Mädchen in- und außerhalb von Hammersmith war.

»O, bezaubernd! Wie sehe ich aus?«

»Entzückend! Du sahst noch nie so hübsch aus«, erwiderte die erste Schönheit, ihr Kleid glättend und die unglückliche Busenfreundin keines Blicks würdigend.

»Ich hoffe, der junge Hilton wird früh kommen«, sagte eine andere junge Dame zu Miss Soundso in einem Fieber von Erwartung.

»Es würde ihm sehr schmeicheln, wenn er dich so sprechen hören könnte«, versetzte Miss Soundso, die à l'été gekleidet war.

»Es ist ein so hübscher Mensch«, bemerkte die erste.

»So bezaubernd!«, fiel eine zweite ein.

»Hat ein so *distinguiertes Air*«, sagte eine dritte.

»Was meint ihr wohl!«, rief eine vierte, in das Zimmer hereinstürzend, »Miss Crumpton sagt, ihr Vetter käme.«

»Wie? Theodosius Butler?« fragten alle, von Entzücken ergriffen.

»Ist er schön?«, fragte eine Novizin.

»Nein, nicht gerade eigentlich schön«, war die allgemeine Antwort; »aber, oh, so sehr gescheit!«

Mr. Theodosius Butler war eins der unsterblichen Genies, die man in fast jedem gesellschaftlichen Kreise findet. Sie haben gewöhnlich sehr tiefe, eintönige Stimmen. Sie überreden sich immer selbst, wundervolle Personen und sehr unglücklich zu sein, wenn sie auch nicht eigentlich wissen, warum. Sie sind sehr eingebildet und pflegen gerade einen halben Gedanken zu besitzen, erfreuen sich aber in den Augen enthusiastischer junger Damen und einfältiger junger Herren einer bedeutenden Überlegenheit. Mr. Theodosius Butler hatte ein Pamphlet geschrieben, das sehr wichtige Betrachtungen über die Nützlichkeit von Gott weiß, was enthielt; und da jeder Satz wenigstens fünfzig viersilbige Worte hatte, so hielten es seine Bewunderer für ausgemacht, dass viel Sinn darin enthalten sei.

»Das ist er vielleicht«, riefen mehrere junge Damen, als das erste Läuten des Abends der Glocke Zerstörung drohte.

Es erfolgte eine feierliche Pause, und – einige Schachteln und einige junge Damen langten an; Miss Brook Dingwall in vollem Ballkostüm, mit einer ungeheuren goldenen Halskette, das Kleid mit einer einzigen Rose geschürzt, einen Elfenbeinfächer in der Hand und einen höchst interessanten Ausdruck der Verzweiflung auf dem Antlitz. Die Misses Crumpton erkundigten sich mit dem sorglichsten Eifer nach dem Befinden der lieben Ihrigen, stellten Miss Brook Dingwall ihren künftigen Pensionsgenossinnen in gebührender Form vor und sprachen mit den jungen Damen im allersüßesten Tone, um Miss Brook Dingwall sogleich eine angemessene Vorstellung davon zu geben, wie freundlich sie mit ihren Zöglingen umgingen.

Abermals ertönte die Glocke: Mr. Dadson, der Schreiblehrer, und Frau, Mrs. Dadson in grüner Seide, grünen Schuhen und Haubenbändern, und der Schreiblehrer in weißer Weste, schwarzen Kniehosen und ebensolchen Strümpfen, die zwei Beine zeigten, groß genug für zwei Schreibmeister. Die jungen Damen flüsterten miteinander, und Mr. Dadson und Frau schmeichelten den Misses Crumpton, die sich in Kanariengelb und mit langen Leibbinden wie Puppen präsentierten.

Das Läuten wurde häufiger, und zu viele Ballgäste langten an, als dass sie alle einzeln aufgeführt werden könnten: Papas und Mamas, Tanten und Onkel; Vormünder und Vormünderinnen der jungen Damen; der Singlehrer Signor Lobskini mit einer schwarzen Perücke; die Pianofortespielerin und die Violinen; der Harfenist im Zustande der Trunkenheit und einige zwanzig junge Herren, die an der Tür standen, miteinander flüsterten und bisweilen kicherten. Allgemeines Unterhaltungsgesumm begann, und Kaffee wurde gereicht und reichlich genossen von wohlbeleibten Müttern, die wie die dicken Leute aussahen, die in den Pantomimen zu dem einzigen Zwecke auftreten, um über den Haufen gerannt zu werden.

Sodann erschien der beliebte Mr. Hilton, und nachdem er der Aufforderung der Misses Crumpton folgend das Vortänzeramt übernommen hatte, nahmen die Quadrillen ihren Anfang. Die jungen Herren an der Tür rückten allmählich in die Mitte des Zimmers vor und gewannen endlich die erforderliche Dreistigkeit, sich Tänzerinnen vorstellen zu lassen. Der Schreiblehrer schlug keinen Tanz aus und sprang mit der schrecklichsten Beweglichkeit umher, und seine Frau spielte Whist im hinteren Zimmer, einem kleinen Gemach mit fünf Büchersimsen, das mit der Benennung Studierzimmer beehrt wurde. Sie an einen Whisttisch zu bringen, war eine halbjährlich wiederkehrende Kriegslist der Misses Crumpton, da sie notwendig irgendwo versteckt werden musste, weil sie »eine Vogelscheuche« war.

Die interessante Lavinia Brook Dingwall war von allen anwesenden Mädchen die einzig teilnahmslose. Vergeblich wurde sie gebeten, zu tanzen, vergeblich war es, dass ihr, als der Tochter eines Parlamentsmitglieds, allgemein gehuldigt wurde. Sie blieb gleich unbeweglich bei dem glänzenden Tenor des unnachahmlichen Lobskini wie bei Miss Lätitia Parsons glänzendem Pianafortespiel, das dem vom Moscheles fast gleich erklärt wurde. Nicht einmal die Ankündigung, dass Mr. Theodosius Butler angelangt sei, konnte sie bewegen, den Winkel des Seitenzimmers zu verlassen, im dem sie saß.

»Lieber Theodosius«, sagte Miss Maria Crumpton, nachdem der erleuchtete Pamphletist fast durch die ganze Gesellschaft Spießruten gelaufen war, »jetzt muss ich Sie unserem neuen Zögling vorstellen.«

Theodosius sah aus, als ob er an irdische Dinge nicht von fern dächte.

»Sie ist die Tochter eines Parlamentsmitglieds.«

Theodosius stutzte;

»Ihr Name –?«, fragte er.

»Lavinia Brook Dingwall.«

»O ihr himmlischen Mächte!«, rief Theodosius poetisch in leisem Tone aus.

Miss Crumpton begann die Vorstellung in gehöriger Form. Miss Brook Dingwall hob matt und schmachtend den Kopf empor.

»Edward!«, rief sie mit einem halben Aufschrei aus, als sie die wohlbekannten Nankingbeine erblickte.

Da sich Miss Maria Crumpton glücklicherweise keines übergroßen Maßes von Scharfsinn rühmen konnte, und da es eins der diplomatischen Arrangements war, dass Miss Lavinias unzusammenhängende Ausrufe nicht beachtet werden sollten, so merkte sie von der Erregtheit des Pärchens nicht das Mindeste und ließ die beiden allein, sobald sie gehört hatte, dass Miss Brookes Theodosius' Bitte um den nächsten Tanz Gehör gab.

»O Edward!«, rief die romantischste aller romantischen jungen Damen aus, als sich dieses Licht der Wissenschaft an ihre Seite setzte; »o Edward, sind Sie es wirklich?«

Mr. Theodosius versicherte dem süßen Wesen in den leidenschaftlichsten Ausdrücken, das er sich nicht bewusst sei, sonst jemand zu sein als er selber.

»Dann – warum – warum dieses Inkognito? O Edward M'Neville Walter, was habe ich um Ihretwillen erduldet!«

»Lavinia, hören Sie mich«, erwiderte der Held in seinem sentimentalsten Ton. »Verdammen Sie mich nicht ungehört. Wenn etwas, das der Seele eines Elenden, wie ich bin, entfloss, eine Stelle in Ihrer Erinnerung einnehmen kann – wenn etwas so Niedres Ihre Beachtung verdient – so entsinnen Sie sich vielleicht, dass ich ein Pamphlet drucken – auf meine Kosten – drucken ließ, betitelt: ›Betrachtungen über die Rätlichkeit der Aufhebung der Wachssteuer.‹«

»Ja – ja –«, schluchzte Lavinia.

»Es war ein Gegenstand«, fuhr der Liebhaber fort, »dem Ihr Vater Herz und Seele widmete.«

»Freilich – freilich!«, rief die gefühlvolle Lavinia aus.

»Ich wusste es«, sprach Theodosius mit tragischem Ton weiter. »Ich wusste es, – übersandte ihm ein Exemplar – und er wünschte, mich kennenzulernen. Konnte ich mit meinem wahren Namen hervortreten? Nimmer! Ich nahm den Namen an, den Sie so oft in süßen Schmeicheltönen ausgesprochen haben, widmete mich als M'Neville Walter der großen Sache, gewann als M'Neville Walter Ihr Herz. Unter diesem Namen ward ich von Ihres Vaters Dienerschaft aus dem Hause gestoßen, und unter keinem war es mir seitdem möglich, Sie zu sehen. Wir finden uns jetzt wieder, und ich bekenne mit Stolz, dass ich – Theodosius Butler bin.«

Die junge Dame schien durch diese bündige und inhaltsreiche Erklärung vollkommen zufriedengestellt zu sein und beseligte durch einen Blick glühender Zärtlichkeit den unsterblichen Wachsfürsprecher.

»Darf ich hoffen«, sagte er, »eine Erneuerung des Versprechens zu vernehmen, das eine Unterbrechung durch Ihres Vaters leidenschaftliches Benehmen erlitt?«

»Lassen Sie uns zum Tanze antreten«, erwiderte Lavinia kokettierend – denn Mädchen von neunzehn Jahren können allerdings schon kokett sein.

»Nein«, rief Theodosius Butler. »Ich gehe von den Qualen der Ungewissheit gepeinigt keinen Schritt von dieser Stelle. Darf – darf ich hoffen?«

»Ja.«

»Das Versprechen ist erneuert?«

»Es ist's.«

»Ich habe Ihre Erlaubnis?«

»Sie haben sie.«

»In vollkommenster Ausdehnung?«

»Sie wissen es«, erwiderte Lavinia.

Lavinia tat, als ob sie errötete, und die Gesichtsverzerrungen des geistreichen Theodosius drückten seine Verzückung aus.

Mr. Theodosius und Miss Lavinia tanzten, plauderten und seufzten den ganzen Abend miteinander. Die Misses Crumpton waren entzückt darüber. Der Schreibmeister fuhr fort, mit Ein-Pferdekraft umherzuspringen, und seine Frau verließ in einer unerklärlichen Laune den Whisttisch und ließ es sich durchaus nicht nehmen, ihren grünen Kopfputz an der Stelle des Ballzimmers zu zeigen, wo er am sichtbarsten war. Das Abendessen bestand aus kleinen, dreieckigen Sandwiches auf Präsentierschüsseln, mit einer Torte hier und da zur Abwechslung; und die Gäste tranken warmes, durch Zitronensaft maskiertes und mit Muskatnuss betüpfeltes Wasser unter dem Namen Glühwein. Doch wir haben wichtigere Dinge zu berichten.

Vierzehn Tage nach dem Ball saß Cornelius Brook Dingwall, Esq., P.M., in seinem oben beschriebenen Zimmer. Er war allein, und auf seiner Stirn lagerten die Furchen tiefen Nachdenkens und feierlicher Würde. Er entwarf eine »Schrift zu besserer Heilighaltung des Ostermontags«.

Der Bediente klopfte an die Tür. Der Gesetzgeber fuhr aus seinem Nachsinnen empor, und Miss Crumpton wurde gemeldet und nach einiger Zeit vorgelassen. Sie nahm mit einem gehörigen Maße von Affektation Platz, der Bediente ging, und Miss Crumpton und das P.M. waren allein. Wie sehnlich sie eine dritte Person herbeiwünschte! Sogar das spaßhafte junge Herrlein würde ihr Herzenserleichterung verschafft haben.

Miss Crumpton hub an. Sie hoffte, dass sich Mrs. Brook Dingwall und der allerliebste kleine Knabe wohl befänden.

Es verhielt sich so. Sie weilten übrigens in Brighton.

»Ich bin Ihnen sehr verbunden, Miss Crumpton«, sagte Cornelius in seinem würdevoll-herablassendsten Tone; »sehr verbunden für Ihren Besuch. Ich würde nach Hammersmith gekommen sein, um Lavinia zu sehen, allein, Ihr Bericht war so befriedigend, und meine Obliegenheiten im Hause beschäftigten mich so sehr, dass ich beschloss, es noch eine Woche aufzuschieben. Wie ist es bisher mit ihr gegangen?«

»O, sehr gut, Sir«, erwiderte Maria, die sich fürchtete, dem Vater die Mitteilung zu machen, dass seine Tochter davongegangen sei.

»Schön. Ich wusste es wohl, dass mein wohlberechnetes Verfahren seinen Zweck nicht verfehlen konnte.«

Miss Maria Crumpton hatte hier eine Gelegenheit, sogleich anzuknüpfen und Mr. Dingwall zu sagen, dass Miss Lavinia durch die unzweifelhaft an sich richtige Rechnung einen unberechneten Strich gemacht hätte; allein, die unglückliche Miss Crumpton fühlte sich zu schwach dazu.

»Sie haben die Linie des von mir vorgeschriebenen Benehmens ohne Zweifel vollkommen eingehalten, Miss Crumpton?«

»Vollkommen, Sir!«

»Sie schrieben mir, dass meine Tochter allmählich wieder heiterer würde.«

»Sie wurde allerdings viel aufgeweckter.«

»Ich war im Voraus davon überzeugt.«

»Ich fürchte nun aber, Sir«, sagte Miss Crumpton mit sichtlicher Bewegung, »ich fürchte, dass Ihr Plan nicht so wohl gelungen ist, wie zu wünschen wäre.«

»Wie!«, rief, der Prophet aus; »Miss Crumpton, ich erschrecke. Was ist vorgefallen?«

»Miss Brook Dingwall, Sir –«

»Nun, Ma'am –«

»Hat sich entfernt, Sir«, sagte Maria, eine starke Neigung zu einer Ohnmacht an den Tag legend.

»Hat sich entfernt!«

»Entführen lassen, Sir!«

»Entführen lassen – von wem – wann – wohin – wie?«, schrie der bestürzte Diplomat fast.

Das natürliche Gesichtsgelb der unglücklichen Maria verwandelte sich in alle Farben des Regenbogens, indem sie ein kleines Paket auf Cornelius' Tisch legte.

Er öffnete es hastig. Ein Schreiben von seiner Tochter und ein zweites von Theodosius. Er durchlief den Inhalt – »bevor Sie diese Zeilen erhalten, weit entfernt – Berufung auf Ihre Gefühle – unwiderstehliche Macht der

Liebe – Wachs – Sklaverei«, usw. usw. Er schlug sich mit der Hand vor die Stirn und ging zur großen Beunruhigung der förmlichen Maria mit schrecklich langen Schritten auf und ab.

»Hören Sie«, sagte Mr. Brook Dingwall, plötzlich am Tische stillstehend und den Takt darauf schlagend, »von dieser Stunde an werde ich keinem Menschen, der Pamphlete schreibt, unter keinerlei Umständen wieder gestatten, ein Gemach dieses Hauses zu betreten, die Küche ausgenommen – ich gebe meiner Tochter und ihrem Mann hundertundfünfzig Pfund jährlich, und sie kommen mir nie wieder vor die Augen – und, alle Teufel! Ma'am, ich bringe einen Gesetzentwurf ein für Abschaffung der Vollendungsschulen!«

Es ist seit dieser zornigen Erklärung einige Zeit verflossen. Mr. und Mrs. Butler genießen ihre Seligkeit in einem ländlichen Häuschen in Balls-Pond, das reizend in der Nähe eines Backsteinfeldes gelegen ist. Sie haben keine Familie. Mr. Theodosius zeigt sehr wichtige Mienen und schreibt unaufhörlich; allein, infolge einer ruchlosen Verschwörung der Buchhändler wird keins der Erzeugnisse seiner Feder gedruckt. In seiner jungen Frau steigt der Gedanke auf, dass eingebildetes Elend wirklichen Leiden vorzuziehen und dass eine in Hast geschlossene und nach Muße bereute Verheiratung eine bitterere Schmerzensquelle sei, als sie es sich jemals geträumt hätte.

Nach ruhiger Überlegung sah sich Cornelius Brook Dingwall genötigt, einzuräumen, dass er das unglückliche Ergebnis seiner bewundernswürdigen Anordnungen nicht den Misses Crumpton, sondern seiner eigenen

Diplomatie zuschreiben müsse. Er tröstete sich jedoch gleich anderen kleinen Diplomaten damit, dass, genau betrachtet, seine Pläne, wenn sie nicht gelungen waren, doch hätten gelingen sollen. Minerva-House befindet sich im Status quo, und die Misses Crumpton befinden sich fortwährend im friedlichen und ungestörten Genusse sämtlicher, ihrer Vollendungsschule entsprießender Vorteile.

Horatio Sparkins

»Wirklich, lieber Mann, er bewies Theresa am letzten Gesellschaftsabend große Aufmerksamkeiten«, sagte Mrs. Malderton zu ihrem Gatten, der, nach seinen Tagesmühen in der City, ein seidenes Tuch über den Kopf gedeckt, die Füße auf das Kamingitter gestellt hatte und seinen Portwein trank; »sehr große Aufmerksamkeiten; und ich wiederhole es, wir sollten ihm auf jede Weise entgegenkommen. Er muss durchaus zum Mittagessen eingeladen werden.«

»Wer muss eingeladen werden?«, fragte Mr. Malderton.

»Du weißt ja, wen ich meine, liebster Malderton – der junge Mann mit dem schwarzen Backenbart und der weißen Halsbinde, der soeben in unserem Gesellschaftszirkel aufgetaucht ist und von dem alle Mädchen sprechen – der junge – wie heißt er doch? – Marianne, wie heißt er?«

Marianne war Mrs. Maldertons jüngste Tochter. Sie war beschäftigt, eine Börse zu sticken, und bemühte sich, empfindsam auszusehen. »Mr. Horatio Sparkins,

Mama«, erwiderte Miss Marianne mit einem Juliaseufzer.

»Richtig – Horatio Sparkins«, sagte Mrs. Malderton; »ohne Frage der feinste und wohlerzogenste junge Mann, den ich jemals gesehen habe. Er sah am letzten Gesellschaftsabend in seinem wie angegossen sitzenden Rocke aus wie – wie –«

»Wie Prinz Leopold, Mama – so nobel, so gefühlvoll!« fiel Miss Marianne im Tone enthusiastischer Bewunderung ein.

»Du solltest bedenken, liebster Mann«, fuhr Mrs. Malderton fort, »dass Theresa achtundzwanzig Jahre alt und dass es wirklich von großer Wichtigkeit ist, dass etwas geschieht.«

Miss Theresa Malderton war eine kleine, runde Person mit hochroten Wangen, von freundlichem Wesen und noch ohne Gatten, Bewerber oder Anbeter; ein Unglück, dessen Ursache jedoch, um ihr Gerechtigkeit widerfahren zu lassen, keineswegs in einem Mangel an Beharrlichkeit von ihrer Seite lag. Sie hatte vergeblich zehn Jahre lang kokettiert, vergeblich hatten Mr. und Mrs. Malderton eine ausgedehnte Bekanntschaft mit jungen heiratsfähigen Männern aus Camberwell, Wandsworth und Brixton sogar sorgfältig unterhalten; die Londoner noch nicht einmal gerechnet, die sonntags vorsprachen. Miss Malderton war so bekannt wie der Löwe auf dem Giebel von Northumberland-House und hatte ungefähr ebenso viel Wahrscheinlichkeit, »wegzugehen«, wie der Tierkönig, obschon er fortwährend, gleich Miss Malderton, »auf dem Sprunge« war.

»Ich bin vollkommen überzeugt, dass er dir gefallen würde«, fuhr Mrs. Malderton fort; »er ist so weltmännisch.«

»So geistreich«, sagte Miss Marianne.

»Und spricht so vortrefflich, so fließend«, fügte Miss Theresa hinzu.

»Er hegt große Hochachtung für dich, lieber Mann«, sagte Mrs. Malderton zu ihrem Gatten in vertraulichem Tone.

Mr. Malderton hustete und sah in das Feuer.

»Ich bin überzeugt, dass er sehr viel von Papa hält«, sagte Miss Marianne.

»Ohne allen Zweifel«, bekräftigte Miss Theresa.

»In der Tat, er hat es mir selbst im Vertrauen gesagt«, bemerkte Mrs. Malderton.

»Schon gut, schon gut«, entgegnete Mr. Malderton einigermaßen geschmeichelt; »wenn ich ihn morgen im Gesellschaftszirkel sehe, lade ich ihn vielleicht zu uns ein. Ich denke, er wird wissen, dass wir auf Oak Lodge in Camberwell wohnen, meine Liebe?«

»Natürlich – und auch, dass du einen Wagen und ein Pferd hältst.«

»Nun, wir wollen sehen«, sagte Mr. Malderton, sich zu einem Schläfchen zurechtsetzend; »ich werde daran denken.«

Mr. Malderton war ein Mann, dessen Gesichtskreis auf Lloyds, die Börse, das Ostindienhaus und die Bank beschränkt war. Einige glückliche Spekulationen hatten ihn aus einem dürftigen Mann in einen wohlhabenden verwandelt. Wie es in solchen Fällen häufig zu geschehen pflegt, hatte sich mit der Zunahme der Mittel seine Meinung von seiner Person und seiner Familie sehr ungebührlich gesteigert; er suchte es den Vornehmeren und Reicheren in jeder Torheit nachzutun, strebte vornehm zu sein und legte einen entschiedenen und geziemenden Abscheu vor allem, was möglicherweise als gewöhnlich betrachtet werden konnte, an den Tag. Mr. Malderton war gastlich aus Prunksucht, engstirnig aus Unwissenheit und voll von Vorurteilen aus Dünkel und Eitelkeit. Sein vortrefflicher Tisch verschaffte ihm zahlreiche Gäste. Er sah gern gescheite Personen bei sich oder solche, die er dafür hielt, weil davon gesprochen wurde, konnte aber durchaus die »gewitzten« Leute, wie er sie nannte, nicht leiden. Er hegte diese Abneigung wahrscheinlich aus Höflichkeit gegen seine beiden Söhne, die ihrem werten Papa in dieser Beziehung keine Unruhe verursachten. Die Familie war von dem Ehrgeiz besessen, sich Bekanntschaften und Verbindungen in einem höheren gesellschaftlichen Kreise zu verschaffen als dem, in dem sie sich selbst bewegte; und eine der notwendigen Folgen dieses Hanges und ihrer damit verbundenen gänzlichen Unkenntnis der Welt außerhalb ihrer eigenen beschränkten Sphäre war die, dass jeder, der sich nur mit einigem Schein einer Bekanntschaft mit Leuten von Rang und hoher Geburt rühmen konnte, gastlicher Aufnahme in Mr. Maldertons Hause stets gewiss war.

Mr. Horatio Sparkins' Erscheinen in dem Gesellschaftszirkel hatte unter deren regelmäßigen Teilnehmern nicht wenig Aufsehen und Neugierde erregt. Was mochte er sein? Er war augenscheinlich zurückhaltend und, wie es schien, melancholisch. War er ein Geistlicher? Er tanzte zu gut. Ein Sachwalter? Man sah und hörte nichts von ihm in den Gerichtshöfen. Er bediente sich sehr gewählter Ausdrücke und sprach ziemlich viel. War er vielleicht ein Ausländer von Distinktion, der in der Absicht nach England gekommen war, das Land und seine Sitten und Gebräuche zu schildern, und Citybälle und öffentliche Diners besuchte, um sich mit dem Leben und Treiben der großen Welt und englischer verfeinerter Sitte und Bildung bekannt zu machen? Aber man bemerkte bei ihm durchaus keine fremde Betonung. War er Wundarzt, Künstler, schrieb er Moderomane oder für die belletristischen Zeitblätter? Nein. Dem allen stand irgendeine gewichtige Einwendung entgegen. Jedermann sagte: »Er muss aber doch *etwas* sein.« Auch Mr. Malderton schloss sich dieser Meinung an, »denn«, sprach er bei sich selbst, »er fühlt unsere Überlegenheit und erweist uns so große Aufmerksamkeit.«

Der Abend nach der erwähnten Familienunterredung war ein »Gesellschaftsabend«. Das Vorfahren des Wagens ward auf präzis neun Uhr bestellt. Die Misses Malderton legten himmelblaue, mit künstlichen Blumen besetzte Atlaskleider an, und Mrs. Malderton – eine kleine, runde Frau – war ebenso angezogen und sah aus, wie ihre älteste Tochter mit zwei multipliziert. Mr. Frederick Malderton, der älteste Sohn, war in seinem eleganten Ballanzug das wahrhafte Ideal eines fixen, geschniegelten Kellners, und Mr. Thomas Malderton, der jüngste Sohn, glich in seiner weißen Halsbinde, seinem blauen Rock mit glänzenden Knöpfen und seinem roten Uhrband auf das Haar dem Bildnis jenes interessanten, obgleich ein wenig unbesonnenen jungen Herrn George Barnwell. Sämtliche Familienglieder hatten sich darauf vorbereitet, Mr. Horatio Sparkins' Bekanntschaft zu pflegen. Miss Theresa war natürlich so liebenswürdig und interessant, wie Damen von achtundzwanzig auf der Mannsschau zu sein pflegen, und Mrs. Malderton schien lauter Lächeln und Freundlichkeit zu sein. Miss Marianne wollte sich ein paar Verse in ihr Stammbuch erbitten, Mr. Malderton den großen Unbekannten durch eine Einladung zum Mittagessen protegieren, und Tom hatte sich's ausgesonnen, ihn in Betreff seiner Schnupf- tabak- und Zigarrenkenntnis auszuholen. Sogar Mr. Frederick Malderton – er, das Familienorakel in allem, was Geschmack, Kleidung und elegante Arrangements betraf – er, der seine eigene Wohnung im Westend und freien Zutritt im Covent-Garden-Theater hatte, stets nach der Mode des Monats gekleidet war, dieselben Par- tien machte, die von der vornehmen Welt gemacht wur- den, und sich eines vertrauten Freundes rühmte, der einst mit einem Gentleman bekannt war, der vormals in Albany wohnte – selbst er hatte beschlossen, dass Mr. Horatio Sparkins ein verflucht guter Patron sei und dass er ihm die Ehre erweisen wolle, ihn zu einer Partie Bil- lard aufzufordern.

Der erste, die sehnsüchtigen Blicke der hoffenden Fa- milie bei ihrem Eintritte in den Ballsaal treffende Gegen- stand, war der interessante Horatio. Er lehnte mit aus der Stirn gestrichenem Haar und die Augen empor an die Decke geheftet an einem Pfeiler.

»Da ist er«, flüsterte Mrs. Malderton sehr erregt ihrem Gatten zu.

»Wie ähnlich Lord Byron«, murmelte Theresa.

»Oder Montgomery«, flüsterte Miss Marianne.

»Oder den Porträts des Kapitän Roß!« fiel Tom ein.

»Tom – sei kein Esel«, sagte sein Vater, der Tom bei jeder Gelegenheit zum Schweigen verwies, wahrscheinlich um zu verhindern, dass er »gewitzt« würde, was sehr unwahrscheinlich war.

Der elegante Sparkins posierte mit bedeutendem Effekt, bis die Familie Malderton in seine Nähe kam, fuhr sodann mit höchst natürlich nachgemachter freudiger Überraschung empor, redete Mrs. Malderton mit der größten Herzlichkeit an, begrüßte die jungen Damen auf die bezauberndste Weise, verbeugte sich auf das Ehrerbietigste vor Mr. Malderton und erwiderte die Begrüßung der beiden jungen Herren mit halb erfreuter und halb herablassender Gönnermiene, was ihre Überzeugung zu vollkommener Gewissheit erhob, dass er ein bedeutender und zugleich ein verbindlich-liebenswürdiger Mann sei.

»Miss Malderton«, sagte Horatio nach den gewöhnlichen Begrüßungen und verbeugte sich dabei sehr tief, »vergönnen Sie mir, die Hoffnung hegen zu dürfen, dass Sie mir gestatten werden, das Vergnügen zu haben –«

»Ich glaube nicht, dass ich schon engagiert bin«, sagte Miss Theresa, schreckliche Gleichgültigkeit mimend – »aber wirklich – so viele –«

Horatio sah so allerliebst unglücklich aus wie ein auf einem Stückchen Apfelsinenschale ausgleitender Hamlet.

»Es wird mir das größte Vergnügen gewähren«, säuselte die interessante Theresa endlich, und Horatios Antlitz begann wieder zu glänzen wie ein alter Hut in einem Regenschauer.

»Es ist wahr, ein sehr feiner junger Mann«, bemerkte Mr. Malderton sehr befriedigt, als Horatio seine Partnerin zum Tanz entführte.

»Sein Takt ist ganz ausgezeichnet«, fiel Mr. Frederick ein.

»Wahrhaftig, er ist ein Hauptkerl«, sagte Tom, der es sich nie versagen konnte, mit einzureden; »er spricht ganz wie ein Auktionator.«

»Tom!«, sagte sein Vater feierlich, »ich meinte dir schon gesagt zu haben, dass du kein Gimpel sein sollst.«

Tom sah so vergnügt aus wie ein Hahn an einem regnerischen Morgen.

»Wie entzückend!«, sagte der interessante Horatio zu seiner Tänzerin, als er mit ihr nach Beendigung der Quadrille im Saale auf und ab ging – »wie entzückend, wie erquickend ist es, sich von den Gewitterstürmen, den Wirren und Unruhen des Lebens, und wär' es auch nur für kurze flüchtige Augenblicke, zurückzuziehen; und diese Momente, so kurz sie sein und so schnell sie dahinschwinden mögen, in der süßen, seligen Nähe einer Dame hinzubringen, deren Zürnen der Tod, deren Falschheit Verderben, deren Treue Seligkeit sein und deren Kälte in Wahnsinn stürzen würde – deren Zuneigung als der glänzendste und schönste Lohn erscheint, mit dem der Himmel einen Mann beglücken könnte.«

»Wie gefühlvoll, wie poetisch!«, dachte Miss Theresa und lehnte sich stärker auf ihres Führers Arm.

»Doch genug – genug«, fuhr der elegante Sparkins mit theatralischer Betonung fort. »Was hab' ich gesagt? Was hab' ich – hab' ich – mit Gefühlen dieser Art zu schaffen? Miss Malderton – darf ich hoffen, dass Sie es mir erlauben, Ihnen das sehr geringe Anerbieten –«

»Wirklich, Mr. Sparkins«, unterbrach ihn Theresa innerlich jubelnd und süß und verwirrt errötend, »ich muss Sie an meinen Vater verweisen. Ohne seine Einwilligung darf ich es schlechterdings nicht wagen, zu – zu – «

»Er wird sicher nichts dagegen haben –«

»Ach, Sie – Sie kennen ihn nicht«, fiel Miss Theresa ein, sehr wohl wissend, dass nichts zu fürchten war; allein, sie wünschte, eine Romanszene herbeizuführen.

»Er kann in der Tat nichts dagegen haben, dass ich Ihnen ein Glas Glühwein anbiete«, fuhr der anbetungswürdige Sparkins ein wenig überrascht fort.

»Ist das alles?« sprach die getäuschte Theresa bei sich selbst. »Wie viel Lärm um nichts!« –

»Es wird mir das größte Vergnügen gewähren, Sir, Sie am nächsten Sonntag um fünf Uhr in Oak Lodge zum Mittagessen bei mir zu sehen, sofern Sie nichts Besseres vorhaben«, sagte Mr. Malderton, als er und seine Söhne nach Beendigung des Balls, mit Mr. Horatio Sparkins plauderten.

Horatio verbeugte sich verbindlich und nahm die schmeichelhafte Einladung an.

»Ich muss gestehen«, fuhr der manövrierende Vater, seinem neuen Bekannten die Dose bietend, fort, »dass ich diese Gesellschaft nicht so sehr liebe wie den Komfort – ich hätte bald gesagt, den Luxus von Oak Lodge; sie haben keine großen Reize für ältere Leute.«

»Und am Ende, Sir, was sind Leute, was sind Menschen?«, sagte der metaphysische Sparkins – »wie gesagt, was ist der Mensch?«

»Sehr wahr«, bemerkte Mr. Malderton, »sehr wahr.«

»Wir wissen, dass wir leben und atmen«, fahr Horatio fort; »dass wir Bedürfnisse und Wünsche, Neigungen und –«

»Ohne allen Zweifel«, unterbrach Mr. Frederick Malderton mit äußerst weiser Miene.

»Ich wollte sagen, wir wissen, dass wir existieren«, wiederholte Horatio mit erhobener Stimme; »doch hier sind wir ans Ende unseres Wissens, auf dem Gipfel unserer Forschungen, am Ziele unserer Bestrebungen angelangt. Was wüssten wir weiter?«

»Nichts«, entgegnete Mr. Frederick, und in der Tat konnte niemand mit größerem Rechte eine solche Antwort geben als er. Tom wollte gleichfalls etwas sagen, bemerkte jedoch zum Glück für den Ruf seiner Weisheit des Vaters zornige Seitenblicke and schlich sich davon wie ein auf einer kleinen Dieberei ertappter junger Hund.

»Auf mein Wort«, sagte Malderton der Vater, als die Familie im Wagen nach Hause fuhr, »der Sparkins ist ein wundervoller junger Mann. Was für erstaunliche Kenntnisse! Welch eine stupende Gelehrsamkeit! Und welch eine glänzende Redegabe!«

»Ich glaube fest, dass eine bedeutende Person unter seiner Maske steckt«, bemerkte Miss Marianne. »Wie bezaubernd romantisch!«

»Er spricht sehr laut und sehr artig«, fiel Tom schüchtern ein; »allein, ich verstehe eigentlich nicht, was er sagt.«

»Ich fange fast an zu verzweifeln, dass du jemals irgendetwas verstehen wirst, Tom«, sagte sein Vater, der natürlich durch Mr. Horatio Sparkins' Unterhaltung sehr erleuchtet war.

»Es ist ganz offenbar, Tom«, sagte Miss Theresa, »dass du dich heute Abend entsetzlich lächerlich gemacht hast.«

Die ganze Familie bestätigte Theresas Ausspruch, und der unglückliche Tom drückte sich möglichst tief in seine Wagenecke. Mr. und Mrs. Malderton besprachen noch lange ihrer Tochter Aussichten und die demnächst zu treffenden Einrichtungen. Miss Theresa begab sich zu Bett, erwägend, ob es sich, falls sie einen Titel erheiratete, für sie schicken würde, die Besuche ihrer jetzigen Freundinnen anzunehmen, und träumte die ganze Nacht von verkleideten Grafen, prachtvollen Gesellschaften, Straußfedern, Brautkränzen und Horatio Sparkins.

Am Sonntagmorgen ward vielfach darüber hin und her gesprochen, auf welche Weise der sehnsüchtig erwartete Horatio mutmaßlich erscheinen würde. Hielt er ein Gig – sollte er vielleicht zu Pferd kommen – oder einem Stellwagen seine Gönnerschaft zuwenden? Diese und andere Fragen von gleicher Wichtigkeit beschäftigten Mrs. Malderton und ihre Töchter den ganzen Vormittag.

»Ich muss doch in der Tat sagen«, bemerkte Mr. Malderton zu seiner Gattin, »es ist höchst verdrießlich, dass dein Bruder sich gerade heute bei uns zu Gast gebeten hat. Er hat gar zu gewöhnliche Manieren. Ich habe, da Mr. Sparkins kommt, absichtlich niemand außer Flamwell eingeladen. Und nun dein Bruder – ein Gewürzkrämer – es ist unerträglich. Ich würde lieber tausend Pfund verlieren, als ihn in Gegenwart unseres neuen Bekannten seines Ladens erwähnen hören. Es würde mich nicht stören, dass er hier ist, wenn er nur so gescheit wäre, es nicht merken zu lassen, welch ein Schandfleck er für die Familie ist; aber er ist so verwünscht verliebt in sein schauderhaftes Geschäft, dass er jedermann offenbaren wird, wer und was er ist.«

Mr. Jakob Barton, der Bruder und Schwager, von dem Mr. Malderton sprach, war ein wohlhabender Gewürzkrämer, und so gewöhnlich denkend, so ganz entblößt von feinem Gefühl, dass er nie und nirgend Bedenken trug, zu bekennen, dass er sich nicht »zu vornehm für sein Geschäft« hielt. »Ich mache mir mein Geld damit«, pflegte er zu sagen, »und meinetwegen mag's die ganze Welt wissen.«

»Ah, mein wertester Flamwell, wie geht's?«, rief Mr. Malderton einem eintretenden kleinen Mann mit grüner Brille entgegen. »Sie erhielten mein Billett?«

»Allerdings, und stellte mich mit Ihrer Erlaubnis ein.«

»Kennen Sie nicht einen Mr. Sparkins wenigstens dem Namen nach? Sie kennen ja alle Welt?«

Mr. Flamwell gehörte zu den Leuten mit unglaublich ausgebreiteter Bekanntschaft, die jedermann zu kennen vorgeben, und natürlich niemand kennen. In Maldertons Haus, wo mit begierigen Blicken alles verschlungen wurde, was vornehme Personen betraf, war er ebenso beliebt wie geehrt, und da er sehr gut wusste, mit was für Leuten er es zu tun hatte, ließ er seiner Leidenschaft, mit jedermann bekannt sein zu wollen, alle Zügel schießen. Er hatte eine besondere Manier, seine größten Lügen beiläufig und mit der Miene der Selbstverleugnung einzuflechten oder hinzuwerfen, als ob er fürchtete, für anmaßend gehalten zu werden.

»Hm, nein, ich kenne ihn unter dem Namen nicht«, erwiderte er mit leiser Stimme und unermesslich wichtiger Miene. »Indes zweifle ich nicht im Mindesten, dass ich ihn kenne. Ist er groß?«

»Von Mittelgröße«, sagte Miss Theresa.

»Er hat schwarzes Haar?« fuhr Flamwell, eine dreiste Behauptung wagend, fort.

»Ja, ja«, erwiderte Theresa eifrig.

»Ein wenig von einer Stumpfnase?«

»Nein, o nein«, sagte Theresa verblüfft; »er hat eine römische Nase.«

»Ganz recht, eine römische Nase – das wollte ich eben sagen. Er ist ein feiner junger Mann?«

»Freilich.«

»Hat äußerst einnehmende Manieren?«

»Ja freilich«, sagte die ganze Familie aus einem Munde. »Sie kennen ihn unfehlbar.«

»Ich dachte mir's wohl, dass Sie ihn kennen würden, wenn er ein irgendwie bedeutender junger Mann ist«, rief Mr. Malderton triumphierend aus. »Was meinen Sie, wer er ist?«

»Ihrer Schilderung nach«, sagte Flamwell sinnend und ließ die Stimme fast bis zum Geflüster sinken, »hat er eine starke Ähnlichkeit mit dem hochachtbaren Augustus Fitz-Edward Fitz-John Fitz-Osborne. Er ist ein äußerst begabter junger Mann und ein wenig exzentrisch. Es ist sehr wahrscheinlich, dass er zu irgendeinem Zweck für den Augenblick einen anderen Namen angenommen hat.«

Wie hoch Theresa das Herz schwoll! Sollte er wirklich der hochachtbare Augustus Fitz-Edward Fitz-John Fitz-Osborne sein? Welch ein Name auf eleganten Verlobungskarten! »Der hochachtbare Augustus Fitz-Edward Fitz-John Fitz-Osborne!« Der Gedanke war Entzücken und Seligkeit.

»'s ist in fünf Minuten fünf Uhr«, sagte Mr. Malderton, auf seine Uhr sehend; »ich will hoffen, dass er uns nicht vergebens auf sich warten lässt.«

»Da ist er!«, rief Miss Theresa aus, denn es ertönten mächtige Doppelschläge an der Haustür. Alle bemühten sich – wie es häufig zu geschehen pflegt, wenn ein Besucher begierig erwartet wird – auszusehen, als wenn sie an niemands Eintreten gedacht hätten.

Die Tür wurde geöffnet. »Mr. Barton!«, rief der Bediente.

»Der verwünschte Krämer«, murmelte Mr. Malderton. »Ah, mein werter Herr, wie befinden Sie sich? Nichts Neues?«

»Nein, nichts Besonderes«, antwortete Barton mit seiner gewöhnlichen biederen Zutraulichkeit; »nichts Besonderes, dass ich wüsste. Was macht ihr, Mädels und Burschen? – Freue mich, Sie hier zu sehen, Mr. Flamwell.«

»Da kommt Mr. Sparkins, und auf was für 'nem prächtigen Rappen!«, sagte Tom, der durch das Fenster geschaut hatte.

In der Tat sprengte Horatio auf einem Rappen daher, den er gleich dem ersten Kunstreiter kurbettieren ließ. Er stieg ab und übergab sein Roß dem Stallbedienten, trat ein und wurde Flamwell und Barton sowie diese ihm vorgestellt. Flamwell musterte ihn durch seine Brille mit geheimnisvoll-wichtiger Miene, und Horatio warf Theresa, die sich anstrengte, ausnehmend schmachtend auszusehen, unaussprechliche Dinge verkündende Blicke zu.

»Ists der hochachtbare Augustus – wie nannten Sie ihn doch?«, flüsterte Mrs. Malderton Flamwell zu, der sie nach dem Speisezimmer führte.

»Hm – nein – zum wenigsten nicht so ganz eigentlich«, erwiderte das große Orakel, »nicht so ganz eigentlich.«

»Aber wer ist er denn?«

»Pst!«, sagte Flamwell mit bedeutsamem Kopfnicken, um anzudeuten, dass er es sehr gut wisse, allein durch wichtige Gründe bewogen würde, das wichtige Geheimnis nicht verlauten zu lassen. Der Unbekannte war vielleicht ein Mitglied des Ministeriums, das sich inkognito mit der Volksstimmung bekannt machen wollte.

»Mr. Sparkins«, sagte die glückliche Mrs. Malderton, »darf ich bitten, dass Sie die Damen trennen? John, setzen Sie einen Stuhl für den Herrn zwischen Miss Theresa und Miss Marianne.«

John versah gewöhnlich die Dienste des Stallknechts und Gärtners, war aber an diesem Tage, da es galt, Mr. Sparkins eine große Vorstellung von den Maldertons beizubringen, in Schuhe und ein weißes Halstuch gesteckt und sonst nach Kräften aufgestutzt worden, um wie ein zweiter Bedienter auszusehen. Das Diner war ausgesucht, Horatio erwies Theresa alle möglichen Aufmerksamkeiten, und alle waren äußerst vergnügt mit Ausnahme Mr. Maldertons, der seinen Schwager zu gut kannte, um nicht in fortwährender Angst zu schweben.

»Haben Sie Ihren Freund, Sir Thomas Noland, kürzlich gesehen, Flamwell?«, fragte er, Horiatio von der Seite anblickend, um zu sehen, was für Effekt die Erwähnung eines so bedeutenden Mannes bei ihm machte.

»Hm, nein – ganz kürzlich nicht; vorgestern sah ich aber Lord Gubbleton.«

»Ich hoffe, Seine Lordschaft befindet sich wohl«, fuhr Malderton im Ton der lebhaftesten Teilnahme fort, und kaum wird es nötig sein, zu sagen, dass er bis zu diesem Augenblick hinsichtlich seiner Kenntnis vom Dasein des edeln Lords im Stande der vollkommensten Unschuld gelebt hatte.

»O ja; der Lord befand sich sehr wohl – in der Tat sehr wohl. Er ist ein sehr lieber Mann. Ich begegnete ihm in der City und plauderte lange mit ihm. Wir sind sehr vertraut miteinander. Ich konnte mich indes nicht so lange bei ihm aufhalten, wie ich's gewünscht hätte, weil ich gerade auf dem Wege zu einem Bankier war, einem sehr reichen Mann und Parlamentsmitglied, mit dem ich gleichfalls, wie ich wohl sagen kann, auf dem vertrautesten Fuß stehe.«

»Ah, ich weiß, wen Sie meinen«, sagte Malderton, der genauso viel wusste wie Flamwell selbst.

»Er macht sehr ausgedehnte Geschäfte.«

Hiermit war ein sehr gefährlicher Gegenstand berührt.

»Da von Geschäften die Rede ist«, nahm Barton, der mitten am Tische saß, das Wort, »fällt mir ein, Malderton, dass vor einigen Tagen ein Herr, den Sie sehr genau gekannt haben, ehe Sie Ihre erste glückliche Spekulation machten, in meinen Laden kam, und –«

»Barton, darf ich Sie um die Kartoffeln bitten«, unterbrach ihn der unglückliche Gastgeber, in der Hoffnung, die Geschichte im Keime zu ersticken.

»Mit Vergnügen«, entgegnete der Gewürzkrämer, ohne seines Schwagers Absicht nur von fern zu ahnen – »und fragte sehr freundschaftlich –«

Malderton unterbrach ihn zum zweiten Male durch ein ähnliches Anliegen. Er fürchtete den Schluss der Erzählung und vor allen Dingen die Wiederholung des Wörtchens »Laden«.

»Und fragte also, wie gesagt, sehr freundschaftlich«, fuhr der unerschütterliche Barton fort, »wie geht es mit Ihrem Geschäft? Ich antwortete scherzend: Sie kennen meine Weise – ich halte mich nicht zu vornehm für mein Geschäft und hoffe, es wird auch mich nicht vornehm im Stich lassen. Ha, ha, ha!«

»Mr. Sparkins«, sagte Malderton, der vergeblich seinen Verdruss zu verbergen suchte, »ein Glas Wein?«

»Mit dem größten Vergnügen, Sir.«

»Freue mich, Sie bei uns zu sehen.«

»Danke ergebenst.«

»Wir sprachen vor ein paar Tagen«, fuhr der Wirt zu Horatio fort, um sowohl seinem neuen Bekannten Gelegenheit zu verschaffen, seine Unterhaltungsgabe zu zeigen, als auch in der Hoffnung, den Krämer zu hindern, mit seinen Geschichten zum Vorschein zu kommen – »wir sprachen vor ein paar Tagen über die menschliche Natur. Ihre Ansichten erschienen mir ebenso neu wie wahr.«

»Mir auch«, fiel Mr. Frederick ein, und Horatio antwortete durch eine graziöse Kopfneigung.

»Was ist denn Ihre Meinung über die Frauen, Mr. Sparkins?« nahm Mr. Malderton das Wort.

Die jungen Damen lächelten und sahen verschämt vor sich nieder.

»Der Mann«, erwiderte Horatio, »der Mann, sei es, dass er die holden; seligen, blumigen Fluren eines zweiten Eden, oder die öde, unfruchtbare, und wenn ich so sagen darf, alltäglich-gemeine Steppe bewohnt, an die wir uns in Zeiten wie die unsrigen gewöhnen müssen: Ich sage, der Mann – und zwar unter allen Umständen und an jedem Orte – mühselig sein Dasein fristend zwischen den Eisfeldern der kalten Zone oder keuchend unter den senkrechten Strahlen der glühenden Äquatorsonne – der Mann würde, ohne die Frauen – allein sein.«

»Es freut mich ausnehmend, Mr. Sparkins«, bemerkte Mrs. Malderton, »zu sehen, dass Sie so ehrenhafte Meinungen hegen.«

»Mich gleichfalls«, fügte Miss Theresa hinzu.

Horatio warf ihr einen dankbar-seligen Blick zu, und die junge Dame wurde so rot wie eine vollkommen aufgeblühte Päonie.

»Meine Meinung ist«, hub Barton an –

»Ich weiß, was Sie sagen wollen«, unterbrach ihn Malderton, entschlossen, seinen Schwager nicht wieder zu Wort kommen zu lassen, »und bin Ihrer Meinung keineswegs.«

»Wieso?«, fragte Barton verwundert.

»Tut mir leid, anderer Meinung sein zu müssen«, erwiderte Malderton so bestimmt, als wenn er wirklich einer ausgesprochenen Behauptung Bartons entgegentrete; »kann aber in der Tat eine Ansicht nicht billigen, die mir als durchaus verkehrt erscheint.«

»Ich wollte aber nur sagen –«

»Sie werden mich nie überzeugen«, unterbrach ihn Malderton im Tone der hartnäckigsten Bestimmtheit; »nie!«

»Und ich«, fiel Mr. Frederick ein, dem Vater zum Angriffe nachfolgend, »ich kann Mr. Sparkins' Meinung durchaus nicht teilen.«

»Wie!«, rief, Horatio aus, der in demselben Maße metaphysischer und redseliger wurde, als er gewahrte, dass ihm die Damen mit bewunderndem Entzücken zuhörten; »wie! Ist die Wirkung die Folge der Ursache? Ist die Ursache die Vorläuferin der Folge?«

»Das eben ist die Frage«, fiel Flamwell beistimmend ein.

»Allerdings«, sagte Mr. Malderton.

»Ist nun die Wirkung der Ursache Folge und geht die Ursache der Wirkung vorher, so möchten Sie entschieden unrecht haben«, fuhr Horatio fort.

»Offenbar unrecht«, bekräftigte Flamwell.

»Ich darf zum wenigsten hoffen, meine Behauptung logisch begründet zu haben?«, sagte Sparkins in fragendem Ton.

»Ohne allen Zweifel«, stimmte Flamwell abermals bei. »Sie haben sie ganz außer Frage gestellt.«

»Mag sein«, sagte Mr. Frederick; »es wollte mir nur nicht sogleich einleuchten.«

Und mir leuchtet es auch jetzt noch nicht ein, dachte der Gewürzkrämer.

»Wie wundervoll gescheit er ist!«, flüsterte Mrs. Malderton ihren Töchtern zu, als sie sich mit ihnen zurückzog.

»Oh, er ist ein ganz prächtiger Mensch!«, sagten die beiden jungen Damen. »Er muss reiche Lebenserfahrungen gemacht haben.«

Als die Herren sich selbst überlassen waren, trat eine Pause ein, während der alle sehr nachdenklich aussahen, als wenn sie durch Horatios Gedankentiefe ganz überwältigt wären. Flamwell, der auszuforschen beschlossen hatte, wer und was Mr. Sparkins eigentlich war, brach zuerst das Stillschweigen.

»Bitte um Vergebung, Sir«, hub er an, »haben Sie nicht die Rechte studiert? Es war einst auch meine Absicht, und ich bin noch jetzt mit mehreren der höchsten Zierden der englischen Anwaltschaft genau bekannt.«

»Nein!«, erwiderte Horatio ein wenig zögernd, »so eigentlich nicht.«

»Allein, ich müsste doch sehr irren, wenn Sie nicht vielen Umgang mit Rechtsgelehrten gehabt hätten?«

»Allerdings; fortwährend seit meinen ersten Jünglingsjahren.

Flamwell meinte, jetzt vollkommen genau zu wissen, was er wissen wollte. Sparkins war ein junger angehender Sachwalter.

»Ich möchte nicht Sachwalter sein«, sagte Tom, der jetzt zum ersten Male den Mund öffnete und umherschaute, um jemand zu finden, der seine Bemerkung beachtete, was indes von niemand geschah.

»Ich möchte keine Perücke tragen«, wagte Tom hinzu-
zusetzen.

»Tom, ich bitte dich, mach dich nicht lächerlich«, nahm
sein Vater das Wort. »Höre zu, unterrichte dich durch
das, was du hörst, und mach nicht fortwährend so abge-
schmackte Bemerkungen.«

»Ja, ja, Vater«, versetzte der unglückliche Tom, der, seit
er seine Mutter um ein Viertel nach fünf – und es war
jetzt acht Uhr – um ein Stück Rindfleisch gebeten, kein
Wort gesprochen hatte.

»Lass gut sein, Tom«, sagte sein gutmütiger Onkel, »ich
denke wie du; möchte auch keine Perücke tragen, binde
lieber 'ne Schürze vor.«

Mr. Malderton hustete stark genug, allein Barton fuhr
fort:

»Denn wenn sich jemand zu vornehm für sein Geschäft
dünkt –«

Der Husten kehrte mit zehnfacher Heftigkeit zurück
und hörte nicht eher wieder auf, als bis der Unheilstifter,
der Schuld daran war, vollkommen vergessen hatte, was
er sagen wollte.

»Mr. Sparkins«, begann Flamwell, seinen Entde-
ckungsversuch wieder aufnehmend, »kennen Sie vielleicht Mr. Delafontaine von Bedford-Square?«

»Er hat mir und ich habe ihm eine Karte geschickt, und
ich hatte seitdem Gelegenheit, ihm einen nicht unbe-
trächtlichen Dienst zu leisten«, erwiderte Horatio, sich
ein wenig verfärbend – ohne Zweifel, weil er sich hatte
verleiten lassen, so etwas auszuschwatzen.

»Sie sind sehr glücklich zu schätzen, wenn Sie Gelegenheit gehabt haben, sich diesen angesehenen Mann zu verpflichten«, bemerkte Flamwell mit einer Miene tiefer Ehrerbietung.

»Ich weiß in der Tat nicht, wer er ist«, flüsterte Flamwell dem Gastgeber vertraulich zu, als sie Horatio in das Damenzimmer folgten; »indes ist es ganz ausgemacht, dass er dem Stande der Rechtsgelehrten angehört, ein Mann von Bedeutung ist, vornehme Verbindungen hat.«

»Ohne Zweifel, ohne allen Zweifel«, versetzte Mr. Malderton.

Der Abend verging äußerst angenehm. Barton schlief ein, Malderton sah sich dadurch von seinen Ängsten befreit und war deshalb so gesprächig und liebenswürdig wie möglich. Miss Theresa spielte ein Modestück, wie Mr. Sparkins erklärte, »vollkommen meisterhaft«, und beide sangen mit Frederick Terzetts ohne Zahl, nachdem sie die erfreuliche Entdeckung gemacht, dass ihre Stimmen auf das Schönste harmonierten. Freilich sangen alle drei die erste Stimme und Horatio hatte nicht nur das kleine Unglück, kein musikalisches Gehör zu haben, sondern kannte auch nicht eine einzige Note; allein die Zeit verging dessen ungeachtet unendlich angenehm, und es war zwölf Uhr geworden, als Mr. Sparkins sein Trauerpferd vorführen ließ. Er hatte jedoch zuvor heilig versprechen müssen, seinen Besuch am folgenden Sonntag zu wiederholen.

»Vielleicht nimmt aber Mr. Sparkins morgen Abend an unserer Partie teil?«, sagte die Frau vom Hause. »Malderton denkt, die Mädchen ins Theater zu führen.«

Mr. Sparkins verbeugte sich und versprach, während der Vorstellung in Loge Nr. 48 zu erscheinen.

»Wir wollen Ihnen den Vormittag nicht rauben«, sagte Theresa in bezauberndem Tone; »denn Mutter gedenkt, die Putzlädenrunde mit uns zu machen, und ich weiß, dass die Herren nur zu oft einen wahren Abscheu davor hegen.«

Mr. Sparkins verbeugte sich abermals und versicherte, dass er entzückt gewesen wäre, wenn er daran hätte teilnehmen können, doch während des Vormittags von wichtigen Geschäften in Anspruch genommen würde. Flamwell warf Malderton bedeutsame Blicke zu. »'s ist die Zeit der Gerichtssitzungen«, flüsterte er.

Am folgenden Vormittag um zwölf Uhr stand der Wagen vor Mr. Maldertons Haustür bereit, die Mutter und die Töchter aufzunehmen. Sie beabsichtigten, bei einer Freundin zu Mittag zu essen und sich zum Theater anzukleiden, zuvor aber zahllose Läden zu besuchen und mannigfache Einkäufe zu machen. Die jungen Damen vertrieben sich die Langeweile der Fahrt damit, dass sie Mr. Horatio Sparkins priesen und auf ihre Frau Mama schalten, dass diese sie immer weiter und weiter fahren ließ, um ein paar Schillinge zu sparen. Endlich hielt das Fuhrwerk vor einem sehr kläglich aussehenden Laden, in dessen Fenster ein buntes Gemisch von Handelsartikeln ausgestellt war – Saffianschuhe, Schals, Sonnenschirme und Hunderte andere.

»Oh, Himmel, Mama, wohin bringen Sie uns!«, sagte Miss Theresa; »was würde Mr. Sparkins sagen, wenn er uns hier sähe!«

»Oh, um alles in der Welt!«, rief Miss Marianne schaudernd aus.

»Bitte, nehmen Sie Platz, meine Damen. Was befehlen Sie?« fragte der dienstbeflissene Ladenbesitzer, der, in seinem mächtigen weißen Halstuch mit steifer Schleife, dem schlechten »Porträt eines Gentleman« in der Kunstausstellung glich.

»Ich wünsche, seidene Stoffe zu sehen«, erwiderte Mrs. Malderton.

»Augenblicklich, Ma'am – Mr. Smith! Wo ist Mr. Smith?«

»Hier, Sir«, ertönte eine Stimme aus dem Kontor hinter dem Laden.

»Geschwind, Mr. Smith«, rief ihm sein Prinzipal zu. »Sie sind doch niemals am Platz, wenn man Ihrer bedarf.«

Mr. Smith gehorchte der Aufforderung, sprang mit großer Behändigkeit über einen Warenballen, der ihm im Wege lag, und stand wie ein Deus ex machina hinter dem Ladentisch dicht vor den kauflustigen Damen. Mrs. Malderton stieß einen ohnmächtigen Schrei aus; Miss Theresa, die sich zur Seite gewendet hatte, um mit ihrer Schwester zu flüstern, blickte auf und erschaute – Horatio Sparkins!

»Wir wollen einen Schleier über die jetzt folgende Szene ziehen«, wie die Romanschreiber sagen. Der geheimnisvolle philosophische, romantische, metaphysische Sparkins – er, der der interessanten Theresa als das verkörperte Ideal der jungen Herzöge und poetischen Grafen erschienen war, von dem sie geträumt und gelesen, das zu schauen sie aber kaum gehofft hatte – war plötzlich verwandelt in Mr. Samuel Smith, den Ladendiener bei einem Kramhändler sehr untergeordneter Klasse! Das würdevolle Verschwinden des Helden von Oak Lodge bei dieser unerwarteten Enthüllung war nur der Flucht eines diebischen Hundes zu vergleichen, dem ein ansehnlicher Stein nachgeworfen wird. Die süßen Hoffnungen der Familie Malderton sollten in nichts zerfließen wie das Zitroneneis bei einem Sommerdiner; Almacks stand ihnen fortwährend so fern wie der Nordpol. Und Miss Theresas Aussichten, einen Mann zu bekommen, waren ungefähr so wahrscheinlich wie die Entdeckung einer nordwestlichen Durchfahrt durch Kapitän Roß.

Jahre sind seit jenem schrecklichen Morgen verflossen. Die Gänseblümchen haben dreimal auf dem Anger von Camberwell geblüht – die Sperlinge haben dreimal ihr Frühlingsgezirp im Hain von Camberwell wiederholt – aber noch immer sind die Misses Malderton unvermählt. Miss Theresas Fall ist verzweifelter denn je, allein Flamwell steht im Zenit seines Ansehens, und die Familie hegt immer noch dieselbe Vorliebe für aristokratische Bekanntschaften und eine verstärkte Abneigung gegen alles *Gewöhnliche*.

Mrs. Joseph Porter

Umfassend und großartig waren die Vorkehrungen in der von Mr. Gattleton, dem sehr wohlhabenden Börsenmakler, bewohnten Villa Rose Clapham Rise, und groß war die gespannte Erwartung der interessanten Familie Mr. Gattletons, als der Tag herannahte, der für die »seit vielen Monaten vorbereiteten« Darstellungen auf dem Liebhabertheater bestimmt war. Die ganze Familie war von der Schauspielmanie besessen. Das sonst immer so saubere und ordentliche Haus war nach Mr. Gattletons markantem Ausdruck »wie aus den Fenstern hinausgeworfen«: Das große Speisezimmer bot, von allen Möbeln und allem Schmuck entblößt, den Anblick einer Rumpelkammer dar, denn es war gefüllt mit allen Kulissenarten, Lampen, Brücken, Wolken, Donner und Blitz, Girlanden und Blumen, Dolchen und Haudegen und in einem Wort – mit alledem, was man unter dem Ausdruck Theaterutensilien begreift. Die Schlafzimmer waren voll von Prospekten und die Küche voll von Dekorationsarbeitern. Einen Abend um den andern fanden Proben im Besuchszimmer statt, und alle Sofas im Hause waren mehr oder minder durch die Beharrlichkeit und Energie beschädigt, womit Mr. Sempronius Gattleton und Miss Lucina die Erstickungsszene in Othello probierten – denn diese Tragödie sollte als erstes Stück aufgeführt werden.

»Wenn wir noch ein klein wenig mehr eingeübt sind, denk' ich, soll es ganz vortrefflich gehen«, sagte Mr. Sempronius zu den übrigen »Mitwirkenden« nach dem Schlusse der hundertundfünfzigsten Probe. Mr. Sempronius war in Erwägung der geringfügigen Unbequemlichkeit, dass er sämtliche Kosten trug, auf die artigste Weise einstimmig zum Direktor erwählt worden.

»Evans«, fuhr er fort, einen langen, schmächtigen, blassen jungen Herrn mit ausgezogenem Knebelbart anredend; »Evans, auf mein Wort, Sie spielen den Roderigo herrlich.«

»Herrlich!« wiederholten die drei Misses Gattleton.

Sämtliche Freundinnen Mr. Evans' erklärten ihn für »einen gar zu lieben Menschen«. Er sah so interessant aus und hatte einen so liebenswürdigen Knebelbart, ganz zu schweigen von seinem Talent, Verse in ein Stammbuch zu schreiben und die Flöte zu spielen! Der interessante Roderigo verbeugte sich mit einem unendlich süßen Lächeln.

»Ich glaube jedoch«, fügte der Direktor hinzu, »dass Sie noch nicht ganz perfekt sind in – in dem Hinfallen – in Ihrer Fechtszene – Sie verstehen?«

»Das Fallen ist sehr schwer«, sagte Mr. Evans nachdenklich. »Ich habe es in der letzten Zeit in unserem Kontor sehr oft probiert, allein, man tut sich dabei gar zu weh. Ich muss rücklings fallen, und es geht dabei nicht ohne verdrießliche Beulen ab.«

»Nehmen Sie sich ja in acht, dass Sie keine Kulisse umstürzen«, bemerkte Mr. Gattleton senior, der zum Souffleur ernannt worden war und an der Sache ein ebenso großes Interesse nahm wie die Jüngsten in der Gesellschaft. »Die Bühne ist sehr beschränkt, wie Sie wissen.«

»Seien Sie ohne Sorgen«, erwiderte Mr. Evans sehr selbstzufrieden. »Ich werde mit dem Kopf ›ab‹fallen von der Bühne, und dann kann ich keinen Schaden tun.«

»Wir machen ohne Frage bedeutenden Effekt mit dem Masaniello«, sagte der Direktor händereibend. »Harleigh singt ihn zum Bewundern.«

Die ganze Gesellschaft pflichtete bei. Mr. Harleigh lächelte, sah dabei sehr einfältig aus – was nichts Seltenes bei ihm war – summte: »O schaut, wie herrlich strahlt

der Morgen«, und wurde so rot wie die Fischernacht-
mütze, die er aufprobierte.

»Lass doch einmal sehen«, sagte der Direktor, an den
Fingern zählend. »Wir werden drei tanzende Bäuerin-
nen haben, außer Fenella, und vier Fischer. Dann unser
Bedienter Tom, dem wir ein Paar von meinen Drellbein-
kleidern und eins von Bobs gewürfelten Hemden und
eine Nachtmütze geben können, sodass er auch ein Fischer ist – macht fünf. In den Chören können wir natürlich alle zwischen den Kulissen mitsingen und in der
Marktszene in Mänteln umhergehen und darunter tragen, was wir wollen. Wenn der Aufstand beginnt, muss
Tom mit einer Spitzhacke von der einen Seite auf die
Bühne herein und an der anderen so schnell er kann
wieder fortstürzen. Die Wirkung muss elektrisierend
sein: Es wird ganz aussehen, als ob er eine Menge wäre.
Und in der Vesuvausbruchsszene müssen wir das rote
Feuer brennen lassen, das Teebrett zur Erde werfen und
Schreien und Lärmen aller Art treiben – und wir machen
ohne Frage Furore.«

»Ohne Frage!«, riefen alle aus einem Munde nach –
und Mr. Sempronius Gattleton eilte fort, um sich das
korkgeschwärzte Gesicht abzuwaschen und die Aufstel-
lung einer nicht genug zu bewundernden Dekoration
von Dilettantenmalerei zu beaufsichtigen.

Mrs. Gattleton war eine ehrliche, gutmütige, vulgäre alte Seele, die ihren Mann und ihre Kinder auf das Zärtlichste liebte und nur drei Antipathien hatte. Erstlich
waren ihr von Natur jedermanns unverheiratete Töchter,
mit Ausnahme ihrer eigenen, zuwider; zweitens hegte
sie eine entsetzliche Furcht vor dem Lächerlichen aller

Art; und drittens – was eine notwendige Folge davon war – flößte ihr »Mrs. Joseph Porter von gegenüber« fast Schauder ein. Den guten Leuten von Clapham und Umgegend war insgemein vor Lästerung und Sarkasmen äußerst bange, und sie machten daher Mrs. Joseph Porter den Hof, schmeichelten ihr, liebedienerten ihr und luden sie ein, so ziemlich aus demselben Grunde, aus dem sich ein blutarmer Schriftsteller mit der allergrößten Höflichkeit gegen den Geldbriefträger benimmt.

»Lassen Sie es nur gut sein, Mama«, sagte Miss Emma Porter zu ihrer verehrten Mutter und bemühte sich dabei, gleichgültig auszusehen. »Wenn ich zur Teilnahme eingeladen worden wäre, so wissen Sie, dass weder Papa noch Sie selbst Ihre Erlaubnis zu einer solchen Schaustellung meiner Person gegeben haben würden.«

»Ich habe nichts anderes von deinem Schicklichkeitsgefühl erwartet«, erwiderte Mrs. Porter. »Ich freue mich zu hören, Emma, dass du die Sache so richtig benennst.«

Miss Porter hatte ihre Person, beiläufig gesagt, erst vor einer Woche vier Tage lang hinter einem Ladentisch auf Fancy Fair jedermann zur Schau gestellt, der geneigt gewesen war, einen Schilling für das Vorrecht zu bezahlen, einige Dutzend Mädchen mit Unbekannten kokettieren und Ladenjungfern spielen zu sehen.

»Seht!«, rief Mrs. Porter, durch das Fenster blickend; »da werden zwei Rindskeulen und ein Schinken offenbar zu Sandwiches hineingetragen, und Thomas, der Konditor, sagt, es wären außer Blancmanger und Gelees zwölf Dutzend Torten bestellt. Und sich nun obenein die Misses Gattleton in Theaterkostümen zu denken!«

»Oh, es ist gar zu lächerlich«, sagte Miss Porter mit einem krampfhaften Kichern. »Ich will ihnen doch aber die Sache ein wenig verleiden«, sagte Mrs. Porter und griff zum Hute und Schal, um ihre menschenfreundliche Absicht auf der Stelle auszuführen.

»Meine liebe Mrs. Gattleton«, sagte sie, nachdem sie eine Zeit lang bei der Nachbarin gesessen und ihr kraft unermüdlichen Ausfragens alles abgelockt hatte, was Mrs. Gattleton selbst von den beabsichtigten theatralischen Vorstellungen wusste; »die Leute mögen sagen, was ihnen beliebt, meine Beste: Und wir wissen ja, dass sie freilich viel und mancherlei reden, denn manche sind nun einmal so boshaft. Ah, meine liebe Miss Lucina, wie befinden Sie sich? – Ich wollte eben Ihrer Frau Mutter mitteilen, dass ich sagen gehört habe –«

»Was haben Sie sagen gehört?«, fragte die Desdemona.

»Mrs. Porter spricht von den theatralischen Vorstellungen«, fiel Mrs. Gattleton ein. »Sie wollte mir leider eben mitteilen –«

»Ich bitte, reden Sie doch nicht davon«, unterbrach Mrs. Porter. »Es ist ja höchst abgeschmackt – geradeso abgeschmackt, als wenn der junge – wie heißt er doch? – sagt, er wundere sich, wie Miss Karoline mit einem solchen Fuße und Knöchel die Eitelkeit haben könne, die Fenella zu geben.«

»So unverschämt wie möglich, wer es auch gesagt hat«, erklärte Mrs. Gattleton, vor Unwillen errötend.

»Sie haben vollkommen recht, meine Liebe«, pflichtete die entzückte Mrs. Porter bei; »denn ich sagte gleich, wenn auch Miss Karoline die Fenella gebe, so folge ja noch gar nicht daraus, dass sie einen zierlichen Fuß zu haben glaube. Und was für Laffen diese jungen Leute sind! Er hatte die Unverschämtheit, zu sagen, –«

Es ist unmöglich, zu sagen, inwieweit Mrs. Porter ihren angenehmen Zweck erreicht haben dürfte, wenn nicht Mr. Thomas Balderstone, Mrs. Gattletons Bruder (im Familienkreise vertraulich »Onkel Tom« genannt) eingetreten wäre, das Gespräch auf einen anderen Gegenstand und Mrs. Porter auf einen trefflichen Operationsplan für den Vorstellungsabend gebracht hätte.

Onkel Tom war sehr reich, liebte seine Neffen und Nichten ausnehmend und war daher ein äußerst wichtiger Mann in der Familie. Er hatte das beste Herz von der Welt, war stets guter Laune und sprach fortwährend. Er setzte seinen Ruhm darin, bei allen Gelegenheiten Stulpenstiefel zu tragen und nie das damals moderne schwarzseidene Halstuch anzulegen. Es war sein Stolz, die wichtigsten Shakespearestücke von Anfang bis zu Ende im Gedächtnis zu haben. Die Folge dieses Papageientalents war, dass er »den Schwan von Avon« nicht nur selbst beständig zitierte, sondern dass er ihn auch nie unrichtig zitieren hören konnte, ohne den unglücklichen Delinquenten zu korrigieren. Auch war er ein Spaßvogel, ließ nie eine Gelegenheit vorübergehen, etwas Witziges oder was er dafür hielt zu sagen, und lachte ohne Ausnahme über alles, was ihm spaßig oder lächerlich vorkam, bis ihm die Tränen in die Augen traten.

»Nun, Mädchen«, sagte Onkel Tom nach dem einleitenden Küssen und Fragen nach dem Befinden, »wie steht's mit der Hauptsache? Könnt ihr eure Rollen – wie? Lucina, liebes Kind, Akt 2, Szene 1, linke Seite, Stichwort:

›Im Schoß der Zukunft harrt.‹ Wie heißt es weiter – nun?
›Verhüte Gott –‹«

»Ja, ja«, sagte Miss Lucina, »ich entsinne mich schon –

›Verhüte Gott,
Dass unsre Lieb' und Glück nicht sollten wachsen
Wie unsrer Tage Zahl.‹«

»Mach hier und da eine Pause«, sagte der alte Herr, der seiner Meinung nach ein großer Kritiker war. »›Dass unsre Lieb' und Glück nicht sollten wachsen‹ – Nachdruck auf das letzte Wort ›wachsen‹ – laut ›wie‹, – eins, zwei, drei, vier; dann wieder laut ›unsrer Tage Zahl‹; *Tage* betont. So ist's recht, liebes Kind; verlass dich auf deinen Onkel, was Betonung anbelangt. – Ah, Sem, wie geht's, alter Junge?«

»Sehr wohl, danke schön, Onkel«, erwiderte Mr. Sempronius, der eben eingetreten war und so ziemlich wie eine Ringeltaube aussah, da er infolge seines beständigen Schwärzens einen Kreis um jedes Auge hatte. »Wir sehen Sie Donnerstag natürlich?«

»Versteht sich, versteht sich, alter Junge!«

»Wie schade es doch ist, dass Ihr Neffe nicht daran dachte, Sie zum Souffleur zu machen, Mr. Balderstone«, flüsterte Mrs. Joseph Porter. »Sie würden ganz unschätzbar gewesen sein.«

»Ich schmeichle mir allerdings, dass ich den Posten erträglich ausfüllen würde«, entgegnete Onkel Tom.

»Sie müssen mir erlauben, mich am Schauspielabend neben Sie zu setzen. Sie würden jederzeit imstande sein, mich zu belehren, wenn Ihre lieben Nichten oder Neffen in irgendeiner Beziehung fehlen sollten. Die Vorstellungen werden ganz unendlich anziehend für mich sein.«

»Und ich werde mich unendlich glücklich schätzen, Ihnen nach meinem besten Vermögen zu dienen.«

»Sie dürfen es aber nicht vergessen.« – »Sicherlich nicht.«

»Ich weiß nicht«, sagte Mrs. Gattleton zu ihren memorierenden Töchtern, als sie am Abend mit ihnen vor dem Kamin saß, »aber ich möchte gar zu gern, dass Mrs. Joseph Porter Donnerstag nicht käme. Ich bin überzeugt, dass sie Böses im Schilde führt.«

»Sie kann uns indes nicht lächerlich machen«, bemerkte Mr. Sempronius Gattleton, sich in die Brust werfend.

Der lange erwartete Donnerstag kam zur gehörigen Zeit und brachte, wie Mr. Gattleton senior philosophisch bemerkte, »keine der Rede werten Unfälle mit«. Freilich war es noch zweifelhaft, ob Cassio imstande sein würde, das Kostüm anzulegen, das man ihm aus der Maskeradengarderobe hatte kommen lassen. Ebenso ungewiss war es, ob die Sängerin von der Influenza hinlänglich wiederhergestellt sein würde, um auftreten zu können. Mr. Harleigh, der Masaniello, war heiser und fühlte sich ziemlich unpässlich, weil er so große Quantitäten Zitronensaft und Kandiszucker genossen, um seiner Stimme zu Hilfe zu kommen; und zwei Flöten und ein Violoncell hatten sich mit starken Erkältungen entschuldigen lassen. Doch was wollte das sagen? Sämtliche Zuschauer kamen. Die Gesellschaft konnte ihre Rollen; die Anzüge waren mit Goldborten und Flittern auf das Reichlichste besetzt; die weißen Federn nahmen sich prachtvoll aus;

Mr. Evans hatte das Fallen so lange eingeübt, dass er perfekt darin und vom Kopf bis zu den Füßen mit Beulen bedeckt war, und Jago war vollkommen überzeugt, dass er in der Erdolchungsszene den bedeutendsten Effekt machen würde. Ein tauber Herr, der die Flöte ohne Lehrer gelernt, hatte sich freundlich erboten, sein Instrument mitzubringen und war eine schätzbare Vervollständigung des Orchesters; Miss Jenkins Fertigkeit auf dem Piano war zu bekannt, um nur einen Augenblick in Zweifel gezogen werden zu können; Mr. Cape hatte das Violinspiel oft mit ihr geübt; und Mr. Brown, der mit seinem Violincell zu kommen gütigst zugesagt hatte, wenn er nur ein paar Stunden vorher Nachricht erhielte, machte seine Sachen ohne Frage vortrefflich.

Es schlug sieben Uhr, und die Zuschauer versammelten sich; das Theater füllte sich rasch mit allem, was in Clapham und Umgegend Rang und Namen hatte. Man sah die Smiths, die Gubbins, die Nixons, die Dixons, die Hicksons usf.; ferner zwei Ratsherrn, einen Sheriff in spe, Sir Thomas Glumper (der unter der vorigen Regierung zum Ritter ernannt worden war, weil er wegen jemands Errettung von Gott weiß, was eine Adresse überbracht hatte); und als die letzten, aber nicht unbedeutendsten, Mrs. Joseph Porter und Onkel Tom, die in der Mitte der dritten Sitzreihe von der Bühne saßen, Mrs. Joseph Porter Onkel Tom mit Geschichtchen aller Art und Onkel Tom jedermann durch unmäßiges Gelächter unterhaltend.

Punkt acht Uhr ertönte die Souffleurglocke, und augenblicklich begann das Orchester die Ouvertüre zu den »Geschöpfen des Prometheus«. Die Pianofortespielerin hämmerte mit der lobenswürdigsten Beharrlichkeit darauflos, und das von Zeit zu Zeit einfallende Violoncell machte sich wirklich sehr schön, wenn man etwas Rücksicht nahm. Der Unglückliche freilich, der es übernommen, die Flötenbegleitung »vom Blatte« zu spielen, erkannte aus verdrießlicher Erfahrung die vollkommene Wahrheit des alten Sprichworts: »aus den Augen, aus dem Sinn«, denn da er sehr kurzsichtig war und vom Notenbuch nur gar zu entfernt saß, so blieb seine Mitwirkung darauf beschränkt, dass er dann und wann ein paar Takte zur unrechten Zeit spielte und die anderen darausbrachte. Man lässt jedoch Mr. Brown nur Gerechtigkeit widerfahren, wenn man sagt, dass er es zum Bewundern tat. Die Ouvertüre war in der Tat einem Wettrennen der Instrumente nicht sehr unähnlich. Erst eilte das Piano und dann das Violoncell einige Takte voraus, und beide ließen die arme Flöte weit hinter sich zurück; wogegen der taube Herr durch seine Beharrlichkeit endlich doch den Sieg davontrug, indem er lustig immer drauflos blies, ohne zu ahnen, dass er allein musizierte, bis ihn das Applaudieren der Zuschauer belehrte, dass die Ouvertüre zu Ende sei. Und als sie zu Ende war, vernahm man auf der Bühne ein verwirrtes Hin- und Herlaufen, und hörte flüstern: »Das ist eine schöne Geschichte! – Was ist zu tun?« usf. Die Zuschauer applaudierten abermals, um die Schauspieler zu ermutigen, und nunmehr forderte Mr. Sempronius den Souffleur mit sehr hörbarer Stimme auf, zum Anfang zu klingeln.

Die Glocke ertönte, sämtliche Zuschauer setzten sich, der Vorhang zitterte, hob sich gerade so hoch, dass man mehrere Paar gelbe Stiefel umhertrippeln sehen konnte, und blieb dann hängen.

Abermals ertönte die Glocke, am Vorhang wurde heftig gerissen, allein er hob sich nicht höher; die Zuschauer kicherten, Mrs. Joseph Porter sah Onkel Tom und Onkel Tom sah jedermann an, rieb sich die Hände und lachte ausgelassen. Nachdem mit der kleinen Glocke so lange geläutet worden war, wie ein Semmelbursche Zeit gebraucht hätte, eine ziemlich lange Straße hinunterzuläuten, und nach sehr vielem Flüstern, Hämmern und lauten Rufen nach Nägeln und Stricken ging der Vorhang endlich in die Höhe, und auf der Bühne zeigte sich den Blicken ganz allein der Othello, Mr. Sempronius Gattleton. Das Publikum klatschte und rief Beifall zu dreien Malen, während Mr. Sempronius die rechte Hand auf die linke Brust legte und sich auf die untadeligste Weise verbeugte. Endlich trat er vor und sagte:

»Meine Damen und Herren, ich versichere Sie, dass es mit dem aufrichtigsten Bedauern geschieht, dass ich bedaure, genötigt zu sein, Ihnen ankündigen zu müssen, dass Jago, der Mr. Wilson spielen sollte – ich bitte um Vergebung, meine Damen und Herren; aber ich bin natürlich ein wenig erregt (Applaus) – ich wollte sagen, dass Mr. Wilson, der den Jago spielen sollte, im – auf – das heißt nämlich – oder mit anderen Worten, ich erhielt soeben ein Billett von ihm, worin er mir schreibt, dass Jago heute den ganzen Abend dringend im Postbüro beschäftigt sei. Unter diesen Umständen bin ich vollkommen überzeugt – wird ein – ein – Liebhabertheater – indem ein anderer Herr die Rolle zu lesen hat – und muss ich also um eine kurze Geduld bitten – und die Humanität und Güte eines britischen Publikums –«

Beifallklatschen erstickte zum Überfluss seine Stimme; er trat ab, und der Vorhang fiel. Der Vorfall versetzte die Zuschauer natürlich in die heiterste Laune; sie betrachteten das Ganze als einen Spaß, warteten mit der größten Geduld eine Stunde und ließen sich dabei die herumgereichten Erfrischungen munden. Später vernahm man von Mr. Sempronius, dass die Verzögerung nicht so lange gedauert hätte, wenn nicht Jago von der Post unerwartet gerade dann angelangt wäre, als der stellvertretende Jago soeben mit dem Ankleiden fertig geworden. Der letztere hatte sich daher wieder aus- und der erstere sich sodann ankleiden müssen, worüber eine umso beträchtlichere Zeit verging, weil ihm das Kostüm zu eng gewesen war.

Endlich nahm die Tragödie allen Ernstes ihren Anfang und hatte auch einen erträglichen Fortgang bis zur dritten Szene des ersten Akts, in der Othello den Senat anredet und Jago, dessen Füße für sämtliche Bühnenstiefel zu groß oder von der Hitze und Aufregung zu geschwollen waren, seine Rolle in gewöhnlichen kurzen Stiefeln spielen musste, die ziemlich sonderbar von seinen reichbesetzten Pantalons abstachen. Als Othello seine Anrede an den Senat begonnen hatte (dessen Würde durch einen Handlanger, der den Herzog vorstellte, zwei auf Empfehlung des Gärtners engagierte gute Freunde besagten Handlangers und einen Knaben vertreten wurde), fand sich für Mrs. Joseph Porter die ersehnte Gelegenheit.

Mr. Sempronius fuhr fort:

»Ehrwürd'ger, mächt'ger und erlauchter Rat,
Sehr edle, wohlerprobte gute Herrn –
Dass ich dem alten Mann die Tochter nahm,
Ist völlig wahr; ich bin von rauem Wort –«

»War das recht?«, flüsterte Mrs. Porter Onkel Tom zu.

»Nein.«

»So sagen Sie es ihm doch.«

»Ja, ja, – Sem! Das war nicht recht, alter Junge.«

»Was war nicht recht, Onkel?«, fragte Othello, die Würde seiner Rolle gänzlich vergessend.

»Du hast etwas ausgelassen. ›Wahr, sie ist mir vermählt –‹«

»Ah, ah!«, sagte Mr. Sempronius und bemühte sich ebenso sehr und so unwirksam, seine Verwirrung zu verbergen, wie die Zuschauer sich Mühe gaben, ihr Kichern durch heftiges Husten zu unterdrücken – –

»wahr, sie ist mir vermählt; –
Der Tatbestand und Umfang meiner Schuld
Reicht dahin; weiter nicht.«

»Warum soufflierst du nicht, Vater?«

»Weil ich meine Brille verlegt habe«, erwiderte Mr. Gattleton, der von der Hitze und dem Getümmel halb tot war.

»Weiter!«, rief Onkel Tom. »Jetzt kommt: ›Ich bin von rauem Wort‹.«

»Ja, ich weiß es«, rief der unglückliche Direktor zurück und redete weiter.

Es würde nutzlos und ermüdend sein, noch die vielen Fälle aufzuzählen, in denen Onkel Tom, der jetzt vollkommen in seinem Element war und durch die boshafte Mrs. Porter fortwährend angestachelt wurde, die Irrtümer der Schauspieler verbesserte. Es mag hinreichen, zu sagen, dass ihn, nachdem er sein Steckenpferd einmal bestiegen hatte, nichts bewegen konnte, wieder herunterzusteigen, und dass er, gleichsam als ein zweiter Souffleur, das ganze Stück vor sich hinmurmelte. Die Zuschauer ergötzten sich ausnehmend, Mrs. Porter war entzückt, und sämtliche Schauspieler gerieten außer Fassung: Onkel Tom hatte sich in seinem Leben nicht besser unterhalten, und seine Neffen und Nichten, obwohl die erklärten Erben seiner Schätze, hatten nie so herzlich gewünscht, dass er zu seinen Vätern versammelt sein möchte, wie an jenem denkwürdigen Abend.

Verschiedene andere, geringere Ursachen kamen noch hinzu, um den Eifer der Liebhaber zu dämpfen. Keiner von ihnen konnte in den knapp anliegenden Gewändern gehen oder die Arme in den Kostümen rühren: Die Hosen waren zu kurz, die Stiefel zu weit und die Schwerter von allen Größen und Arten. Mr. Evans, der zu groß für die Bühne war, trug einen schwarzen Samthut mit ungeheuren, weißen Federn, die von den Zuschauern nicht gesehen werden konnten, und den er nur mit großer Schwierigkeit auf dem Kopfe zu befestigen, und wenn er ihn festgesetzt hatte, nicht wieder herunterzubringen vermochte. Trotz allem seinem Einüben fiel er mit dem Kopfe und den Schultern so meisterhaft durch eine Seitenwand, wie ein Harlekin in einer Weihnachtspantomime durch einen Reif gesprungen sein würde. Die Pianofortespielerin wurde am Anfang der Nachstücke infolge der Hitze im Saale ohnmächtig, und die Flöte und das Violoncell mussten Masaniello allein beim Gesang begleiten. Das Orchester beklagte sich, dass es von Mr. Harleigh darausgebracht würde, und Mr. Harleigh erklärte, dass ihn das Orchester gänzlich am Singen hindere. Die gemieteten Fischer revoltierten im eigentlichen Sinne und wollten schlechterdings nicht spielen, wenn ihnen nicht eine größere Quantität Branntwein bewilligt würde; und als ihrem Begehren Genüge geleistet war, traten sie in der Vesuvausbruchsszene so natürlich betrunken wie möglich auf. Das rote Feuer am Schlusse des zweiten Aktes hatte nicht nur die Zuschauer fast erstickt, sondern obendrein beinahe das Haus in Brand gesteckt, und die Schlussszene wurde in dichtem Rauche gespielt.

Kurzum, das Ganze missglückte vollkommen, wie Mrs. Joseph Porter jedermann triumphierend sagte. Die Zuschauer kehrten um vier Uhr morgens heim, erschöpft vom Lachen, an heftigen Kopfschmerzen leidend, und schrecklich nach Schwefel und Schießpulver riechend. Die Herren Gattleton, senior und junior, begaben sich mit der unbestimmten Idee zur Ruhe, in den ersten Tagen der nächstfolgenden Woche nach dem Schwanenflusse auszuwandern.

Villa Rose sieht wieder aus wie sonst: die Möbel des Speisezimmers stehen wieder an ihrem Ort; die Tische sind so hell poliert wie früher, und sämtliche Vorderfenster haben zum Schutz gegen Mrs. Joseph Porters forschende Blicke Jalousien erhalten. Das Theater wird in der Familie Gattleton nicht mehr erwähnt, ausgenom-

men vonseiten Onkel Toms, der sich nicht enthalten
kann, bisweilen sein Erstaunen und Bedauern auszudrücken, dass seine Neffen und Nichten allen Geschmack an den Schönheiten Shakespeares und dem Zitieren aus den Werken des unsterblichen Dichters verloren zu haben scheinen.

Master Kitterbells Taufe

Mr. Nikodemus Dumps oder, wie seine Bekannten ihn
zu nennen pflegten, »der lange Dumps«, war ein Hagestolz, sechs Fuß hoch und fünfzig Jahre alt – mürrisch,
totengräberisch, wunderlich und boshaft. Er war nur
vergnügt, wenn er unglücklich war und fühlte sich stets
unglücklich, wenn er die meiste Ursache zur Fröhlichkeit hatte. Sein einziges wahrhaftes Vergnügen bestand
darin, jedermann um sich her verdrießlich oder sorgen-
voll zu sehen, und erst wenn dies der Fall war, konnte
man von ihm sagen, dass er seines Lebens froh wurde.
Er war mit einem Amt bei der Bank mit jährlichen fünfhundert Pfund geplagt und mietete eine Wohnung in
Pentonville, weil er aus seinen Fenstern die Aussicht auf
den ganz nahen Kirchhof hatte. Er kannte jeden Grab-
stein auf das genaueste, und jedes Leichenbegängnis
schien seine lebhafteste Teilnahme zu erregen. Seine
Freunde nannten ihn sauertöpfisch; er bestand darauf, er
sei nervenschwach. Sie hießen ihn einen Glückspilz: Allein er beteuerte, der unglücklichste Mensch von der
Welt zu sein. Kalt, wie er war, und unglücklich, wie er
sich selbst nannte, war er doch nicht ganz unempfäng-
lich für wärmere Gefühle und Neigungen, Er verehrte
das Andenken des berühmten Whist-Schriftstellers

Hoyle, da er selbst ein ausgezeichneter und unermüdlicher Whistspieler war; er kicherte vor innerlichem Behagen, wenn er einen verdrießlichen und ungeduldigen Mitspieler hatte. Den König Herodes verehrte er wegen des bethlehemischen Kindermords wie einen Heiligen; denn wenn er irgendein Geschöpf mehr als ein anderes hasste, so war es ein Kind. Übrigens missfiel ihm freilich alles, und zwar in ziemlich gleichem Maße; vielleicht aber galten Kabrioletts, alten Frauen, Türen, die nicht schließen wollten, Musikdilettanten und Cads (Omnibuskondukteure) seine größten Antipathien. Er schickte dem Verein der Gesellschaft für Unterdrückung des Lasters beträchtliche Beiträge, um das Vergnügen zu haben, harmlose Belustigungen hindern zu helfen, und steuerte sehr reichlich zur Unterstützung zweier reisender Methodistenprediger in der holdseligen Hoffnung bei, dass recht viele durch die Umstände Begünstigte und Glückliche in dieser Welt durch die unterstützten Prediger bekehrt und durch Furcht vor der andern Welt unglücklich werden würden.

Mr. Dumps hatte einen Neffen, der seit einem Jahr verheiratet war und bei seinem Oheim einigermaßen in Gunst stand, weil er einen trefflichen Gegenstand zur Übung des Unheils stiftenden, Verdruss bereitenden Talents seines Onkels abgab. Mr. Charles Kitterbell war ein kleiner, gedrückter Mann mit einem breiten, gutgelaunten Gesicht. Er sah aus wie ein zusammengeschrumpfter Riese mit teilweise wiederhergestelltem Kopf und Antlitz und schielte dermaßen, dass es für jemand, der mit ihm sprach, rein unmöglich war dahinterzukommen, nach welcher Richtung er hinsähe. Seine Blicke schienen an die Wand geheftet, und man geriet vor ihnen außer Fassung; man bemühte sich vergebens, sie zu fesseln oder festzuhalten, und hätte sich vor ihnen verstecken mögen. Es war nur ein Glück, dass sie nicht ansteckten. Außerdem war Mr. Charles Kitterbell der leichtgläubigste und prosaischste Mann, der jemals eine Frau und ein Haus in der Großen Russelstraße, Bedfordsquare, nahm. Onkel Dumps ließ übrigens »Bedfordsquare« immer aus, und sagte dafür schauderhafterweise »Tottenham-Court-Road«.

»Wahrhaftig, Onkel, Sie müssen mir's versprechen, Gevatter zu stehen«, sagte Mr. Kitterbell, als er sich eines Morgens bei seinem verehrten Verwandten befand.

»Kann's, kann's in der Tat nicht«, entgegnete Dumps.

»Aber warum denn nicht? Mary wird Sie für sehr unfreundlich halten. Es ist ja nur eine geringe Mühe.«

»Was die Mühe betrifft«, erwiderte der unglücklichste Mann von der Welt, »so denke ich gar nicht daran; allein meine Nerven sind in einem Zustand, dass ich die Taufhandlung nicht aushalten kann. Du weißt, dass ich nicht gern ausgehe. – Charles, um des Himmels willen, schaukle dich nicht so auf dem Stuhl, ich könnte wahnsinnig dabei werden.«

Mr. Kitterbell hatte sich seit einer Viertelstunde, ohne alle Rücksicht auf seines Onkels Nerven, auf dem Geschäftsstuhl in der Schwebe gehalten, sodass der Stuhl auf einem Bein balancierte.

»Bitte um Verzeihung«, sagte er bestürzt; »aber kommen Sie doch, Onkel! Wenn es ein Knabe ist, so müssen wir zwei Paten haben.«

»Wenn es ein Knabe ist!«, sagte Dumps; »warum sagst du mir nicht, ob es ein Knabe oder ein Mädchen ist?«

»Ich würde es Ihnen sehr gern sagen, wenn ich nur könnte; allein das Kind ist ja noch ungeboren.«

»Noch ungeboren!« wiederholte Dumps, und ein Hoffnungsstrahl erhellte sein düsteres Antlitz. »Nun, es kann ein Mädchen werden, und dann bedarfst du meiner Patenschaft nicht; oder es wird ein Knabe, und dann kann er vor der Taufe sterben.«

»Das will ich nicht hoffen«, sagte der harrende junge Ehemann mit sehr langem Gesicht.

»Ich auch nicht«, stimmte ihm Dumps bei, der offenbar anfing, vergnügt zu werden. »Ich auch nicht; allein, in den ersten drei Tagen eines Kindeslebens kommen sehr häufig betrübende Fälle vor; der Kinnbackenkrampf ist sehr gewöhnlich, und gefährliche Darmkatarrhe bleiben fast nie aus.«

»O Himmel, Onkel!« keuchte der kleine Kitterbell.

»Ja, ja; am vorigen Dienstag kam meine Hauswirtin mit einem allerliebsten Knaben nieder; Donnerstagabend hat ihn die Wärterin auf dem Schoße – er ist so gesund und munter wie möglich – plötzlich wird er schwarz im Gesicht – man ruft den Arzt – wendet alle möglichen Mittel an, allein –«

»Entsetzlich!«, unterbrach der geängstigte Kitterbell.

»Natürlich starb das Kind, doch es *kann* sein, dass dein Kind am Leben bleibt; und sollt' es ein Knabe sein und bis zur Taufe am Leben bleiben, so werd' ich dann freilich wohl Gevatter stehen müssen.«

Dumps hatte böse Vorahnungen und war deshalb offenbar in guter Laune.

»Ich danke Ihnen, Onkel«, sagte sein äußerst unruhig gewordener Neffe und drückte ihm die Hand so herzlich, als wenn ihm der Sonderling einen wesentlichen Dienst geleistet hätte. »Es wird jedoch am besten sein, wenn ich meiner Frau Ihre Andeutungen mitteile.«

»Wenn sie nervenschwach ist, so sag ihr wenigstens von meiner Hauswirtin Schicksal nichts«, erwiderte Dumps, der natürlich die ganze Geschichte ersonnen hatte; »obwohl es vielleicht deine Pflicht als Ehemann wäre, sie jedenfalls auf das Schlimmste vorzubereiten.«

Als Dumps ein paar Tage später beim Frühstück die Zeitung las, fiel ihm plötzlich die Geburtsanzeige eines jungen Kitterbells in das Auge.

»'s ist wirklich ein Knabe geworden!«, rief er aus und warf das Zeitungsblatt auf den Tisch, fasste sich jedoch bald wieder, da seine Blicke gleich nachher auf eine lange Liste gestorbener Kinder fielen.

Es vergingen sechs Wochen, und da er keine Einladung von seinem Neffen erhielt, fing er an, sich mit dem Gedanken zu schmeicheln, dass das Kind gestorben wäre. Ein Billett zerstörte jedoch seine angenehmen Hoffnungen.

Onkel!

Sie werden hocherfreut sein, von mir zu hören, dass meine geliebte Mary das Wöchnerinnenzimmer verlassen hat und dass Ihr Großneffe und künftiger Pate vortrefflich gedeiht. Er war anfangs sehr klein, ist aber viel größer geworden, und die Wärterin sagt, dass er mit jedem Tage zunähme. Er schreit ziemlich viel und hat eine sehr sonderbare Farbe, was Mary und mich unruhig genug machte; doch die Wärterin sagt, dass es natürlich sei, und da wir von Dingen dieser Art noch nicht viel wissen und verstehen, so beruhigen wir uns vollkommen bei dem, was die Wärterin sagt. Wir glauben, dass er ein sehr kluges Kind werden wird, und die Wärterin glaubt es ganz gewiss, da er nie einschlafen will. Sie können sich leicht denken, dass wir sehr glücklich sind; wir haben nur etwa über ein wenig Ermüdung zu klagen, da er uns keine Nacht schlafen lässt; doch die Wärterin sagt, wir müssten uns daran gewöhnen, es wäre in den ersten sechs bis acht Monaten immer so. Er ist geimpft worden, allein, der Operateur hat sich etwas ungeschickt gezeigt und mit der Lymphe einige kleine Glasstückchen in den Arm gebracht, woher es vielleicht kommt, dass der Knabe ein wenig widerspenstig ist; zum wenigsten meint dies die Wärterin. Wir denken, ihn Freitag um zwölf Uhr in der St. Georgskirche in der Hartstraße Frederick Charles William taufen zu lassen. Ich bitte, kommen Sie nicht später als ein Viertel vor zwölf Uhr. Wir werden einige Freunde zum Abendessen bei uns haben, an dem Sie natürlich teilnehmen müssen. Ich füge mit Leidwesen hinzu, dass das liebe Kind heute ein wenig unruhig ist, ich fürchte, weil es Fieber hat. Glauben Sie, lieber Onkel, dass ich stets bin

Ihr ergebener Charles Kitterbell

N. S. Wir haben soeben die Unruhe des kleinen Frederick entdeckt. Sie liegt in keinem Fieber, wie ich befürchtete, sondern die Wärterin hat ihm gestern Abend zufällig eine Nadel in das Bein gestochen. Wir haben sie herausgenommen, und er ist stiller geworden, obgleich er noch immerfort weint.«

Es ist fast unnötig zu sagen, dass das mitgeteilte interessante Schreiben dem hypochondrischen Dumps wenig zur Freude gereichte. Zurücktreten konnte er nicht wieder; er machte indessen die beste Miene – d. h. eine ungewöhnlich jammervolle – zum bösen Spiele und ließ für den kleinen Kitterbell einen artigen silbernen Becher mit den Buchstaben F.C.W.K. nebst obligaten Verzierungen anfertigen.

Am Montag war schönes, am Dienstag köstliches Wetter, der Mittwoch war beiden genannten Tagen gleich, und der Donnerstag übertraf sie alle; vier schöne Tage hintereinander in London! Die Mietskutscher wurden aufrührerisch, und die dem Fußgänger so dienstwillig aufwartenden Gassenkehrer fingen an, das Dasein einer Vorsehung zu bezweifeln. Der »Morning Herald« zeigte in seinen Spalten an, man habe eine alte Frau in Camden Town sagen hören, dass sich die ältesten Leute keines so beständigen schönen Wetters zu erinnern wüssten, und die Schreiber in Islington mit großen Familien und kleinen Gehältern verabschiedeten ihre schwarzen Gamaschen, verschmähten ihre einst grün gewesenen baumwollenen Regenschirme und stolzierten in weißen Strümpfen und rein gebürstetem Schuhwerk zur Stadt. Dumps sah dem allen mit der Miene tiefster Verachtung zu – sein Triumph stand nahe bevor – er wusste, dass es regnen würde, sobald er ausginge, und wenn das Wetter vier Wochen statt vier Tage schön gewesen wäre; er fühlte sich jammervoll glücklich in der Überzeugung, dass der Freitag ein sehr regnerischer Tag werden würde – und er hatte recht.

»Ich wusst's vorher«, sagte Dumps, als er sich am Freitagmorgen um halb zwölf Uhr Mansion-House gegenüber umschaute; »ich wusst's vorher, denn *ich* bin in im Spiel, und das ist genug.«

In der Tat war das Wetter hinlänglich schlecht, um auch hoffnungslustigere Leute, als Dumps war, zu entmutigen. Es hatte seit acht Uhr ohne Aufhören geregnet, und alle Fußgänger sahen nass und kotbespritzt aus. Alle Arten vergessener oder längst beiseite gestellter Regenschirme waren wieder hervorgesucht, die Gardinen der Kabrioletts sorgfältig verschlossen worden, und die letztern glichen den geheimnisvollsten Bildern in Mrs. Radcliffes Schlössern. Die Omnibuspferde rauchten wie Dampfmaschinen; niemand dachte daran, zeitweiligen Schutz unter Torwegen oder Bogen zu suchen, da das Wetter von jedermann als hoffnungslos erkannt wurde. Alles eilte und drängte triefend und in Schweiß gebadet hastig aneinander vorbei. Dumps stand still; er konnte nicht daran denken, zu gehen, da er sich zur Taufe angekleidet hatte. Nahm er ein Kabriolett, so war er überzeugt, dass er umgeworfen werden würde, und eine Mietskutsche erschien ihm bei seiner Sparsamkeit zu teuer. An der Ecke gegenüber hielt ein Omnibus – der Fall war verzweifelt – Dumps hatte nie gehört, dass ein Omnibus umgeworfen oder dass die Pferde mit einem solchen durchgegangen wären; und warf der Cad ihn um, so konnte er ihn dafür vor Gericht belangen.

»Hallo, Sir!«, rief ihm der junge Gentleman zu, der die Würde des Cad bei den »Dorfburschen« – wie das erwähnte Gebäude hieß – bekleidete.

Dumps eilte hinüber.

»Hier, Sir!«, rief ihm der Rosselenker des »Hark away« zu, und fuhr gerade vor die Wagentür des Nebenbuhlers; »hier, Sir – der ist voll.«

Dumps stand unschlüssig still, worauf die Dorfburschendirigenten den »Hark away« mit einem Strome von Schimpfwörtern überschütteten. Der Streit wurde jedoch vom »Admiral Napier« auf eine für alle Parteien befriedigende Weise beigelegt, indem der Admiral den langen Dumps um den Leib fasste und ihn mitten in sein Fuhrwerk hineinschleuderte, das eben herangekommen war und dem nur noch der Sechzehnte inwendig fehlte.

»Alles in Ordnung«, sagte der Admiral, und fort rasselte das Gebäude wie eine Feuerspritze im vollen Galopp mit seinem weggekaperten Passagier, der die Stellung eines halbaufgeklappten Stiefelknechts zu behaupten suchte und bei jedem Stoße bald zur einen, bald zur anderen Seite fiel, wie »ein Jack-im-Grün« am Maitag, der der Dame mit dem Kochlöffel hin und her taumelnd nachhüpft. [13]

---

13 Die Schornsteinfeger in London halten am 1. Mai einen Aufzug, wobei ein Mädchen Gaben in einem Kochlöffel einsammelt und fortwährend Sprünge macht und ein Bursche ihr nachhüpft, der vom Kopf bis auf das Steinpflaster mit einem kegelförmigen Futteral umgeben ist, das ganz dicht mit frischen Maien umflochten und an der Spitze mit einer Krone geschmückt ist. Anm. d. Übers.

»Um des Himmels willen, wo soll ich sitzen?«, fragte der Unglückliche einen alten Herrn, dem er soeben zum vierten Male auf den Leib gefallen war.

»Wo Sie belieben, nur nicht auf mir«, erwiderte der alte Herr verdrießlich.

Es gelang Dumps endlich, sich einen Sitzplatz zu erringen zwischen einem Fenster, das sich nicht verschließen lassen wollte, und einem Mann, der den ganzen Morgen ohne Regenschirm umhergewandert war und aussah, als wenn er in einer Wassertonne gelegen hätte – nur noch nasser.

»Schlagen Sie doch die Tür nicht so«, sagte Dumps zu dem Kondukteur, als dieser vier Passagiere hinausgelassen hatte; »meine Nerven halten es unmöglich aus.«

»Sagte da ein Herr was?« entgegnete der Cad, steckte den Kopf in den Wagen und bemühte sich, auszusehen, als ob er nicht verstanden hätte.

»Ich sagte, Sie möchten die Tür nicht so heftig zuschlagen«, wiederholte Dumps mit einem Gesicht, das dem des Treffbuben in Krämpfen glich.

»'s ist ganz besonders mit dieser Tür, Sir; sie schließt nicht ohne Zuschlagen«, erwiderte der Cad, öffnete die Tür, so weit er konnte, und schlug sie zum Beweise seiner Angabe mit dem lautesten Krachen zu.

»Bitte um Vergebung, Sir«, redete ein kleiner, kurzatmiger alter Mann, der ihm gegenüber saß, Dumps an; »bitte um Vergebung; aber haben Sie nicht auch bemerkt, dass von fünf Omnibuspassagieren an einem Regentage immer vier mit großen, baumwollenen Regenschirmen einsteigen, die weder Griffe noch Spitzen haben?«

»Nein, Sir, ich habe die Bemerkung noch nicht gemacht«, entgegnete Dumps; er hörte es zwölf schlagen und schrie, da der Omnibus eben an Drury-Lane vorüberrasselte, wo er hinausgelassen zu werden bestimmt hatte: »Hallo, hallo! – wo ist der Cad?«

Der Cad hörte nicht. Einige mutwillige Passagiere kicherten. Der Omnibus rollte an der St. Giles-Kirche vorüber. Dumps wurde ganz heiser und matt von vergeblichem Rufen.

»Halt!«, rief endlich der Cad. »Ich will mich fressen lassen, wenn ich den Herrn nicht vergessen hab'«, der bei Drury-Lane abgesetzt werden wollte. – Machen's ein bissel hurtig, Sir, wenn's beliebt!«

Er öffnete die Wagentür und half Dumps so kaltblütig hinaus, als wenn »alles in Ordnung« wäre. Dumps' Entrüstung gewann dieses Mal die Oberhand über seinen bittern Gleichmut. »Drury-Lane!« keuchte er mit der Stimme eines Knaben, der zum ersten Male in ein kaltes Bad geht.

»Drury-Lane, Sir? – ja, Sir – an der dritten Ecke rechter Hand, Sir!«

Dumps' Zorn beherrschte ihn ganz; er fasste seinen Regenschirm mit festem Griff und ging mit großen Schritten und mit dem hartnäckigen Entschluss davon, seine Fahrt nicht zu bezahlen. Es traf sich so merkwürdig, dass der Cad gerade der entgegengesetzten Meinung war, und der Himmel mag wissen, wozu diese Meinungsverschiedenheit geführt haben würde, wenn sie nicht durch den Kutscher zu einem sehr schicklichen und befriedigenden Ende gebracht worden wäre.

»Hallo!«, rief dieses respektable Individuum, auf dem Bocke stehend und sich mit der einen Hand auf das Omnibusdach stützend; »hallo, Tom, sag dem Herrn, wenn er sich betrogen fühlte, wollten wir ihn umsonst nach Edgeware-Road mitnehmen und ihn bei Drury-Lane absetzen, wenn wir zurückkämen. Da kann er nichts gegen haben.«

Es war in der Tat nichts dawider einzuwenden; Dumps zahlte die bestrittenen sechs Pence, stand nach einer Viertelstunde vor seines Neffen Haustür in der Großen Russelstraße und wurde sofort eingelassen. – Im Hause deutete alles darauf hin, dass Vorbereitungen getroffen wurden, abends »einige Freunde« zu empfangen. Das sehr heiß und geschäftig aussehende Hausmädchen führte Dumps in ein vorderes, sehr stattlich möbliertes Besuchszimmer, in dem auf allen Tischen kleine Körbe, Porzellanfiguren, Rosa- und Goldalbums, regenbogenfarbige kleine Bücher und dergleichen Sächelchen zur Schau standen und lagen.

»Ah, Onkel«, rief Kitterbell Dumps entgegen; »wie befinden Sie sich? Liebe Mary – mein Onkel. Ich denke, Sie haben Mary schon gesehen, Sir?«

»Habe schon das Vergnügen gehabt«, erwiderte der lange Dumps, doch so, dass es der Ton seiner Stimme und seine Mienen sehr zweifelhaft machten, ob er jemals in seinem Leben dergleichen empfunden habe.

»Gewiss«, sagte Mrs. Kitterbell mit einem schmachtenden Lächeln und ein wenig hustend; »gewiss – hm – jeder Freund meines Charles – hm – und noch weit mehr jeder Anverwandte ist –«

»Ich kenne deine Gesinnung, meine Liebe«, unterbrach sie der kleine Kitterbell, indem er seine Gattin auf das Zärtlichste anblickte und dabei aussah, als wenn er nach den Häusern gegenüber schaute; »möge dich der Himmel dafür segnen.«

Er begleitete diese letzteren Worte mit einem so süßen Lächeln und einem so zärtlichen Händedruck, dass Onkel Dumps' Galle erregt wurde.

»Jane, sag der Wärterin, dass sie den Kleinen herunterbringen möchte«, befahl Mrs. Kitterbell dem Hausmädchen.

Mrs. Kitterbell war eine große, dünne junge Frau mit sehr hellem Haar und einem auffallend weißen Gesicht – eine der jungen Frauen die, obwohl man schwerlich zu sagen wüsste, warum, stets den Gedanken an kalten Kalbsbraten hervorrufen. Das Hausmädchen ging, und die Wärterin kam, und zwar mit einem sehr, sehr kleinen Bündel auf den Armen, das in einen blauen Mantel mit weißem Pelzbesatz eingehüllt und in dem das Kindlein verborgen war.

»Nun, Onkel«, sagte Kitterbell, indem er mit einer triumphierenden Miene das Gesicht des Kindes enthüllte, »was meinen Sie, wem sieht er ähnlich?«

Mrs. Kitterbell wiederholte kichernd die Frage, nahm ihres Gatten Arm und sah Dumps mit so viel Freundlichkeit, als sie anzunehmen imstande war, in das Gesicht. »Gütiger Himmel, wie klein er ist!«, rief der liebenswürdige Oheim aus, mit sehr gut nachgemachter

Überraschung zurückschreckend; »in der Tat, ganz *merkwürdig* klein.«

»Meinen Sie wirklich?«, fragte der arme kleine Kitterbell, ein wenig verblüfft. »Er ist jetzt ein Ungeheuer gegen das, was er anfangs war – nicht wahr, Wärterin?«

»'s ist ein Herz«, sagte die Wärterin ausweichend und das Kind an die Brust drückend. Sie hätte freilich nichts dawider gehabt, eine Unwahrheit zu sagen, allein, sie mochte sich nicht um Dumps' halbe Krone bringen.

»Aber wem sieht er ähnlich?«, fragte der kleine Kitterbell zum zweiten Male.

Dumps sah auf das kleine rosa Bündel hinunter und sann eben nach, wie er die jungen Eheleute am besten ärgern könnte.

»Meinen Sie nicht, dass er *mir* ähnlich sieht?«, fragte sein Neffe mit einer schalkhaften Miene.

»Dir ganz bestimmt *nicht*«, erwiderte Dumps mit nicht zu missdeutender nachdrücklicher Betonung. »Nein, dir sieht er nicht im Mindesten ähnlich – keine Spur von Ähnlichkeit.«

»Mary?«, fragte Kitterbell kleinlaut.

»Auch nicht, Charles; nicht von fern. Ich bin in solchen Dingen natürlich kein kompetenter Richter, allein ich glaube wirklich, er ist einer der kleinen, interessanten Steinfiguren ähnlich, wie man sie bisweilen eine Trompete blasend auf Grabmonumenten sieht.«

Die Wärterin beugte sich über das Kind nieder und unterdrückte nur mit großer Mühe ein lautes Gelächter.

Die Eltern sahen fast ebenso jammervoll wie der liebenswürdige Oheim aus.

»Sie werden schon noch besser sagen können, wem er ähnlich sieht«, bemerkte der niedergeschlagene kleine Vater. »Sie sollen ihn heute Abend ohne Mantel sehen.«

»Ich danke dir«, sagte Dumps mit Empfindungen, die von allem, was Dankbarkeit heißt, sehr weit entfernt waren.

»Es ist aber Zeit, dass wir aufbrechen, Liebe«, sagte Kitterbell zu seiner Frau. »Onkel, wir treffen den andern Paten und die Patin in der Kirche – Mr. und Mrs. Wilson – ganz allerliebste Leute. Meine liebe Mary, du hast dich doch warm angekleidet?«

Mrs. Kitterbell bejahte.

»Willst du nicht lieber noch einen Schal umbinden?«, sagte der besorgte Gatte.

»Es ist nicht nötig, mein süßes Herz«, erwiderte die bezaubernde Mutter, Dumps' dargebotenen Arm nehmend.

Sie stiegen in die Mietskutsche, und Dumps unterhielt Mrs. Kitterbell während der Fahrt zur Kirche damit, dass er ihr mit großer Anschaulichkeit weitläufig die Gefahren der Zahnfieber, Masern, Blattern, Brechdurchfälle, Krämpfe und anderer Kinderkrankheiten schilderte. Die etwa fünf Minuten währende Taufe ging vorüber, ohne dass sich etwas Besonderes dabei ereignet hätte. Der Geistliche war zu einem Mittagessen in einer entfernten Vorstadt eingeladen und hatte vorher noch in weniger als einer Stunde zwei Wöchnerinnen einzusegnen, drei Kinder zu taufen und einen Leichensermon zu halten. Die Gevattern sprachen daher in des Täuflings Namen, »zu entsagen dem Teufel und allen seinen Werken«, und der kleine Kitterbell war getauft im Umsehen und ohne Gefährdung, nur fehlte wenig, dass Dumps das unter den Händen des Geistlichen in das Taufbecken hätte fallen lassen. Mit schwerem Herzen und der qualvollen Aussicht auf eine Abendgesellschaft langte Dumps um zwei Uhr in seiner Wohnung an.

Der Abend kam – und auch Dumps' Tanzschuhe, schwarze, seidene Strümpfe und weißes Halstuch. Der unglückliche Pate kleidete sich in eines Freundes Kontor an und begab sich von dort zu Fuß – denn hatte zu regnen aufgehört, und das Wetter war erträglich geworden – in einer Stimmung fünfzig Grad unter Null nach der Großen Straße. Er ging langsam seines Weges, sah so bärbeißig aus wie das Gallionsbild eines Kriegsschiffes und entdeckte bei jedem Schritte neue Ursachen des Verdrusses. Er wendete sich eben um eine Ecke, als ein anscheinend betrunkener Mensch gegen ihn anrannte und ihn niedergeworfen haben würde, wenn er nicht hilfreich von einem elegant kleideten jungen Herrn gehalten worden wäre. Der Stoß hatte jedoch seine Nerven so sehr erschüttert und seinen Anzug in eine so schmähliche Unordnung gebracht, dass er kaum aufrecht stehen konnte. Der Herr gab ihm den Arm und geleitete ihn äußerst gefällig bis zum Fernival-Gasthaus. Dumps empfand zum ersten Male in seinem Leben Dankbarkeit und Neigung zur Höflichkeit und schied von dem jungen Mann unter vielen eifrigen Versicherungen, sich ihm höchlich verpflichtet zu fühlen.

»Es gibt doch wenigstens einige Wohlgesinnte in der Welt«, dachte der misanthropische Dumps im Weitergehen.

Als er sich Kitterbells Haus näherte, klopfte dort oben ein Kutscher an, aus dessen Wagen eine alte Dame und ein alter Herr und drei Kopien der alten Dame in rosa Kleidern und Schuhen ausstiegen. »'s ist eine große Gesellschaft«, seufzte der unglückliche Gevatter und wischte sich große Schweißtropfen von der Stirn. Es währte einige Zeit, ehe er sich überwinden konnte, zu klopfen; und als er eingelassen wurde, den geputzten Mietaufwärter und den Hausflur so glänzend erleuchtet sah und das Gesumm vieler Stimmen und die Töne einer Harfe und zweier Violinen sein Ohr trafen, drängte sich ihm sogleich die wehmütige Überzeugung auf, dass seine Vermutungen nur zu wohl begründet wären.

Der kleine Kitterbell schoss unendlich geschäftig aus dem kleinen Hinterstübchen mit einem Korkzieher in der Hand heraus und begrüßte ihn.

»Guter Gott!«, rief Dumps aus, als er sich in das Hinterstübchen begab, um seine Schuhe anzuziehen, die er in der Rocktasche mitgebracht hatte, und eine Menge Flaschen und Gläser erblickte; »wie viele Gäste hast du denn oben?«

»O, nicht mehr als fünfunddreißig; und wir werden ein ordentliches warmes Essen haben. Mary hielt es für besser wegen des Redenhaltens und all dem. Aber um des Himmels willen, Onkel, was haben Sie denn? Was haben Sie verloren? Ihre Brieftasche?«

Dumps stand da mit einem Schuh, durchsuchte seine
Taschen und schnitt dabei die schrecklichsten Gesichter.

»Nein«, sagte er in Tönen redend, wie Desdemona mit
dem Kissen auf dem Munde.

»Ihr Markenkästchen – Ihre Schnupftabaksdose – Ihren
Hausschlüssel?« ließ Kitterbell schnell wie Blitze eine
weitere Frage auf die andern folgen.

»Nein, nein!« ächzte Dumps, fortwährend seine Taschen durchsuchend.

»Vielleicht – vielleicht den *Becher*, von dem Sie heute
Morgen sprachen?«

»Ja, den *Becher*!« entgegnete Dumps, auf einen Stuhl
sinkend.

»Wie *konnten* Sie aber auch so etwas verlieren?«, sagte
Kitterbell. »Sind Sie gewiss, dass Sie ihn eingesteckt haben?«

»O weh! Jetzt wird mir alles klar!« rief Dumps plötzlich
aus. »Ich unglückseliger Mensch – ich bin zur Qual ge-
boren; jetzt ist mir alles klar: Es war der elegante, gefäl-
lige junge Herr!«

»Mr. Dumps!«, schrie mit Stentorstimme der in einen
Aufwärter verwandelte Obsthändler, indem er dem
ziemlich wieder gefassten Paten eine halbe Stunde später die Tür des Gesellschaftszimmers öffnete. Aller Augen wendeten sich nach der Tür, und Dumps, der sich
so behaglich und an seiner Stelle fühlte wie ein Lachs
auf einem Kiesweg, trat ein.

»Freue mich, Sie wiederzusehen«, sagte Mrs. Kitterbell,
ohne im Mindesten zu ahnen, wie verwirrt und elend

der Unglückliche war; »erlauben Sie mir, Sie den Meinigen vorzustellen. Meine Mutter, Mr. Dumps – mein Vater – meine Schwestern.« Dumps ergriff die Hand der Mutter mit so viel Wärme, als wenn die alte Dame seine eigene Mutter gewesen wäre, verbeugte sich vor den jungen Frauenzimmern und gegen einen Herrn hinter ihm, ohne von dem Vater Notiz zu nehmen, der eine Verbeugung nach der andern machte.

»Onkel«, sagte der kleine Kitterbell, nachdem Dumps ein paar Dutzend erlesenen Freunden vorgestellt worden war, »Sie müssen mir vergönnen, dass ich Sie meinem Freunde Danton dort hinten vorstelle. Ein ganz ausgezeichneter Mensch! Ich weiß gewiss, dass er Ihnen gefallen wird – hier, wenn's beliebt.«

Dumps folgte so langsam wie ein zahmer Bär.

Mr. Danton war ein junger Mann von etwa fünfundzwanzig Jahren mit einem beträchtlichen Vorrat von Unverschämtheit und einem sehr kleinen Maß von Verstand und Kenntnissen. Er war besonders bei den jungen Damen von sechzehn bis sechsundzwanzig ausnehmend beliebt, verstand, die Töne des Waldhorns bewundernswürdig nachzuahmen, sang ganz unnachahmlich komische Lieder und konnte seinen Verehrerinnen impertinente Albernheiten und Plattheiten auf die einnehmendste Weise von der Welt sagen. Er hatte, Gott weiß wie, den Ruf erlangt, ein äußerst witziger Kopf zu sein, und natürlich lachten alle, die ihn kannten, sobald er nur den Mund öffnete.

Dumps wurde ihm und er Dumps vorgestellt. Mr. Danton verbeugte sich und drehte ein Damentaschentuch, das er in der Hand hatte, auf eine höchst komische Weise. Jedermann lächelte.

»Sehr warm«, sagte Dumps, der es notwendig erachtete, etwas zu sagen.

»Es war gestern noch wärmer«, bemerkte der witzige Danton, und alle Umstehenden lachten laut.

»Es gewährt mir großes Vergnügen, Ihnen zu Ihrem ersten Auftreten in der Vater- – Gevatterrolle wollte ich sagen – Glück zu wünschen«, fuhr Danton fort.

Die jungen Damen waren in Ekstase, und die Herren wollten sich vor Lachen ausschütten.

Ein allgemeines Bewunderungsgesumm unterbrach das Gespräch. Die Wärterin mit dem Kinde trat herein. Die jungen Damen umringten sie augenblicklich; denn die Mädchen sind in Gesellschaft stets unendlich verliebt in Kinderchen.

»Oh, welch ein liebes Kind!«, rief die eine.

»Du süßes Herzchen!« eine zweite.

»Welch ein himmlisches kleines Wesen!« eine dritte im Tone der allerhöchsten Bewunderung und Zärtlichkeit.

»Was für allerliebste kleine Arme«, jubelte eine vierte und hielt einen Arm des Kindes empor, der etwa von der Größe und Gestalt eines gerupften Hühnerbeins war.

»Geben Sie ihn mir einmal her, Wärterin«, sagte eine fünfte.

»Kann er schon die Augen öffnen, Wärterin?«, fragte eine sechste, die vollkommenste Unschuld spielend.

Mit einem Wort, die unverheirateten Damen erklärten das Kind einstimmig für einen Engel, und die verheirateten gestanden einhellig, dass es das hübscheste sei, das sie je gesehen hätten – ihre eigenen ausgenommen.

Der Tanz wurde wieder begonnen und über Mr. Danton geurteilt, dass er sich selbst übertreffe. Mehrere junge Damen entzückten die Gesellschaft und gewannen sich selbst Bewunderer durch sentimentale Lieder, die sie mit großem Ausdruck sangen. Die jungen Herren »machten sich höchst angenehm«, wie Mrs. Kitterbell sagte; die Mädchen ließen ihre Gelegenheiten nicht unbenutzt vorübergehen, und alles verhieß einen köstlichen und köstlich endenden Abend. Dumps hatte sich jedoch einen Plan – einen kleinen Spaß nach seiner Art ausgedacht und war fast vergnügt. Er spielte einen Rubber und verlor ihn bis auf den letzten Point, was er, wie Mr. Danton sagte, mit Willen getan, indem es sein letzter, sein Ziel-Point, beim Spiel gewesen. Die ganze Gesellschaft lachte. Dumps antwortete durch einen weit besseren Scherz, allein niemand lächelte auch nur, mit Ausnahme des Wirts, der es für seine Pflicht zu halten schien, über alles zu lachen, bis er schwarz im Gesicht war. Nur in einer einzigen Beziehung ging nicht alles, wie es sollte – die Spielleute spielten nicht mit so viel Feuer, wie man es hätte wünschen mögen; indes konnten sie allerdings eine genügende Entschuldigung anführen. Sie hatten nämlich schon den ganzen Tag auf einem Dampfschiff gespielt, das eine muntere Gesellschaft nach Gravesend hin- und zurückgefahren hatte.

Das Souper war ausgesucht. Mrs. Kitterbell hatte vier Zuckertempel auf den Tisch stellen lassen, die sich vortrefflich ausgenommen hätten, wenn sie nicht zusammengeschmolzen wären, ehe sich die Gesellschaft zu Tisch setzte. Ebenso lief das Wasser eines Beckens mit einer allerliebsten Mühle auf das Tischtuch über, statt dass die letztere umlief. Es fehlte nicht an allen möglichen Leckerbissen, nur ein paar Mal an reinen Tellern. Mr. Kitterbell rief sich heiser danach, sie kamen dennoch nicht, und die Herren, denen sie fehlten, erklärten, es tue gar nichts, sie wollten ein jeder den Teller einer Dame nehmen. Mrs. Kitterbell belobte sie wegen ihrer Galanterie; der Obsthändler rannte umher, bis ihm seine acht Schillinge sehr sauer verdient vorkamen; die jungen Damen aßen nicht viel, aus Furcht, dass es unromantisch aussehen könnte, und die verheirateten Damen aßen soviel wie möglich, aus Furcht, nicht genug zu bekommen; es wurde viel Wein getrunken, und alle sprachen und lachten nicht wenig.

»Pst, pst!«, sagte der kleine Kitterbell aufstehend und mit sehr wichtiger Miene. »Meine Liebe«, rief er seiner Gattin am anderen Ende des Tisches zu, »übernimm es, für Mrs. Marwell und deine Frau Mutter und die übrigen verheirateten Damen zu sorgen; ich bin überzeugt, die Herren werden die jungen Damen bewegen, ihre Gläser zu füllen.«

»Meine Damen und Herren«, begann der lange Dumps mit einer echten Grabstimme und Bußpredigtbetonung, indem er sich wie der Geist im Don Juan erhob, »wollen Sie die Güte haben, Ihre Gläser zu füllen? Ich wünsche sehr, eine Gesundheit auszubringen.«

Es folgte ein tiefes Stillschweigen, die Gläser wurden gefüllt, und man sah nur noch ernsthafte Gesichter.

»Meine Damen und Herren«, fuhr Dumps langsam fort, »ich –«

Hier ahmte Mr. Danton ein paar Takte Waldhornmusik nach, und zwar so durchdringend und natürlich, dass der nervenschwache Dumps wie elektrisiert war und die übrige Gesellschaft ausgelassen lachte.

»Zur Ordnung, zur Ordnung!«, rief der kleine Kitterbell, indem er seine Lachlust zu bemeistern suchte.

»Zur Ordnung!«, riefen die Herren.

»Danton, seien Sie ruhig«, herrschte ein engerer Bekannter den Frevler an, ohne sein Lachen ganz unterdrücken zu können.

Dumps fasste sich sehr bald wieder, zumal er nur wenig außer Fassung gekommen, denn er war ein ziemlich guter Redner und hub noch einmal an. »Meine Damen und Herren, ich habe es mir erlaubt, aufzustehen, um Ihnen eine Gesundheit vorzuschlagen; da dergleichen meines Wissens Gebrauch bei Taufschmäusen ist und ich einer der Paten Master Frederick Charles William Kitterbells bin.« (Seine Stimme bebte bei diesen Worten, denn er erinnerte sich des Bechers.) »Ich brauche kaum zu sagen, dass mein Vorschlag dahin geht, auf das Wohlsein und Gedeihen des jungen Herrleins zu trinken, zu dessen Ehren wir hier versammelt sind. (Beifall.) Meine Damen und Herren, wir können unmöglich annehmen, dass seine Eltern, deren aufrichtige Freundinnen und Freunde wir alle sind, ihre Lebensbahn zurücklegen werden, ohne ihre Leidenskraft auf schwere Proben gestellt zu sehen, ohne manch großes Leid, viel herben Kummer, ohne Verluste zu erleiden!«

Hier hielt der arglistige, schalkhafte Dumps inne, zog langsam und bedächtig ein großes, weißes Tuch aus der Tasche, und mehrere Damen folgten seinem Beispiele.

»Dass sie lange damit verschont bleiben mögen, ist mein inbrünstiges Flehen, mein heißester Wunsch.« (Die Großmutter begann hier vernehmlich zu schluchzen.) »Ich hoffe und vertraue, meine Damen und Herren, dass das liebe Kind, dessen Tauffeier uns zusammengeführt hat, seinen liebenden Eltern nicht durch einen frühen Tod entrissen, dass seine jetzt *scheinbar* gute Gesundheit nicht durch ein langsames Siechtum zerstört werden möge.« (Dumps blickte sardonisch umher, denn er sah, dass er beträchtlichen Eindruck bei den verheirateten Damen hervorgebracht hatte.) »Ich weiß, dass Sie meinen Wunsch teilen, dass es leben möge zur Freude und zum Trost seines Vaters und seiner Mutter.« (Hier rief Mr. Kitterbell: »Hört, hört!«, und schluchzte gerührt.) »Doch sollte der Knabe nicht so werden, wie wir es von ihm wünschen – sollte er dereinst vergessen, was er seinen zärtlichen Eltern schuldig ist und verdankt – sollten sie so unglücklich sein, an ihm zu erfahren, wie traurig wahr es ist, dass ›ein undankbarer Sohn schlimmer ist als der Zahn einer giftigen Schlange‹–«

Hier stürzte Mrs. Kitterbell mit dem Tuche vor den Augen und von mehreren Damen begleitet hinaus und sank im Vorzimmer in heftigen Krämpfen zu Boden; ihr Gatte war fast in demselben Zustande, und Dumps hatte sich großen Beifall erworben, denn wie es auch sei, man lässt sich gern rühren.

Kaum braucht indes hinzugefügt zu werden, dass Onkel Dumps' Rede den Freuden des Abends ein Ende machte. Weinessig, Hirschhorn und kaltes Wasser waren urplötzlich so sehr an der Tagesordnung, wie es kurz zuvor Glühwein und Backwerk gewesen waren. Man brachte Mrs. Kitterbell in ihr Schlafgemach, die Spielleute wurden verabschiedet, aller Scherz wie alles Lachen und Schäkern hörten auf, und die Gesellschaft entfernte sich in aller Stille. Dumps entfernte sich zuerst und ging leichten Schrittes und mit einem (für ihn) fröhlichen – Herzen nach Hause. Seine Hauswirtin will ihn auf eine eigentümliche Weise lachen gehört haben, sobald er seine Tür hinter sich verschlossen hatte; eine Behauptung, die jedoch zu unwahrscheinlich ist, als dass man ihr Glauben schenken könnte.

Kitterbells Familie hat sich seit der Zeit sehr vermehrt; er erfreut sich jetzt zweier Knaben und eines Mädchens und sieht sich, da er seine Kinderzahl binnen Kurzem abermals vergrößert zu sehen erwartet, nach einem passenden Taufpaten um. Er ist jedoch entschlossen, ihm zwei Bedingungen zu stellen. Der Taufpate soll sich erstlich feierlich verpflichten, durchaus keine Rede beim Nachtisch zu halten, und zweitens auf keinerlei Weise mit »dem unglücklichsten Manne von der Welt« in Verbindung stehen zu dürfen.

Ende